骸骨

WHAT REALLY HAPPENED TO
JULIA SAYRE?

殺手

A NOVEL

BONES

JAN BURKE

珍・柏克 著

尤傳莉 譯

獻給Judy Myers Suchey與Paul Sledzik
以及國防病理中心法醫人類學全體教職員
他們的工作心懷慈悲
而且教導我看到的不只是骸骨

同時
紀念Shadow與Siri

城門打開，吊橋放下。

他騎馬奔馳過橋，但是來到吊橋盡頭時，忽然有人拉動纜繩，於是帕西法爾差點連人帶馬摔進護城河。

帕西法爾回頭看看是誰這樣害他。剛剛拉動纜繩的那名侍從站在打開的城門前，正朝著帕西法爾揮動拳頭。「願上帝詛咒那落在你道路上的光！」那小夥子喊道。「你笨蛋！討厭的笨蛋！你為什麼不問那個問題？」

「什麼意思？」帕西法爾大喊回去。「什麼問題？」

——《帕西法爾：聖杯騎士的追尋》（*Parzival: The Quest of the Grail Knight*）

沃夫蘭・馮・埃申巴赫（Wolfram von Eschenbach）原著

凱瑟琳・派特森（Katherine Paterson）改寫

他付現金買了那本書，就像他買這個題材的所有其他書一樣。他沒跟任何人說話，沒做任何會讓店員或顧客記住他的事。

他買這本書時，店裡的顧客很多；他總是挑選書店忙碌的時刻。

就算書店很空，他也沒什麼好擔心的。當他選擇隱藏自己的力量時，他就平庸而不起眼；何況這個世界裡，充滿了那種眼裡只有自己的人。

啊，或許他們眼裡還會有他們親近的好友、他們的子女、他們的配偶，以及他們每天一起工作的同事。頂多再加上他們的鄰居。但不會是一個書店裡沉默的陌生人。不會是一個之前從沒去過、以後也不會再去這家書店的陌生人。

買這類書總是讓他有點興奮，心知這就是某些男人買色情書刊時的感覺。開車回家的路上，他看著書包在紙袋裡，放在旁邊的座位上，他知道這本書的主題會激起他的情慾。不像真正的實物那麼厲害——沒有其他東西能像實物那麼讓他興奮。

這本是有關達默的。

我們的胃口不同，他心想，一時被自己想出的這句玩笑話給笑得半死，差點難以控制。

等他看完這本書兩次後，他會把這本書和其他有關同道的書放在一起。這些書是有關比安奇和史佩克和邦迪的；有關更早的那些——莫斯和盧卡斯和龐莫洛伊——以及其他的；這些書是有關歷史上知名兇手和他們的心靈，有關兇手和他們的被害人，有關兇手和那些追獵他們的人。

一開始，他讀這些書是因為他想了解那種驅動力，那種他害怕會吞噬他的迫切需要。但現在讀這些書只是某種娛樂。到如今，這類書陸續累積幾年後，他知道自己已經了解所有需要了解的：他知道只有天才之輩，才能應付自己慾望的種種需求。

他不缺乏勇氣或創意。每個新的角度，每次經驗的增加，都只是確認了他已經知道的：他在歷史上是獨一無二的。

想到這一點，他有點難過自己不會被逮，因為他知道自己會失去一個額外的興奮經歷——他唯一沒有機會達到的。那就是認可。

名聲的召喚。他夢想著，作著相關的白日夢，渴望的程度幾乎就像殺人一樣。

他為什麼殺人？

人人都會想知道。

他為什麼殺人？

人人都會問。

而他會開口——低聲，帶著權威地——讓所有人聽到他的回答。

1

四年後
五月十五日，星期一，下午

這趟旅程中，那種被盯著看的感覺幾乎從沒停止過，而現在我又感覺到了。我想要置之不理，專注在眼前閱讀的那本平裝書，但都是白費工夫。於是我抬起眼睛，看向那個囚犯，往前三排，期待著會看到他又在注視我。他睡著了。在轟隆的飛機螺旋槳旋轉聲中，他怎麼有辦法睡著，我始終不明白。尼克・派瑞許怎麼有辦法入睡——但是我猜想，這就是完全沒有良知的好處吧。

所以如果看我的不是派瑞許，那是誰？

我朝機艙裡看了一圈。大部分男人——即使不是反社會者的那些——都在睡覺。看守派瑞許的警衛有兩個醒著，但是沒在看我；另外兩個在打盹。一個法醫人類學家班・薛瑞登正望著窗外。另一個法醫人類學家大衛・奈爾斯則隔著走道坐在另一邊，正在閱讀。而坐在他旁邊的，就是盯著我看的。

我判定，與其說是盯著看，其實是在打量，沒有敵意。事實上，在這架小飛機裡、除我之外清一色的男性中，他是唯一不反對我出現的。其他人大部分都不理我，但他立刻就喜歡我。那種感覺是相互的。他俊美、聰慧，而且健壯。但是話說回來，最讓他興奮的，莫過於發現一塊腐肉。

他是一隻尋屍犬。

平哥——源自偉大歌手平．克勞斯貝的綽號，取這個名字，是因為一聽到他的領犬員唱歌，他就有跟著哼的習慣——是一隻三歲大、黑色與黃褐色夾雜、血統稍有不純的德國牧羊犬，受過尋找人類遺骸的訓練。

這趟深入山區的遠征，目的就是這個：尋找人類遺骸。而且是某些特定的人。

我望著平哥的深褐色眼珠，但思緒已經轉到一個藍眼少女吉莉安．賽爾身上。吉莉安過去四年都在等待，希望有人能找到她母親的任何遺骸。

四年前，一個溫暖的夏日，就在她母親沒回家的次日，吉莉安等在《快報》的報社大樓外。我當時正跟一群同事要出去吃午餐，一眼就立刻看到她，她身材高瘦，頭髮剪得很短，染成茄紫色。她的臉色蒼白；塗了深褐色唇膏和厚厚的眼影，更凸顯了她眼珠中近乎無色的那抹淡藍。她濃密的睫毛和眉毛都染成黑色，左眉穿了一個銀環。兩邊耳朵各有七、八個耳環。她蒼白、瘦削的手指上戴著各種寬度與式樣不一的戒指；她的指甲很短，但是塗成黑色。她的衣服皺巴巴的，穿著厚底鞋。

「你們有誰是記者嗎？」她朝我們喊。

我的好友史都華．安格特向來不會放過這種機會，立刻指著我說：「只有這位小姐。她剛採訪過我們其他人，所以她現在有空跟你談了。」

其他人大笑，我本來要說「你再打電話來跟我約吧」，但是她身上有個什麼讓我遲疑了。她沒被史都華的玩笑唬過——我看得出來，她已經預料我會讓她失望了，而她的表情像是在控訴我害她失望。

「你們先走吧，」我跟其他人說。「我晚一點過去跟你們會合。」

我忍受了他們的責備和一些不太認真的抗議，然後很快地，就只剩我和她了。

「我是艾齡．凱利，」我說。「我能幫上什麼忙嗎？」

「他們不肯去找我母親。」她說。

「誰不肯？」

「警察。他們認為她跑掉了。她沒有。」

「她離開多久了？」

「從昨天下午四點開始——唔，那是我最後一次看到她。」她別開眼睛，然後說：「她當時去一家店。他們在那裡看到過她。」

我本來以為她母親是受夠了家庭生活，終於放棄而離去，只是她一時不肯承認而已。但是當我聽她說，就開始覺得不那麼確定了。

沒回家的那一晚，茱麗亞．賽爾是四十歲。吉莉安的父親翟爾斯．賽爾那天下午快四點時打電話給他太太，說他弄到了兩張他們夢寐以求的交響樂團門票——那個樂團新指揮的首演是當天晚上。於是茱麗亞匆忙把她九歲的兒子傑森留給吉莉安照顧，開著她的賓士車離開他們那個富裕的住宅區，去將近八公里外的購物中心去買一條襯裙。

從此再也沒有人看到過她。

翟爾斯當天晚上回家，看到他太太一直沒回來，一開始比較擔心的是音樂會遲到，而不是他太太的下落。等到時間慢慢過去，他開始焦慮起來，便開車到那個購物中心。他來到停車場，在她最喜歡的諾德斯特龍百貨公司附近的那些停車區轉來轉去，但是沒看到她的藍色賓士轎車。他進入店裡，問了幾個內衣部的店員後，得知她的確去過那裡，不過是在四點左右，已經是七個小時前了。

翟爾斯．賽爾向警方報案說他太太失蹤時，警方對待這個案子的注意力，就像對待一般只失蹤五小時的成人那般，就是近乎零。他們也去購物中心的停車場裡找過茱麗亞．賽爾的車子；但是翟爾斯早可以告訴他們不在那裡的，他自己已經又去找過一遍了。

「有時候，吉莉安——」我開口，但是她打斷我。

「不要跟我鬼扯那些狗屎，說她可能跑掉，可能跟另一個男人要好什麼的。」她說。「我爸媽感情超級好的，過得很幸福。我的意思是，有時候看他們好成那樣，都搞得我想吐。」

「是的，但是——」

「隨便你去找人問。問我們的鄰居。他們會告訴你的——茱麗亞．賽爾這輩子只跟一個人處不好。」

「你。」我說。

她聽了一臉驚訝，但接著聳聳肩，雙手交抱在胸前，往後靠著大樓牆壁，然後說：「沒錯。」

「為什麼？」

她又聳聳肩。「你看起來不像是那種從來不犯規的乖乖牌。你青春期的時候，難道沒跟你媽吵架過？」

我搖搖頭。「沒有。我母親在我十二歲的時候過世了，那時我還沒到青春期。我以前總是羨慕那些——」我忍住了。「唔，那不重要。」

她沉默了。

「如果我媽還活著，」我說，「我們大概會吵架吧。我還沒進入青春期，就已經闖一堆禍了。」

她開始盯著自己的一根指甲。我正想著如果我媽能多活五年，我對她的記憶會有什麼不同，此時吉莉安忽然問：「你還記得你跟她說的最後一句話嗎？」

「記得。」

她等著我繼續說。看我沒再開口，她就別開眼睛，兩道眉毛緊蹙在一起。她說：「我跟我媽講的最後一句話是，『我希望你死掉。』」

「吉莉安——」

「她要我幫忙照顧傑森。她要我取消所有的計畫，去做她要我做的事情，好讓她可以去那個蠢音樂會。我很生氣。我打電話跟我男朋友說我晚上沒辦法跟他出去，他很不高興——所以我就吼我媽，那就是我跟她說的話。」

「她可能沒事，」我說。「有時候人們就是覺得受不了，需要脫離一下。」

「不會是我媽。」

「我只是說，她失蹤還不滿二十四小時。不要假設她——」我及時阻止自己。「不要假設她受到傷害。」

「那麼我需要你幫我找到她，」她說。「其他人都不會把我當回事。他們就跟你的朋友一樣。」她朝史都華和其他人離開的方向點了個頭。「以為我只是個小鬼——他們不必理會一個小鬼講什麼。」

我掏出筆記本說：「這個報導能不能見報，不是由我決定的，這個你知道吧？」

她露出微笑。

我說服了我的主編讓我追這條新聞，然後立刻開車到賽爾家，那是一棟兩層樓的大宅，位於一條死巷裡。翟爾斯把叫個不停的北京狗抱起來，然後打開前門。他把那扭動的狗交給吉莉安抱上樓，又說他已經把傑森送去讓祖母照顧了。

去找翟爾斯．賽爾之前，我原以為他會很氣吉莉安找了個記者來幫忙，把這樁可能是丟臉的家務事曝光。但是翟爾斯一直誇他女兒，說他自己早該想到要去找《快報》的。

「要是茱麗亞出了什麼事，我該怎麼辦？」他焦慮地問。

跟吉莉安一樣，他身材高瘦，眼珠是淺藍色的，但是他的頭髮顏色要自然多了，是深赭色。他一夜沒睡，雙眼因為哭過而發紅，到現在已經隨時又會哭出來，而且他不打算隱藏。

他匆忙遞給我幾張他太太的近照。她的頭髮是深褐色的，一雙大眼睛，眼珠是深藍色。這是個迷人、沉著的女人，就連在最隨便亂拍的照片裡，她看起來都打扮完美。吉莉安像父親比較多，但是我從另一張合照中看到，傑森從父母兩邊都遺傳到一點——母親的深色頭髮和高貴的臉，父親的淺藍色眼珠。

「最近的一張是哪張？」我問。

翟爾斯挑出一張，是在兒童球賽中拍的。

「我可以留著嗎？我會盡量看能不能還給你，不過沒辦法保證。」

「不，沒關係的，我還有底片。」

這種程度的合作持續了一整天。我的介入讓他鬆了一口氣，他急著想盡力幫我寫出這篇報導。這件事是雙方都得利——我給他採取行動的機會，把他之前只能踱步、無助的精力導引到另一個方向；而他的協助則讓我的工作輕鬆許多。中間我忽然想到，他談話中的那種焦慮，一點也不像是擔心自己戴綠帽的男人。

於是我跟茱麗亞．賽爾的鄰居和朋友談了，也跟她的其他家人談了。有關她的事情聽得愈多，我就愈傾向於贊同她女兒的說法——茱麗亞．賽爾不可能是自己決定消失的。茱麗亞似乎頗滿足於自己的生活，滿足於眼前的一切，只除了跟她女兒的關係。大家一致認為，吉莉安的叛逆期很快就會結束——根據朋友們的說法，這一點茱麗亞比誰都確定。

要是茱麗亞有外遇，那她一定是極度謹慎。我還是不排除她為了另一個男人而離開翟爾斯．賽爾，但是這個可能性的順位已經往後挪了。

我要吉莉安再跟我說一次她母親那天出門時穿戴的衣物。黑色絲質裙子和外套，她說。白色絲襯衫，黑色半高跟鞋，黑色小皮包。她身上的珠寶只有一條金項鍊、一對鑽石耳環，還有她的結婚戒指。

「其實不是結婚戒指，」翟爾斯說。「我們結婚十五週年時，又訂了新的戒指。」他舉起他的婚戒。「她的是黃金的，跟這個一樣，上頭鑲了三顆紅寶石。」

他開車載我到他太太最後被人看見的那個購物中心。在他的協助下，我找到諾德斯特龍百貨公司的經理，請他幫我查交易時間。茱麗亞在前一天下午四點十八分刷萬事達卡買了一條黑色襯裙。我們謝了經理後離開。然後翟爾斯用他的手機打去萬事達卡的消費者服務電話，同時我們在購物中心裡地毯式拜訪那些店，把茱麗亞的照片給那些店員看，沒有一個人昨天看過這位女士。最後，翟爾斯從萬事達卡消費者服務人員那邊得到他的答案，然後又要求對方跟我再說一次資訊。那位女士確認茱麗亞．賽爾在諾德斯特龍買過襯裙之後，就沒有再刷過那張信用卡。

我打了電話給拉斯皮耶納市警局那位工作過量的尋人組警探，跟他說我正在寫一篇有關茱麗亞・賽爾失蹤的報導。他不肯提供正式評論，但是——交代我不能寫出來——跟我說，他會針對這個案子設法採取一些行動。

當茱麗亞・賽爾的賓士轎車剛在拉斯皮耶納機場的立體停車場被看到時，兩位找到這輛車的巡邏警員認為，茱麗亞可能畢竟是決定逃離她的婚姻了。但接著他們找了警探到現場，有了重大發現。這個發現讓我的主編高興到不行——因為我們這則報導領先對手——還誇讚我的直覺，但我聽了卻胃裡打結。

茱麗亞・賽爾的左手大拇指放在車內的置物匣裡。

2

四個星期前，凱拉・連恩的報導首度見報時，我等著吉莉安又會打電話來要我「去查一下」。茱麗亞失蹤後的這四年，每回只要《快報》刊登某些報導，吉莉安就會打電話來。要是有一具無名女屍發現，吉莉安就會冷靜地要我去查一下那具尚未確認身分的屍體會不會是她母親，她每次都一定會再說一次她母親的身高和眼珠顏色和衣服和珠寶。被害人是藍眼珠的褐髮女性嗎？戴著鑲了三顆紅寶石的金戒指嗎？

要是有一個男子因為殺害一個女人被捕，她就要我去採訪他，去查一下他是不是也殺了她母親。要是有個連續殺人嫌犯在另一州被捕，她就要我去查一她是不是來過拉斯皮耶納。

中間我一度辭掉了報社的工作，去一家公關公司上班。她找到我的新公司，打電話去那裡——我以前在《快報》的老上司歐康諾對於失蹤案特別心軟，於是等到我告訴她可以找歐康諾繼續追蹤這些報導，她就引用他的話，說讓我記得有一份真正的工作是什麼滋味，對我是有好處的。

當然，我可以拒絕她，但即使我一直保持旁觀者的距離，這幾年來，我已經不小心變得太靠近賽爾一家的悲劇了。

我很少看到翟爾斯，偶爾見面也都是在他的辦公室。他顯然工作時間很長，好讓自己忘記悲慟。他母親搬到他家住，幫忙照顧小孩。茱麗亞失蹤兩個月後，翟爾斯跟我說他不曉得是不是該為她辦個悼念儀式。「我連申請死亡宣告該有什麼條件都不知道。」他說。「我母親說我應該等下去，不然大家會以為我想擺脫她。你認為會有人這樣想嗎？」

我跟他說，為了他的家人，他該做什麼就去做，其他人管他去死。這個建議他好像不太可能聽得進去──別人的看法對他來說好像很重要。

傑森常常在家裡和學校闖禍。他祖母跟我說他的成績退步好多，還退出以前的球隊，變成一隻孤鳥，跟其他老朋友都不太來往了。

只有吉莉安似乎繼續過日子。她讓祖母操心的程度和之前讓茱麗亞操心的程度一樣。她從高中輟學，搬出去住在一戶小公寓裡，在愛倫街──我的好友史都華・艾克曼說是「假掰街」──的一家精品店工作養活自己。接下來的四年，她都安靜但持續地提醒警方和媒體：該有人去尋找她失蹤的母親。她的決心和堅忍讓我們羞愧，於是會盡自己微薄的力量去設法。

凱拉・連恩的案子首度登上報紙的那一天，吉莉安在《快報》所在的瑞格利大廈外頭等我。我覺得她這一天似乎就跟我們認識的那天一樣：無論她有多麼可能碰到失望，吉莉安似乎就是拒絕認輸。這比淚水或歇斯底里更能打動我。她的態度毫無改變；她往往很直率，但是從不軟弱。她的衣服、髮型、化妝風格可能有點極端，但心裡的感覺──不論是什麼──都不會外露。

於是我打了幾個電話追查。她母親的失蹤案從來沒有任何進展。直到凱拉・連恩失蹤了。

此時，我已經被調離社會新聞線──因為我跟一位兇殺組警探法蘭柯・哈里曼結婚了。不過我的婚姻當然比較重要，即使我在《快報》的工作和法蘭柯在拉斯皮耶納市警局都因此有些麻煩。

結果，法蘭柯就是調查連恩案的成員之一。我得知一些不能告訴社會記者的細節，更別說告訴吉莉安。但是沒多久，幾乎所有細節就都公開了。

凱拉．連恩四十三歲，黑髮藍眼珠，是離婚的單親媽媽，有兩個十來歲的女兒。她有天晚上八點離家去雜貨店，到十一點還沒回家，兩個女兒就擔心起來。她們年紀太小沒駕照，於是打電話給一個鄰居。午夜十二點之前，他們去當地的一家商店停車場找過之後，那個鄰居打電話給凱拉的前夫。他又去找了其他幾家店，接著就打電話報警。第二天早晨，警方開始認真尋找凱拉．連恩。

有幾個因素促使警方比當初尋找茱麗亞．賽爾更快展開行動：第一是凱拉有糖尿病，每天都要注射胰島素，而且她沒把胰島素帶在身上；第二是她夜裡從來不曾讓兩個女兒獨自在家；第三是在警局的晨間簡報時，法蘭柯．哈里曼警探注意到凱拉．連恩的身高、年齡、體型、頭髮顏色都類似茱麗亞．賽爾——而茱麗亞的女兒至今仍不時會去糾纏他的記者老婆。他建議他的搭檔彼得．貝爾德，兩人去拉斯皮耶納機場的停車場察看一下。

凱拉．連恩的舊福斯廂型車，就停在四年前茱麗亞．賽爾那輛賓士車所停放的同一個位置。他們打電話回局裡通報後不久，這輛廂型車就被仔細搜索過，置物匣裡發現了凱拉的左手無名指。

此時，警局就打電話給法醫人類學家大衛．奈爾斯，他有兩隻狗，受過搜救和尋屍的多重任務訓練。警方拜託他帶狗過來機場。結果很驚人——驚人到法蘭柯和彼得那天傍晚告訴我時，我很確定他們講得太誇張。

「他的一隻狗平哥超聰明的，」彼得說。「他什麼都找得出來。我的意思是，艾齡，他讓你那兩隻雜種狗看起來像智障。」

「等一下——」我說，看著我那隻大部分是黑色拉布拉多犬血統的蒂克，還有睡在旁邊那隻大部分是牧羊犬血統的當克。

「我們的狗很聰明，」法蘭柯說，想阻止一場爭執。「但是平哥——唔，你得看到才會相信。他受過高度訓練——」

「另外別忘了布爾，」彼得說。「大衛．奈爾斯的尋血獵犬。他有兩隻狗，如果一隻表現得像是找到什麼，他就會讓另外一隻去確認。」

「平哥甚至能找到水裡的屍體。」法蘭柯說。

「這怎麼可能？」我問。「你們讓他戴上那些迷你的水肺設備？」

「哈哈很好笑。」彼得說。

「那隻狗就是有辦法，」法蘭柯說。「其實不像聽起來那麼神奇。腐爛屍體中的細菌，會導致屍體排放出氣體。那些氣味冒出水面，狗就會聞到了。他們可以帶平哥搭船在湖面上航行，他聞到水下有屍體時，就會發出訊號。」

「好吧，」我說，「這樣很合理。但是——」

「我們來告訴你發生了什麼事吧。」彼得說。

他說的大致狀況是：平哥帶著一群人快速而迂迴地走出立體停車場，穿過機場內的空地。然後走向一個機棚。

「他發瘋了。」彼得說，雙手迅速對空抓著，模仿狗爬式游泳的姿勢。

「他拚命扒著一面後牆。」法蘭柯解釋。

警方花了些時間才拿到搜索令，還要找到機棚的業主，不過總算是可以進去了。一開始，一切都似乎很正常。機棚租給了一位尼克．派瑞許，他話不多，那個業主說；準時交租金，從來沒惹過什麼麻煩，是個飛機技工。警方把派瑞許的名字輸入電腦資料庫裡查了。他不是通緝犯，事實上，他根本沒有犯罪紀錄。

接著大衛．奈爾斯帶布爾出來，讓那隻尋血獵犬嗅了一件凱拉．連恩的衣服。因為布爾必須先嗅過相關的氣味，才能追蹤。然後布爾一路嗅，走的路徑幾乎跟平哥走過的一模一樣。

法蘭柯建議找一組鑑識人員來，用光敏靈（一種化合物，可以偵測出細微的血跡）檢查這個機棚，但是其他懷疑的人就開始抱怨，尤其是負責連恩案的警探瑞德．柯林斯和文思．亞當斯。

「柯林斯開始說這是浪費寶貴的時間，他的搭檔也抱怨說這是在白費力氣亂找，」彼得說。「這時忽然間，平哥就抬起頭唱歌。」彼得輕聲哼著一種高高的單音調，讓我們家兩隻狗都站起來，昂起頭。「大衛又下了一個指令，那隻狗就又出發了。」

這回平哥穿過柏油路面，過了最接近的一條飛機跑道，來到一片草地。當他停止前進時，就在那邊走來走去蹦跳著，拚命扒泥土，又哼唱起來——彼得講得太入戲了，還表演給我們看。真是辛苦他了。

大衛帶頭趕上去，來到平哥發出警戒的地方，然後往後喊：「我想他找到她了。」

其他人很快追過來。他們看到那個淺淺的墓穴、剛翻動過的泥土，還有一隻女鞋從某個發亮的綠色東西——薄薄的塑膠布——裡頭伸出來。法蘭柯趕緊用無線電告訴機棚裡的警察，說他們應該封鎖這個區域，找一組鑑識人員過來，然後對尼克．派瑞許發出全面通緝。

「他在講無線電的時候，我就湊近一點看，」彼得說。「我看到了那隻狗在挖、發現的是什麼。是她的手——你知道，左手，就是缺了一根指頭的。」

我看著法蘭柯。「吉莉安．賽爾會——」

「你還不能告訴她，」他堅定地說。「誰都不能講。任何人都不例外。現在還不行。」

但是第二天早上，凱拉．連恩案上了報紙頭版，吉莉安站在報社門口等我，看起來比平常更焦慮一點。等我走到離她幾呎處，她舉起一份皺皺的《快報》，指著派瑞許的照片。「他就是擄走我媽的人。」

「看起來這兩個案子似乎有很多共同點。」我贊同道。

「不。我的意思是，我知道就是他。他以前住在我們那條街——很久以前了。」

「什麼？多久以前？」

「在我媽失蹤以前。」

「你跟警方說過嗎？」

她搖搖頭。我不意外。無論她對警方曾經多麼有信心，一開始拉斯皮耶納市警局拖了許久才去找她母親，那些信心就已經受損；後來又沒能找到她，那些信心更是毀滅殆盡了。吉莉安和我都不喜歡拉斯皮耶納市警局裡負責她母親案子的兇殺組警探鮑伯．湯普森。後來有一兩次碰到有無名女屍出現時，她跟其他兇殺組警探談過，但通常她都是找我代她聯繫警方。

「我想，或許你可以告訴你老公。」這會兒她說。

「是啊，沒問題，」我說，依然處於震驚中。「當時派瑞許一個人獨居嗎？」

「不，我想那房子是他妹妹的。」

「你看過他家有什麼奇怪的狀況嗎？」

「沒有。他們話很少。後來她搬走了——不記得到底是什麼時候。我不曉得她現在住哪裡，她那個人不太友善。」

「那他呢？」

她聳聳肩。「有點孤僻吧。我猜想他對每個人都很和氣——你知道，微笑揮手。但是他老是盯著我媽瞧。」

這會兒，當飛機在南內華達山脈上方不穩的氣流中震動時，我雙手緊抓著座位兩旁的扶手，看到兇手在我不遠處醒來。我不難想像尼克．派瑞許如何跟蹤他的獵物，盯著茱麗亞．賽爾離開房子去辦事，或者照顧花園，或者去購物回來。他就這樣盯著她，同時她還以為自己很安全，不會受到傷害。

盯著她，大概就像他現在盯著我的樣子。

3

五月十五日，星期一，下午
南內華達山脈

飛機在一條權充跑道的粗糙地面上彈跳著降落後，我們還要等一下，不能立刻下飛機。鮑伯·湯普森稱呼一個警衛「厄爾」，咕噥著下了一些命令。厄爾是第一個下飛機的；不久後回來說「全部安全了」，然後跟其他三個警衛把派瑞許帶下飛機。湯普森是接著下去的，後頭跟著一個安靜的青年，似乎是他的助理——但不是他的搭檔。在今天之前，我只見過湯普森和派瑞許的律師菲爾·紐立。幾年前，我還在跑社會線的時候，在法院見過紐立幾次。

湯普森和我已經認識將近十年了，我們都很瞧不起對方。

我猜想這讓我成了這架飛機上最顧人怨的前幾名。第一名是遙遙領先的派瑞許，其次紐立。至於身為記者的我，鐵定是第三名。

綽號「閃光」的比爾·柏頓是拉斯皮耶納市警局的犯罪現場攝影師，他和紐立接著下了飛機；然後飛行員來到機艙，站在走道上。「你們其他人先別動，等到他們把派瑞許安頓好。」他說完就下了飛機。幾分鐘過去了。

「你知道森林管理處會派誰來跟我們會合嗎？」我聽到大衛．奈爾斯問。

「傑西，」另一個人類學家班．薛瑞登說。「安迪會跟他一起來。」

「安迪姓什麼？」我問。

薛瑞登冷冷看著我，然後皺眉轉回去看著窗外。沉默一會兒之後，大衛．奈爾斯說：「安迪．史杜瓦，是個植物學者，偶爾會跟我們一起合作。」

「謝謝，奈爾斯博士。」

「喊我大衛吧。」

薛瑞登大聲嘆氣。大衛聽了似乎只是覺得好笑，不過他沒再跟我說話。我之前知道我們下飛機後，會跟其他兩個從另一個地點飛過來的人會合，但是湯普森只說他們是「薛瑞登團隊的人」。

「好吧，各位，」厄爾喊道。我站起來，但朝大衛比了一下，示意要讓降落後就焦躁不安的平哥先走。「謝了。」他說，跟在狗後面出去了。於是剩下我和班．薛瑞登，他還是皺眉看著窗外。

「聽我說，」我開口。「我不想——」

「我才不要把你留在飛機上，到處窺探，」他打斷我。「下飛機吧。」

我有點火，忍住了，然後沒再跟他說半個字，就下了飛機。

我站在階梯底下伸展四肢，望著眼前的景色。我們位於一片長長的草地上，接近一個狹窄谷地的正中央，整個谷地已經籠罩在陰影中，頗為涼爽。附近樹林裡傳來的松樹香混合著草地上晚春鮮花的芬芳，以及青草和泥土的氣味。當我看到我們降落的這條割過草的細長草地，對飛行員生出了新的敬意。

我們會在這裡設立一個基地營。

平哥一下飛機，就開始在草地上開心奔跑起來，其實沒怎麼跑，而是在活蹦亂跳，不時停下來，想拐主人陪他玩。不過大衛、薛瑞登，還有其他每個不負責看守派瑞許的人，全都忙著從飛機上把裝備搬下來。我搬完了自己的，就走過去想幫其他人。我才走了幾步，身後就傳來一個聲音：「你是那個記者嗎？」

我轉身，看到一個瘦削的金髮青年朝我微笑。我猜他二十來歲中段，剪短的頭髮根根豎起。他晒得一身古銅色，健壯的小腿肌肉絕對是靠著兩條腿移動很長的距離才能練出來的，騎腳踏車或跑步或健行。他的絡腮鬍剪得很短，右耳戴著一只耳環。

「是的，」我說，放下我的背包朝他伸出手。「我是艾齡．凱利。」

「我是安迪．史杜瓦，」他說，握手的感覺很堅定。「我是隊裡的植物學者。傑西和我中午就到了，全都安頓好了。需要我幫什麼忙嗎？」

「我自己可以，不過薛瑞登博士好像有些設備還沒搬下來。」

他提了另一個帆布袋，繼續跟我聊，說他們稍早是搭森林服務處的直升機過來的。

「請原諒我多問一句，但是這趟搜尋為什麼需要一個植物學者？」

「唔，任何時候，只要有像派瑞許先生這樣的人出現，挖了個坑，丟進去一些最後會成為一大團肥料的東西，然後又把坑填起來，大自然不會忽略這樣的事情。他挖起來的植物、開始長出來的新植物、周圍的土壤——他擾亂了既有的系統。一個植物學者只要練習得夠多，就可以學會看出這種擾亂的種種跡象。」

「所以他們是付錢給你，來尋找植物生態改變的痕跡？」

他咧嘴笑了。「付錢？不。我們沒有人領錢。班、大衛、我做這些鑑識工作是義務服務。我是植物學研究所的學生；班和大衛在人類學系教書。大衛還自己負擔所有平哥的訓練和設備。就連傑西，雖然他領森林服務處的薪水，但是他過來這裡也沒有任何特別津貼。」他暫停一下。「如果你不介意我問你同樣的問題——一個記者跑來這裡做什麼？」

「好問題。無論是在這裡或是在家鄉，很多人都會告訴你，這裡根本沒有我的事。」我暫停，想關掉我離開前跟法蘭柯吵架的回憶。

「我不要你跑去跟他待在山上，無論有多少警衛看守他。」

「我也不想跟他待在山上，但是這回我不能不去，法蘭柯。」

「拒絕這次指派任務吧。該死，艾齡，那些手指都是死前切斷的。你知道這是什麼意思嗎？」

「別再說了。」我說。

「這表示，」他毫不留情地繼續，「他開始切割那些女人的時候，她們還活著，艾齡。活著。」

「但是你無論如何還是來了。」安迪正在說。

「是的，我認識茱麗亞．賽爾的家人——」我開始說。

「賽爾就是他宣稱要帶我們去找的那個被害人？」

「是的。」

我來這裡，是要為他們殘餘的最後希望劃上一個句點，我心想。那小小的、不可能的希望，想必一直沉甸甸壓在他們心頭，揮之不去，就像鞋子裡的一顆小石子一樣。

當了多年記者，讓我知道被害人家屬會緊守著他們能找到的、能想像出來的任何小小希望，抓住不放。要是他們的兒子搭飛機失事，他們會想著說不定他沒趕上那架飛機，想像他把自己的機票給了一個朋友。

賽爾家也會懷著這樣的希望，我知道，雖然吉莉安絕對不會向我承認。

派瑞許的宣布應該幾乎是為這類幻想劃上句點，對吉莉安一定是很大的打擊。然而，賽爾家會懷疑派瑞許會不會只是吹牛，或者記錯了被害人的身分。

「你真好心，還為他們費這麼多事。」安迪說，讓我脫離了胡思亂想，回到眼前。

「不，不是好心，」我說。「我來這裡，是因為我的上司堅持，而且我其實不太高興這個指派。我被捲入了警察間的政治鬥爭。拉斯皮耶納市警局最近有個醜聞——」

「他們想隱瞞一個政風處調查所犯的錯，」他說，點著頭。「不過《快報》的某個記者知道了，於是讓他們加倍難看。」

「沒錯，所以為了向一般大眾證明他們做得很不錯，而且一切公開，警局的高官就決定讓一個當地記者寫一篇成功的報導——一個曾被媒體大幅報導的舊案，現在終於解決了。《快報》已經先跟警方施加壓力，說要派我來。我怎麼也想不到警方居然答應了，否則我會提早就阻止這個安排，不會讓事情發展到最後。」

「我還以為來採訪這種案子，會是記者的夢想。」

「我不太喜歡山區。」

「不喜歡山區？」他說，很驚訝。顯然他覺得這是一種褻瀆。

我艱難地吞嚥著。「我以前很喜歡山區。但是——我有回在山區碰到了很不好的經驗。」

「背包健行的時候？」

「在山中小木屋的時候。」我的嘴巴發乾，可以感覺到自己的舌頭遲鈍地發出小木屋這個簡單的詞。

安迪似乎沒注意到。「但是你以前在山區背包健行過？」他說，一臉困惑。

「是的。從我的設備看得出來？」

「對。不是新手風格——不像那個律師的狗屁服裝。你的衣物大部分很舊了——比方你的靴子。那個律師的靴子是全新的，我打賭他很快就會起水泡了。你有幾樣新東西，不過都很實用，不是裝裝樣子的。」

「我很久沒用這些裝備了。」我不願意去想原因。

「那就把這回的經驗跟那個小屋裡面發生的事情分開來。」他說，年輕人總是把事情想得很簡單。

我還沒來得及回答，一個聲音就從草地另一頭喊過來。「你們的植物學者在煩凱利女士了。」是派瑞許。

我覺得自己的臉紅了，因為幾乎所有人都忽然注意我——只除了看守他的警衛，其中一個叫他閉嘴。

「我有嗎？」安迪問我。

「不。你沒有。你讓我覺得自在多了。」

他又咧嘴笑了。

在某個程度上，我跟他說的是實話。至少他肯跟我講話，比其他人友善。或許他講背包健行是對的，或許只要我不開車去山區、住在小木屋裡，我的恐懼就不會被觸發。

「我以前對野花稍微有點概念，」我說，想讓自己的思緒遠離小木屋和汽車置物匣和尼克・派瑞許。「或許你可以幫我回憶這片草地上的某些花叫什麼？」

4

五月十五日，星期一，下午
南內華達山脈

結果我們的植物學課程得延期了；想在日落前建立基地，實在有太多事情要忙了。

我搭好自己的營帳，把背包放進去，然後去看看有沒有其他人需要幫忙。我看到厄爾，就是之前我碰巧聽到名字的警衛之一，他正在吃藥。他看起來是四十來歲後段，我想他的搭檔大概稍微再老一點。

「你沒有什麼不舒服吧？」我問。

「我？」他問，很快把藥丸收起來。「啊，我沒事。」看到我疑問的表情，他又說：「只是耳朵發炎。要是某些人知道，他們會要我退出這個任務的。」

「我不會說出去的。」

他咧嘴笑了。「尤其不能告訴湯普森。」

「是啊。我想我跟他之間彼此厭惡，應該很明顯才對。」

「女士，湯普森跟任何人之間都彼此厭惡。」他伸出一隻手。「順便說一聲，我是厄爾・阿倫。我注意到那位高尚的警探沒把你介紹給我們其他苦力。」

「很高興認識你，厄爾。我是艾齡。」

「喔，我們都知道你。你是哈里曼的老婆。」

「是啊。」

「法蘭柯是好人。要是有其他誰為難你，你就告訴我。」

「謝了。」

「嘿，厄爾！」另外一個警察朝這邊喊道。他是警察裡最魁梧的，也似乎是最老的。

「那是我的搭檔，杜克．芬里，」厄爾說著要走過去。「看起來他搭營帳需要人幫忙。」

「杜克和厄爾？你在開玩笑吧？」❶

「不是——我們是真正的貴族。」厄爾回頭跟我說。「這就是為什麼他們派我們負責對付所有的王族混帳。」

即使有厄爾合作，他們兩個要搭起大營帳也還是有困難，於是我決定過去幫忙。我們正在搭建的時候，厄爾指著另外兩個警衛，說是馬瑞克和曼騰，還有一個警察叫吉姆．霍夫頓，他正在架湯普森的營帳。

「他這麼年輕就當上警探。」我說。

❶ 杜克（Duke）意為公爵，厄爾（Earl）意為伯爵。

厄爾哼了一聲。「他不是警探，是制服警員，跟我們一樣。湯普森暫時還沒有常規的搭檔。」

「為什麼？」

「私下講？因為沒有人受得了那個狗娘養的。所以可憐的霍夫曼就被派去當湯普森的助理。」

「他的男僕啦，」杜克咬牙切齒道。「但是霍夫曼很穩重——不會讓任何事情影響他。他沒問題的。」

我們才剛把營帳從營柱間拉起，原先正在跟紐立討論的湯普森就忽然看過來，接著大吼：「你們這些人是怎麼回事？」

我們的手僵住了。厄爾回頭看，好像不相信湯普森在吼他。

「有什麼問題，湯普森警探？」杜克冷冷說。

「把那個該死的記者弄走！」湯普森說。「我不要她碰任何屬於拉斯皮耶納市警局的東西！」

「老天，鮑伯，」厄爾嘲弄道，「等到她回家，哈里曼可就有得受了。」

其他警察笑了起來，連霍夫頓都笑了，這對湯普森的脾氣是火上澆油。「那是他的問題。在山上這裡，我是作主的人。聽到沒？」

杜克和厄爾的表情不太甘心，但是我決定不要為這件事爭執。我很想放開扶著營柱的手，讓帳篷倒掉，但是又看到尼克．派瑞許在觀察我。我別開眼睛，尋找同盟，發現安迪搬著一個貯物箱——裡面裝滿了烹飪設備——朝烹飪區走。我正要開口請他幫忙，但此時班．薛瑞登走過來，抓住了我手中的營柱。「去吧。」他說。

我自己的小帳篷在空地的邊緣，位於一些樹旁的避風處。我打量了天空一會兒，決定在帳篷外頭加上外帳。然後我挑了個時間，趁著尼克．派瑞許沒在看我，就倒退進入帳篷裡。我把自己的設備放進去時，始終面對著帳篷門的開口，這個過程有時很不方便，但是我必須能看到逐漸變暗的天空，感覺到涼爽的空氣，同時拒絕讓自己想到待在這個封閉空間裡。我又加了一件衣服，這才走出帳篷，拿出我的小汽化爐，開始準備晚餐。

菲爾．紐立看到我，就急步走過來。我看到他緊張而不穩的步伐，想到這趟進入山區的行程，對他來說或許是個放鬆的機會，但我立刻把思緒轉回眼前——這不是度假，或是輕鬆休閒的背包健行——我們正要去挖出尼克．派瑞許的可怕作品。

而眼前就是他的辯護律師，低頭微笑看著我。紐立可以隨時散放魅力。他一頭褐髮，五官稜角分明，加上那對熱切的深色眼珠，據說可以在提出第一個交互詰問的問題之前，就讓檢方證人心神不寧。但是眼前他穿上了嶄新的設計師戶外服裝，看起來絕對是個都市人，而且完全沒有惡意。

「艾齡，」他責備道，「你該不會是要剝奪我們跟你共進晚餐的機會吧？」

「『剝奪』這個字眼，你們辯護律師好像很少用到。」我之前被通知要帶自己的食物來，其他人則都是由拉斯皮耶納市警局提供食物。紐立還帶了牛排來，要為野外的第一夜加菜。

「要命，」他說，「如果我都能面對他們對律師所表達的一切反感，你也能應付的。過來一起吃吧。」

「謝謝你的邀請，菲爾，不過如果我不吃我打算做的這頓飯，明天就得打包裝進我的背包裡了。何況，我可不想看到尼克．派瑞許享用牛排晚餐。」

「我相信厄爾會給我的客戶吃波隆那香腸三明治的。」

我微笑。「你不反對？」

「不太反對。」他猶豫了一會兒，才又說：「我不必喜歡我的客戶，艾齡。我只要提供我所能提供的最佳法律辯護就行了。」

「但是派瑞許好像不太想要什麼辯護，對吧？」

「我是反對這個協議的。」

「檢方起訴他的證據非常充分。」

「艾齡，拜託——」

「好吧，好吧。我不是天真得無可救藥，我知道一旦你找到任何漏洞，這些充分的證據可能就會走樣了。」

他大笑。「我就把這個當成恭維了。接下來，你就加入我們吧。」

「抱歉了，菲爾。雖然新聞記者的直覺告訴我，如果我設法跟你們建立同志情感什麼的，我就能寫出更好的報導；但是我猜想，接下來兩三天，我們還會有很多時間相處。」

「那麼，好吧，我就不逼你了。但是不要整晚都躲起來——不然看起來好像你在生悶氣。」

「你說得沒錯，」我承認，有點失望自己稍後還是得全副武裝，回到戰場上。「稍後見了。」

我吃完飯，一邊清理，一邊想著在我不跑野外的這些年，除了冷凍乾燥食物之外，背包健行的其他方面是否有所改進，然後清理完畢，又重新加入其他人。他們圍著一堆小小的營火而坐。厄爾和杜克帶著派瑞許進入他的帳篷，在裡頭看守他；不過另一個警察曼騰對我很友善，攝影師「閃光」柏頓也是。除了兩個例外——鮑伯・湯普森和班・薛瑞登——晚餐後的大家都沒有什麼敵意。

我加入後沒多久，湯普森就說他要去睡覺了。「我建議你們其他人也去睡了。」不過其他人根本不管他說什麼。

曼騰注意到我不安地朝派瑞許的帳篷看了幾眼，於是說：「別擔心，我們不會讓他離開視線。你不會有事的。」

「謝謝。」我說，但還是甩不掉那個想法：覺得派瑞許躺著完全清醒，傾聽著帳篷外的每個字、每個聲響。

一個尖銳的聲音讓我望向班・薛瑞登，他正在把小樹枝折斷，折得愈來愈小。我不是唯一在廣大戶外覺得難以放鬆的人。

不過其他人很快就讓我分心，他們開始取笑我沒吃到牛排大餐。

「準備這些牛排的時間，還不如老大衛幫他的狗做晚餐的時間那麼久。」馬瑞克說，然後誇張地描述大衛怎麼精心準備平哥的食物。

「嘿，我得好好照顧平哥，」大衛說。然後用西班牙語說：「你還好吧，平哥？」平哥坐在他和班之間，湊過去親了大衛的耳朵一下。

「要命啊，」曼騰說，「你還讓那隻狗親你，他之前不是到處舔死屍嗎？」

「平哥，他在詆毀你！」大衛說，那口氣惹得平哥吠叫。「平哥只親活人。當然了，曼騰，像你嘴巴這麼臭的人，大概會讓他搞混，或許他不會親你。」

「你餵他的是什麼東西？」「閃光」柏頓問。

「啊，那是我自己的『訓練超級英雄』（Super-Hero-In-Training）祕密配方。」

「還會製造出這個配方的字首縮寫。」安迪附和。

「你可不要踩到那個縮寫，就像你剛剛破了我的哏一樣。」大衛說，但是毫無惡意。

平哥靜靜趴在那裡，耳朵往前豎起，看著大衛。我注意到，大衛也花了很多時間看平哥。

安迪問起布爾，於是大衛解釋布爾在搜索凱拉．連恩時有一腳受傷了。「布爾找氣味時非常投入，不太注意自己會走到哪裡。他不會有事的，但是他的狀況不適合這趟搜尋任務。我有個朋友正在訓練尋血獵犬，我不在的時候，他會幫我照顧布爾。」

「這隻牧羊犬一定是兩隻裡頭比較聰明的。」曼騰說。

大衛微笑。「平哥當然是一隻非常有教養的狗。而且他會兩種語言。對不對，平哥？」平哥又坐直身子，吠了一聲。「除了尋屍訓練，他也受過聲音訓練。」

「聲音訓練？」曼騰問。

「唱給我聽，平哥，」大衛用西班牙語說，然後開始唱起〈牧場是我家〉（Home on the Range）。平哥音調準確地跟著副歌哼。我發誓我們全都聽到了那隻狗唱出歌詞。沒有人忍得住不笑。好吧，還是有個例外。

「夠了，大衛。」班厲聲說。

接下來一片沉默。

每個人都不安地挪動了一下，除了大衛和平哥。狗和人都看著班，平哥頭歪向一邊，很困惑。

「啊，這話真讓人喪氣。」大衛輕聲說，一點火氣都沒有。然後開始輕聲誇獎平哥。

班站起來走掉了。

5

五月十六日，星期二，凌晨二點二十五分

南內華達山脈

要讓自己整夜睡不著覺，最有效的方法，就是推測自己如果不趕快睡著、次日會碰上什麼樣的狀況。我聽到大部分帳篷傳來的微微鼾聲，包括大衛和平哥依偎著同睡所發出那種類似雙鋸的聲音。我聽到負責守夜的警衛腳步聲，先是曼騰和馬瑞克，後來是杜克和厄爾。

我的幽閉恐懼症發作了——沒辦法待在帳篷裡太久，很快地，我就坐在帳篷開口，看著星星，傾聽昆蟲鳴叫，很好奇是什麼動物發出其他的聲音——偶爾會有窸窣聲和樹枝斷裂聲。我們的食物已經放進專用袋子裡，安全地吊掛在離營地約九十公尺外的樹枝高處，但是我不太確定真的不會有熊在觀察我們。

我很想法蘭柯，想著他是否也躺著睡不著，想著飛行員用無線電通報說我們已經平安抵達的訊息，他是不是已經聽說了。我想著我的表弟崔維斯，他現在跟我們一起住。我想著我的兩隻狗，一隻貓。

我努力不去想我以前在山區待的一段時間，當時我被關在一棟小木屋裡的一個小房間，成為

幾個殘酷主人的囚犯。那段期間引起的惡夢，現在比較少了，但我知道觸發那些惡夢的關鍵是什麼：封閉的空間、壓力、新的環境。

想想別的事情吧。

我想著吉莉安．賽爾。想著她母親。還是睡不著。

我正在想著自己是否該向舊日被囚禁的記憶屈服，乾脆就去想——老天在上，索性想個徹底，或許可以減輕壓力——此時一塊亮光忽然照在我臉上。是手電筒，很快就放低了。燈光的路徑和腳步聲都顯示有個人朝我走來。他走近些，我看到原來是班．薛瑞登。他走過來時，我趕緊站起身。

「你為什麼還醒著？」他低聲說，呼出的氣在寒冷的空氣中凍成白霧。「現在都凌晨三點了。」

「正在等著把握我的大好機會，去檢查你們的各種設備，摸一摸所有屬於拉斯皮耶納市警局的東西。」我低聲回答。

他沉默了一會兒，然後又問一次：「你為什麼還醒著？」

「我吵到你了嗎？」

「沒有。」

「唔，那麼，你為什麼還醒著？」

「噓。不要這麼大聲，你會吵醒其他人的。」

我等著。

「我睡過了。」他說。

「沒睡多久。」我說。

「你根本都沒睡。」

「班，如果你之前睡著過，你怎麼曉得我都沒睡？」

他轉身要離開。

「我對封閉空間有障礙。」我說。

他停住，然後說：「幽閉恐懼症？帳篷會讓你困擾？」

「對。」

「那就睡外頭吧。」

「不光是那樣而已。」但是我沒有勇氣說更多了。

接著我們的交談被打斷了。平哥聽到我們的聲音，從大衛的帳篷裡冒出來，好像剛從水裡上岸般抖動身體。他耳朵周圍的一簇簇毛豎起，讓他看起來好像睡得迷迷糊糊，滑稽極了。

大衛很快跟著出了帳篷。我還沒來得及道歉，大衛就睡意朦朧地低聲說：「嗨，班。要把平哥借你嗎？」

「她需要。」班說。

「什麼？」我問，嚇了一跳。

「好吧，」大衛說，轉向平哥。「去跟她睡。」他用西班牙語下令，指著我。平哥開心地走過來，趴在我旁邊。

「等一下——」

「讓他保持溫暖就行了。」大衛說，然後回到他自己的帳篷。

我有點惱怒地看著班。

「如果你開始作惡夢，他會叫醒你的。」班說，然後轉身要離開。

「誰說我會作惡夢的？」我問。

他回頭看了一眼說：「沒人說過。」然後繼續走。

平哥看著我，滿臉期待。

我嘆了口氣，進入帳篷，鑽入睡袋。平哥稍微審視了帳篷內部，在我旁邊趴下。他不安地挪動了一會兒，直到似乎找到他喜歡的姿勢——腦袋枕著我的一邊肩膀。

「舒服了？」我問。

他哼了一聲。

我頭靠著他厚厚的毛皮，發現自己在笑。幾分鐘後，我睡著了。

次日早晨平哥離開我時，我曾短暫醒來過，但是又繼續睡了一會兒，直到營地裡面的活動聲音愈來愈多，讓我沒辦法再睡了。

早餐後沒多久，我們就離開基地營，只有飛行員跟最重的設備留在原地。派瑞許宣稱茱麗亞・賽爾被埋葬的地點，離這條飛機跑道至少要走一天。我們揹上背包，開始進入森林的旅程。

我們的進度緩慢。負責指路的派瑞許戴著手銬、還被重兵看守著——而且或許品嚐著他能在監獄外頭度過的最後時日——並不是我們拖拉的唯一原因。

除了平常的露營用具之外，班和大衛還帶了額外的設備，因而讓大家負擔沉重。

這個團隊的陣容龐大，其中每個人經驗不同，從新手到專家都有。我猜自己算是中等；我以前花過不少時間健行或山間徒步旅行，但是最近幾年都沒有。巡山員傑西無疑是最有經驗的背包健行者，安迪則是緊追在後的第二名；閃光、霍夫頓、大衛、班又稍微落後一些，不過身處戶外都像在家裡一樣。鮑伯・湯普森和菲爾・紐立顯然是新手。杜克是警衛裡最年長的——他給我看過他新生孫子的照片，還說了他高中時期的一個故事，所以我猜想他年紀是五十出頭。他的身體狀況比四十出頭的馬瑞克或曼騰都要好。至於厄爾的年紀介於兩者之間，健康狀況也居中。

閃光柏頓的戶外經驗遙遙領先所有警察。他熱心地拍野花照片，然後跑去找安迪確認，在他的攝影筆記本上寫下花名。安迪只糾正了他一次或兩次。他們很快就聊起各自去健行或攀岩過的地方。

派瑞許的野外經驗則很難判斷。我的猜測是，至少這片森林是他非常熟悉自在的地方。或許別的森林也是。比方他的健行靴就是他自己的，品質很好，而且穿得很合腳。當小徑上有一條牛蛇匆忙穿過時，他不像菲爾・紐立那麼慌張。

平哥也沒被這些野生動物驚擾。他沒去追松鼠或其他小動物，雖然他很明顯有注意到。大部分時間，他都離大衛很近，行為時而莊嚴、時而搞笑。

有時候，他走近班。我從大衛那邊得知，平哥愛黏著班有好理由：過去幾個月，班都住在大衛的房子裡。雖然大衛不太願意多說細節，但顯然班和他的女友分手了，搬出來，會在大衛家寄住到這個學期末。「他打算學期結束後自己找個住處。雖然我跟他說可以繼續住下去，我和兩隻狗都很喜歡有他作伴。」

「請原諒我，我很難了解為什麼。」我說。

他微笑說：「沒關係，我猜想班在這趟旅程沒有給任何人好印象。他現在的狀況不是最好。」

「為什麼？」我問。

「啊，各式各樣的理由。」他模糊地說，然後繼續往前走。

最後我們終於在一塊小空地停下來吃中餐，那地方沒辦法讓大家像之前分散得那麼遠。尼克·派瑞許藉這個機會又盯著我看。平哥或許想起昨夜跟誰一起睡，對派瑞許的舉動很不滿，於是站直了朝他低聲咆哮。

「冷靜點，我的衛兵。」大衛柔聲說著西班牙語，然後平哥就平靜下來了。

「你跟他說了什麼？」派瑞許問。

大衛沒回答。

「看起來你有個保護者了，凱利女士，」派瑞許說。「總之，暫時是這樣。」

「別煩她了，派瑞許。」厄爾說。

「但是我認為凱利女士應該要訪問我，你不覺得嗎？」

我剛好不必回答，因為此時團隊的最後一個成員剛好跛著腳走進空地。菲爾．紐立小心翼翼地走向一塊平坦的大石頭，嘆著氣坐下。顯然那雙新健行靴讓他兩腳快廢了。過去將近一公里，他走路時好像每一步都走在熱玻璃上。

我翻著自己的包包，想要找我帶著的水泡舒緩貼布，此時班．薛瑞登走到他面前說：「脫掉你的靴子。」

紐立臉紅了，「你說什麼？」

「脫掉你的靴子！你大概起水泡了。你在步道上應該要早講的。」

「我穿著就行了，謝謝。」紐立努力維持尊嚴地說。

「不要因為頑固而給自己惹出更大的麻煩，」班說。「你正在傷害自己的腳，還危害到整趟行程。或者這就是你的目的？」

「聽我說——」

「先別管他的態度，菲爾，」我說。「他說你起水泡的話是對的。如果傷口發炎的話，那就危險了。」

但是他沒打算讓步，而是掏出一個GPS（全球衛星定位系統）儀器，開始操作。班一臉氣呼呼走掉了。

「你用過這類手持GPS接收器嗎？」紐立問我。

「沒有，」我說。「我用羅盤、高度計、地圖也還可以。」外加一點傑西的幫助，我默默想著。傑西對這個區域的熟悉度，曾不止一次協助我找出地形的特徵。

「這個小玩意兒很厲害。」

紐立把那接收器遞給我，花了幾分鐘跟我示範操作的基本方式。螢幕顯示出經度和緯度的數字，他說：「當然了，在狹窄的谷地或在濃密的樹林就失靈了，或是其他難以接收到衛星訊號的地方。我注意到湯普森警探也有一個在用。」

我遞還給他。他收起來，開始要起身，然後詛咒了一句。「對不起。」他說，又坐下來。

「你就讓我看一下那些水泡吧？要是不太糟糕，這個水泡舒緩貼布可能會有幫助。」

但是當他脫掉靴子，顯然水泡已經相當嚴重了。這些年來我雖然上過一些急救課程，但是我看到比我更有訓練、也更有經驗許多的傑西走過來，接手要幫紐立處理，還是鬆了口氣。

我們又上路了，紐立走得很慢，但是沒放棄。大約一個小時後，我們停下來要搞清方向時，他毫不猶豫就又脫掉靴子和襪子。我看得出他腳上又長出新的水泡，正要再割一塊舒緩貼布給他，此時我聽到派瑞許大喊：「我要跟我的律師講話，私下講。」

「你當我們是白痴嗎？」杜克說。「你不能就這樣跟你的律師跑去樹林裡。」

菲爾．紐立嘆氣，皺著臉光腳站起來。「我就在這裡跟他談，你們所有人都看得見。你們想要的話就圍著我們，不過給我們一點協商的空間。」看到杜克一臉懷疑，他又補充：「我現在腳這樣，不可能跟任何人『跑去樹林裡』的。」

杜克望向鮑伯．湯普森，湯普森點頭。「不過要把他們包圍起來，」湯普森說。「其他人都不准接近。凱利女士，給我離紐立先生遠一點。」

我根本不必誰勸，自己就想離得遠遠的。派瑞許正朝我微笑。「啊，」他說，假裝很失望。「我還希望她也能來玩玩我的腳呢。」

這番話惹得厄爾猛推了他一把。

每個警衛都小心翼翼，不願意站得離他太遠。「紐立，」鮑伯．湯普森說，「你們兩個只能咬耳朵了。」

派瑞許往下看著紐立的光腳。「你走太慢了，大律師。」他說，一點也不打算壓低聲音。

「眼前我也不能怎麼辦，」紐立說。「你想怎麼樣？」

「想要走快一點。」派瑞許說，然後抬起他穿了結實靴子的一腳，狠狠朝紐立的左腳踩下去。

紐立痛得大喊，平哥開始吠叫，但是警衛已經衝上去，把派瑞許用力推到充滿岩石的地上，壓在那裡。霍夫頓掏出手槍，站在一小段距離外掩護他們。厄爾在上方，把派瑞許的臉壓在地上，讓他滿足的微笑變得扭曲。

傑西匆忙過去察看紐立，這位大律師的表情像是快要昏過去了。傑西檢查那隻腳一會兒，然後說：「我想他有幾塊骨頭骨折，很快就腫起來了。」

他再度打開他的急救箱，拿出一個瞬冷冰袋放在他腳上。很快地，我們就發現紐立不但是無法走路，他的左靴根本沒法穿上了。

這個狀況引發了一陣熱烈的討論，大家爭辯著是否該當場就結束整趟旅程。湯普森主張放棄。其他人則指出時間和經費都已經花下去了。「要是我們帶他上去那兒，沒有他的律師在場──」湯普森說，但是派瑞許打斷他。

「那我現在就解雇他。」

「反正無論如何，我會帶你回拉斯皮耶納。」湯普森說。「如果檢察官發現你搞砸了這次昂貴的搜索，你認為他不會要求判你死刑嗎？反正這趟搜索說不定只是白費力氣而已。」

「我可以跟你保證，」派瑞許冷笑著說，「這一趟不會是白費力氣。」

接下來大家沉默好一會兒，就又開始另一輪的辯論。紐立同意在自己不在場的狀況下，讓派瑞許帶他們到埋屍處。「帶你們去找到她，好讓他不會被判死刑。」他咬著牙說，臉色蒼白而憔悴。

最後湯普森終於讓步，決定讓傑西和霍夫頓帶紐立回去基地搭飛機。「霍夫頓，你跟他一起飛回去，送他去醫院，然後盡快跟檢察官聯絡。把這裡的詳細狀況告訴他，跟他說紐立同意這樣的安排。」

傑西和霍夫頓分攤了紐立背包裡的東西，然後一左一右撐著他。痛得臉色發白的紐立想把那個GPS接收器給我，說：「可以麻煩你，把任何我該知道的位置記下嗎？」

「對不起，不行。」我說，不想跟派瑞許的辯護牽扯上任何關係。

他勉強擠出微笑說：「那麼，你要用你自己的羅盤了？」

「是的，而且雖然我不認為任何精神正常的法官會讓你看我的筆記，但是我們都知道鮑伯．湯普森也有使用GPS接收器。」

他點頭，但好像腳痛得說不出話了。

傑西交代安迪，自己不在的時候，要留意哪些事情。「沿路標示出記號給我，」他說，「另外，如果有辦法的話，別讓他們毀掉太多森林裡的土地。」

我們全都目送著他們三人緩緩離去。

安迪偶爾停在轉彎處，用一截布條綁在灌木上，或是用石頭排成一個箭頭形，我也有了跟他談話的機會。

「你認為傑西會追上我們？」我問。

「一定的，」安迪說。「他狀況好得很。他一天能走的距離，會讓我們大部分人看起來像菲爾．紐立午餐的時候那樣。」

到了那天接近傍晚，我開始懷疑我們恐怕無法走到一個可以紮營的地方，更別說茱麗亞．賽爾的埋骨處了。我們浪費了一大堆時間，氣溫下降得很快。天空的雲開始聚集——是捲雲，可能有一場風暴要來臨。

湯普森顯然也有同樣的擔心，他要大家停下來。「你之前在地圖上指出一個山谷，但是我們好像不是往那個方向走。」他對派瑞許抱怨。

「我之前搞錯了，」派瑞許說。「現在我很清楚要往哪裡走了。」

此時風向微微轉變。平哥抬起鼻子發出噴氣聲，然後開始哀鳴，看向大衛，耳朵往前豎。

「他是在發出警示嗎？」班在我後頭輕聲問。

大衛看著平哥。「有什麼不對勁？」他用英語和西班牙語各問了一次。

那狗開始往前奔，大衛匆忙追上去。我也跟著，不理會湯普森說「回到這裡！」。

平哥現在跑得很快，沒多久就看不見了。「平哥！停下！」大衛喊道，但是平哥已經停下來，在我們前方吠叫著，然後又悲傷地哀鳴起來。

我和大衛同一時間抵達，兩人都驚恐地同時大叫一聲。平哥在一棵松樹底部，乍看之下，樹上似乎垂掛著一些奇怪的灰色苔蘚，但其實不是苔蘚。那些從樹枝上垂掛下來的東西是動物，郊狼。大約一打左右的郊狼屍體倒懸下來，腐爛的程度不等，釘在那些比較低的樹枝上，彷彿有個人在佈置一棵象徵死亡的恐怖聖誕樹，正佈置到一半。

我一手摀住嘴巴，努力忍著不要吐出來。

大衛安撫著平哥，誇獎他，但是我聽得出他聲音裡的顫抖。

我們聽到其他人的聲音，在我們身後穿過森林追上來。

尼克．派瑞許抬頭看著那棵樹微笑。「我跟你說過，我們是走向正確的方向。」

6

五月十六日，星期二，傍晚
南內華達山脈

閃光在拍照。氣得臉紅的馬瑞克雙臂被曼騰拉住，朝派瑞許大罵他是「一個病態的操蛋」，同時曼騰盡力阻止同事不要去揍他們的囚犯。派瑞許始終保持微笑。

之前我看著其他人陸續抵達那棵郊狼樹；他們臉上的表情先是驚恐，接著是憤怒。班・薛瑞登剛看到那棵樹時短暫震驚了一會兒，現在已經冷靜下來，審視著樹上。他轉身對閃光說：「我們會需要這棵樹的照片，柏頓先生。」

馬瑞克看到班開始寫筆記，吼道：「那個會讓你興奮嗎，薛瑞登？」

「閉嘴啦，馬瑞克。」鮑伯・湯普森冷冷地說，走近那棵樹，也開始觀察起來。

「麻煩從各個角度拍，柏頓先生，」班說，看了馬瑞克一眼，又說：「如果你要拍影片，麻煩把聲音關掉。大衛，或許你最好把平哥帶走。」

「離這邊大概五十碼，有一小塊空地——就從那條小徑往下，那裡。」派瑞許指著說。沒有人謝謝他的幫忙。

我又留下一會兒，但是沒有其他人講話。我看到湯普森拿出他的GPS接收器。我利用自己的羅盤記下那棵樹的位置。

我想著湯普森會不會因此要再對派瑞許提出其他罪名的指控，或許傑西可以代表森林管理處提出。我逼自己去數那些郊狼的數目，總共有十二隻。那些屍體身上看起來都有某種塗層。儘管我一直逼自己堅強起來，但那個景象還是讓我反胃。我轉向派瑞許。「為什麼？」

他咧嘴笑著說：「你對他們感覺親切嗎？或許你會希望我把你也掛上去。讓他們在微風中搖晃著，跟你碰撞。」

我忽然一肚子火冒上來，但是同樣迅速地，我看到他對我的反應很樂——於是我咬牙忍著沒反駁。

湯普森低聲要我離開，難得一次，我樂於聽從他的要求。

我追上安迪和大衛時，他們正在跟平哥玩拔河，兩人輪流跟平哥扯著一個棉繩玩具。那玩具看起來好破舊，顯然很受鍾愛。我也加入遊戲。平哥只要從我們其中一個人手裡搶到那玩具，就會咬著猛搖一陣，然後驕傲地繞著小空地走，腳抬得高高的，好讓其他人知道誰贏了。同時狡猾地看著我們每個人，想激我們再去跟他搶。這個遊戲過程幾乎足以讓我們暫時不去想那棵樹，但只是幾乎而已。

「大衛，」安迪說，「你以前也碰到過這類人。你想派瑞許為什麼要做這種事？」

「解釋可能有很多種，」大衛說，「但是如果要真正產生效用，那麼就該去問司法心理學家。」

「他瘋了。」安迪說。

「就法律定義來說並沒有，」大衛說。「心理學家已經判定他有接受審判的能力。」

「根據紐立的說法，派瑞許童年時遭受過嚴重的虐待。」我說。

「哦？」大衛說。「或許有，或許沒有。他母親死了，他妹妹神祕失蹤了，所以關於虐待，我們只有派瑞許一個人的說法。事實上，他大概是全世界唯一知道他妹妹下落的人——你們誰相信她還活著嗎？」

我們都沒吭聲。

「他殺了他母親嗎？」安迪問。

「沒有，」我說。「她是死於自然原因。不過曾經訪談過他的一個心理學家認為，她的死可能引發了他的暴力。」

大衛搖頭。「我猜想心理學家必須設法了解他。我呢，從很多方面來說，我不認為我真的能搞懂像尼克．派瑞許那樣的人。其他很多受過凌虐的人倖存下來，繼續過著很有貢獻的人生——他們不會虐待女人或動物。我無法理解派瑞許這種人。平哥的行為對我來說還比較容易懂。」

「班為什麼還在那裡研究那——那棵樹？」安迪問。

「這樣等到下一個尼克．派瑞許出現，我們就可以在他殺第一隻郊狼時逮到他。班做了很多這類工作，比我多很多。或許是太多了。」他看了我一眼。「他最近有一大堆棘手的案子。還有兩個連續的MFI——他是我們這個區域的DMORT團隊成員。」

「什麼是MFI？」我問。

「對不起。大型死亡事件（mass fatality incident）——任何造成大量死亡的事件。自然或非自然都算：地震、暴動、爆炸案——」

「墜機？」

「是的。幾個星期前，班才被叫去支援奧勒岡州的一起墜機事件。」

「墜毀在喀斯開山脈的那架通勤班機？」

「是的。八十七人死亡。當時我們才剛處理完沙加緬度那邊的水災狀況，一回家，DMORT團隊又被找去支援那起墜機。」

「什麼是DMORT團隊？」我問，一邊拉著那個棉繩玩具，因為平哥頂著我，催我跟他玩。

「大災難罹難者遺體處理作業團隊（Disaster Mortuary Operational Response Team）——這是一個聯邦的方案。假設你是鄉下的驗屍官或是殯葬業者，平常每星期頂多處理幾具遺體。但是如果有一架飛機墜毀在附近樹林裡，你忽然間就有兩百具屍體要處理。通常來說，碰到大型災難，當地驗屍官和殯葬業者的設備都沒辦法應付。要是驗屍官需要有人協助認屍和殯葬服務，DMORT團隊就可以帶一個活動停屍所和相關專家過去。全國有十個DMORT團隊，由各個不同區域負責組織起來。班就是屬於我們這個區域的。」

「但是這個不一樣，」安迪說。「即使他常參與刑事案件，我敢說這是他第一次看到這種郊狼樹。」

大衛聳聳肩。「或許吧。你要是知道我們看過什麼，可能會很驚訝，安迪。有些……」他的聲音逐漸停下，搖搖頭，然後喊平哥過來。過了一會兒他說：「如果不是覺得自己可以因此學到東西，班是不可能花時間在那裡的。」

「學到比方什麼？」安迪問。

「或許那是一種計分的方式。」我說。

「屍體的數字？」大衛問。「或許吧。也說不定那些郊狼是某種暖身儀式，為殺人做準備。另外，也或許當他找不到自己想找的那種被害人時，就殺一隻郊狼。」

「但那就表示，他曾在這裡待了很長的時間，」我說。「那些郊狼看起來死很久了。」

大衛點點頭。「除非他用某種化學物品保存這些屍體——班大概正在設法要確定這類事情。」

平哥的雙耳忽然豎起來，全身僵住不動。接著他嗅嗅空氣，走到大衛旁邊擺出保衛的姿勢，頸背的毛豎起。「冷靜點，我沒事，平哥。」大衛說，那狗抬頭看著他，然後坐在他腳邊。

很快地，我們就看到平哥聽到且聞到的是什麼了；四名警衛和派瑞許加入我們，又過沒多久，閃光和鮑伯．湯普森也來了。最後出現的是班．薛瑞登，他慢吞吞拖著腳步，沒跟任何人打招呼，迷失在思緒裡。

湯普森看了一下手錶，煩躁地嘆了口氣。「我們只剩兩個小時的天光了，有辦法在日落之前趕到那個埋屍處嗎？」

「當然可以。」派瑞許回答。

他帶著我們走下一道穿過濃密森林的陡峭小徑，來到一個小池塘。湯普森正用他的GPS接收器記下地點時，派瑞許說：「不，不，不是這裡。」他走向另一個方向，又進入樹林，穿過一條小溪，然後在森林裡面繞了半天，帶著我們來到一片長長的草地。

「也不是這裡。」他說，又帶著我們往前走。

我問湯普森他的GPS接收器上的經緯度，然後跟我用羅盤記下的位置比對。我正要把我的想法告訴他時，大衛忽然朝他喊。

「平哥對上一片草地有點興趣，」他說。「值得我們花點時間在那裡——」

「我們已經在GPS上頭標示了，」湯普森打斷他。「我再給派瑞許一次機會。如果最後這次再沒找到，我們就回去那片草地。」

「你看看地圖，」我說，把我記下的位置給他看。「他在帶我們兜圈子。他現在正要走過去的那片山脊，就是郊狼樹那裡。」

「是啊，他是在跟我們玩遊戲，還樂得很，」湯普森說。「我已經跟他說了，下一次最好就是正確的地方，否則我們原先談好的條件就取消。」

我們又穿過那片山脊，沿著郊狼樹一段距離外的一條狹窄小徑朝下坡走，然後發現自己來到另一片長而窄的草地。此時天快黑了；空氣冰冷但無風。

「這個地方讓我毛骨悚然。」曼騰說。

「別在意，」湯普森說。他轉向大衛。「狗的反應怎麼樣？」

「這個工作狀況不理想，」大衛回答。「如果有點微風，我就可以告訴你更多。」

「派瑞許——你到底把她埋在這片草地的哪個位置？」湯普森問。

「位置？我不確定。但這就是為什麼你們帶了那條狗來，不是嗎？」

湯普森瞇起眼睛，看起來打算要揍派瑞許了。他握緊雙拳，然後轉身離開派瑞許，僵硬地走了兩步，才說：「在這裡紮營。我們明天早上再來找她。」

於是我們全都開始忙著搭帳篷。那天夜裡大家都沒說什麼話；沒有前一夜的玩笑或患難與共的情誼了。平哥跟大衛在一起，這當然沒問題。我不打算睡，而且很確定我不是那天晚上唯一清醒躺著的人，我想著茱麗亞．賽爾被帶著走到這片草地，被逼著挖出自己的墓穴。她一定覺得，更糟糕的是，派瑞許竟然把這片天堂變成她的地獄。我相信她不是唯一這麼想的人。

而且我確定，我不是唯一好奇她的埋骨之處離我們到底有多遠的人。

7

五月十七日，星期三，上午
南內華達山脈

次日早晨，天才剛亮，我就決定去附近散步一下，於是跟正在和馬瑞克一起守夜的曼騰說我要去哪個方向。我沒走多久，就找到一個很淺的山洞，不到十呎深。若是這裡曾是某個動物的巢穴，那麼也棄置不用很久了。裡頭沒有藏食物的地方，沒有鳥巢，沒有大便，沒有小型獵物的骨頭，沒有毛皮碎片。事實上，我愈想就愈覺得，這個洞穴看起來有點太乾淨了。有什麼動物會在自己的住處留下這麼少的痕跡？我想不出來。

我決定等到巡山員傑西趕上我們時，再去請教他。然後也忽然想到，派瑞許有可能利用過這個山洞，如果真是如此，我們這個搜尋隊裡的專家們，或許可以偵測到他之前在此活動的痕跡。

我開始覺得不安，但是盡量歸咎於又是幽閉恐懼症發作，心知其實不是。我匆忙走出山洞，照慣例用羅盤和高度計讓自己冷靜下來。我記下山洞的位置，然後回頭朝營地走。

我回到那片草地時，雖然還很早，但是大部分人都起來忙了。曼騰正在審視著一張照片，裡面是一個髮長及肩的金髮女子，他拇指按著照片的一部分。

「你老婆？」我問。

「是啊。」

「好漂亮。」

「謝謝。」

我正要離開，但他好像突然想到似的，說：「嘿，你是女人……」

我又轉向他，哪個女人可以忍著不回應他的這句話呢？你總是知道接下來會是什麼。那就像是說：「嘿，你會講烏爾都語，幫我翻譯這個。」你要代表你會講烏爾都語的姊妹們，一定會認真聽對方問什麼。

「有件事要請教你，」他繼續說。「你認為她的頭髮這樣看起來比較好看嗎？」

「你的大拇指遮住頭髮了。」

「不，她把頭髮剪到了這個長度，就在我上來這裡之前。把我氣死了。我們還吵架。」

「讓我看看，」我說，他把照片遞給我。我審視了一會兒。「她剪不剪都很漂亮，你不覺得嗎？」

他把照片拿回去。「是啊，我想是吧。我想我只是得適應一下。」他打了個哈欠。「現在我也不能做什麼了。」他說完走向自己的帳篷。

幾碼之外，班和安迪站在一塊大圓石上頭。兩個人各拿著一具雙筒望遠鏡在看；安迪往下指著草原，似乎示意某個特定的地點，班則把自己的雙筒望遠鏡朝那個方向對焦。接著他們放下望遠鏡，在一張紙上畫了記號。我觀察他們一會兒，這個過程重複了幾次。

我走近他們。安迪看到我，就喊著招呼。「過來這裡，」他說。「讓你看看我們在找的一些跡象。」

班顯然對這個提議很不高興，我還沒走到那塊大圓石，他就離開了。

「來，」安迪說，把他的雙筒望遠鏡遞給我。「看著那裡，就在那棵樹右邊。」他等到我找到他指的那個地方。「你看到了什麼？」他問。

我審視著那片草地，位於我們紮營處往上緩坡的一段距離外。「大部分都是草和野花。」我說。

「那些草的高度都一樣嗎？」

我又看了一下，這回更仔細了，然後我說：「不！有一小塊地方的草比較短。」

「沒錯，」他說。「那裡比較短，有可能是因為剛長出來的。我們在這片草地找出了幾個這樣的地方，標示在地圖上。我們得湊近些看，才能更了解為什麼那邊的草比較短。」

「然後你們會建議大衛帶著平哥去搜尋嗎？」

「或許。通常他傾向於先讓平哥有機會自己去聞聞看，我們先不要有任何指引——看他會不會發出警示。」

「就像他發現那棵郊狼樹一樣？」

「不，不完全是。平哥聞到人類血跡或遺骸時，會發出非常明確的警示。他所受的訓練是專門找人類，而不是要找動物遺骸的。他對郊狼樹的那種反應，我想只是表示他很心煩而已。」

「我不怪他。」

「我也不怪他。」他沉默了一會兒，然後說：「總之，大衛和平哥工作時，班和我會檢查那幾塊植物受到干擾的地方。當然，有一些自然因素可能會影響植物生長，但我認為我們想找的一兩個地方，是典型的埋屍處。」

「典型？」我問。「這是什麼意思？」

「曾有幾份研究，探討連續殺人犯如何為被害人選擇特別的埋屍處。儘管派瑞許說他不清楚埋在哪裡，但我們認為他其實曉得確切的位置。班認為派瑞許喜歡把事情佈置得很精確——而且很戲劇化。湯普森警探和班都一致同意，派瑞許大概曾經重訪過這個埋屍處；他很可能挑了一個可以一再來訪的地點。班說，這樣可以讓派瑞許重溫殺人的愉悅。」

「愉悅……」我搖搖頭。

「我知道，」安迪說，皺了一下臉。「班說，如果我們想找到她的話，就得設法將心比心，用派瑞許的思路去思考。」

「那麼，如果我們想找到她的話，應該要尋找什麼？某種地標？」

「一點也沒錯。任何有助於派瑞許再找到那個埋屍處的東西。」

此時班朝安迪喊，於是我把望遠鏡還給安迪，謝謝他的解釋。我回頭走向營地時，注意到平哥和大衛不見蹤影。鮑伯．湯普森加入了班和安迪。

我聽到平哥從樹林裡歡快地叫了一聲，循聲找過去，發現那狗在大衛前方走來走去，注意力集中在主人身上，幾乎懶得看我一眼。大衛正忙著打開平哥的裝備包之一，朝我招呼一聲，然後下令平哥坐下。那狗立刻聽從，但似乎極力自制才能辦到。他的身體緊繃，雙眼熱切地盯著大衛，耳朵往前豎起，臉頰因為興奮喘氣而微微鼓起。

大衛對著我微笑。「你應該也會希望工作日的一開始，能像他這麼興奮期待吧？」

他拿出一個皮革項圈，平哥開始迅速搖動尾巴，唰唰掃動過地上的松針。

「對他來說，這是在玩。只是一個大型的遊戲。他最愛的遊戲。」他把平哥脖子上原先顏色鮮豔的尼龍項圈換成了皮革的那個。

「你準備好了嗎？」他對著狗用英語和西班牙語各問了一遍。

平哥站起來吠叫。

「我可以加入你們嗎？」我問。「或者這樣會害平哥分心？」

「不會，他很習慣有其他人跟我們在一起。我們那組領犬員一起訓練時，總是有至少兩個人跟狗一起出去。在大部分搜尋中，旁邊都會有警探和搜救人員或其他人。平哥已經學會不要被他們分散注意力。」

我們跟著狗走向草地邊緣，平哥的注意力完全集中在大衛身上，我好擔心那狗會撞上樹。

「狀況好極了，」大衛跟我說。「你看到草地上的草怎麼移動嗎？」他拿出一個小小的圓形塑膠物體，捏了一下。一小團細細的粉末噴出來，然後他審視著那些粉末的飄動。

「很不錯的微風，正朝著我們吹，」他滿意地說。「空氣潮溼。趁現在還沒變得太熱，我們趕緊先做點工作吧。可以嗎，平哥？」

平哥不耐地吠了一聲。

「好，好，好。」大衛說。

「汪，汪，汪。」那狗回答，模仿得近乎完美。

「去找死者，平哥！」大衛用西班牙語說，一隻手低低地往前直揮出去。

那狗以一種左右迂迴的路線開始走，不是全力往前奔，而是邁著穩定、長腿的步伐，大衛跟在後頭不遠處，我則緊跟在大衛後頭。

平哥嗅著風，偶爾停下來，有時又回頭一小段，不過大體上是逐漸往前。他在草地緩緩推進時，大衛就跟他說話，鼓勵他。

我觀察著，滿腹疑惑。這個搜尋方法似乎完全不對，至少根據我看過的所有電影——裡頭通常都是狗去追蹤逃犯的情節。平哥怎麼知道要找什麼？或哪裡？他的鼻子大部分時間在空中，而不是湊著地面。而且他不會叫個不停，只是安靜地左右來回，逐漸穿過這片草地，顯然對自己的工作樂在其中，但完全看不出是否快要找到什麼了。

大約二十分鐘後，大衛命令平哥休息，餵他喝了一點水。我追上他們時，掏出筆記本和我特別帶來的特殊戶外記者裝備——一支防水筆。我問大衛有關平哥的搜尋方式。

「那種猛叫的方式，基本上是好萊塢才有的，我想是綜合了獵狐和搜捕犯人的特色。」他說。「平哥比一般搜尋犬愛叫，主要是因為我由著他——有的領犬員認為讓搜尋犬叫是表示訓練不足。他們希望狗只在發現失蹤者還活著時才叫。領犬這方面有很多派別，希望你懂我的意思。我猜想，如果你的狗一直在叫，他可能會嚇跑一個，唔，比方走失的小孩。另外如果是警犬在樹林裡尋找一個兇手，通常你當然不太希望那狗一直叫，讓犯人知道你的存在。

「但是平哥不是警犬，而且他尋找的人大部分都死了。我想我覺得自己了解平哥——他的個性需要偶爾叫一聲，他愛講話。到目前為止，那些屍首都沒有抱怨過。而且如果我要求他安靜地工作，他也會照辦的。」

「好吧，所以他不會一直叫。但是他要怎麼發現茱麗亞．賽爾的氣味？你從來沒給他聞過茱麗亞的衣服，或是——」

「如果你見過我那隻傻瓜尋血獵犬布爾，那就是一隻追蹤犬。布爾不是沒利用過空氣中的氣味——他會，但他主要擅長的是追蹤，會花很多時間用鼻子湊著地面。他天生的嗅覺非常厲害——大概比平哥還厲害。但是不像平哥，你不會說布爾聰明。我得用狗繩牽著他，否則天曉得，要是他追蹤的人碰巧掉下懸崖，他也會跟著那氣味摔下去。他會變得太專注於嗅覺，對其他都很盲目。」他暫停一下，傷感地微笑了。

我想到我的兩隻狗，有幾次不懈地追逐一些有趣的氣味，最後結果就是在我家後院挖了一堆洞，或是撞翻垃圾桶。「你們搜尋的區域可能包括犯罪現場，」我說。「我想警方不可能隨便讓哪個認為自家狗很聰明的狗主人，牽著狗就跑去犯罪現場到處亂聞。」

「沒錯。這類外行人很可能會毀掉證據，更別說會有好幾打其他的法律和健康問題。搜尋犬是工作犬，領犬員和他們的狗都要接受很多訓練。那是不間斷的過程，而且需要很多年的工作經驗——但是不光是工作而已。那是一種連結，是學著解讀你的狗，那是——唔，很難解釋。布爾和平哥的工作方式不一樣。」

「怎麼個不一樣？」

「布爾需要預嗅——給他一些被害人的東西聞一聞。他會追蹤那個氣味，鼻子湊著地面。平哥主要是空氣嗅聞犬，而且他受過尋找屍體的訓練。」

「這表示什麼？」

「每個人都會釋放出獨一無二的氣味——唯一的例外可能只有同卵雙胞胎。除此之外，我們每個人都有自己的氣味。我們會釋放出這種氣味，是因為每一分鐘，每個活人都會有大約四萬個死皮細胞脫落，這些死皮細胞裡頭有細菌，還有自己獨一無二的氣味。」

「即使你洗了澡、用了除臭劑？」

他微笑。「也還是擺脫不了。你可以瞞過其他人類，但是瞞不了狗。」

「好吧，但如果我沒有靠近那隻狗呢？」

「我們回到死皮細胞吧。每一分鐘，這幾萬個死皮細胞就會像一朵雲似的，從我們身上脫落，環繞著我們，而我們移動時，那些細胞就會逐漸飄走，其中濃度最高的會非常靠近我們。當我們移動，這些死皮細胞就會分散得愈來愈寬，成為一個錐形——就是所謂的錐形遺嗅區。這些死皮細胞漂浮時，有些就會黏附在別的物體上，尤其是植物。」

「平哥聞得到那些死皮細胞？」

「是的。狗的鼻子對於某些氣味比我們人類靈敏一百萬倍。一般認為，他們的腦子處理氣味資訊的方式，跟我們的腦子不同。」

「所以他可以追蹤這種錐形遺嗅區？」

「是的。他也受過尋找人血、體液、組織、骨骼遺骸，還有分解中遺骸的訓練。而且這類東西即使非常微量，他也找得到。」

「我知道我一定會很恨自己問這個問題，但是你怎麼有辦法訓練他去尋找屍體——教他屍體聞起來是什麼樣？」

「在我們這一行，我有管道可以取得屍體的骨頭和其他物質。但是有些訓練師會利用合成化學物質，專門用來訓練這些狗。」

我無法隱藏自己不敢置信的表情。「假的屍體氣味？」

「沒錯。不同的腐爛程度，有不同的配方。」

「我想，這種東西你可不想不小心撒在家裡的地毯上。」

他大笑。「對。但是平哥可能不介意。我們認為可怕的臭味，並不會困擾狗。對他們來說，聞起來愈臭的氣味就愈有趣。而對平哥來說，那些氣味就連結到讚美——發現氣味，就會為他帶來獎賞。」

「但是即使是腐爛的屍體，聞起來也一定——非常獨特，對吧？因為即使沒有別的，屍體所在的狀況也有所不同，比方在森林裡、沙漠裡、水裡——」

「是啊，在某種程度上是這樣。他當然不光是受訓要聞某一種氣味而已。最棒的是，平哥有了兩年的經驗，所以他知道自己要找什麼。平哥的鼻子靈敏到連一滴血都聞得出來。你讓他去聞一輛車，他就可以告訴你車子的後行李廂裡是不是有一具屍體。」

「我先生和他的搭檔講得平哥好像是超奇神犬似的。」

「啊不。他有他的局限。外在種種狀況必須有利於搜尋，而且有些事情可能會迷惑他。不過他最大的局限，現在正在跟你講話。」

「什麼意思？」

他微笑。「如果我能搞懂他想告訴我的一切，我們就會有更好的成果。老天，誰曉得他能有什麼樣的成就？不止一次，我回顧起來，才明白我沒能搞懂他；他之前設法想告訴我去哪裡找東西，但我堅持要照我的方式做。有好幾次，我看得出他很失望，想把意思傳達給他的笨領犬員。」

「不曉得，」我說。「你們兩個的夥伴關係似乎非常好。」

「唔，夥伴，」他對平哥說，平哥立刻警覺起來。「準備好再去搜一輪嗎？」

平哥趕緊站起身來，但是繼續期待地看著大衛。

「去找！」大衛用西班牙語說，又比出了之前那個手勢。「去找！」那狗立刻回去工作。

大衛又跟他工作了二十分鐘，然後再次讓他喝水休息。工作到第四回合，狗的迂迴模式忽然間變窄了。他還是左右來回，但是愈來愈快。然後他停下來，回頭看著大衛，雙耳前豎，目光熱切。

「那是警示，」大衛興奮地說。「你找到什麼了？」他對平哥說。「告訴我在哪裡，繼續找。」

平哥又往前，這回幾乎呈一直線。

「你怎麼知道那是警示？」我問。

「我了解他，」大衛只這麼說，匆忙追上去。「當他的耳朵像那樣往前豎直，就像是在跟我確認。我是他團隊的一部分，他在問我，『你聞不到那個嗎？』」他一邊講，一邊還觀察著狗，然後說：「他聞到什麼了。你看——氣味黏在草上了。」

平哥臉搓著那些草，還用嘴巴去咬。

「去找，平哥！」大衛用西班牙語和英語各說了一次。

微風又吹起，平哥停下來，頭抬得高高的，鼻子微微上下擺動著嗅聞，好像想吸入更多特定的氣味。

「你找到什麼了？」大衛又用兩種語言各問了一次。「你找到什麼了，平哥？帶我去看！快點！」

平哥小聲唱出一個高音調，然後急步往前，在距離我們大約二十碼處停下——我看得出他焦慮地繞著一個區域，聽到他發出噴氣聲。忽然間，他後腿坐下，往後抬起頭，鼻子朝上對著空中，然後開始低聲哼歌。

「那是他發出嚴重警示的方式。」大衛說，匆忙往前趕。

平哥迎上來，在半途跟大衛會合，然後輕碰大衛腰部的一個小囊。「在哪裡？」大衛用兩種語言各問了一次，那狗大步跑回他剛剛發出警示與吠叫的地方。

大衛趕到狗身邊，我也跟上。「平哥，」他突然說，「你這渾小子真厲害！」

平哥響亮地吠叫一聲，以表贊同。

8

五月十七日，星期三，上午
南內華達山脈

要不是剛剛才聽安迪講解過，我可能不明白為什麼大衛現在這麼起勁地讚美平哥，還掏出一個鬆軟的拋擲玩具，顯然是那隻狗的最愛。在平哥示意他有所發現的那片草地上，我可以清楚看出安迪之前提過的埋屍跡象。就在那一小片長形區域，土壤的顏色跟附近的稍有差異——看起來比較鬆軟，而且裡頭的大小石頭比較多。上頭長的植物也不像旁邊的鄰居那麼高而壯實。

那不是一個有清楚界限的、墓穴大小的長方形。不過比可能的墓穴大不了多少，而且顯然跟周圍緊臨的草地不一樣。

「我們稍後再回來這裡吧，」大衛說。「免得搞亂了證據。」

我們朝樹林的方向走，來到一片平坦的地面休息，大衛繼續跟平哥玩，誇獎他。團隊的其他成員之前一定都在觀察我們，因為大衛還沒叫他們，班和安迪就揹著背包朝我們走來，湯普森和閃光柏頓也沒落後多遠。杜克和厄爾從營地那邊押著派瑞許過來，走得比較慢；馬瑞克和曼騰正在這一片騷動中設法補眠。

「有嚴重警示？」班一走到我們聽得見的距離內，就立刻喊道。

大衛微笑。「是的，而且我的狗不會撒謊。」

「哪裡？」

但是安迪已經注意到平哥之前發出警示那一帶的植物了。「哇。就在那裡。」他走近些，指著幾朵野花說。「看到沒？大部分都比旁邊其他同類的野花矮。可能是因為有什麼阻止了它們的根伸展——那些根可能碰到某種地下障礙了。」

大衛命令平哥待著，接著我們跟著其他人走向安迪。

大衛簡短和湯普森、班商量了一下，然後對著我說：「我們檢查這裡的時候，你陪著平哥好嗎？你們可以去那邊的陰影處——是全場最棒的位置。你可以看到、聽到一切。」

「聽我說，我很喜歡那隻狗，但是我來這裡也有任務。我不想被排除在外——」

「這裡是犯罪現場——」鮑伯．湯普森開口，但是班打斷他。

「啊，我想應該讓凱利女士盡量站得近一點。」他說。雖然他沒笑，但是我聽得出他的聲音很樂。

「班——」大衛反對道，讓我更不確定班忽然這麼配合我的動機何在。

班不理他。他口氣體貼地輕聲對我說：「容我解釋一下，我們並不光是帶著鏟子去挖而已，凱利女士。我們會緩慢而仔細地、有系統地察看這個埋葬處，畫出方格系統逐一檢查等等。在我們進行這些準備工作時，或許你不介意陪著平哥。等到我們就要真的看見屍體時。我會通知你的——如果這裡真有屍體的話。」

「她在這裡沒錯，」我聽到一個聲音說。轉頭看到派瑞許直盯著我微笑。「是的，」他慢吞吞地說，「她可愛的屍體就在這裡。」

「冷靜。」大衛用西班牙語對平哥說，那狗正站在我們之間，看到派瑞許走過來，他沒叫也沒吼，但我看得出是什麼讓大衛叫他冷靜——平哥的站姿非常僵硬。

「我會陪著平哥。」我說。

派瑞許大笑。「應該是讓他陪著你吧。」

「你夠了吧。」厄爾說，用力把派瑞許推出人群。

「跟她去。」大衛用西班牙語對平哥說，同時交給我一顆網球。他這麼說時，刻意大動作比劃著，顯然是告訴平哥要把注意力全部放在我身上。平哥全神貫注盯著那顆球，大概就像靈媒要用念力把一根叉子折彎的那種目光。我帶著平哥玩了一會兒，然後一起坐下來，看著閃光對著那塊草地錄影又拍照，湯普森在跟派瑞許講話，大衛、安迪、班則圍著地圖商量，同時打量著地面，在那片鬆軟土地的外頭幾呎處劃出一個外圈。

一如大衛說過的，我和平哥所在之處是全場最佳位置。離那片草地只有幾碼，位於陰影中，微風緩緩朝我們吹來——陰影和微風都讓平哥放鬆，他趴在那邊輕喘著，滿足地閉上眼睛。

班朝著一個帆布袋彎腰，拿出手套發給大家。接著他拿出一組金屬棒，每根大約半吋粗，一端有彎成直角的握柄。那些男人圍著那塊土地，每個人挑了一個點，把那根探測棒用力插進土裡——沒有插入多深——再從土裡抽出來，接著朝警示區域稍微更接近一點。這個過程持續著，直到班的探測棒輕易就插進土裡。「這裡。」他說。當他抽起棒子時，平哥抬起頭，四腿都站起來，耳朵往前豎，開始要朝班走過去。

「待著。」我命令道。他沒理我，但是大衛聽到我下令，又厲聲重複一次——這回是講西班牙語。平哥聽從了，不過響亮地吠叫一聲，以示抗議。

「他聞到了，」大衛說，皺起鼻子，又說：「我也聞到了。」

大衛走回帆布袋，拿出一個小罐子，一根手指伸進去按了一下，然後把那個東西抹在鼻子下方，形成一小道發亮的透明小鬍子。他把那小罐遞給安迪，安迪也照做。他沒遞給班。

班在剛剛自己探測過的那個點放了一個標示物，是一面黏在鐵絲上的小黃旗。他們繼續照這個方式做，又在其他幾個地方也放了標示。那些小黃旗大致形成一個橢圓形，大約六呎長。

平哥很不耐，坐立不安，但還是遵照大衛的命令待著。每隔一會兒，我就會聞到一陣讓他有反應的氣味——那種臭味你絕對不會搞錯，同時甜膩又刺鼻——你立刻知道那是代表了什麼，即使你以前從來沒聞過。或許某些原始的記憶讓我們厭惡這種氣味，告訴我們這是死人，是我們同類腐爛的氣味。

「我會告訴你我們在做什麼，」大衛說，走過來安撫平哥。他接近我時，我說：「維克斯舒緩薄荷膏。」

他舉起手，停在差點碰到上唇處。「是的，是一種類似的東西，用薄荷跟樟腦混合的氣味膏。我用這個來蓋掉腐臭味。你需要嗎？」

「先不要。」

「不要等太久，」他說。「一旦那個氣味進入你的鼻腔……」他暫停，然後又說：「不要等太久。」

他開始讓我看他們畫的那些現場地圖，附近的幾個山峰是三角測量點，標示出那棵樹的位置。地圖格線畫出來了，上頭標了墓穴的位置，外圍的界限，還畫出了一堆大石頭。

「如果哪天我們得上法庭為今天的任何狀況作證，我們就有精確的紀錄，知道是在哪裡發現了任何證據或遺骸，那些遺骸的確切姿勢——等等。」

鮑伯．湯普森走向我們。「怎麼拖了這麼久？派瑞許說她在這裡，大約兩呎深。他已經招供了。我只需要初步確認身分就行了。」

在我身後，我聽到班問：「那如果這是另一個被害人呢，湯普森警探？」

湯普森猶豫了，然後說：「好啦，但是拜託別拖拖拉拉的，好嗎？我們不能永遠待在這裡。」

班只是走開。從他的一個帆布袋裡，他拿出兩捲紗網，一個網眼大約四分之一吋，另一個大約半吋。大衛幫著他用這些紗網和兩組框架，做出了兩個篩子。

平哥偶爾朝大衛吠叫，接著大衛以西班牙語回答：「沒事，平哥。你跟艾齡待著。」然後我一概會得到平哥的一個輕吻。

每當我朝派瑞許看時，他總是盯著我瞧，臉上一抹會意的微笑。我忍住了想趕快看向別處的衝動，免得顯露出我被他瞧得有多不自在。但我總是比他先別開目光，其中一次，我才剛轉開眼睛，就全身一陣戰慄，我聽到他輕聲笑了。

在安迪的協助下，大衛和班兩位人類學家小心翼翼地刮起小黃旗內的表層泥土，放進兩個篩子裡篩過。他們持續這個過程，一次刮起幾公分的泥土，同時湯普森老是不耐地抗議。雖然他們一開始好像沒有任何進展，但是沒多久，我就發現那塊他們用小黃旗標示起來的橢圓形範圍可以看得更清楚了。氣味也變得愈來愈濃。

班休息一會兒。他走過來跟平哥打招呼時，我說：「你不會剛好帶著那種氣味膏吧？」

「我不用的。」

「但是你怎麼受得了——」

「對於常常在面對臭味的專業人士來說——唔，我想這是個人偏好的問題吧，但是我不建議用任何東西蓋掉那個氣味。大自然幫你設計好處理的方式，那你就設法處理吧。」

「什麼意思？」

「你的腦子從你的嗅覺細胞接收到訊息，指出有不好的東西在那裡——而且這樣的訊息一次又一次收到——遲早，你的腦子就會停止接收了。你的衣服上會有殘留的臭味，稍後等你遠離墓穴之後，就又會聞到。」

「好極了。」

「無論你現在做什麼，之後都會再聞到那個氣味的。但是如果你擦了薄荷膏之類的，薄荷膏就會打開你的鼻道，持續刺激你的嗅覺細胞——會讓你一整天都聞到腐臭味。另外，也可能導致你的腦部把好味道和壞味道聯想在一起。」

「你的意思是，以後每當我使用任何有薄荷或樟腦或尤加利氣味的東西——」

「沒錯。你的腦子可能就會加入腐臭味。」

我望向大衛。他已經擦了那氣味膏，那為什麼我不該擦？

「當然了，」班說。「我一點都不期望你能處理這個狀況，所以你需要做什麼，就去做吧。」

於是我當然就決定不擦了。大衛顯然覺得我這樣很笨，但是沒有說出來，他只是每隔一陣子就過來察看我一下，看我會不會受不了。他把氣味膏主動提供給其他人；只有我和班沒擦。他傳著那小罐子時，刻意跳過派瑞許。派瑞許咧嘴笑著，深吸一口氣。

「帶他回去營地。」湯普森朝警衛下令。

挖掘工作持續進行，現在還更慢了，因為他們小心翼翼地把墳墓周圍的泥土挖起來。班極其細心地確定墳墓的邊緣；大衛小心刮走內層的泥土；安迪篩著泥土以找尋可能漏掉的物件，又把某些挖起來的泥土裝袋，貼上標籤，必要時還寫了筆記。

偶爾，墳墓裡冒出來的臭味會忽然變得很濃。班就朝我看一眼，露出賊笑。我也微笑回應，因此覺得很得意，心知每回他朝我看，也一定是滿心得意。

閃光持續用攝影機拍攝這個過程，有時也會遵照班或大衛的要求而拍靜態照片。班和大衛還有另外一台相機，自己也會拍一些。

「你們為什麼要拍墳墓邊緣？」我問班。

他猶豫著，然後說：「可能有工具痕跡。」

「用來挖出墓穴的鏟子所留下的？」

「或許。」

「既然你們知道是誰挖的，為什麼還需要蒐集證據？」我問。

「我們不見得知道是誰挖這個墓穴的。」他說。「我們得把這個埋屍處當成像其他的一樣。保持客觀。」

「但是派瑞許已經自白──」

「自白可以反悔的，就算定罪也可以上訴。認罪協商的條件可以取消，凱利女士。我們不曉得我們以後可能要證明什麼，不曉得什麼證據可能會變得很重要。所以我們做得很小心。」他暫停，然後又說：「在法庭裡，證據的規則要比在編輯部裡嚴苛得多。」

我別過頭去，免得他看到我咬牙。

挖掉頭幾層泥土之後，一層大石頭出現了，散佈著覆蓋在坑裡。湯普森問起怎麼回事，班一邊工作一邊說：「我的猜想是，加上這層石頭，是要防止食肉動物會來劫掠這個墳墓。」

「郊狼嗎？」湯普森問。

班．薛瑞登抬頭。「是啊，我們知道他會想到郊狼的。」

那些石頭清掉之後，緩慢挖出一層層泥土的過程又重新開始。大衛正在挖著靠近墓地中央的那部分時，忽然說：「停下。」

班和安迪都暫停手上的事情，看著大衛正在刮起泥土的那個區域。他們後退一點，然後叫閃光過來拍幾張照。過了一會兒，他們叫湯普森過來。

我站起身，湊近一點。

大家正在仔細審視的，是一片墨綠色的塑膠物質。很快地，我們就都明白那位法醫人類學家所猜到的。

那是裹屍布。

9

五月十七日，星期三，上午
拉斯皮耶納

法蘭柯．哈里曼掛斷電話，轉向他太太的表弟。「那個律師回來了——他在醫院裡。」他深吸一口氣，緩緩吐出。「是他客戶害的。」

「發生了什麼事？」崔維斯問。

「派瑞許用力踩了紐立的一隻光腳，造成多重骨折。他們很辛苦才把他送出來——中間他還痛得暈過去兩次。」

「她不會有事的。」崔維斯說，他知道法蘭柯在擔心什麼，於是重複說著這句話，要不是法蘭柯實在很需要聽到，恐怕早就聽得發煩了。

「所有的警衛都在場，」法蘭柯繼續說。「在看守他！而他還是有辦法弄傷自己的律師。」他暫停一下，搖著頭。「她根本不該上山的。」

「你阻止不了她啊。」

「她根本不該去。」他又說一次，沒在聽崔維斯說什麼，只是開始在屋裡踱步。

「法蘭柯，」崔維斯說。

但是他已經陷入了不愉快的回憶中。他想著他們發現凱拉・連恩的屍體那天，想到發生在她身上的事情。他站住，因為忽然想到——雖然很短暫，但也還是太久了——他的老婆有可能落到派瑞許手裡，跟凱拉・連恩在世最後幾小時一樣承受同樣的疼痛、同樣的恐懼，以及同樣的孤單。他覺得自己的胃翻騰。

「法蘭柯，」崔維斯又說。

他抬頭看。

「她身邊還有其他很多人。如果他想傷害她，你知道他還來不及動手，他們就會殺了他的。」

他沒回答。他怎麼有辦法解釋這種強烈的預感？他知道那不光是擔心她的安危而已，而是他在工作時偶爾會感受到的那種憂慮——直覺、本能感覺、神經過敏——隨你怎麼稱呼。任何像樣的警察都不會忽視這種感覺的。眼前，這種感覺正讓他煩惱得要命。他相信這種直覺，仰賴這種直覺，即使他沒有辦法在法庭上為這種直覺發誓作證……

「你得自己找點事情做，」崔維斯正在說，「你不能光是坐在這裡想這件事，搞得自己愈來愈神經。找別的事情來打發時間吧。」

法蘭柯想派瑞許想得出神，一時之間只是盯著崔維斯看。要他找事情做的這個建議——一開始似乎很荒謬——逐漸佔據他的思緒，而且他愈想愈覺得有道理。

他去拿他的車鑰匙。

「你要去哪裡？」崔維斯問。

「去醫院看紐立先生。」

10

五月十七日，星期三，下午

南內華達山脈

塑膠布揭開大約一半時，傑西又追上我們了。從他身上完全看不出多走那麼多路的疲憊，或是把菲爾．紐立送上飛機的辛苦。

平哥比我早發現傑西出現在草原盡頭。因為我一直在觀察那隻狗，於是比其他人更快注意到他的注意力轉向。過去幾個小時，我花了很多時間確保平哥不會偷偷走近那個挖開的墓穴——他有回差點成功之後，大衛教我如何用平哥會遵從的語氣，用西班牙語說：「待著！」

「你也可以說，『不准動』，」大衛說。「如果你用一種斷然的語氣說出來，讓他知道你是認真的，你就會讓他忍住其他衝動，即使那些衝動告訴他說：這些事情真的很棒、我們所有人都會玩得很樂。他想要加入我們，但是他那些玩樂的想法，對我們眼前的目標不會太有幫助。」

我聽了不寒而慄。

「我知道，我知道，」大衛說。「但是為了做這類工作，他就得對那種氣味有興趣。他大部分時候都很乖，麻煩的是，平哥對於自己的發現，往往會有點霸道的傾向。」

這會兒，當傑西走向我們時，平哥的耳朵往前豎起，仔細看著那位巡山員。狗是天生的獵人，他們擅長的是觀察動作，而非細節。而此刻平哥的身體姿勢表明，他正在密切警戒這個走近的人影。最後他一定是設法聞到了傑西熟悉的氣味——雖然在墓穴的臭氣愈來愈濃之下，他是怎麼聞到的，我永遠搞不懂——因為忽然間，他歡迎地發出一聲開心的吠叫。

大家暫停工作一會兒，跟傑西打招呼，講一下他不在期間的彼此狀況。他一邊聽著平哥發現的經過，一邊擦了氣味膏，然後誇獎了平哥，而平哥則開心地享受著傑西的關注。

傑西看到過那棵郊狼樹了，而且擺明了非常厭惡；他完全贊成對派瑞許提出新的控告罪名。「對於一個有兩樁謀殺罪名的人來說，我想的確沒什麼大不了，但是——」他搖搖頭，好像想甩開那棵樹的記憶。他彎腰拍拍平哥。「所以你找到了賽爾太太了，嗯，平哥？」

「我們還不曉得這是誰，或者是不是人類，傑西，」班提醒他，遞給他一雙手套。「還沒打開那塊塑膠布呢。」

「唔，」傑西說，一副覺得好笑的表情。「這塊塑膠布似乎排除了美國原住民埋葬遺址的可能了，另外我可以告訴你們，這片草原上沒有任何合法的墓地，而且這裡是禁獵區。所以無論是什麼人或非人類，都不屬於這裡。」

「飛機什麼時候會回來？」我問他。

「明天，如果天氣允許的話。氣象預報說會下雨，所以他們有可能會延遲一兩天。你帶了雨具嗎？」

我點點頭。

「我們最好回去工作了，」班說。「我最不希望的事情，就是處理一個淹水的挖掘現場。」

這類工作傑西顯然以前做過，但即使有了他協助，工作的進度還是很緩慢。終於，塑膠布上的最後一層土清掉了。那塑膠布是一種晦暗的墨綠色，比一般垃圾袋的質料更厚，比較像是庭院設計師用來蓋住地面的那種。

湯普森走過來，不太小聲地咕噥著說，這些人以為他們是在挖掘埃及法老王的墳墓，而不是一個犯罪現場；又說老天他真希望能弄一輛挖土機來；詛咒著派瑞許竟然挑了這麼個鳥不生蛋的地方埋屍——外加其他毫無助益的評論，搞得聽得到的每個人都不好受。

班沒有說出讓湯普森滿意的回答。不過趁著安迪、傑西、大衛後退，好讓閃光多拍一些墓穴內照片時，班走向湯普森。

「我們想在墓穴四周再挖深一點，」班告訴湯普森警探。「看能不能找到塑膠布的邊緣。我們希望讓塑膠布保持原狀，但是如果找不到邊緣，那也就只好割開來了。」

湯普森看著天空說：「天主啊，感謝祢！」

「我們這麼小心，不是為了要氣你。」班說。「我的猜想是，那層塑膠布，加上這裡的氣溫低、地勢高，少有動物侵擾——」

「你到底想說什麼？」湯普森兇巴巴問。

「要用你能聽懂的說法嗎？」班也兇回去。

湯普森的臉發紅，但還是說：「事實上，沒錯，我想聽非學究的版本。」

班別開臉一會兒，好像設法按捺住自己的脾氣。「這具屍體可能——我想想，用『非學究』的說法？可能有點水爛。因為臭味這麼重，我不相信是完全骨骼化的遺骸——我們所聞到的，不會只是骨頭的臭味而已。這就是為什麼我不確定這些遺骸是已經埋葬四年的——說不定是，也說不定不是。如果不是的話——就可能是另外一個被害人了。」

「是的，你之前提到過這個可能性，但是——」

班抬起一隻手，湯普森——顯然很努力地壓抑——就忍住不說了。

「這裡有很多『如果』，警探——如果遺骸是人類，如果是兇殺案，如果不是茱麗亞‧賽爾——如果這些狀況都碰上，你顯然就有一套新的罪名要用來對付派瑞許了。」

看到自己吸引了湯普森的注意力，班又繼續說：「顯然地，你要用新的罪名起訴他的話，那我們就要能證明是他把屍體埋在這裡的。我們進行得很慢，是因為把這樁罪行連接到派瑞許、或是另一個兇手的各種微物跡證，都可能留在周圍的土壤裡，若是如此，我們希望能找出來。」

班暫停下來勉強微笑一下，然後又說：「只要想想看，湯普森警探，如果這是另一個被害人，你回到拉斯皮耶納就會成為英雄了。」

「檢察官跟派瑞許講好的認罪協商條件，並沒有對外公開，不是嗎？」湯普森說。「我們其實不太贊成那個條件。」

「派瑞許因為這個認罪協商而逃過死刑，警方不是唯一感到憤怒的人。我想檢察官也很後悔。這也是為什麼凱利女士會獲准加入我們的部分原因，對吧？」

湯普森朝我看了一下，點點頭。「每個人都知道，檢察官希望她能讓這個認罪協商的決定看起來是正確的。她報導賽爾案已經好幾年了。」

我知道他痛恨我有關茱麗亞．賽爾的報導。就湯普森看來，那些報導就是不斷羞辱地宣告他沒能偵破這個案子。

「如果有一個新的案子可以偵查，」班說，「檢察官可以對雙方都有交代——他可以說，他會繼續設法找到茱麗亞．賽爾，但是第三樁謀殺一定會求處死刑。而既然可以解決另一樁失蹤案，我很確定拉斯皮耶納市警局會對你很滿意的。」

湯普森回頭看了營地一眼，被警衛環繞的派瑞許站在那邊朝我們看。派瑞許離得沒那麼遠，他可以清楚看到我們，而我們也可以清楚看到他，但他似乎對我們的行動非常感興趣，其實隔著這段距離，他那種反抗的姿態仍是明確無誤。

但是我把視線轉回湯普森身上時，發現班的話產生了反效果。要是湯普森之前急著趕進度，是因為想快點完成任務回家，那麼班說他會英雄式凱旋歸鄉的遠景，只是更讓他迫不及待。

「不然還有誰會把屍體留在這裡？」他說。「是派瑞許帶我們找到屍體的！」

班嘆氣。「相信我，湯普森警探，我跟你一樣急著想知道那層塑膠布底下是什麼。但是你還記得我剛剛告過你的，有關遺體的可能狀況？把塑膠布拉出墓穴可能會造成遺體移動，說不定還會毀壞。我們得小心進行。」

「基督啊，薛瑞登，你們慢得就像三條腿的烏龜！要是你們繼續這樣『小心進行』，等到可以把屍體運走時，我們全都會變成骷髏了！」

「要是你不希望我繼續協助——」

「別鬧了！」湯普森說，但是火氣降低了一點。「聽我說，我不是要逼你們——」

大衛大笑。

「我不是要逼你們去做任何會毀掉證據的事情。」湯普森繼續。「但我也同時沒有那麼多時間和資源，讓你們把這裡搞成一個博物館級的考古挖掘。」他回頭朝營地看，於是沒看到我們其他人交換的嘲弄眼色。然後他又轉向班。「除了其他的問題之外，我得盡快把派瑞許帶回監獄去。」

「如果你可以讓我們回去工作，」班意味深長地說，「你就可以早點得到答案了。」

結果沒多久之後，班就說：「沒辦法了，我們如果要打開屍體外頭包的這層布，就不能不冒著損害屍體的風險。準備割開塑膠布吧。」

大衛看到我站起來，就說：「要是你想走近一點，我可以讓平哥暫時待在那裡別動——至少久到能讓你看一眼。」

「如果這不是茱麗亞．賽爾，」班反對道，「那麼這裡有一些細節，可能是我們不希望公開的。」

湯普森很不高興地說，「你同意這部分可以不公開嗎，凱利？如果不是賽爾，你可以報導說發現了另一個被害人的屍體，其他的資訊都要等到我們發布，你才能寫。」

「其他的資訊要先給《快報》獨家。」我說。

「好吧，可以。薛瑞登，動手吧。」

班沒有試圖隱藏他對我的鄙視，但是在這一行，我老早對別人的不滿免疫了，反正被排擠一下也不會死。無論他再怎麼表明討厭我，也不能阻止我盡自己的職責，這一點他愈早明白，對我們雙方都愈好。

「趴下，」大衛用西班牙語命令平哥，那狗就遵從了。「很好，平哥。不准動。」

大衛又遞給我那罐氣味軟膏，外加一個口罩。他說每個接近墓穴的人都得戴上口罩，於是我不情願地接過來。我把口罩拉到頭上，知道戴起來的感覺會讓我有幽閉感，於是還先不急著拉下來蓋住口鼻。

大衛觀察著我，然後低聲說：「這一幕不會好看的。你之前看過腐爛的遺體嗎？」

「看過。」我說。

「這個大概會更糟。糟很多。我猜想，對這些警察來說會很難受，因為即使他們看過一些恐怖的事情，通常他們發現的屍體是——唔，比較新鮮的。很少腐爛成這樣。」他暫停一下，然後說：「如果你要吐，老天在上，盡量跑得離墓穴遠一點。」

看到我一臉擔憂的表情，他又說：「班很討厭嘔吐物的氣味。」

我大笑，覺得比較好過了，然後跟他說我大概會挑別的方式回敬薛瑞登先生。

他微笑。「你不會有事的。」

但是當塑膠布中間劃了一個I字形，然後隨著一個劈啪的響聲而往後揭開，我不太確定我沒事了。我撐著，逼自己思索那團奇怪的東西——變形的遺骸，某些地方是骨頭，某些地方是頭髮，或者是液體，或者是像皮革的組織——想著這個躺在我面前的人，是某種要被研究的、某種可能吐露祕密的東西。

即使如此，我還是沒辦法當個冷靜的旁觀者；有些被吹捧過頭的花招，說把自己從對被害人的人道關懷中抽離出來，或許對某個在場的人有用，但對我沒用。而且我看了一下班和大衛的臉，即使他們之前看多了這種事，那一刻他們臉上也毫無冷漠——只有默默的同情。或許他們跟我有同感：即使已經嚴重扭曲變形，但是無疑地，眼前這個曾是人類，曾是某個人，儘管她的下場很可怕，但是我們終於找到她了。

班發現我在打量他，或者我是這麼想的，然後我才明白，反之亦然——他在迅速打量我，其他人也是如此。

「柏頓先生，可以麻煩你繼續拍攝嗎？」他說，那位攝影師臉上已經完全失去血色。

「柏頓先生？」班又問了一次。

閃光睜大的眼睛從遺骸上轉開，然後抬頭看著他。「是的，先生。」他顫抖著說。

「攝影機？」班輕聲提醒。

閃光低頭看著自己的右手，這才驚訝地發現，他的攝影機不知何時已經沒湊在眼前，現在正握在手上，垂在他的身側。

「好的，我重新開始拍攝。」他說，稍微鎮定了些。他舉起攝影機。

「傑西，你會繼續負責記筆記吧？」班問。

「是的。」那位巡山員說，他的聲音也不太穩。

「那我們就開始吧，」班說了日期和時間，講出在場人員姓名，以及墓穴的座標。他冷靜地說出這些資訊時，我發現自己的神經也逐漸平穩下來，感覺眼前這一幕帶來的第一波震驚開始退去。我設法再度審視著遺骸。

那具屍體仰天躺著。至於屍體的背部，據我所能看到的，是一堆黏糊糊的東西。屍體上半部有些木乃伊化了，有些白骨化，還有些像是蠟像——這部分，我聽說是因為屍蠟的形成，屍蠟是在分解過程中所產生一種類似肥皂的物質。

「現在的觀察只是初步的，」班正在說。「日後還需要鑑識實驗室確認。我們找到一具身分不明的成人女性，歐洲族裔。年齡和身材還不確定。沒有明顯的衣服。姿勢是仰臥，雙臂略微往外伸。這個人的身體呈東西向直線，頭部在西。頭髮是深褐色。」他暫停，然後又說：「麻煩把焦點集中在左手，柏頓先生……死者左手無名指戴著一枚黃色的金屬戒指，上頭嵌著三顆紅色石頭……左手大拇指不見了，顯然生前從近側指骨的骨幹被切下。」

「是她。」鮑伯．湯普森低聲說，然後離開了。

11

五月十七日，星期三，下午
南內華達山脈

班對著攝影機陳述湯普森警探已經不在場，接著又說了一些觀察，大部分是「顯然是生前創傷」，另外也提到某些損傷大概是發生在死亡之時或死亡之後。他暫停，似乎花了好一會兒時間，想把屍體當成一個整體看，然後說：「好吧，暫時就這樣了。」

他要閃光拍一些靜態照片；很精確講出要拍什麼。他又要大衛告訴閃光還需要拍什麼樣的照片，然後要他把屍體的雙手和雙腳用塑膠袋套住，以維持其完整。接著他要我跟他走，同時把他的口罩拉到下巴，轉身走到他放裝備的地方。我很樂於再度把口罩拉下來，而且忽然在想，他已經知道我有幽閉恐懼症，會不會也猜到我不喜歡自己有半張臉被口罩蓋住。

不過他都沒提，只是要我幫忙把他帶來的那個輕便擔架組合起來，又給了我一個屍袋，然後我們就拿著袋子和擔架回到挖掘現場。

等到這些工作完成時，湯普森已經又回來了，班跟他商議一會兒後，給了他一雙手套和一個新口罩。

「你也是，凱利女士，如果你不介意的話。」班說，指著他的口罩，也給了我一雙手套。

我有點驚惶地接過那手套。「你希望我做什麼？」

「我們所有人要一起把她抬出墓穴、裝進屍袋。」他說。

我覺得嘴裡發乾。「她有那麼重嗎？」

「大概沒有，或許五十、五十五公斤。但是我想盡量減少損傷。」

他跪在靠近墓穴邊緣處，探出身子，抓住接近屍體頭骨處的塑膠布邊緣。他輕拉塑膠布，好像在測試堅韌度。然後他指揮我們每個人站在墓穴邊緣的特定位置：鮑伯．湯普森和安迪在他右邊，大衛和傑西在他左邊。班在屍體頭部，我則站在腳部。擔架和屍袋放在鮑伯和安迪旁邊。閃光又回去操作攝影機。我竭力期望他不會拍到任何東西從塑膠布上濺出來、落在我靴子上的畫面。

我跟著其他人跪下來。大衛和班小心地把塑膠布折回原來的位置，蓋住屍體。

「請盡量不要碰觸到墓穴邊緣，」班說。「準備好了嗎？抓穩了。」

在我戴著手套的手指下，那塑膠布感覺冰涼而僵硬。我告訴自己我可以應付口罩裡面溫暖而密閉的空氣。我告訴自己我不會跌進墓穴裡。我後退兩吋。

「我數到三，」班繼續說。「等我喊到三，我們每個人就要非常慢、非常小心、非常均衡地往上抬起。遺體非常脆弱，可能會在塑膠布裡面移動。我們可能會發現塑膠布不夠堅韌，會撐不住，這麼一來，我們就要把遺體放回去。我知道這樣抬起屍體很麻煩；小心不要拉傷背部肌肉。

任何人要是有問題，要立刻講。我們會先垂直往上，抬到地面以上的高度，然後我會給你們進一步指示。一切都要做得像是在進行慢動作。不光是要看自己眼前那部分——務必確定我們所有人都一起動作。大家都準備好了嗎？」

我們點頭。

「動作要輕。一……二……三……」

開始往上抬時，有個劈啪聲。

「小心……小心……」

我們開始感覺到重量，此時班觀察著我。我盡量不要表現出心中的不安。遺骸並不重，但是知道我們搬的是什麼，讓人心裡發慌。

「慢慢來……你覺得呢，大衛？」

「塑膠布撐得住。」大衛說。

有個液體嘩啦聲。那塑膠布晃動，彷彿是活的，朝我湧過來。

「稍微抬高一點，安迪和傑西，」班冷靜地說。「小心……」

我們繼續往上抬，班指揮著我們，我們也互相注意，聽著那輕微的移動聲，還有塑膠布發出的微微窸窣。

抬到墓穴上方後，我們緩緩直起背部，於是每個人都跪坐著，塑膠布稍微繃緊一些。班等了一下，然後要鮑伯．湯普森和安迪往後退，我們其他四個人則把屍體移出墓穴上方。接下來，只留下班和大衛整理屍體，放進屍袋中。屍袋的拉鍊拉上，用一個捲曲的金屬封條鎖住。擔架之前就已經墊在屍袋下方了。

我轉身望著墓穴內。「啊，耶穌啊！」

其他人趕過來，站在我旁邊，往下看。

裡頭是女性衣物，雖然滿是污漬又發霉，但是擺放得很整齊：黑色外套和裙子，一件原是白色的襯衫，黑色高跟鞋和皮包，內褲。一件胸罩、一件襯裙，還有其他東西——一些蠟燭、一些電線、一把刀，以及一條金項鍊。

有些東西就放在那裡，有些則裝在透明塑膠袋內。

那些拍立得照片就裝在塑膠袋裡。

儘管我知道這些照片根本就不該拍，而且拍下來的畫面是絕對不該發生在任何人身上的，但是我不由自主地盯著看，同時又不希望有它們的存在。

那些照片也盯著我。

她盯著我。

我感覺到一隻強壯的手放在我一邊肩膀上，有個人說：「離開吧。過去坐在平哥旁邊。去吧。他很擔心你。」

原來是班。他拉下我的口罩，持續跟我說話。我不曉得他說了什麼，只是讓他帶著我朝平哥走。我坐下來時，旁邊的平哥又輕吻我一下。

我攬著平哥，又望向墓穴，望著那個黑色屍袋。

我想到一個曾希望她母親死掉的女孩，知道茱麗亞・賽爾最後一定希望自己快點死，但是拖上很久才如願。

12

五月十七日，星期三，晚上
南內華達山脈

那天晚上我坐在自己的帳篷邊緣，聽著笑聲。圍著營火的那些人一開始安靜而肅穆。經過了漫長的一天，忙著挖那個墓穴和處理裡面的東西——拍照、繪製地圖、收集、貼上說明標籤——這個團隊的成員都疲倦且心情抑鬱。

派瑞許現在由杜克和厄爾負責看守，跟其他人不在一起。之前在馬瑞克又朝他發了一頓脾氣、鐵定留下一兩處瘀傷後，他就被押進他的帳篷裡。

一開始是因為上了手銬的派瑞許看到一隻飛蛾在他臉旁邊飛。他專注地觀察著，突然張嘴吞掉飛蛾，然後誇張地做出咀嚼和吞下的動作。「你為什麼要這麼做？」馬瑞克反感地說。

派瑞許注視著他，露出微笑，然後看了那屍袋一眼。「這飛蛾讓我想到某個人。」

曼騰還來不及阻止，馬瑞克就把派瑞許撲倒在地。稍後，就連馬瑞克都承認，派瑞許似乎很高興能激得他失去自制。

沒有人怪馬瑞克這麼煩躁不安。換作昨天，派瑞許可能會被帶到一旁，要他乖乖坐著；但今天，他則是被推倒在地上，等到警衛們準備好要離開，再把他粗暴地拉起來。我們其他人完全沒有出聲反對。感覺上，我們心中的那條線移動了。才剛看過派瑞許朝一個被害人耳朵倒入熱蠟的照片之後，我一點都不想捍衛他的公民權了。

一整天，派瑞許都面對著愈來愈高漲的敵意和厭惡；同時我們大部分人都按捺著自己的脾氣，沒有人想接近他。

我望向屍袋，現在已經搬到營地裡。輪到看守的傑西就坐在屍袋旁邊。大衛告訴過我，從現在開始，直到抵達鑑識實驗室為止，屍體都要有人看守，不光是提防派瑞許——他曾要求看屍體，但是被拒絕了——也是要提防任何可能聞到氣味而來的動物。「而且當然了，屍體是證物，」他說。「所以屍體在我們手上的每一秒鐘，我們都有責任要保護好。」

不過離得那麼近，還是令人很不安。一次又一次，我發現自己的目光不知不覺地就被吸引過去。我想逼自己想別的事情，但是過了好久，我都還是一直想著那個屍袋，想著裡頭裝的屍體。杜克正在削一隻小木馬要給他孫子，他不時停下來，朝那黑色屍袋看一眼，然後又恨恨地回去繼續削。

我注意到，其他人也常常朝那屍袋看。

大衛開始耍寶。那是從晚餐時分開始的，當時班在擔架旁邊負責看守。大衛命令平哥做倒立動作，平哥努力做，但是沒抬起後腿，而是把腦袋朝下頂著地面，兩隻前腳平貼在腦袋兩旁，不僅看起來很滑稽，而且在保持這個姿勢的同時，他還從頭到尾都在「講話」，發出某種半吼半吠的聲音，逗得全場大笑。

大衛用西班牙語說：「很好。」然後平哥抬起頭來，看一下大笑的眾人，帶著那種狗類臉上有時會出現的咧嘴笑容，搖著尾巴，似乎跟我們其他人同樣被這個玩笑逗得很樂。

這場表演引發了一輪狗故事，接著是一輪警察和法醫人類學家的故事，再過來是一輪荒謬的兇殺案故事。那些笑點通常很陰暗，而且我知道，大部分故事都不會在這些人視為老百姓的面前講。

我注意到那些故事和笑話中，都絕口不提今天的工作或這個被害人——在某種無言的默契之下，這些話題是禁忌——我也注意到，大部分故事只讓班露出淡淡的微笑。

我比其他人提早許多告退。現在我坐在帳篷邊緣想，我頭髮和皮膚上的腐臭味會不會有擺脫的一天？想著如果再花一天左右，跟屍體離得這麼近，那個死亡的氣味會不會永遠跟著我？

我聽到黑暗中傳來的腳步聲，不禁驚跳起來。

「凱利女士。」

我鬆了一口大氣。「你把我嚇死了，薛瑞登博士。」

「喔，」他暫停一下。「對不起。」

要他這麼說，一定難受得要命。

他又走近一些。「凱利女士，你先生是兇殺組警探，對吧？」

「是的。他叫法蘭柯．哈里曼，是拉斯皮耶納市警局的警探。」

「那麼想必你了解……想必你聽他說過一些故事，或者開過一些玩笑，是有關……」

「薛瑞登博士，我不但聽過他開這類玩笑，我還跟他一起拿來開玩笑。如果你認為我誤會了你們在營火旁的那些說笑，那就是你誤會我了。不過，認真想一想，誤會別人似乎是你的專長。」

他沉默好一會兒。

「他們只是在紓解壓力，」我說。「我懂的。在眼前的狀況下，這大概是他們所能做的、最健康的事情了。」

「是的。」他低聲說。

「我知道你認為我跟你們不是同一類生物，而是一種沒有感情的生命體，演化的速度比法醫人類學家稍微慢一點——但是很奇蹟地，或許就在古生代時期，記者也發展出了幽默感。有一天我該把你偷渡進入編輯部，班．薛瑞登，這樣你就可以聽到我們新聞圈特有的病態幽默感。我們還相當擅長；你應該聽聽每回有個特別令人震撼的新聞發生時，我們有多快就開起玩笑。而且這些玩笑對我們的紓解效果，幾乎就像剛剛你們在營火邊的一樣。」

「唔，好吧，我只是——」

「你只是以為我可能會報導說，這些人沒對茱麗亞．賽爾表現出恰當的尊重。你只是以為我不會明白這些玩笑其實跟她無關，以為我躺在這裡聽，等著這個團隊的某個人犯錯、或流露出一點人性弱點，這樣我就可以大力宣傳給全世界知道。你只是以為我不明白那種恐怖和壓力……」

我忽然感覺到那種恐怖，那種壓力，於是沒再說下去。

他沒說話，也沒動。

「對不起。我沒有教訓你的意思，」我說。「而且我應該要謝謝你才對。」

「謝什麼？」

「在墓穴那邊的時候，當時我——有點恍神了一會兒。我沒想到會看到——那樣的狀況。」

「你的反應是完全可以理解的，凱利女士。而且你不必跟我道謝，是我應該跟你道歉。當時我要求你幫忙，那是太殘忍了。」

「我不是不願意幫忙，」我說。「我只是沒準備好要……」

「沒有人準備好的，」他說。「一個都沒有。」

他作勢要離開，然後又說：「大衛今天晚上會想留著平哥。你還可以吧？」

「沒問題。」

他抬頭看著天空。「我最好去幫我的帳篷外頭加上外帳。」

13

五月十七日，星期三，下午
拉斯皮耶納

法蘭柯到達菲爾．紐立的醫院病房時，發現這位律師一臉困惑。

「你的腳出狀況了，紐立先生？」法蘭柯說著走進病房。

紐立皺著眉，但是一認出法蘭柯，他就整張臉笑開了。法蘭柯很意外會得到這樣的歡迎。以前法蘭柯曾在法庭上幫檢方作證，對付紐立的兩個客戶，除此之外，兩人從來沒交談過。法蘭柯知道，紐立在法庭上試圖削弱他證詞的可信度，並不是針對個人。紐立在交互詰問時的表現比大部分律師要好，但是他對付法蘭柯並不成功。他們兩個都只是在盡自己的職責。他希望紐立也是這麼想的。

「哈里曼警探！」紐立說，「你害我輸掉貝林傑的案子，還有另外一個，如果我沒記錯的話。」但他好像並不特別介意。「而且，你是艾齡．凱利的先生，對吧？」

「是啊，沒錯。這也是為什麼我會來找你。我希望你可以告訴我，她狀況怎麼樣。」

紐立略略猶豫了一下才說：「很好。她很好——至少，我離開時是這樣。聽我說，法蘭柯——我可以喊你法蘭柯嗎？」

他很驚訝，但是說：「當然可以。」

「很好。另外拜託喊我菲爾。」他又微笑，這回的笑法，法蘭柯很確定是為了讓人卸下心防。「既然我們都已經算是朋友了，」紐立說，「我可以拜託你幫個忙嗎？」

「這個忙，該不會害我被降調到交通隊吧？」法蘭柯小心翼翼地問。

「不，完全不是那類的。我只是需要有人開車送我回家。」

「你可以出院了？」

「是啊，他們讓我在醫院待一夜，只是為了觀察而已。要不是因為我是律師，他們大概昨天就要我離開了。我想他們怕我會告他們吧。總之，我腳上的這個石膏要過一陣子才能拆，但是我沒有理由佔用一張醫院的病床。」

法蘭柯猜想，載紐立回家的話，就有機會可以跟他談話了，於是他說：「好吧。」

「太好了！另外，如果你不介意的話，我的衣服，就在那邊的那個背包裡，你可以幫我拿過來嗎？」

他覺得紐立應該完全可以自己拿，不過還是遷就他。

那律師開始把背包裡的東西拿出來放到床上，很快地，床上就放了一個露營爐、一套鍋具、一把手電筒、一件披風式雨衣、一個水壺、火柴、一捲衛生紙，還有各種其他裝備，包括一大批各式各樣的衣服。揹著這麼多東西在山裡走一定很痛苦，法蘭柯心想，努力控制著不要笑出來。

紐立忽然抬頭朝他微笑，手裡抓著一件牛仔褲。「可以麻煩你把這個拿到護理站去，拜託他們剪掉這條褲管的下半截嗎？左邊的。不然那個褲管沒辦法穿過石膏。你去的時候，我會開始換衣服。」

法蘭柯按捺住想叫他滾一邊去的衝動，想起自己有求於這位律師，於是說：「好吧。」

「所以你的朋友把我當成裁縫了，」那個護理師說，但還是接下法蘭柯手裡的褲子。她是個年輕、苗條的紅髮女郎，身上有種沉靜的氣質，法蘭柯覺得應該很適合她的工作。

「不要覺得自己很可憐，」他回答，於是她抬頭看他。「他還把我當成他的私人司機兼僕人呢——不過他知道他不是我的朋友。」

她頭歪向一邊，打量著他，露出微笑。「不，我想你不是他的朋友。那麼容我問一聲，你為什麼要負責處理他的褲子？」

「只是想幫他出院。我會載他回家。」

「謝謝你！我們等不及那個討厭鬼趕緊離開了。」

「我可以了解。」他說，也朝她露出微笑。

她看了一眼他的左手，看到了婚戒，於是她又回去忙著剪掉褲管了。

回到病房，趁著紐立繼續穿衣服，法蘭柯就盡力把背包裡面的東西裝回去。才剛塞好那套鍋具，接下來的那個東西，他乍看之下以為是手機，但很快就明白不可能。

「這是GPS接收器嗎？」他問。

紐立抬頭，右腳的襪子穿到一半——他的右腳雖然沒骨折也沒打上石膏，不過上頭長了好多水泡，法蘭柯這才明白剛剛紐立為什麼要他幫忙拿背包。

「是啊，」紐立回答，伸出一隻手。「來——我教你怎麼用。」

他花了幾分鐘得意地示範，然後要法蘭柯幫他把一隻健行靴——他只有這雙鞋子——穿上他一碰就痛的右腳。

之前跟法蘭柯講過話的那個護理師推著輪椅進來，說要送他們到樓下的大廳。

「每個人都知道，你非得親自用輪椅送病人離開不可。」紐立說。

「這當然要多虧你們那一行的人。」她說。

紐立大笑，開心地承認很可能是這樣。她幫著紐立下床時，紐立一隻手攬著她的肩膀，朝法蘭柯誇張地擠了一下眼睛。法蘭柯沒理會，回答那護理師問他是做哪一行的問題。接著兩人熱烈地交談，直到他們來到醫院大廳。他離開他們去開車；等到回來時，法蘭柯看得出，才離開沒幾分鐘，她大概已經很樂意把紐立推進車陣裡撞死了。

法蘭柯已經把背包放在後座了，這會兒打開車門，讓護理師彎腰把輪椅的置腳處收起。紐立說：「法蘭柯娶了一個褐髮美女，你知道。不過我還單身！」

「菲爾，」那護理師說，一邊幫著他站起來，「雖然我聽了很驚訝，但是我得告訴你：儘管法蘭柯結婚了，但還是有很多女人會願意追求他。而儘管你是單身——唔，這麼說吧，我希望你是有錢人。」

她轉身離開，然後紐立大喊：「我是啊！」

她沒回頭。

「唔，真是太絕了！」他笑著說。

他說起自己腳上起水泡的經過，猛開自己的玩笑。「最糟糕的部分，」他說，「就是我得聽醫院裡的這麼個腳類專家，跟我說教說個沒完。」

接著他模仿那位專家，逗得法蘭柯也大笑，就在這個歡樂的氣氛中，他答應紐立的請求，在離紐立家不遠的一家藥房外停下。紐立堅持要自己走進店裡。

「聽我說，」他開口，「趁我在裡頭的時候，你可不可以稍微整理一下我的背包？我把那個GPS放在最上面，很擔心它會掉出來摔壞。我花了六百元買的，你知道，所以我不希望它在我家車道上砸爛。」

法蘭柯認真看著他，今天第一次，他看到了以往在法院裡的那位厲害律師——不是過去一個多小時那個笨手笨腳的活寶。

紐立微笑說：「如果你想要，就玩一下那個GPS吧。我可能不會很快就出來。」

法蘭柯還沒來得及回答，紐立就跛行著進入藥房裡。

法蘭柯知道這是擺明了邀請他察看GPS，只稍微猶豫了一下。他有點懷疑紐立是要怎麼陷害他，或更糟糕，是要藉著利用他所引起的問題、陷害整個警局。但是他看不出紐立能怎麼利用這件事對他不利，而如果這表示他現在就可以知道艾齡的下落，那他就願意冒這個險。

他不打算忽略自己的直覺；他要上山找她。如果她不需要他，很好。說不定她還會生他的氣。想到這裡，他兀自微笑起來。反正這種事不會是第一次。

但是接下來的想法讓他冷靜下來——想像自己沒有理由就大老遠跑到山上，結果她沒事，那是一回事。但想到她受傷或有危險，那就是另外一回事了。要是她陷入麻煩，而他卻待在家裡，那麼他永遠也不會原諒自己的。

等到紐立出來，他已經把GPS裡紐立在山區那兩天所記錄的每一筆座標都抄下來了，而且那個GPS也放回了背包裡。

「你弄到了你所需要的一切嗎？」他問紐立。

「是啊。你呢？」

他猶豫著，然後說：「是的。跟我說你為什麼要幫我吧。」

「啊，我可以努力講得好像若無其事，說我是在回報一份善意；說你太太在我們健行時對我非常好。她甚至還幫我治療那兩隻起了水泡的臭腳丫。但是那不是真話。」

他沉默下來，法蘭柯猜想他會不會就說到這裡為止。但接著紐立又開口，「一個警察跑來醫院病房看我。他跟這個案子完全無關。他跟我說他擔心他太太。我為了自己的方便，叫他幫我做了一些愚蠢的雜事。我不難相信，他去醫院的理由並沒有撒謊，他是真的擔心他太太。我也擔心她。」

「為什麼？」法蘭柯問。「有發生什麼——」

「不。沒有任何要警覺的。還沒有。」

法蘭柯抓著方向盤的手握緊了。「派瑞許在計畫些什麼嗎？」

「一定的。」看到法蘭柯一臉警戒，紐立趕緊補充，「我不知道他在計畫什麼，也不知道是不是跟你太太有關，只不過——唔，不，我完全不曉得他在想什麼。」

「你是他的律師啊！」

「沒錯，但是他沒跟我透露祕密。一點都沒有——如果你要的話，我可以跟你發誓。我感覺他一定是正在打算做些事情，不惜犧牲掉原先躲過死刑的機會。要不是這樣，我現在就不會跟你談了。」

他們來到紐立他家的那條街道，紐立把地址告訴法蘭柯。於是法蘭柯只能專心看著人行道邊緣漆著的門牌號碼。這是個昂貴的住宅區。這麼成功的刑事辯護律師並不多，他知道。他找到了紐立那棟龐大的西班牙風格豪宅，駛入車道，關掉引擎。

「你認為他有個針對艾齡的計畫，」他對那律師說。「你稍早這麼說過。」

「尼克．派瑞許……老是打量她。瞪著她猛瞧。」

法蘭柯罵了句髒話。

「沒錯，」紐立說。「我也有同感。」

「我得知道——我得知道你能告訴我的一切，有關他們朝哪裡走。沒錯，我已經抄下了GPS的那些座標，但是在最後一個位置之後，他們往哪裡走？」

「我不知道。」

「紐立——」

「我不知道！朝我鼻子揍一拳，也幫不了你。」

他鬆開握拳的手，逼自己思考。「送你出來的那個巡山員——他打算回頭追上他們？」

「是的。」

「怎麼追？他們約了某個地點嗎？」

「沒有……」紐立開始思索。「我當時腦袋不是很清楚，但是……啊！現在我想起來了！他跟安迪說了些話，就是那個植物學者，請他沿路留下標記。這樣幫得上忙嗎？」

「是的，」法蘭柯大感解脫地說，幾乎要笑出聲。「我幫你進屋裡安頓吧。我還有幾個問題要請教。」

紐立嘆氣。「我也猜到了。不過我要請你付出代價。」

「哦？」法蘭柯說，又謹慎起來。

「我沒辦法告訴你我有多急著要丟掉這雙靴子……如果我老是得看到它們，我不認為我有辦法復元。一等我們進屋裡，可以拜託你幫我把這雙靴子扔進垃圾壓縮機裡嗎？」

「我很樂意。」法蘭柯回答。

14

五月十七日，星期三，夜間
南內華達山脈

他仰天躺著，一口接一口深吸著氣。

他謙虛地向自己承認，他原先沒想到這件事會有多棒。那種興奮簡直逼近到難以承受的地步。碰到一個比較軟弱的人，就會忍不住去尋求某種紓解。他不會。不，他不是那種人。

稍早，在他們打開塑膠布之前，他大膽地自慰了，只有一次，但他知道最好不要再試。她死亡的氣味遍佈在所有人身上，但尤其是那些始終最靠近墓穴的人。四個警衛輪流過去看她。他們抗拒不了，當然。朝聖者會被聖地吸引，他心想，回憶起白天那些警衛逐一回來，渾身充滿她的氣味。

但這種小小的誘惑，完全比不上他們帶她回來的那一刻。他回想起兩人共度的那些時光——在回憶的魔力之下，他幾乎是暈眩起來。

薛瑞登和奈爾斯當然也渾身散發著她的氣味。真是太愉快了。他好羨慕薛瑞登。沒錯，那種感覺近乎嫉妒——他碰過她。想到薛瑞登戴了手套的雙手放在她手上——啊！

現在他整個人緊繃得像一把弓，他心想，然後逼自己把思緒轉到比較安全的地方。

他想到馬瑞克毆打他。真幼稚！他們最喜歡欺負人。他以前見過馬瑞克這種人。惡霸。就像七年級的哈維．何思蒙，是校園裡的惡霸。他知道怎麼對付他們，他以前就做過。哈維是他最早期的被害人之一。他好多年沒去拜訪哈維的埋屍地了，想到這裡，他一時自責起來——當然，不是自責殺了哈維，而是自責沒能完成自己例行的巡視。

就像一個最愛的故事，已經一次又一次地重新閱讀過。現在回想起殺掉童年敵人的事情，他早已不再興奮，但是對這段回憶的鍾愛依然不減。探訪早些的埋骨處會讓他充滿懷念之情，他可不打算把那些地方棄之不顧。他很擅長於站在墓旁致哀——唔，其實是向自己致敬！他想到這裡，覺得很樂。

啊，這幽默的一刻足以讓他放鬆一些了。

他又仔細回想起今天下午，想著他最愛的那一刻。沒錯，她在那裡，看起來蒼白且有點疲倦——她昨夜沒睡好。他願意相信是自己造成了她深夜的失眠，但是第一天晚上他聽到她說起自己的惡夢之一，於是知道她的恐懼另有原因。沒關係。等時候到了，他會讓她的恐懼集中到應該的地方。眼前，只要看到她藍色眼珠底下的黑眼圈，看到她走路時偶爾低頭看、頭髮往前垂到臉上，這樣就已足夠。

現在她逐漸走近了，愈來愈近，然後——啊太好了！她也有那種氣味。她經過他面前時，他深深吸了一口氣，同時品嚐著她的氣味和那死去女人的氣味，混合在一起，太可愛、太可愛、太可愛了。想到這氣味，令他戰慄起來。

啊，那氣味太美好、太精緻了！期待像是一股電流般嗡響著，傳遍他全身。一切都運作得如此完美，而正因為一切都如此完美，於是他唯一能做的，就是靜靜躺在自己的帳篷裡，感覺血液在血管裡流動，每根神經都因為他強烈的慾望而激動。

15

五月十八日，星期四，清晨
南內華達山脈

次日黎明前，才終於開始下雨。雨勢不大也不穩定——大部分只是一連串間歇的毛毛雨——不過才剛開始下，我就被落在臉上的冰涼雨滴給打醒了。在斷續的睡眠中，我已經脫離了敞開的睡袋，於是醒來時臉朝上，身子有一部分在帳篷外。我躺在那塊薄薄絕緣睡墊上的大半截身體沒事，但是剩下的大約三分之一就沒那麼舒服了，尤其還淋了冷雨。

我移回帳篷裡一會兒，趕緊換了衣服、把裝備打包好。等到我出了帳篷，看到其他人已經開始拔營。沒有人想在這裡逗留。雖然天氣可能會讓飛機耽擱，但昨天晚上大家已經決定，我們會走回那條飛機跑道，在那裡等。

偶爾會有一陣難以預測的疾風吹來，害我要拆掉自己那個小帳篷變得很棘手。而負責拆派瑞許那個大帳篷的人，則更是好幾度差點失去控制。

我不曉得步道是否會變得泥濘。之前我們的行進速度就已經很慢，現在即使背包裡的食物重量已經減輕一些，但是又多了那具屍體，在我們走進來的那片地形上，會是個麻煩的負擔。

那揮之不去的屍體臭味——雖然我幾乎已經變得習慣了——因為下雨而短暫減輕了，代之以潮溼泥土和樹林的氣息。但是當第一陣風暴過去，風也小了許多，臭味就又開始出現了。或許是空氣中的溼氣讓氣味變得更濃，也或許是之前的短暫平息讓我們現在感受格外強烈，無論原因是什麼，反正那臭味很快就又濃得明確無誤了。

我們很快吃了早餐，我雖然幾乎沒胃口，但還是逼著自己吃，因為我知道我需要體力健行。吃完我們就出發了。我努力給自己打氣，想著很快就可以回到家，可以再看到法蘭柯，結束這個悲慘的任務。但當然，其實回家後還是沒有結束，因為賽爾一家都在等著我，而且我還有稿子要交。

我們開始往前走，我看到雖然地面和青草都是溼的，但是還沒有什麼爛泥。風勢已經平穩下來，成為稍強的微風。傑西帶頭，他保證會帶我們走一條少繞很多的路線回去。接著是鮑伯．湯普森和四個看守派瑞許的警衛，派瑞許似乎迷失在自己的思緒中——我希望他是想著自己餘生要在牢裡度過的悲慘景象。平哥跟我一起走，同時大衛和班分配到負責抬擔架的第一組。

我們來到兩塊草地間的那片山脊——就在離郊狼樹不遠之處——然後停下來休息，由安迪和傑西接手抬擔架。我們計畫中途只停少數幾次，但是就在這裡，就在大衛和班輕輕放下擔架後，發生了兩件事情，改變了我們整趟旅程的計畫。

第一件是尼克．派瑞許對湯普森說：「我以為你會表現得更有企圖心的，湯普森警探。現在你只發現一具屍體，但我那棵可愛的樹很確定告訴你，這裡還有更多。」

湯普森沉默了一會兒才說：「你是在主動提供訊息嗎？」

「我還需要說更多嗎？我其他的作品不見得像茱麗亞這麼誘人——我真的很希望你能讓我看她一眼，她的氣味這麼誘人！」

「你不必想了，」湯普森說，然後又考慮了一下，繼續說：「如果你告訴我其他的埋屍處，我或許可以想點辦法。」

派瑞許大笑。「你搞得那些法醫人類學家對著你皺眉頭了，警探。」

「他只是在拖時間。」杜克抱怨說。

湯普森點頭。「等你回到監獄，我們再討論你的其他被害人吧，派瑞許。」

「啊，不行，」他說。「不是現在，就永遠不必了。」

湯普森開始踱步。

「你會數數字，對吧？」派瑞許說。「你算過那些郊狼有多少隻。」

「一打。我知道，我知道，」湯普森說，還是沒決定。「如果你明曉得有更多屍體，為什麼要擺脫你的律師？你明知道你告訴我們的一切，都可以用來對付你的。」

「他很無趣。就跟你一樣，也變得愈來愈無趣了。我會再指出另一個墓地，湯普森警探，」派瑞許說，「但是如果我們繼續往前走，就會離開那個墓地了。你我都知道，你們往後不可能讓我再出來一次的，所以就像我剛剛說的，不是現在，就永遠不必了！」

「他是在耍花招，」曼騰說。「如果還有更多屍體，之前他的律師還在的時候，他就會想辦法談條件了。」

「凱利女士，」派瑞許說，「你能了解我為什麼不想丟下那些心愛的人嗎？」

我覺得我知道答案，也知道他為什麼那一刻偏要找搜尋隊裡唯一的媒體人士發問。但是我不太想涉入這個抉擇；我在場的身分是觀察者。而我一路觀察到的——在我看過茱麗亞．賽爾的墓穴之後——讓我確定自己不願以任何方法、形態、樣式，去協助派瑞許。其他人此時都看著我，在等著。

結果回答的是班．薛瑞登，他所說出來的，幾乎就跟我會講的一模一樣。「派瑞許先生對自己的作品感到自豪，他不想藏著不讓人看。這就是一開始我們會來到這裡的原因。」

「沒錯！」派瑞許起勁地說。「真想不到！你完全明白！」

大家圍著湯普森爭辯贊成或反對的意見，大部分都反對。

此時第二件事情發生了，於是為這個難局做出決定。

起風了。

稍後，我回顧這一天，會納悶如果風吹向別的方向，我們這隊人會是什麼樣的下場。但那時風吹起來，吹向我們，從另一片草地吹來的大風，往上坡吹來，吹到我們所在的山脊，然後繼續吹過去。

平哥抬起鼻子，雙耳往前豎起。他回頭看著大衛。我昨天看過這樣熱切的表情。

「怎麼了？」大衛用西班牙語問平哥。

平哥轉回頭迎向風，抬起鼻子迅速嗅了幾下，眼睛半閉著，然後又豎起耳朵看著大衛，同時還搖著尾巴。

「怎麼回事？」湯普森問道。

「平哥在發出警示。」班說。

湯普森轉頭看著派瑞許，眼睛發出一抹微光。「或許我們不需要你指給我們看！或許那隻狗會帶我們去！」

派瑞許滿不在乎地聳聳肩。

「我們不是必須趕到飛機跑道嗎？」曼騰說。

「走吧，」班回答。「我們去看看那隻狗聞到了什麼。」

「或許他只是聞到了傑西和安迪抬著的那具屍體。」曼騰堅持。

「不，」大衛說。「他是在風裡聞到的。風是吹過那片草地，順著斜坡上來的。以這個風向，不會帶著那具屍體的氣味。而且他現在不是為了那具屍體而興奮，而是新的氣味。」

但是湯普森的決心動搖了。「如果只是一隻死鹿之類的呢？」

「他對非人類遺骸不會發出警示的，」大衛先命令平哥乖坐著，然後回答。那狗的兩隻前腳挪動著，像個急著要上廁所的小孩，但仍是乖乖遵從。「我們兩天前經過那片草地時，他就對那裡很感興趣。我要過去察看一下。」

「我跟你一起留下，」班說，然後轉向湯普森。「你們繼續朝飛機跑道那邊走吧。我們會隨後趕上的。」

「趕上？」湯普森說。「那如果你們發現了什麼呢？要怎麼弄出去？」

「我們會標示出位置，以後再來。」班說。

然而只不過是昨天，湯普森還滿腦子都想像著帶回第二具屍體的榮耀，他可不會放過讓這些想像成真的機會，尤其是派瑞許已經都暗示過，還有多達十一具屍體埋在這附近。「不可能，」他說。「你們留下，我們就全都留下。我們要一起行動。」

「隨便你。」班說。

此時大衛已經幫平哥換上皮革的工作項圈。平哥熱切地注視他，開始吠叫。一直站在擔架旁邊的安迪和傑西，這會兒正熱烈討論著。我看到安迪點頭。正當大衛讓平哥安靜下來時，傑西對湯普森說：「我們兩個就先帶著屍體回到飛機跑道吧。」

「這樣你們要抬著走很多路。」班說。

「沒錯，」傑西說，「但是我們可以應付。而且我有一個點子。飛機應該很快就會回來了，說不定已經在跑道上等著我們——這個天氣沒壞到無法降落。等我們回到跑道，我會打無線電到巡山站，請他們派一架直升機過來。他們可以在跑道上接我，然後我會告訴他們該去哪裡找你們。他們在這片草地上降落不會有任何問題。而且搭直升機離開，你們的囚犯就不會有太多逃跑的機會——不像走森林回去的機會那麼多。」

這樣可以不必一路辛苦走回飛機跑道，顯然很合湯普森的意，但他還是猶豫。「你可以在天黑之前弄一架直升機過來？」

「沒有問題。回程沒有派瑞許引導我們亂繞小路，回到飛機跑道應該不會花太多時間。在今天結束之前，你們應該就可以把他帶回監獄了。」

湯普森看過去，剛好看到派瑞許皺著眉頭。派瑞許發現警探在看他，於是露出諂媚的微笑。湯普森遲疑著。

「那些警衛看起來累了，」傑西說。「這趟任務並不輕鬆。如果照我的辦法，他們就不必揹著重物健行，一面要看路，同時還要注意派瑞許。」

「好吧。」湯普森說。

班交代安迪，在傑西回來接其他人之時，請安迪務必要一路守著屍體。「我不希望有人宣稱，屍體或證據有任何時間不在我們的控制之下。」

大衛和平哥帶頭往下坡的草地走，速度相當快。班和我帶著挖掘設備，跟在後頭不遠處。閃光也幫忙搬了一些挖掘設備，外加他自己的攝影器材。湯普森、派瑞許，以及其他警衛則走得比較慢，落在最後。

風停了，但是大衛似乎無所謂。他利用這個機會讓狗休息一下，放下自己的背包和設備，然後挑了一個等待直升機的地方。「傑西對天氣狀況相當樂觀，」他說，抬頭看著天空。「我不曉得。現在看起來天氣不差，但是我認為可能還會再下雨。」

「我的看法一樣，」班說。「我覺得我們會在這邊過夜。不過另一方面，傑西比我們了解這一帶的山區。要是他們回到跑道時，飛機正在等著他們，而且直升機可以夠快抵達這裡，那我們可能就沒事。但是如果平哥發現了什麼，我就不想急著走。」

「就算湯普森和其他人想回去，我也會跟你留在這裡。」大衛說。他暫停一下，取出裝了粉末的擠壓瓶來測試風。那些粉末緩緩飄向山脊的方向。「你看，現在是非常小的微風。這樣更適合我們工作，不像剛剛的那陣風，有可能把氣味從一哩外吹來。」平哥站在離我們一段距離外，此時再度發出警示。

「你想工作嗎？」他用西班牙語喊道。

平哥搖著尾巴，吠了一聲。

「幫我們找個好地點，班，」大衛說，朝狗走去。「我還沒聽到雷聲，但是如果有風暴要來，我當然不想站在這片草地上，像一根避雷針。」然後他對著平哥用西班牙語說：「去找吧！去找死人！」

狗和領犬員開始以左右來回的路徑在草地上移動，大致就像前一天我看過的那樣。

根據之前經過這一帶的印象，我記得比起茱麗亞．賽爾埋骨的草地那附近，這邊的樹林要更濃密。而且進入樹林更深入之處，有一條小溪，再遠些有個小池塘。

閃光、班、我在樹林裡搭了一個小營帳，好讓杜克和厄爾有地方可以補眠。如果有必要，我們的營地就會設在這裡。雖然碰到惡劣的暴風雨時，躲在一棵樹下、甚至一小批樹下，都是非常危險的事情，但是待在這麼大的樹林，會比在草地上安全。在這裡，我們就不是最高的物體了。

沒多久，我就聽到平哥哼唱起來。

我們匆忙趕到草地，看到大衛正在用西班牙語誇獎狗。「你好聰明！你好漂亮！」

「是啊，他很漂亮又聰明，」我說。「但是他發現了什麼？」

大衛命令平哥待著，跟我們走到幾碼外的一個地方。「我猜想，這個地方稍微比較新。」

比起鄰近區域，這一小塊地方的植物比較短、比較稀疏。這回，我不難看出形成墓穴的那塊橢圓形；填入墓穴的土壤已經逐漸下沉、變得密實，於是墓穴的表面有點凹陷，比周圍的土地低，形成清楚的界限。

「太好了！」鮑伯．湯普森說。「你們辦到了！我們現在逮到那個混蛋了！」

「湯普森警探，」班冷靜地說，「無論從哪個角度，現在都還不到慶祝的時候。我們還不曉得埋在這裡的是誰、或者是不是人類，更別說是誰埋進去的。」

湯普森的心情可沒那麼容易被壓抑。雖然我不喜歡他，但是也看得出他的高興不是因為發現了一個被害人的埋骨處，而是因為有機會看到尼克．派瑞許被判處死刑的表情。

派瑞許一定知道，這個新發現就表示著他難逃死刑，但是他看著我們的表情近乎安詳。然後他雙眼盯著我，露出微笑。

「快了，親愛的，」他說。「就快了。」

平哥頸背的毛豎起，開始朝派瑞許吠叫。

我們早該留意到這個警示的。

16

五月十八日，星期四，上午
南內華達山脈

班和大衛很快就開始下一個階段的工作，而且小心的程度就像處理茱麗亞・賽爾的墓穴時一樣。杜克和厄爾決定去小睡一下，但是要湯普森保證：如果兩位人類學家發現了什麼，就會去叫醒他們。

馬瑞克和曼騰帶著派瑞許站在墓穴的一段距離外，湯普森過去問他話，但是派瑞許不肯說任何有關這個被害人的事情。這不表示他保持沉默。

「你知道為什麼那些郊狼會死掉嗎？」派瑞許說，又是盯著我瞧。

「不知道，告訴我吧。」湯普森哄他。

「因為牠們打擾了平靜，」他回答，目光還是停留在我身上。「現在，看看薛瑞登博士和奈爾斯博士。他們有比郊狼更好嗎？」

「什麼意思？」湯普森問。

「Requiescat in pace.」

「這話什麼意思？」

「問凱利女士吧。她是從小聽拉丁語長大的——至少星期天是這樣。」

湯普森轉向我。

「意思是『願死者安息』，」我說。「就是舊墓碑上常見的R.I.P.。」

「這樣你懂了吧？」派瑞許說。「你知道郊狼的習性嗎，凱利女士？」

我沒回答。

「牠們劫掠墳墓。牠們會偷走骨頭啃咬。」

「郊狼不是唯一會這樣的動物。」湯普森說。

「我不喜歡郊狼。」派瑞許微笑著說。

我走開，回頭朝墓穴走去。

平哥看到我很高興，大衛也是。「你可以再幫忙照顧狗嗎？」他問。「他不曉得為什麼特別不安。」

我已經發現了。在這段時間裡，平哥不是想偷偷湊近大衛，就是轉身朝派瑞許猛吠。

「杜克和厄爾一定想殺了我，」大衛說。「他們大概才剛設法睡著，就又被他亂叫給吵醒了。我不曉得他是怎麼回事。」

「昨天傑西和安迪在的時候，他比較能得到你的注意。」

「我在忙其他事情的時候，他得在旁邊安靜坐著。他通常不會這麼不乖。而且他對任何人的反應，很少像是對尼克·派瑞許那樣。」

「應該讓他當法官的。」我說。

大衛笑了。他讓我看他們挖到一層大石頭，有些地方已經看得到綠色塑膠布。「如果這個墓穴不是尼克·派瑞許挖的，那就是有人模仿他了。」他說。

「大衛，」班說，口氣有點不高興。他現在脾氣不太好，而且在挖掘墓穴的整個過程中都皺著眉頭。不過他沒責備我太靠近。我想這樣算是有進步吧。

平哥決定又朝派瑞許吠叫。

「或許我應該帶平哥去散步，」我說。「讓他離開派瑞許一下。天曉得，我也想離他遠一點。」而且也遠離那個腐臭的氣味，我心想，但是沒說出來。

「那就太好了！」大衛說。他停下工作，去狗的裝備包那邊拿狗繩。

「好主意，凱利女士，」班說，小心刮開塑膠布上的泥土。「這回我希望工作時，沒有好奇閒人圍觀。」

「好奇閒人？」我說，很火大。「我是來這裡工作的專業人士。如果你的硬腦殼裡能接受這個觀念的話——」

「你們的專業真厲害啊。從其他人的傷害中獲利——」

「對不起，骨骸守護聖人，但是——」

「你們會把別人的悲慘狀況，拿去兜售給任何一個願意在報攤丟一枚硬幣的人——」

「班，」我聽到身後傳來一個聲音。「拜託。」大衛拿了狗繩回來。班別開眼睛，但是掩飾不了他很努力按捺住脾氣。他臭臉看著自己戴了手套的雙手許久，然後又開始去刮起泥土了。

大衛幫平哥扣上狗繩，確定這狗會聽從我的命令，然後陪著我們朝樹林走。他似乎心不在焉。

「如果沒拴狗繩的話，平哥就不會跟我待在一起嗎？」我問。

「嗯？喔——不，抱歉。如果我把這個狗繩交給另外一個人，他就懂得意思，知道自己必須跟那個人待在一起。否則，我沒把握他會不會忽然想到了，又跑來看我在做什麼。他有可能跟你走到森林深處，就忽然跑掉，把你留在裡頭。」他微笑。「當然了，我大概可以讓他找到你，但是如果一開始先給他訊息，這樣對大家都比較簡單。」

「我懂了——所以這根狗繩，是要確保我不會被丟在那邊迷路。」

他大笑。「一點也沒錯。」

我以為他會送我們到森林邊緣就好，但結果他又更深入一些。「有關班，」他忽然說。「他對記者有偏見。我知道他有可能很唐突——」

「唐突？」

「沒禮貌。」

「是的。」

「好吧，沒禮貌，」他承認。「但是你不要以為是針對你個人。我知道除了你的職業之外，他覺得你還不錯。」

「那我還真是榮幸呢！」

「我想說服你，但是不太成功，對吧？」

「你做得很好。抱歉，我不該把對他的火氣發在你身上。如果你是想告訴我他心地善良，這個我已經知道了。」

「是嗎？」他懷疑地問。

「是的，而且不光是因為有個派瑞許可以對照。我想我第一次真正注意到，是班要求你讓平哥跟我一起睡——那天夜裡，我想他本來是要去跟你借平哥，好平息他自己的夢魘。」

大衛點點頭。

「此外，平哥法官很喜歡班。」我說。

大衛蹲下來，目光平視著那狗，同時撫摸著平哥的脖子和耳朵。平哥垂下頭，頂著大衛的胸部，靠在那裡，發出柔和而低沉的愉快聲音。「平哥對人的判斷很準，」大衛說。「他也喜歡你。」

「我也喜歡他。但是我想，你會想辦法幫你另外那位朋友再找幾個藉口？」

「其實不是藉口。我只是覺得，如果你知道——他不信任媒體，有他的理由。」

「比方呢？」

「就在今年，他——」他停住，搖搖頭，又想了一下才說：「兩年前，他在一個墜機現場工作，一個電視記者偷聽到班在跟某個人講話——用那種間諜式的麥克風。」

「拋物面反射式麥克風。」

「對。那個女記者後來在現場連線時，錯誤引用他的話。這種事我們都碰到過，但是這個錯誤消息，導致被害人的家屬希望——希望遺骸能夠比較完整。我的意思是，你知道從高空墜機下來，結果會是怎樣嗎？」

「知道，」我說。「那種物理學對任何人都不利。」

「對。大部分時候，我們只能憑者碎片辨認死者身分。」

「所以那些家屬對他很不滿。」

「是啊。我想最困擾他的，不是家屬對他不滿，他只是很不願意看到他們受折磨。那些悲慟的家屬已經對發生的事情難以接受了，結果又懷著這種期待——班說，那等於是一種公開的酷刑。我覺得他說得沒錯。」

「所以因為這件事，他就認為所有記者都不是好東西？」

「我希望我能告訴你只有那件事。但是當時還有記者用隱藏式攝影機，在臨時陳屍所裡頭拍照。針對失蹤人士有一堆錯誤的資訊——你無法想像，那對被害人家屬有多麼痛苦！」

「如果你要我說，我對我同行的每一個人都引以為榮——」

「不，不，當然不是。我都可以告訴你，我們這一行有些人的行為也讓我們搖頭。我想，我只是想幫你了解班。就像我剛剛說的，我不希望你認為他是針對你個人。」

「我沒認為他是針對我個人，」我說。「但是長期來說，如果班老是這麼公然對媒體表現出敵意，對你們不會有好處的。」

「還有更多——唔，我想，我不應該這樣在背後談論他。我該回去幫他忙了。」

「慢著，大衛——拜託。」

他疑問地看著我。

「其他大多數人，我都無所謂。」我說，「但是你和安迪都特意對我好。我很感激你花了那麼多時間跟我談你的工作。所以如果你要我再給班．薛瑞登一次機會——甚至十二次機會——我都會照辦的。」

他露出微笑。「謝了。班曾看著我經歷過不止一次艱難時期。所以現在輪到他碰上，要我付出一點耐心並不困難。」他又揉了平哥的毛皮最後一次，然後說：「好好照顧她喔，平哥。」

「我也會好好照顧他的。」我說。

「啊，這個我知道！」他說，大笑著離開了。

我不慌不忙地往前走。烏雲持續遮蔽天空，還下了一點雨，但是沒大到讓我和平哥打消散步的念頭。我還來不及阻止，平哥就踩進一個泥窪裡玩，但是除此之外，他很滿足於跟著我走向任何方向。沿路他對許多景象和氣味和聲音都充滿好奇，有時候我也讓他去探索。但只要我想繼續往下走，他從不會抗拒、不會扯著狗繩，始終非常乖。

走到一半，我不得不承認自己是在逃避。我其實不想看到另一張綠色塑膠布打開，展現另一具分解中的遺體。我尤其不想看到墓穴底部還會有些什麼。

但是就像我告訴過班的，我有職責在身，而無論我怎麼告訴自己說我沒必要待在挖掘現場，其實都是假的。於是我回頭，朝著森林外的方向走。

等到可以看到草地時，我站住，還沒完全準備好要離開身後這一片寧靜的森林，重新加入其他人。平哥抬起鼻子，嗅嗅空氣，但除此之外，他只是安靜坐在我旁邊。

我看到閃光站在墓穴旁，正在拍攝影片。馬瑞克和曼騰還是看守著派瑞許，但顯然杜克和厄爾已經被湯普森叫醒了趕過來。就像大衛一樣，他們兩個和湯普森都戴著口罩和手套，跪在墓穴邊緣。大衛跟他們說話，指示著他們。班．薛瑞登則不見人影。

我知道自己應該走近些，應該試著像一個記者那樣思考，應該先取得新聞，稍後再去擔心自己的反應。要是派瑞許對這個墳墓的處理方式跟之前一樣，我很快就可以看到被害者的照片了。這件事才重要，我告訴自己——去看看墓穴裡是誰。我應該像曼騰那樣，他正湊近些，想看得更清楚。「聽我數到三，」我聽到大衛說。

此時一個獨特的潑濺聲讓我分心了。我轉向聲音的來源，正當此時，班才明白我在附近。

「喔，基督啊！」他說，匆忙塞好自己，拉起褲頭的拉鍊。

「一……」我聽到大衛喊。

「我——對不起！」我說。「我不知道你在這裡！」

班尷尬得滿臉漲成紫紅色。「我想剛剛那一幕，也會登上報紙了？」

「……二……」

「是啊，當然會，」我的尷尬轉為憤怒。「標題會是，『誰把法醫人類學家縮小了？』」

讓我完全意想不到的是，他開始大笑。

「三！」我聽到大衛喊。

那聲音像個職業拳擊手的重拳擊中我們——一個雷鳴般的、莫名其妙出現的爆炸聲，搖撼土地，差點把我們的耳朵震聾。

我僵立在那裡，無法理解發生了什麼事。草地上突然湧起一大團塵土和碎片，同時爆炸的回音在山間不斷轟然迴盪，沒多久，那些聲音似乎從四面八方傳來。還有其他聲音——尖叫和手槍開火的脆響。平哥苦惱地哀叫一聲，衝向那團揚起的塵土，扯得我失去平衡；我往前撲摔在地上；他拉著我往前跑了幾呎，但我手上還是緊握著狗繩。要不是因為狗繩纏住了一叢灌木，我想光靠我的重量，恐怕無法阻止他前進。

班跑在前頭。我喊他，但他已經跑遠了。很快地，他就跑過草地的一半，自己的尖叫回應著其他人的，但是那些人一個接一個沉默下來。他奔跑中一邊喊著大衛的名字，喊著「不！」喊著一些我聽不懂的字句，然後——然後尼克．派瑞許從煙塵中出現，努力保持平衡，同時抓著馬瑞克的屍體當成盾牌。派瑞許依然被銬住的手舉起一把槍——死人的槍——同時那死人的手臂也跟著他舉起，班已經進入草地太遠，沒有地方可躲，他忽然不再喊叫，沒發出任何聲音，只是倒下。

他沒再站起來。

17

五月十八日，星期四，午後
南內華達山脈

我待在原地不動。平哥繼續吠叫，向派瑞許透露我們的位置。有那麼可怕的一刻，我恐懼得全身癱瘓——好像我知道的任何西班牙語都忘光光，想不出任何可以叫那隻狗安靜的字眼。

「閉嘴！」我終於想起來了，平哥立刻安靜下來。我向上天祈禱派瑞許不會聽到我的聲音，又低聲用西班牙語說：「來這裡，平哥。來這裡。」

平哥遵從了，來到我旁邊，蹲低身子，急促而沉重地喘著氣。他雙耳下垂，尾巴夾在兩腿間。那是害怕的表示。

「很好。」我用西班牙語低聲告訴他，我的聲音不太穩。

我又湊近他，趴在他旁邊。他在發抖，我也是。我不穩的手撫著平哥的毛皮。

「冷靜，別出聲。」我湊在他的耳邊說。

我試著觀察派瑞許，想知道他人在哪裡。我看到他身子沉入青草中，依然抓著那個死去的警衛。

好一會兒過去了。我們待著沒動。接著我看到他又站起來，放開那個警衛，冷靜地用一把鑰匙打開仍然銬住他手腕的手銬。手銬落下來，掉在地上。

空氣中仍然充滿煙霧，以及四散屍塊與血的氣味。現在是一片安靜，但就像之前的那些尖叫聲一樣令人不安。在這樣的安靜中，我無法隱藏自己的顫抖。我心慌地想著，我的恐懼會透過地面傳給他，在草地的另一頭都感覺得到。

煙霧逐漸消散。又起風了，他在風中大笑，朝烏雲密佈的天空抬起雙臂，得意地搖晃拳頭，好像在呼喚諸神來瞧瞧他的勝利。

他停下來，注視著樹林。我很確定他看得到我們。忽然間，他開始奔跑——正朝著我們的方向。我感覺平哥後頸的毛豎起，於是低聲在他耳邊說：「安靜。」他乖乖都沒出聲。

派瑞許持續接近我們，朝著樹林奔跑，我的嘴巴發乾，伸手到我的隨身背包裡掏出折疊刀，打開來。這把刀很難對付一把有子彈的槍，不過就算會被槍殺而死，也比步上茱麗亞·賽爾的下場要好。但是接著，我看到派瑞許改變方向——偏離我們了。

他是要去營地。

我竭力聽著他的動靜，擔心他隨時都可能回頭，從我後方冒出來，從我沒預料到的方向發動攻擊。如果派瑞許真的朝我們偷偷逼近，我只能期望平哥提早發現。

沒多久，派瑞許就在營地裡發出很多噪音，根本不打算隱藏。

又開始下雨了。

我努力擺脫對眼前狀況的絕望感。沒錯，直升機可能得等到天氣好一些才能飛來，但是傑西和安迪大概已經脫身了。你也可以脫身的，我告訴自己。無論如何，會有人回來這片草地。你只要躲著他幾小時，現在的雨還根本不大——直升機在這種天氣可能還是有辦法飛。才想到這裡，我就聽到了遠方的雷聲。

我還在發抖，但是告訴自己是因為潮溼的關係。

我背包裡有外披式雨衣，便決定冒著發出聲音的危險拿出來披上。那雨衣的深色迷彩，會比我身上的衣服更能融入周圍的森林裡。

雨聲讓我很難聽到派瑞許的動靜，但是從鍋子的嘩啦撞擊聲，我猜想他正在把眾人的背包倒出來檢查。

他可以拿走他想要的，我心想。他可以摧毀其他人，留下我在這片樹林裡，留在這個山區，跟這隻狗一起死去。

別胡思亂想了。

我的肌肉抽筋，主要是因為緊張，而不是要保持不動的壓力。而且我好冷。

真不幸，但是狀況有可能更糟糕。這些身體不適的狀況，表示你畢竟還活著。你本來也可能幫忙把屍體從墓穴裡抬起來。

我一手拿著刀，一手摸著狗。

平哥抬起頭，顯然聽到了什麼，不再發抖了。我聽到某個人在樹林裡移動的聲音，朝向我。

「安靜。」我又再度朝平哥咬耳朵。他望著我的臉，然後垂下頭。不過他仍在豎著耳朵傾聽。我祈禱著。

那腳步聲在我前方某處暫停。平哥全身緊繃起來。

不要吼，平哥，拜託不要吼。

那腳步聲又繼續往前。

最後我終於看到他了；他朝山脊走去。揹著一個背包，拿著杜克的步槍。他走得很快，接近奔跑的速度。現在我們之間的距離比較遠了，而且我還是躲在一批樹旁，於是我挪動了一下，轉成一個比較舒服的姿勢。平哥想去草地上，我也想——懷著非常渺茫的希望，希望或許有另一個人倖存，而且擔心這個人可能需要我的幫助。但是如果派瑞許回頭檢視他的成果，很輕易就能看到我們，而且我覺得他一定會回頭的。

他沒讓我失望。我有一會兒看不到他，接著又瞥見他站在山脊頂部、雙手握拳舉起的身影。我衷心希望有閃電擊中他，可惜沒能如願。

很快地，他就越過山脊，失去蹤影。

平哥和我一起動身，匆忙在雨中走向墓穴。那裡只剩一片大屠殺的場面等著我。墓穴現在成了一個更大、更深的黑洞。平哥只是緊張地朝裡看一眼，然後就退開。我不知道派瑞許之前在裡頭偷偷安裝了什麼樣的爆炸裝置，只知道抬起屍體顯然就足以引爆。

我迅速檢查一下挖掘現場，就確定了原先的猜測。其他人都死了；那些當時朝墓穴裡傾身的人，全都已經支離破碎。平哥開始低鳴，焦慮地在各個碎片間移動。日後或許會有某個法醫人類學家來到現場，可以審視這些碎片，辨認出生前是誰。我只確定一個，那是一隻靴子，裡頭還殘留著一截腳，因為平哥一發現這靴子，就開始哀號得更大聲，然後頭放在兩隻前腳之間，守著靴子不肯離開。

我沒跟他爭執；我不確定自己還能站在這裡多久。我的腦子裡有某個部分停止運作了——我知道自己看到了什麼，但同時又拒絕知道。我丟下狗繩，繼續走，留意自己的每一步，但還是感覺自己靴底變滑。我無意識地走著，期待看到某些可以理解的東西。

一小段距離外，我差點發現了。我碰到了曼騰和馬瑞克的屍體，他們不是被炸死的。派瑞許朝每個人臉上開了好幾槍。

我看到他們時，一定是發出了叫聲，因為平哥奔向我。我驚駭地發現他還咬著大衛的腳。

「丟掉！」我用西班牙語厲聲說。

他抬頭反抗地看著我，不肯鬆口。

「丟掉！」我又說了一次。

他輕輕把那隻腳放下，但是仍不肯離去。

「好，非常好。」

他小心翼翼地看著我，好像我可能會去跟他搶那隻腳。等到他好像又要去咬起來，我說：

「班在哪裡，平哥？」

他抬頭看我，頭歪向一邊。

「班在哪裡？快點，帶我去。班在哪裡，平哥？」

這個問題其實並不容易回答。我不確定班倒在哪裡。草地上的青草和野花很高，足以隱藏他的身體。

雨勢減緩為毛毛細雨，平哥要嗅出空氣中的任何氣味應該還是有困難。但是他沒有卻步，只是跟著我，從馬瑞克和曼騰倒下的地方，朝向班稍早衝出樹林之處迂迴前進。

我們只走了幾碼，平哥就往前奔，然後又跑回我面前吠叫。

「很好，很好——安靜，平哥。」我用西班牙語說，擔心派瑞許會聽到他的叫聲。「班在哪裡？」我又用西班牙語問，他又再度往前奔，這回每隔幾呎就停下來，回頭看著我。

我誇獎他，即使我很害怕又要檢查另一具屍體。

班．薛瑞登趴在一塊大石頭附近，靜止不動。他滿臉是血，左褲管也是一大片血。

平哥開始舔他。沒有反應。

忽然間，我想起大衛說過平哥的一件事。平哥不會舔死屍的。

我跪在班旁邊，手指探著他頸部的脈搏。

「平哥，」我說，忍著不要哭出來。「你好聰明！」

班．薛瑞登還活著。

我決心讓他繼續活下去，無論要面對什麼艱險。

我一定會克服的。

18

五月十八日，星期四，下午
南內華達山脈

重要的事先處理。不過麻煩的是，我不能打九一一就算了。在場的只剩我一個人還意識清醒，於是我必須扮演醫師的角色，第一守則是最困難的：不要恐慌。

有兩個問題害我不恐慌都很難。第一是看起來班．薛瑞登快死了，只差一點而已。第二是派瑞許隨時可能翻過那個山脊，回頭來找我們。要是到時候我還沒把班．薛瑞登弄走，我很確定這片草地上就會再增加兩具屍體。

於是我忘了瀰漫的屍體氣味，忘了我才看到七個好人被狠心屠殺的事實，忘了下雨——逼自己專心處理重要的事情。

以前接受過的急救課程又逐一回到我的腦海。

我臉頰湊近他的嘴巴，感覺他的呼吸，一次接一次地放了心。他在呼吸，他有脈搏。

我喊了幾次他的名字，他沒反應。平哥朝他吠叫，他發出微弱的呻吟。我等著，但是沒別的了。我命令平哥坐下待著，那狗遵從了。班動了一下，簡直像是以為那命令是對他發出的。我這才想到一個急救訓練師有回跟我說的：意識不是電燈開關。失去意識的人仍有可能對疼痛或命令有反應。於是我又試了一次。

「班，睜開眼睛！」

沒有反應。

繼續吧，我告訴自己。檢查出血狀況。

他頭部傷口的血已經凝結了，看起來傷口不深，但是下頭腫起一個大包。另一個明顯的傷口是在腿部。

我突然想起，有回我看著我丈夫的搭檔彼得拚命幫一個被害人的頭部止血——後來他才明白，她的肺部已經充滿了血——一顆子彈穿過她的背部，留下了一個小得多的傷口。

我盡力察看班，想尋找其他不那麼明顯的傷口。結果都沒找到，倒是在他的襯衫口袋裡找到了一雙沒用過的乳膠手套。我戴上手套，掏出我的折疊刀，割開褲管。

換了其他狀況，他左小腿的傷勢可能會嚇壞我。但是在幾分鐘前看過了大屠殺的景象後，他的腿傷已經不算什麼了。那是個子彈穿透傷，從小腿前方內側穿入，然後從外側穿出，而且外側的傷口看起來比較嚴重。這顆子彈似乎至少破壞了他一根小腿骨。傷口之前流了很多血——至少以我缺乏經驗的雙眼來看，似乎有很多血——不過現在的出血已經變得很少了。

我背包裡面帶的少數急救用品沒辦法處理槍傷，但是還有足夠的乾淨紗布和膠帶，可以在腿傷上頭做個加壓包紮。

他呻吟，我又湊近他的臉喊他名字。多喊傷者的名字——我想起這是急救原則之一。他睜開眼睛，往上看著我。

「班？你聽得懂我講話嗎？」

他閉上眼睛。

「班！」

他又睜眼看著我。平哥吠叫。班的腦袋緩緩轉向狗，呻吟著，然後又閉上眼睛。「下雨了，」他口齒不清地說，沒比氣音大聲多少。

「不，」我說。「之前下過雨，但是現在雨停了。」

他沒回應。

「走開。」

「班！班！」

「班。你醒醒！」

他沒回應。

「班．薛瑞登，聽我說——我可不希望只因為跟你待在這裡，就害我被槍殺。快醒醒！」

沒反應。

「平哥需要你，好嗎？如果大衛知道你沒照顧他的狗，他會說什麼？」

「大衛，」他淒慘地說，但是睜開眼睛了。

「你除了頭部和左腿，還有哪裡痛嗎？」

他皺眉。「不曉得。沒辦法思考。」他抬起頭，試著移動。「頭昏。」他說，閉上眼睛。

「你脖子和背部會痛嗎？」

「不，我的頭痛。我的腿痛——我想是斷了。」

我抓住他的右手。「用力握我的手。」

他握了。很微弱，但還是緊握了一下。我又同樣測試了他的左手。

「你高分通過第一個測試了。」我挪到他的雙腳旁。「試著動一下你的右腳，班。」

他動了。

「換左腳。」

沒反應，但他用力得哀叫一聲。

「沒辦法，」他輕聲說。「沒辦法。」

「現在先別擔心那個了。我們得離開這片草原，然後你想睡覺都沒問題——但是現在不行。保持清醒狀態。」

「好，」他說，然後又補充：「為了平哥。」

「隨便你，混蛋。反正你別睡覺就是了。」

我看到一個小小的微笑，一閃即逝。我不得不佩服——以他現在必然承受的疼痛，我想能笑出來的人並不多。

「我不能把你留在這片草地上，」我說。「派瑞許可能會回來。」

他往右翻身，好像雙腳要移動，然後忽然吐了。

「基督啊，」他說。

「大概是因為你撞到腦袋，」我說，解下我的領巾，擦擦他的臉，又幫著他漱口。「你很可能至少有腦震盪。如果你會吐，那側躺著會比較好。仰天躺著太危險了。」

我幫著他稍微抬起頭，給他水。他好像很渴，但是很快就閉上眼睛。「走開。」

「保持清醒，班。」

「走開。」

「平哥，記得嗎？」

「該死的狗。」他說，但是又睜開眼睛了。

我設法讓他舒適些，盡可能讓他不要陷入休克狀態。但是我需要的東西手邊一樣都沒有，而且更重要的是，我想趕緊帶他離開那片草地。

我老是回頭看山脊。沒有派瑞許的蹤影。還沒有。

「平哥，」我用西班牙語說，「照顧他！」

那狗走近班。

「什麼？」班昏昏沉沉地說。「你剛剛說什麼？」

「我是在跟平哥說話。我叫他照顧你。我只是試試看，但是他好像聽懂了這個指令。」

「什麼？」班又說了一次。

「保持清醒。」

我匆忙又去墓穴周圍搜尋了一次，專注於各種物件，不准自己去想散落在我周圍的死屍。匆忙中，我走動時沒留意，忽然右腳下頭有個東西發出斷裂聲——一小塊骨頭。

冷靜——繼續走。別管它。它傷不了你的。

我繼續走。但是現在我又開始害怕派瑞許會回來，膝蓋和腳踝都因此發軟，腳步變得愈來愈緩慢而笨拙。

別再想他了！老天在上，繼續走！你得幫忙班。

我找到一個裝著人類學家設備的帆布袋，大致上完整無損。平哥的裝備袋也是一樣。我提起兩個袋子，回到班旁邊。我誇獎平哥，但是忍不住想著他好像很高興有事做。

我利用那兩個篩子的框架，以及從袋子裡面找到的一捲防水膠帶，幫班的左腿做了一個夾板。我另外還拿了幾件稍後可能會用上的小東西，包括一小張防水布，然後把這些東西放進我的小背包裡。

班已經又失去意識了，但是我喊他的名字時，他又醒來。他不肯跟我講話，但是我要扶起他成半坐姿勢、拜託他配合時，他照辦了。

「你口渴嗎？」

他吞嚥一下，輕輕點頭。

我把我的水瓶湊到他嘴上。他設法喝了一點。

「我得做一件事，會害你痛死，班。但是我們得離開這片草地，躲進樹林裡。進去之後，我大概還得移動你，但是我保證不會有非必要的移動，好嗎？不過我需要你盡力幫我。」

他照辦了。我出了大部分的力氣扶他起身，他也設法站了起來。我們很快就發現他的左腳完全無法承受任何重量。他重重靠著我，想要用跳的。但是他痛得大喊一聲，又昏過去了。我很勉強才把他放低到地上，沒有摔著。

別恐慌，我告訴自己，但是我拿出防水布時，腦袋想像著派瑞許拿步槍瞄準我腦袋的畫面。他有辦法從那麼遠的距離射中我嗎？我不認為，但是我在長草裡蹲低了身子。

班醒過來了，我把他挪到防水布上時，雖然他的清醒有所幫助，但是我知道往下即將發生的狀況，還真希望他失去意識算了。

我拉起靠近他腦袋的防水布一角，開始把他拖過起伏不平的地面。

「平哥，」他喊道，虛弱地比了一個手勢。

平哥猶豫著，回頭朝大衛的靴子看，然後跟著我們走。

我站起來，很緊張，我為了爭取速度要放棄隱匿，卻還是進度緩慢。班沒有抗拒，但是痛得皺起臉。等到我們抵達樹林，他的淚水已經落到泥土裡，血跡也流到臉上。我停下來，他擦掉淚水，很難為情。

但是我的思緒不在他身上。我吃力得喘著氣，抬頭看著山脊。

你在哪裡，派瑞許？

他回來了嗎？我只知道他有可能藏在前面的樹林裡，等著要攻擊我們。我傾聽著，聽到了一百個可能是他發出的聲音。我回頭望向草原，心知絕對不能回去。

有個什麼擊中我後方的地上，我驚叫著跳起來，正要去護住班，此時他說：「松果。從樹上掉下來的。」

「啊。我還以為那是——」

「觀察平哥。」他咬牙說，閉起眼睛忍耐著新的一波疼痛。

我審視著那狗。他也正冷靜地打量著我。然後我明白班的意思了，派瑞許不在附近，否則平哥會有所反應的。

我帶著班盡可能深入森林，最後實在是障礙太多，沒辦法再繼續拖著他。我又扶著他站起來，自己站到他身前，拉著他的雙臂垂過我肩膀，讓他靠在我背上，然後半揹、半拖著他，走過樹林。我的身體狀況並不差，但是拖著他實在笨拙又累人。地面太不平坦了，使得這段路難以順暢。偶爾，儘管班努力要隱藏他的痛苦，但仍是會忍不住猛叫一聲，然後平哥就會開始同情地發出哀鳴。

等我們來到一片比較少岩石、樹叢、枯枝的地面，我就放下他。他已經又昏過去了。我花了幾分鐘喘過氣來，又打開防水布，把班放在上頭，繼續拖著他進入森林深處。

我們來到小溪邊。我叫平哥待著——溪水太深了，我擔心他要是掉下去、就沒辦法游回岸上。我先到前面去探查，找到一處溪面比較窄的地方。但是我沒辦法用防水布拖著班渡溪。於是我割開防水布，包住他的兩腳，用膠帶黏好，像是一雙形狀奇怪的高統雨靴，這樣如果我落水，他雙腳也不會溼掉。我設法把他叫醒，幫著他再爬到我的背上。我緩慢而小心翼翼地走過一塊又一塊平滑的岩石，中間只失去平衡一次，踩進了膝蓋深的寒冷溪水中，差點讓他也摔進去。

我們終於過溪了。但是班一路被我拖拉得很慘，於是當我在對岸把他放下來躺著時，他已經又昏迷過去了。從草地一路走過來，耗掉了超過兩小時，我很想知道他失血有多少。我把他翻過來側躺著，以防萬一他又吐了，就還可以呼吸，不會被自己的嘔吐物嗆住。我切開那雙克難雨靴，很高興地發現，至少我們兩個人之中，還有一個身體還保持得相當乾燥。

平哥焦慮地哀叫。或許是怕我們會把他丟在小溪對岸不管。我盡快回頭，這回沒有班在我的背上，我很快就過了溪，然後把平哥套上胸背帶，牽著他渡溪。他敏捷而順利地來到另一岸。

我迅速勘查了四周一番，找到一個地方似乎相當安全，從草地或溪邊都看不到，於是把班拖到那裡。

接下來我要擔心的，就是要防止班休克。某種程度上，我得讓他保持溫暖。我脫下夾克，還有我覺得不穿也還過得去的衣服。然後，我想起在山區度過的第一夜，於是用西班牙語對平哥說：「去跟他睡。」

他朝我歪著頭，或許是好奇白天這個時間，我這麼說會是什麼意思——然後，當我繼續看著他，一副期望他遵從的模樣，他就緩緩走到班旁邊，靠著他趴下。

我累了，但我盡快回頭走向小溪，穿過樹林來到我那天早上設立的營地。我不希望留下班獨自一人超過必要的時間，也不希望萬一派瑞許回來，我會被他在營地裡逮到。

營地離班現在躺的地方有一段距離。我不知道派瑞許對這個區域有多熟悉，但他曉得飛機跑道、他的郊狼樹，還有兩個埋骨處，在在顯示他曾一次又一次來到這個地方。長期躲著他的機會並不大，但是我只要設法躲到傑西和安迪搭直升機回來就夠了。他們可能很快就會來，我告訴自己。

營地一片狼藉。派瑞許把背包裡裝的東西都倒在地上。營地裡到處四散著鍋具、帳篷柱、衣服、睡袋，以及其他東西。大部分都溼了。不過在這片凌亂中，我看到他留下的東西，覺得心中升起希望。

我找到了自己的袋子，打開來看了一眼，就看得出完整無損。我拿了自己的大部分衣物，穿上幾件保暖。但是當我發現他什麼都沒拿、只拿走了我的一件內褲時，有那麼一刻，我差點失去了自己一路強撐的冷靜。我告訴自己，比起他這一天所幹的事情，被拿走一件內褲根本微不足道，不必因此心煩，又慶幸他留下的那件內褲是乾淨的，然後我又重新專注在手邊的工作。

我開始收集我所記得看過班穿的衣服，然後想到最好不要。要是派瑞許回到這裡，發現唯一不見的衣物是班的跟我的，他可能就會猜到班還活著。

我因此展開下一個任務，也是最難以面對的。我鼓起勇氣，告訴自己這跟在戰場裡偷走死去士兵身上的硬幣不一樣，然後開始逐一翻揀死者的物品。

我很努力不要去想厄爾穿過這件襯衫，或是大衛穿過那件毛衣。我不要去想那片草地上出過什麼事情，或者更糟，去想出事的那些人。我翻到杜克之前在削的那個小木馬，覺得淚水盈眶，然後把那小木馬塞進我的背包，同時告訴自己，我真是個大笨蛋，居然拿了這麼不必要的東西。保住自己的命，保住班和平哥的命。這是最重要的事。

我沒拿班的背包，而是拿了一個帆布袋——我所能找到最大的一個——開始裝進屬於不同死者的衣服，再加上班的。

我沒拿太多衣服，好把空間留給食物。但是我翻找著那堆衣物時，只找到三包雞湯麵——是在曼騰的背包裡——還有平哥的狗食。

你有水和過濾器，我告訴自己。你還有很多淨水片。要是你們很快就得到救援，你還甚至不必擔心餵狗的問題。

派瑞許來營地亂翻得一塌糊塗時，雖然只有一個帳篷搭建起來，但是他還是把所有的帳篷從尼龍袋裡抽出來，把營帳柱、外帳、營繩到處亂丟。不過我設法找到我營帳的所有部分，而且欣慰地發現就連外帳都沒有損壞。

在這些收集的東西中，最後我加上兩個備用物充足的急救箱、三個沒有損壞的睡袋（包括我自己的），我自己的絕緣睡墊和另一個別人的、我的爐子和鍋具、一把手電筒、三根蠟燭、一塊防水布、一些繩子、一套標示了班的名字的刮鬍用具、一個塑膠桶，以及其他幾件需要的東西。

當我發現了厄爾治療耳朵發炎的藥時，覺得自己這回運氣太好了。我眼前有兩個小圓罐，一個裝了抗充血劑，但是另一個可能有助於保住班的命。上頭的標籤說那是一種抗生素凱復力（Keflex）。

因為在我找到班之前，他有開放性傷口、躺在溼草地上超過一小時，最擔心的就是發炎。但是眼前，我至少有個武器可以對付了。

我揹上自己的背包，故意踩了一道假足跡通往小溪上游，看起來像是我要朝飛機跑道而去。然後我以比較不會留下痕跡的方式回頭，努力讓足跡模糊些。回到營地後，我提起裝得滿滿的帆布袋，一路小心翼翼地走回去找班和平哥。

一陣較強的微風讓平哥無法很早嗅到我的氣味，直到我走近，他才發出低吼。在我輕聲喊他之前，還有點擔心他會開始吠叫，或者立刻攻擊我。

班醒著。

「你還好嗎？」我問，放下帆布袋。

「其他人……？」

我搖頭。

他別開目光。

我趕緊打開一個睡袋，蓋住他。然後他開口，每個字都刻意清晰發音，像是一個剛喝下一品脫威士忌、但設法不要顯露出醉態的人。「你應該把我留在這裡。」

「不要跟我講這些廢話。」我說。

「我沒有。這些話很合理。」

「你腦袋挨了一槍，而且我很驚訝你腿上的傷沒有痛得你尖叫，另外你剛失去一個要好的朋友。所以，別跟我說你講的話比較合理。」

他嘆氣。

「何況，」我說，「總之，我什麼時候聽過你的話了？」

「的確。」他說，然後沉默下來。

「你對凱復力會過敏嗎？」

他搖搖頭。

我閱讀標籤，上頭說一天吃四次、每次一顆。我給他兩顆，幫著他喝了些水。

「謝了。」他說。

「不客氣。」

「這是誰的藥？」

「厄爾的。」趁他沒想到太多之前，我又趕緊說：「我要把帳篷搭起來。等到搭好了，我們可以進入帳篷，我會更仔細照料一下你的傷。至少你會比較溫暖、比較乾燥。」

然後我就開始動手。搭好帳篷後，我看了一下漸暗的天空，又搭上外帳。我設法把班、平哥，還有必需的裝備放進帳篷，於是裡頭就沒有什麼空間可以活動了。幸好我的幽閉恐懼症沒有發作——我把班移進帳篷時，注意到一件讓我分心的事情，讓我沒空去思考自己的幽閉恐懼症：

他的腿又開始流血了。

但是我現在有更多醫藥設備了，於是我拆掉之前的克難夾板和繃帶，想做個更好的。在傷口下方，他的腿一片死灰。中間有一度，因為我的笨手笨腳，他痛得大叫起來，然後我們兩個同時說：「對不起！」我終於弄完，把他的小腿重新安上夾板。

我又檢查了他頭部的傷口，發現也裂開了，但是血流得沒像小腿那麼多。我現在有機會幫他清洗臉上的其他部分，擦掉他躺在草地上時臉上沾染的血跡和塵土。

他臉色好蒼白，皮膚摸起來感覺好冰。雖然他還清醒，但是精神很差。

我鬆開他的衣服，抬高他的兩腳，除了他身子底下鋪了睡墊和睡袋之外，我又幫他蓋上另一個睡袋。

「跟我說話，班。」

他看著我，好像我把他從沉睡中吵醒。

「我叫什麼名字？」我問。

經過好長一段可怕的沉默，我又問了一次。

「艾齡。」他回答。

「我豎起幾根指頭？」

暫停好久。「四根。」

兩個答案都答對。

「你叫什麼名字？」

「班。」

「那隻狗的名字呢？」

「平哥。」

平哥本來在嗅帆布袋裡的東西，一聽到有人說他的名字，就趕緊湊近班。平哥嘴裡咬著一個東西，我仔細一看，是大衛的毛衣。他放下毛衣，臉湊在上頭摩擦，然後趴在上頭，頭擱在兩隻前腳之間。

「大衛，」班低聲說，閉緊了眼。他默默哭了起來，我握住他的手。

我知道頭部受傷的人很容易變得心煩。但即使班從草地平安無傷地回來，以那天所發生的種種，他要哭上一整夜，我也不怪他。

平哥很擔心，於是小心地把頭靠在班的胸膛。班開始輕輕撫摸他的毛，但是很快就累得睡著了。我放開他的手。

我想餵平哥，但是我拿出來的那些乾狗糧，他連嗅都不嗅。我不知道大衛精心準備食物的常規——但我想，平哥不肯吃飯並不是因為挑剔食物。

班中間醒來過一次，我又餵他喝了些水。

我決定不要浪費雨水，於是搭建了一個臨時接水系統，利用一個垃圾袋接住雨水、流到一個塑膠桶內。

我聽到班又驚動起來，就拆了一袋雞湯麵。這回他精神比較好，我聽到他說視覺的重影消失了，也鬆了一口氣。他還是很蒼白，但是已經不是幾個小時前的那種死灰，而且他講話也比較清晰了。這些徵兆都很令人振奮，於是當我拿著湯過去，我根本不在乎他吃得那麼慢。我也吃了一點，但是大部分都給他，跟他說如果他肚子餓，就沒辦法復元；但是我不同，有必要的話，我還可以出去外頭覓食。

「謝謝，」他吃完後跟我說，然後又補充：「我知道，你大概覺得跟我困在這裡，真是再悲慘不過了——」

「好笑，我也正要跟你說同樣的話。我知道你不信任我，而且要像現在這樣依賴我，一定讓你很懊惱。」

他搖頭。「你明天應該把我留在這裡。救你自己的命。」

「嗯。這個嘛，你的烈士精神可能會讓我省掉很多麻煩，但是如果我一整天都沒事幹，大概就會愈來愈消沉。」

他聽了又露出小小的微笑。

「我不想自己一個人跟派瑞許困在這片山裡，班。」

他想了一會兒，然後說：「我們可以停戰嗎？」

「是的——不光是停戰而已。我們還要成為同盟。」

「那就當同盟吧。」他說，往後躺好，再度睡著了，然後外頭開始下起雨來。

平哥躺在我們兩個之間，頭偎著大衛的毛衣，明確宣示那是他的。我希望這樣就能滿足他，讓他明天早上不會再去找那隻靴子了。

帳篷裡沒有燈光，我不願意耗掉手電筒的電池，但是在帳篷裡面點蠟燭也太莽撞了——就算不會燒掉帳篷，也會讓帳篷裡充滿一氧化碳。何況，我已經決定天黑後就得燈火管制——派瑞許有可能在注意看有沒有燈火，尋找我們的下落。

我想著法蘭柯不曉得人在哪裡，在做什麼。他一定很擔心，毫無疑問，下雨必然讓他更擔心。在某些狀況下，他的擔心會讓我很煩；但今夜，我卻從中得到安慰——要是有人能逼當局盡快來尋找我們，那就是法蘭柯了。我愈想就愈確定這點，法蘭柯會來找我們的，他不會讓我們陷入派瑞許的任何計謀之中。我覺得自己比較冷靜了。

我努力不要把派瑞許想成什麼神祕的鬼怪——折磨女人、在墓穴裡佈置詭雷的惡魔——而是一個血肉之軀的敵人。他沒有超人的力量，天上下雨，也照樣會落在他身上的。

我傾聽著班和平哥的呼吸，還有班偶爾的呻吟和平哥偶爾的鼾聲。

我決定，我得為自己的盟友盡力。

我可能無法抓到或殺掉派瑞許，但是如果我們兩人一犬可以倖存，我認為那就是重大的勝利。

雨繼續下，現在重重敲著帳篷。我累壞了，但是想著草地上的鬼魂和我們共同的敵人，讓我入夜許久還睡不著。

然後我明白，休息就是我的武裝，於是終於睡著了。

19

五月十八日，星期四，下午
莫哈維沙漠

「讓我先進去。」傑克・弗里芒說，此時崔維斯把廂型車停在碎石子車道入口。傑克已經警告過他，叫他不要開入車道——他們要來這裡找的那個男人，對於他「禁止擅闖」的告示牌是很當真的。

法蘭柯跟兩隻狗坐在廂型車的後座。

「我知道你很受不了這些拖延，」傑克跟他說，「但是一旦我們通過臭嘴哥這些小小的歡迎儀式，他就可以幫我們省下很多時間。」

「如果天氣繼續這樣，就不可能了。」法蘭柯說，焦慮地看了天空一眼。

「如果天氣還是這麼糟糕，或許就沒辦法，」傑克贊同，「但是這種天氣，你走路進山裡也走不了多遠。爛泥會拖慢你的速度，搞得你像在爬似的。」

「你確定可以信任這個傢伙？」法蘭柯問，謹慎地看著車道盡頭那棟古怪的建築物。那是一棟自建屋宅，他從沒見過這樣的，由水泥塊和原木組成，看起來比較像是原木小屋和低成本中世紀城堡的混合體，而不像個家。

「我信任到願意把我的性命交給『臭嘴哥』戴爾頓——而且好幾次都是這樣。先給我幾分鐘，讓他接受有訪客這件事。」

他們看著傑克雙手舉高走進車道，像是被人用槍指著。

「啊，沒錯，他信任到願意交出自己的命，」崔維斯說。「看起來，他是相信他會想取他的性命。」

法蘭柯搖搖頭。「把車窗降下一點吧，我想聽聽看。」

如果有必要的話，法蘭柯很願意獨自進入山裡去找艾齡，但是後來艾齡的表弟崔維斯堅持加入，他也鬆了一口氣。鄰居傑克最近不常過來他們家，但是看到他們在收拾裝備，就主動要求加入。

這讓法蘭柯更放心了，不光是因為傑克很能隨機應變，而且對戶外活動經驗老到。傑克說他會把自己的性命交給「臭嘴哥」戴爾頓，法蘭柯對傑克也有同等的信任——他很少對人這樣信任的。

傑克住在他們隔壁戶，法蘭柯知道他對艾齡的擔心幾乎不下於自己。傑克沒試著說服他放棄入山。他毫不猶豫，就只是希望能幫忙。

看著傑克走過雨中，雙手舉得高高的，法蘭柯納悶著，傑克會不會此時此刻就為了艾齡，正在冒著失去生命或手腳的危險。但傑克彷彿感覺到他們的關切，回頭微笑著看了他們一眼。

蒂克和當克抬起鼻子湊向打開的車窗，焦慮地看著傑克離廂型車愈來愈遠。帶兩隻狗一起來，是傑克的主意。

「他們沒受過追蹤的訓練，」法蘭柯反對，「而且我不希望還要擔心他們。他們沒辦法比我們更快找到這群人的。」

「艾齡參加的這個遠征隊裡，有一隻公狗，對吧？」

「對。」

「那麼，或許這兩隻會找到那隻公狗。何況你這兩隻狗跟我出去露營過不止一次了，他們會很乖的。」

「對你，他們會很乖。」崔維斯說，說出了法蘭柯的心裡話。

不過到最後，兩隻狗還是跟著來了。法蘭柯安排了人幫忙照顧貓之後，終於打電話給局裡的搭檔彼得．貝爾德，說了他要去找艾齡的計畫。聽完了彼得警告他在工作上種種無可避免的問題之後，法蘭柯拒絕了彼得加入的要求。

「我會很樂意有你跟我在一起，但是我們其中一個惹上這麼大的麻煩就已經夠糟糕了。我需要你置身事外，到時候幫我的復職求情。何況，如果艾齡在我之前就平安無事回家，到時候你還可以告訴她我的下落。另外，我需要一個人應付這裡發生的狀況——趁著我還在手機的訊號範圍內，如果出了什麼事，就可以想辦法聯絡我。」

「在你因為插手湯普森的調查而被開除之前，還有什麼需要我幫忙的嗎？」彼得問。

「有的。如果星期天下午六點之前我們沒回來，就來找我們。」

所以現在法蘭柯坐在廂型車裡，看著那個很多人認為最不可能跟他成為朋友的男子。傑克・弗里芒，身上有刺青，臉上有疤痕，穿著黑色皮衣，耳朵上有個金耳圈，腦袋剃光光，看起來就完全像是為他一度的工作──一個飛車黨的領袖──量身訂做的。傑克是富裕家庭出身，而且參加飛車黨在各地流浪多年後，他現在是全拉斯皮耶納最有錢的人之一，知道這些的人幾乎每個都會很驚訝，但他也沒到處吹噓。他比較習慣他現在所扮演的角色。

「臭嘴哥戴爾頓，你這個壞脾氣的臭王八蛋，把槍收起來！」他喊道。

「傑克？」一個低沉、沙啞的聲音喊回來，「老天，我真他媽的不敢相信我的眼睛。我還以為你死了。」

「什麼？要是我死了，你以為我的鬼魂都不會來煩你？」

前門打開，一個拿著霰彈槍的瘦子走上破爛失修的前門廊。他中等身高，穿著牛仔褲、厚靴子，還有一件無袖藍色T恤。他一頭灰色長髮在背後編成一條辮子，身上滿是刺青。他一出現，兩隻狗就開始低鳴。

「安靜。」法蘭柯對兩隻狗說，想聽清車外的交談。

「你的頭髮怎麼回事啊，老兄？還有誰把你的臉搞成這樣？」

「你每次看到我，都問同樣的這些問題。你該找個人幫你寫點新台詞了。大哥，把槍收起來吧。我來介紹你認識我的幾個朋友。」

戴爾頓懷疑地看著那輛廂型車。

「我絕對不會把麻煩帶來你家的，臭嘴哥。你很清楚的。」

「不是聯邦探員？」

「狗屎，臭嘴哥。我們都曉得你根本沒在躲聯邦探員。」

「他們有誰是聯邦探員嗎？」他堅持地又問一次。

「沒有。其中一個是警察——」

「什麼！」戴爾頓又舉起槍。

基督啊，法蘭柯心想，你幹嘛要告訴他？

「聽我說，臭嘴哥，專心聽我講一下，我就跟你直說了。」傑克輕鬆地說。「我是要告訴你，他是警察，但他來這裡不是要抓人或什麼的。他是我的朋友。你聽我提過法蘭柯，拉斯皮耶納的兇殺組警探。但是他得拜託你一件事，是跟他身為警察無關的，而且可能還會害他丟掉工作。」

「我聽不懂你在講什麼。」戴爾頓說，還是不肯讓步。

「那個人是我的好友，就跟你是我的好友一樣，臭嘴哥。還記得我跟你提過艾齡的丈夫嗎？」

聽到這裡，戴爾頓把槍放低了。

「我們進屋裡躲雨吧，臭嘴哥，我會解釋的。除非你認為我轉性會撒謊了，否則你沒有理由讓我一直站在這裡。」

「我們很久沒見了，傑克。」戴爾頓說。

「屁啦。我一個月前才來過這裡。順便說一聲，當初把那兩隻狗借給我的，就是這個傢伙。」

「你鄰居的狗——」

「啊，沒錯——我都忘了！我把那兩隻狗也帶來了，他們會很高興又看到你的。」

戴爾頓咧嘴露出笑容。「把所有人都帶進來吧。」他轉身進屋。

傑克朝崔維斯打了手勢，然後崔維斯發動車子。

「你覺得他怎麼樣？」崔維斯問，車子開上車道。

「我覺得傑克太隨便就跟一個瘋子介紹我的狗、談論我的老婆。但是如果傑克說臭嘴哥是他的好友，那我就盡量先不批判他。」

崔維斯什麼都沒說，但法蘭柯沒錯過他臉上那個看好戲的表情。

蒂克和當克跳下車，衝向戴爾頓，他進屋放好槍之後，又回到門廊上了。不過讓法蘭柯驚異的是，兩隻狗接近戴爾頓時，都放慢了速度，而且垂下耳朵、搖著尾巴——忽然間變得好乖。戴爾頓花了好幾分鐘誇獎又撫摸他們，兩隻狗顯然都很樂。

然後傑克說：「道格．戴爾頓，這位是崔維斯．馬奎爾，艾齡的表弟。」戴爾頓便站起來，伸出一隻手。

「你看起來鬍子都還沒長齊嘛。」戴爾頓說。

「他已經走遍了全州，」傑克說，「去跟各地的小孩說故事。」

「說故事！」戴爾頓說，但是他看到傑克的眼色，於是沒再多評論什麼。他轉向法蘭柯，「你一定就是那個警察了。」不過口氣毫無怨恨，他的握手很堅定，笑容很熱情。

「我所知道關於訓練狗的事情，全都是臭嘴哥教我的。」傑克說。「我前兩回帶著兩隻狗要去露營和釣魚之前，在這邊暫停過，他就是這樣認識了蒂克和當克。他也是我所認識最棒的直升機飛行員，而且我們以前一起騎車的時候，他還救過我的命不止一次。現在他則是保護我，不會受到我這輩子所碰到過最兇狠對手的傷害。」

戴爾頓微笑。「我是他的稅務會計師。」

「稅務會計師！」崔維斯說。「有多少人大老遠跑來這裡找你提供稅務建議的？」

「除了住在這附近，或是以傳真和網路跟我聯繫的？」戴爾頓問。「只有幾個以前一起騎哈雷機車的老混蛋啦。」

崔維斯一臉驚呆的表情。

「現在這個時代，可不是每個騎重型機車的人都愛喝酒鬧事，你知道。現在有幾個也是公司的執行長，至於喝酒鬧事，我們很多人就是厭煩了那些狗屎。騎重型機車的警察也不少。」他又說，朝法蘭柯看了一眼。

「抱歉，我不是。但是我來這裡不是要——」

「抱歉剛剛拿著槍迎接你們，」臭嘴哥說。「我只是碰巧比較重視隱私。進屋裡來吧。」

就在他們進門前，法蘭柯的手機響起鈴聲。他道歉一聲，停在門廊上接了電話，不確定進了戴爾頓的堡壘之後，還能收得到訊號。

等到他進屋，發現其他人都在一個大而開放的房間裡，圍著一張簡樸的厚橡木桌而坐。其他少數的家具也同樣樸素。

傑克看了法蘭柯一眼就問：「怎麼了？」

「剛剛是彼得打來的。山上那個團隊的成員愈來愈少了——稍早，一個植物學者和一個巡山員抬著屍袋走路出來，到目前為止，所有人都認為那是茱麗亞．賽爾的屍體。這兩個人說，隊裡其他人打算要挖掘另一個墓穴。好像是派瑞許暗示裡頭還另外有多達十一個——」

「十一個！」傑克說。

「是啊。彼得不曉得太多細節，但是我猜想事情是這樣的：昨天他們才剛離開一片草地，爬上一片山脊，派瑞許就開始暗示那裡有更多屍體。湯普森本來以為派瑞許是在耍花招，直到風向轉變，那隻尋屍犬有了反應。

「於是其他人往下坡走，去查探第二片草地，同時那個植物學者和巡山員就先帶著屍體走回飛機跑道。巡山員打無線電請求派直升機過去接他，他可以告訴直升機去哪裡找其他人——包括艾齡。但是等到直升機來到降落跑道接那個巡山員時，天氣就惡化了。直升機飛行員說，他們得稍後才能去找其他人——光是要回到巡山站都很困難了。

「接下來二十四小時，暴風雨應該會更嚴重。他們今天不會派直升機過去——飛行員說，那兩個人要是晚一個小時出來，飛機就根本沒辦法起飛了。」

「操他媽的膽小鬼。」戴爾頓咕噥著。

「我已經跟他講了基本狀況，」傑克說，「你也看得出來，他對這件事已經有一些看法了。」

「操他媽的一點也沒錯。」戴爾頓說，雙手交抱在瘦瘦的胸膛前。「這兩個人是多久之前離開團隊其他人的？」

「今天上午。因為下雨，又要帶著屍體，拖慢了他們的速度。我的搭檔會設法再跟他們聯繫，但是看起來機會不大。他之前是盡可能跟飛行員打聽的。」

看到法蘭柯沒再繼續說，崔維斯就開口了：「你剛剛走進來時，表情很心煩。我想應該還有別的事情吧？」

「不曉得，」法蘭柯說。「不曉得。或許沒什麼，但是——當初出發時的那些人，現在有超過四分之一脫隊了。而且彼得說，飛行員告訴他，這兩個人真的很不高興自己先走掉。那個植物學者承諾過其他人要守著屍體，但是他很不願意丟下其他人。那個巡山員還更固執。飛行員問那個巡山員說有什麼大不了的，因為山上的團隊帶了足夠的食物，再撐個兩天也沒問題，那個巡山員說，他覺得四個警衛都很累了。」

「嗯，」傑克說，皺著眉頭轉向崔維斯。「你可以把我們之前做過記號的那些地形圖拿出來嗎？如果有其他露營者跑去，應該也不會有什麼壞處吧？」

「這是個自由國家啊。」戴爾頓咧嘴笑著說。

「一個稅務會計師說這種話，還真是奇了。」傑克小聲嘀咕著。

崔維斯打開那些地圖，湊在其中一張上頭，指著西方山脊間的一個位置。「那條湊合的飛機跑道就在這裡。」然後他的手指沿著一條連接各點的線。「我們認為他們就是走這條路線進去，直到那個律師受傷。」

戴爾頓點頭。「那是幾天以前？」

「星期二，」法蘭柯回答。「兩天前。」

「嗯。」戴爾頓皺眉看著那張地圖。「參加這趟遠征之旅的有幾個人？」

「是一開始，還是那個律師被送回來之後？」

「之後。」

「十二個人，還有一隻德國牧羊犬。巡山員把律師送出來，離開了大約一天，又趕回去加入他們。」

「而且巡山員和植物學者說，今天上午他們離開時，其他人雖然疲倦，但是狀況都還好？」

「是的。」

「那個巡山員跟他們在一起的時間不多，對吧？我的意思是，那個律師被踩斷腳之後，巡山員必須走路帶他出來，然後又自己走路進去找到其他人，現在他又走路出來。他大部分時間都花在走路上頭。」

「我想沒錯——至少，我聽到的是這樣。」

「跟我介紹一下這群人吧——不必談那個巡山員了，我不認為他在這件事情裡頭有太大的重要性。告訴我其他的都是什麼樣的人。」

「包括派瑞許？」

「尤其是派瑞許。」

法蘭柯盡可能把自己所知道的都說出來，但是他對班．薛瑞登、大衛．奈爾斯、安迪．史杜瓦所知甚少。從戴爾頓的問題中，他很快就明白對方感興趣的是什麼：這群人如何一起工作？做決定的會是誰？他們的身體狀況如何？他們的健行經驗如何？

眼前的主要問題——這群人離開紐立後，接下來往哪裡去？——感覺上開始像是法蘭柯每天要碰到的那類問題：人類行為。如果你是這個人，在這個狀況下、以他的方式思考，接下來你會怎麼做？不同於之前幾個小時那種失焦、心煩的焦慮，現在法蘭柯知道該從哪裡著手，該把心思集中在哪裡了。

「你認為那些女人死前，派瑞許曾帶著她們去這個地方？」戴爾頓問。

「是的，」法蘭柯說。「他告訴我們，他曾開飛機把茱麗亞．賽爾帶到那條跑道，要她走一天的路，逼她挖了自己的墓穴，然後凌虐她、殺害她。一切都是事先計畫好的。他在殺害她之前，老早就選中了她。他做事不會雜亂無章，也不會臨時起意。你聽他講話，一切都在他的掌控之中。只除了……」

「除了你們逮到他的這個案子。」

「逮到他的不是我。不是我負責的案子，但是——」

「很困難嗎？你們逮到他？」

「不難，」法蘭柯說，已經曉得往下會推演到哪裡去了。「不像應該有的那麼困難。」

「他打破了模式？」

「只有一具屍體，外加派瑞許自己的說詞，」傑克輕蔑地說，「警察怎麼會曉得這兩個案子建立了什麼模式？」

但是法蘭柯沒那麼急著回答，因為他知道——他早就知道以前有其他被害人。當初檢方和派瑞許談好認罪協商的條件並公布時，他就曾這麼跟他的上司說，局裡其他警探也這麼說。他們全都知道檢察官做了錯誤的決定。

「戴爾頓先生說得沒錯，」法蘭柯說。「派瑞許打破了模式。」他平穩地吸了一口氣。「他是故意讓我們逮到的。」

「因為——？」戴爾頓問。

「因為他知道自己會逃掉。」

「他可能想要逃掉，」傑克說，看著開始踱步的法蘭柯。「但是他事先不可能知道上山的那個隊伍裡會有哪些人，也不曉得會有多少人看守他。」

法蘭柯沒回答，他想著派瑞許的兩個已知被害人。深色頭髮，藍色眼珠，年紀跟艾齡差不多。

「別在那邊走來走去了，法蘭柯，」戴爾頓說。「過來這裡，看看這些地圖吧。大自然給了我們一點時間，讓我們可以琢磨派瑞許的兩個埋屍地點在哪裡。根據巡山員和植物學者的說法，我們要找的是兩片草地，中間有一道山脊隔開來。這樣的地方有幾個，但是不像你原先以為的那麼多。」

「是啊，」法蘭柯承認。「那兩個人不到一天就走完這段距離，而且是抬著屍體、在雨中行走。」

「茱麗亞．賽爾是大塊頭嗎？」

「不是。而且過了這麼久，她的遺體很可能只剩一具骸骨，或者有部分成為骸骨了。」

「對。所以我們來看看這一帶的地形圖是什麼樣，把一些可能的地方圈起來，然後等到天氣轉晴，我們就飛到這些地方的上空去察看。如果我們出發前稍微思考一下，就可以節省一些時間。」

他們研究這些地圖一小時後，法蘭柯就變得沒那麼樂觀了。在這個時間範圍內，那個團隊有可能到達的地方太多了，要找到正確地點的機率似乎很渺茫。但是戴爾頓繼續察看地圖，找到理由可以刪掉這個或那個，逐步把範圍縮小。「我的意思不是要把那些地方完全刪除掉，」他說，站起來伸展四肢。「但是我不會先找這些地方。」

他離開桌邊時，法蘭柯說：「你該不會現在就要停下來吧？」

戴爾頓張嘴，正想不客氣地頂回去，然後又閉上嘴巴。他審視了法蘭柯一會兒，然後說：「你休息一下，也會有好處的。我要去享受一下玩狗時光。你們全都可以去做自己想做的事情，我要去照顧一下兩位狗客人了。」

他坐到地板上，開始跟蒂克和當克扭打著玩了起來。兩隻狗立刻進入狀況，不時發出響亮而誇張的吠叫和低吼。

傑克歉意地看著法蘭柯和崔維斯。「臭嘴哥有他自己的做事方法，」他說，努力壓低聲音，但還是設法在那片喧鬧聲中讓另外兩個人聽到。「催他是沒有用的。但是如果你們想離開，我就跟你們走……」

法蘭柯實在太擔心艾齡的平安了，因而很想離開，想到簡直是難以抗拒的地步。待在這裡不動真會把人逼瘋，他想要上路，採取行動，盡可能接近那片山區，那種欲望幾乎促使他不顧一切。但是當他撫平最上方的那張地形圖，張開手指想稍稍伸展一下此時已全身僵硬的肌肉，他看到地圖上一個又一個圈，這才明白：沒有這位直升機飛行員的協助，想找到艾齡幾乎是不可能的。他們要找的範圍實在是太大了，而暴風雨更是讓整個狀況更惡化。

「妨礙我們的是天氣，不是你的朋友，」法蘭柯說。「問題不是出在臭嘴哥身上。」

「我喜歡他，」崔維斯說。「他在越南開過直升機嗎？」

「從沒聽過那個地方。」戴爾頓從地板那邊說。

「他雖然頭髮白了，」傑克說，「但是那個混蛋野人的耳朵還是很靈敏。」

他的腦子也是，法蘭柯心想，研究著地圖，同時聽著戴爾頓的笑聲混合著狗吠與低吼聲。這個混蛋野人的腦子也很靈敏。

20

五月十八日，星期四，晚間
南內華達山脈的一個山洞

他的巢穴溫暖又乾燥，一如之前預料。要他待在外頭淋雨也無所謂。他曾多次為了追求目標而遭受過種種匱乏；不止一次，光是為了觀察他喜愛的對象，他就得在某個天氣惡劣、不方便的地方待上一整夜。但是眼前這樣要愉快多了，因為他自己舒舒服服的，而她卻不是如此。

她會是獨自在黑暗中，被死亡包圍。她會盡量利用營地剩下的東西，但沒有食物。這樣也其實傷不了她——水是現成可得的——但是心理上，她的飢餓會成為他的優勢。

她不會知道他是逃走了，或者會回去找她。他想著她大概知道這個山洞。他進來時看到了一些腳印，覺得最可能是她的——昨天她曾經朝這個方向漫步。但是她不會知道他是留下、還是溜掉了。

在遊戲的這個階段，她的希望可以抵銷掉一些恐懼。她會想著那架說好的直升機將會很快來到這片草地上。雖然在某些方面很煩，但他也慶幸有這這架直升機，讓她不會離開那個區域。她不會一時情緒失控進入森林裡亂跑，只為了要避開他或四散在草地上的那些屍體殘骸——當然了，無論如何他都會找到她，但是眼前這樣，就讓事情容易多了。

他想像著她的模樣，蜷縮在她自己的帳篷裡——他知道她會選擇她自己的帳篷。雨會大聲敲打著帳篷布。她會很疲倦，但是睡不著。寒冷、飢餓，害怕，孤單。

啊，她還有一隻狗，但是狗也幫不了她太多。這隻狗嬌生慣養，他的主人很蠢，還為這狗唱歌、設計花招。他看到了狗和主人彼此的依戀，那男人不斷顯露自己的深情——真的，簡直是下流。那主人老是在跟狗說話，幾乎從沒停過。這樣的狗有什麼尊嚴？至於讓那隻畜牲舔遍主人的臉——光是想到都讓他覺得噁心。他很高興自己把這些狀況劃下了句點。

現在主人死了，那隻狗就會變得很沮喪。狗也會沮喪的，他知道。就連茱麗亞．賽爾的那隻小狗也會哀悼她。他嘆了口氣，回想起觀察那隻小北京狗是多麼愉快的事情，那畜牲從二樓窗子往下看，看起來像是想要跳樓自殺，只要能找到方式打開窗栓。要不是牠的哀傷這麼有娛樂性，他可能會出手幫牠的。

這隻德國牧羊犬（當然，不是純種的）也不會更好。對於一個生性具有同情心的女人來說，那隻狗——他就是沒辦法說出那個荒謬的名字！——只會讓這一夜顯得更悲觀。

他幫她準備了好多計畫。他一下想著這些計畫，一下想著這一天的種種成功。不過他懂得如何建立自己的期望，所以眼前來說，後者佔了上風。

今天的狀況的確很順利。他在這裡，身上幾乎沒有傷痕。他比較喜歡慢慢品味謀殺，於是很驚訝自己能這麼有效率地殺人，卻到現在仍能感覺到那種勝利的滿足。他比他們智高一籌，那是當然，但是能夠向世人這麼具體地證明他的能力，真是太愉快了！

這次很令人滿足沒錯，但是完全沒有之前殺人的愉悅感。一切都發生得有點太快了。尤其是馬瑞克和曼騰，真的好可惜。曼騰站得離爆炸區比較近，完全驚呆了，但是馬瑞克雖然不明白墓穴裡發生了什麼事，卻很快就拔出槍，簡直令人佩服。他不得不立刻殺了他。

好吧，人生總有一些小小的失望。但是他也得到了補償，因為他知道這兩張被打了幾槍的臉，會讓他們的同事震驚且憤怒。而且他知道艾齡在旁邊看到了這一切，包括他露了一手準確的槍法，殺了那個自大的混蛋薛瑞登。

薛瑞登，路上看著他掛在樹上的那些郊狼，自以為了解他什麼。薛瑞登，掘墓時還碰了茱麗亞！

他還記得那個男人有一天深夜，還膽子大到跑去艾齡的帳篷。他聽到他們的聲音，但是聽不出他們談了什麼。他只知道她拒絕了薛瑞登，因為他後來走掉了。她一定是跟他說她寧可跟那隻狗睡覺，因為後來那隻狗去跟她作伴。就像今夜，在雨中樹林裡的某個地方，那隻狗跟她在一起。

就在此時，他判定自己已經把那件難得的樂事延後夠久了。他小心翼翼從胸部的口袋掏出那件內褲。不是有蕾絲或褶邊的款式，那種的一點也不像她。在看到這些內褲之前，他就知道她會穿簡單的棉布款。他覺得這件有種純真的魅力，簡直就像小女孩的內褲。他緩緩地、虔敬地把它們湊到自己臉上。

還好他沒那麼軟弱，否則他就會當場哭出來了。

21

五月十八日，星期四，晚間
南內華達山脈
國家森林服務處巡山站與滅火直升機隊

這個破壞分子望著巡山員的直升機，想著自己從來沒扮演過這麼重要的角色。這回的任務當然提供了某種程度的興奮，但是沒有焦慮。小尼克的指令很明確，訓練的那段時間非常嚴格，除了失敗之外，每種意外狀況都考慮到了。這回是只許成功，不許失敗。

這個破壞分子知道，過去從來不信任他人的小尼克．派瑞許，絕對不會浪費半秒鐘去想著自己所託非人。小尼克也不會去想自己的幫手，因為他得專注於其他事情。小尼克只會知道自己的命令被執行了——他一定會知道的，因為他向來無所不知。他會曉得他的小飛蛾很聽話。

這位破壞分子很喜歡這個綽號。他們剛認識時，小尼克曾說：「你被我的光所吸引，對吧，小飛蛾？我就該這樣喊你。從現在開始，你就是我的飛蛾。」

在工作或社交場合認識飛蛾的人都絕對不會說：「這個人很適合當僕人。」這也是飛蛾服侍小尼克的樂趣之一。小尼克立刻看出飛蛾服侍的渴望。事實上，飛蛾是完美的僕人。而要當完美的僕人，就得服侍一個完美的主人。

於是他們聯手創造歷史。小尼克原本向來獨自行動，現在他改變主意，認為這名僕人有榮幸可以跟他合作。

光是想到這一點，就讓飛蛾更加期待了。或許稍後，在他們的蟄伏期間，飛蛾會為此寫一首詩，但是眼前還有事情要做。飛蛾不在乎黑暗和危險，也不在乎下雨和冰冷的氣溫，只是專心等待並觀察，終於等到了行動的絕佳時刻。

要製造問題並不難，只要你曉得怎麼做，就可以在別人的計畫裡弄出一些小障礙。

飛蛾曉得怎麼做。

巡山站的人都很留意森林，他們預期那邊會有麻煩的狀況發生，但是他們不會料到直升機可能出錯。尤其在這個下雨的夜裡，烏雲籠罩著山區——這種夜晚實在沒有什麼事情可做。他們沒去注意直升機，也沒有走出來淋雨。除了一個人之外，所有人都在看電視——是一部電腦問世之前拍攝的老電影，從巡山站的碟型衛星天線接收到的。

或許戶外世界再也無法讓直升機小組和護林工作人員感到興奮了。或許現在天空和森林就是他們的辦公室，於是電視和其他室內的一切都顯得更有趣了。

也或許只不過是因為下雨，讓他們放鬆了戒備。

其實他們應該感謝下雨。飛蛾曾受訓要對付各種可能性，其中一個，就是這棟有衛星天線的小屋，裡頭的五個人要全部殺掉。但是就因為下雨，於是他們可以活著。雨聲掩蓋了其他聲音，讓能見度變差。

工作站裡的一名男子不時朝外看著雨勢，希望雨趕快停。就是之前跟小尼克在一起的那個男子。他為什麼會在這裡，讓人有點困惑。但是不重要。無所不知的小尼克早就說過了，其中少數幾個人可能會幸運活下來。

飛蛾繼續工作。沒有多久，那架雲雀直升機和另外一架貝爾二一二直升機就有了一些無法發動的小毛病。可以修理好的。

只不過沒那麼快。

傑西又來到窗前，望著外頭的一片黑暗。他之前都沒跟其他人交談；交談只會讓他等得更難受。於是他假裝在觀察雨勢，可是其實根本沒在看。他看到一個可怕的東西從粗糙的墓穴裡升起，哀求著要擁抱；他看到一隻隻郊狼像懸絲傀儡般繫著細線，由一名傀儡師操縱著舞動。他閉上眼睛，想停止那些恐怖的畫面。但是讓他喪氣的是，閉上眼睛反而看得更清楚了。

大衛和班怎麼受得了？他以前幫過他們，但情勢從來沒有這麼糟糕過。他不是沒看過腐爛的遺體，不過他們之前發現的屍體都是自殺的，或者亂走迷路死掉的，或者獨自健行、從高處摔下來的。那些遺體都不會好看，他也總是很替死者遺憾，但是——但是這回不是那麼回事。

此刻他對尼克．派瑞許滿懷痛恨，恨到他可以嚐到嘴裡的一股苦味。

之前在山上，在他們發現她的那片草地，他還沒有這樣的感覺；他一直保持冷靜，保持清醒。即使他和安迪抬著她的屍體冒雨走那麼一大段路，後來抵達跑道，上了飛機，那個飛行員跟他們說飛機得立刻起飛，他都一直沒事。直到他們來到這裡，在他自己的工作站，安全又溫暖，他才開始崩潰。

他會帶著滅火直升機的人員去第二片草地，找到那個團隊，然後他要休假兩個星期。他很期待。或許他甚至會去看心理諮商師。這個想法並不會讓他困擾。要是你需要看心理醫師，就去看。

大衛常常這樣告訴他。他說過，如果做這類工作而從來不受影響，那才奇怪。有一些心理醫師是專門幫處理這類案子的人做諮商。他會去找大衛推薦一個。

他忽然驚跳一下，彷彿要往後縮，同時一手不由自主地摸著喉嚨，像是要壓住叫聲。就在他的眼角，他看到了黑暗中有個東西在移動——或者他真的看到了嗎？耶穌啊，他太緊繃了！他感覺自己的脈搏加速。隔著被雨濺溼的窗子，他努力看著外頭。不，外頭什麼都沒有。

是這樣嗎？

他不能老是站在這裡，他的雙腿快要撐不住了。該死。

不，他不能這樣下去，看到任何黑影就害怕又驚跳。他要去面對，眼前這是唯一的辦法。他要走出去外頭，四下看一看，讓自己放心。他離開窗邊，穿上他的連帽厚夾克，顫抖的雙手把按釦給一一扣上，然後插進口袋裡，直到要打開門。他走入外頭的雨中，凝視著黑暗。

什麼都沒有。

冰涼的空氣感覺很好，讓他冷靜下來，直到——

那裡！在那幾棵樹後頭！

但是……不，沒有。

什麼都沒有。

他身後的門忽然打開，他嚇得發出一個小小的聲音。

「傑西？怎麼回事，老弟？」

是飛行員之一。

「只是需要一點新鮮空氣。」他說，聲音不太穩。

「進來屋裡吧。」那個飛行員勸他。

傑西望著外頭的雨。

「快點進來屋裡吧，老弟。」那飛行員暫停，然後又說：「他們不會有事的。只是在下雨天露營一夜。我們明天一早就去接他們。進來屋裡吧，你今天晚上也做不了什麼。」

他跟著那飛行員進屋了，沒理會其他人互相交換的不安眼光。他走到他的櫃子，拿出另一套衣服，然後走進浴室，脫光衣服去淋浴。這是他今晚第三次淋浴了，其他人大概已經在議論，但是他才不在乎。他還是能聞到自己身上有那具屍體的臭味，一定要洗乾淨才行。

他把自己洗刷得皮膚刺痛，任由熱水往下落在他身上，沖洗他的嘴巴、他的鼻子。他站在那裡，讓水的聲音和感覺蓋過其他一切，直到水愈來愈冷，冷到他再也受不了。他擦乾身體，換上另一套衣服，然後望著鏡中的自己。鏡子裡的那個人感覺好陌生，雖然他認得那張臉。

他不想睡覺，因為腦子裡頭一堆可怕的畫面。他醒著躺在床上，都已經嚇壞了。要是睡著了，在夢中還會有什麼更可怕的？

沒錯，他會去做心理諮商。

但是在此之前，他還能做什麼？

22

五月十九日，星期五，凌晨兩點
南內華達山脈

「大衛，跟那兩個說，他們沒戴口罩就不能在這裡工作。」他說。

之前他還說了別的。我沒來得及聽清說些什麼，只是被他的聲音吵醒。

「班？」我在黑暗裡問。

「啊，很好——你在這裡。」他說。

「是的，我在這裡。」我說。

「這裡頭好熱，能不能想點辦法？」

「在帳篷裡？」

「去調整一下暖氣——我們的電腦會被熱壞掉。」

「班，我是艾齡，」我說著坐起身。「醒醒，班。」

他沒回答。我才剛判定我的聲音驚動了他的惡夢、現在他可以睡得比較平靜了，此時他就又開口：「要做死後的牙齒比對。」

然後我很快就發現，平哥也站起來了。我趕緊湊近班，伸手想叫醒他。他在睡夢中動來動去。把上層睡袋推開了。我小心翼翼在帳篷裡摸索，找到他的手，發現又熱又乾。

「注意這根長骨，上頭的肌肉附著區域很發達，」他說。「這個傢伙有可能是左撇子。」

他在發燒。我冒險打開手電筒，祈禱著派瑞許不會在外頭觀察，祈禱著他這一夜因為下雨而不會出來。我看到班目光呆滯，皮膚上有一層薄汗。我找到水和一條領巾和凱復力藥瓶。心裡痛罵自己一開始給他吃這藥吃得太少，我設法讓他集中注意力，餵他吞了四顆藥。吃多少會有危險？

我把領巾弄溼，開始想幫他冷敷。

「卡蜜兒（Camille）？」他問，皺眉看著我。

「連嘉寶都不是，」我說，「這個帳篷可不是臨死的病床，懂嗎？你要努力活著，班。不准你離開我。」❷

「好熱。」他說，把睡袋往下推。他還是很煩躁，那些喃喃自語變得更沒有條理。他會靜靜躺著，然後忽然吼句什麼，通常會害我嚇一跳。沒多久，他就開始翻來覆去，害我很擔心他的子彈傷口會又裂開，或者如果我不趕緊讓他退燒，他的傷口會更惡化。

❷好萊塢一九三六年根據法國作家小仲馬的小說改編的電影《茶花女》，其英文片名即為*Camille*，原意為山茶花，也是很普遍的女性名。由葛麗泰・嘉寶主演。

我打開帳篷，去外頭從接雨水的塑膠桶拿水，發現桶子已經快滿了。我設法讓他喝點水，然後給他吃了幾顆阿斯匹靈。在眼前的狀況下，我不太相信阿斯匹靈能幫上什麼忙，但是我不會放棄任何讓他退燒的機會。

班一聽到我的聲音，似乎變得比較冷靜，於是我邊忙邊跟他說話。我拿掉他身上蓋的睡袋，後來看他扯著襯衫，就幫他解開釦子脫下來，在他的皮膚上敷著溼布。最後我把他的長褲也割開脫掉了，因為怕他在偶爾的譫妄狀態下，會想把長褲扯掉，害他受傷的腿傷得更重。幸好，他似乎不會想脫掉內褲。

我繼續說話，繼續幫他換溼布。看起來他好像覺得比較涼快了，但是我無法確定——我雙手因為一直摸著冰冷的雨水，已經開始麻痹了。

「好渴。」我聽到他說，比氣音大聲不了多少。我看一眼他的臉，就知道他神智清醒了——但是他的傷口非常痛。

我抬高他的頭，又給他吃了些凱復力，然後水瓶湊在他嘴邊，盡量讓他多喝水。

「謝了。」他說，閉上眼睛。

「你還要再吃些阿斯匹靈嗎？對不起，我只有這個了。」

「不。這個痛是阿斯匹靈對付不了的。」他說。

我數著那些凱復力藥片，只剩十顆了。我不曉得自己是讓他吃了太多，還是太少，也不曉得到底有沒有用。或許我是想用一把玩具水槍，去滅掉一場超級大火。

我叫平哥過來我旁邊。他遵從了，但是把大衛的毛衣也一起帶過來。我關掉手電筒，躺在睡袋裡，覺得一陣解脫感忽然湧上來，害我好想哭。我撫摸著平哥的毛，想讓自己冷靜下來，可以睡著。

外頭的小溪變得更湍急了，水聲大得壓過我稍早聽到的其他聲音。我設法傾聽班的呼吸聲，或者平哥的鼾聲，但是小溪和雨聲太大了。幸好沒再聽到班譫妄地亂喊，或者不安躁動，於是我覺得他一定睡著了。不曉得過了多久，我又聽到他說：「你剛剛跟我講的那是什麼故事？」

「什麼時候？」

「今天夜裡。」

我覺得自己臉紅了。「你剛剛知道發生了什麼事？你聽懂我的話？」

「不是完全懂，有點混亂。」

「帕西法爾。」

「什麼？」

「那個故事是《聖杯騎士帕西法爾》。他是個心地善良的年輕武士，他常常是懷著好意，卻糊裡糊塗闖了禍。這個故事有好幾個版本，不過我告訴你的故事是源自沃夫蘭．馮．埃申巴赫所寫的德文詩歌。」

「你跟我講的故事是英語的。」他不耐煩地說。

「對，當然了——我是根據英譯本——」

「哎呀，可別告訴我，你還是研究中世紀詩歌的專家？」

我沒答腔。

「對不起。」他說。

他沉默了許久才又說：「你為什麼偏愛德國版的故事？」

「我只知道這個版本。那本書是傑克給我的，我只讀過這個。這樣的專家很遜吧？」

「我都說過對不起了。」

「好吧。」

又沉默了一會兒，他再度開口：「傑克是誰？」

「我的鄰居。他——唔，傑克這個人不容易解釋。不過他對神話和民間傳說很有研究。」

「再跟我講一次那個故事吧，」他說。「這回我會更認真聽的。」

「我沒辦法把故事說得夠精采。故事裡有很多複雜的關係和戰爭，還有一堆我不記得名字的角色。我今天晚上是隨便亂講的。等我們回去之後，你再自己閱讀會比較好。」

「那我就讓你睡覺吧。」他說，而直到那一刻，我才聽出他聲音裡的痛苦，很可能之前一直都有。

「唔，如果你不介意聽一個比較差勁的版本……」

「我不介意。」

所以我設法分散他對疼痛的注意力，告訴他有關年輕的帕西法爾，是在保護過度的母親撫養下長大的，從小對騎士和騎士精神一無所知。當然，帕西法爾第一次碰到騎士後，從此就一心要成為騎士，於是出發想去為亞瑟王效勞。雖然天真又無知得令人難堪，但他生來就有成為騎士的過人天賦。

我講到帕西法爾要出發去野山，碰到了漁夫王時，班睡著了。

此時天剛亮，儘管帳篷裡還很暗，但是已經亮得足以讓我看到班．薛瑞登蒼白而憔悴的臉。「你哪裡不對勁，班？」我低聲問，腦子還有一半陷在帕西法爾的故事裡。

在當時的狀況下，這個問題似乎很蠢。疼痛，虛弱，受傷嚴重。壞天氣，飢餓，一個逃脫的兇手就在附近。他有太多地方不對勁了。

或者是嗎？我回想起最後一次跟大衛的談話，當時我正要離開挖掘基地，帶平哥去散步。大衛暗示說，我們出發來這片山上之前，大衛就已經有一些煩惱。不管那些煩惱是什麼，我想班．薛瑞登恐怕要很久以後才會跟我吐露祕密，甚至永遠都不會說。

我醒來時，平哥不見了。我很擔心，於是穿上靴子和夾克。才剛出帳篷，走進霧氣朦朧的早晨，他就回來了，他的毛皮潮溼而沾了泥巴，他的嘴巴看起來腫腫的。

啊，要命，我心想，他碰到豪豬了。但是等他走近些，我看到原來他嘴裡輕含著東西。拜託不要是從那片草地裡面找到的東西，我暗自祈禱。他猶豫地看著我，好像期待我做些什麼。我不知道自己該怎麼做，只是依然僵住不動。他的腳挪動著轉換重心，看起來很焦慮，然後趴在我腳邊。接著他非常慢、非常小心地張開嘴巴，把嘴裡的東西放在我兩隻腳中間。

是蛋。

三個小蛋。

鵪鶉蛋。我希望他沒偷走鳥巢裡的所有蛋。或許我應該罵他，但是我一方面因為他吐出來的不是人類遺骸而鬆了口氣；另一方面也不曉得他以前這類行為是不是會得到誇獎，於是我只是輕聲用西班牙語說：「謝謝，平哥。」

他搖著尾巴。

「你應該是希望加一顆蛋到你的狗食裡吧。」

他繼續搖著尾巴，然後我看到，他下巴的毛皮上黏著一些疑似蛋黃的東西。

「好吧，我想你已經吃過早餐了。」

蛋都已經拿來了，也沒辦法放回去，而且我肚子餓得咕嚕叫，於是決定不要浪費食物。我小心翼翼地把蛋拿進帳篷裡，腦中胡思亂想著傑西發現這些蛋的畫面，他會拒絕讓我搭直升機離開，以懲罰我擾亂當地的動物生態。就算我告訴他是狗把蛋帶來給我的，大概也沒法讓我逃過懲罰。

雖然雨變小了，但是濃霧似乎籠罩不散。帳篷周圍的霧沒有特別濃，但是下頭那片草地的地勢低且平坦，我不太相信那一帶的能見度足以讓直升機降落。我盡量不要因此難過，但是想到這天早上不會看到直升機抵達，還是讓我很苦惱。只要派瑞許沒找到我，我就還可以撐下去，但是班怎麼辦？他發燒、失血，還可能傷口發炎——就算派瑞許再也不出現，班也還是有生命危險。

雨水桶又滿了。有一件事情進展順利，感覺真好。但是這樣充滿信心的感覺，註定不會持續太久。

我走一小段路要去小溪，平哥跟了上來。之前收集的雨水當然有幫助，但是不夠。我決定要把我們的隨身水瓶都灌滿，推測應該不會花太多時間；我的隨身過濾器只要花一分多鐘就能濾好一公升的水。

我走得很快，因為不想留下班一個人太久。地面鬆軟又泥濘，但還不至於沒法走。途中我發現一根斷掉的長樹枝，尾端是彎曲的分叉。我撿起來，把分叉處放在腋下，身體的重量靠上去試試看。那樹枝撐住我的重量，毫無問題，但是對我來說有點太高——對班應該正好適合。我拿了樹枝，想著或許可以改裝成一根腋下拐杖。要是我們必須再移動，有根腋杖就會很管用。

我走過樹木間，朝著愈來愈響的水聲前進。讓我震驚的是，小溪現在成了一道水面暴漲、充滿樹木殘骸的激流，洶湧著通過這片森林。此時水流快得無法涉溪通過，完全把我們跟那片草地隔開了。

如果直升機會來，就會降落在那片草地。

23

五月十九日，星期五，上午
南內華達山脈

我回到帳篷時，班還在睡。我用一根繩子量了三個長度：從他的腋下到手肘，從他的手肘到手掌，從他的腋下到腳底。我又出了帳篷，檢查那根長樹枝的長度。或許有點太短了，但應該勉強可以湊合。我用繩子把一根粗短的棍子綁在樹枝間用來放手的地方，然後用布把那根短棍和樹枝分叉處包住當襯墊，再用膠帶固定好，此時我聽到班喊我的名字。

我進入帳篷。「班？你覺得怎麼樣？」

「好一點了。」

「很好。我再讓你吃一點凱復力。」

「晚一點再吃。現在我——我需要解放。你能幫我穿衣服嗎？」他問。

「啊，如果你很急的話——」

「沒那麼急。」

他顯然覺得丟臉得要命，但是從我在營地收集來的那些衣物裡，我們找出他可以穿得上的一件襯衫和一條短褲。

「大衛訓練過平哥去偷鳥巢的蛋嗎？」我問，想讓他分心。

「什麼?!」

「哎——只是想換個話題而已。今天早上，平哥帶了幾個鵪鶉蛋回來給我——放在我睡袋上那些。」

他望向那些鵪鶉蛋。「不，事實上，他所受的訓練是不要打擾野生動物。不過很怪，他喜歡鳥蛋。」他勉強笑了一下說，「或許他是在跟你求愛。」

「我不認為狗會懂得怎麼跟女人求愛。」我說，「不過一般男人大概會欣賞這種直接的方法。」

我幫著他坐起身。

他的皮膚有點太熱了；他發紅的臉頰顯然不光是因為難堪而已。

「你好像有點發燒。」

「拜託，幫我穿上襯衫吧。」他說，沒理會我講的話。

我幫著他套上襯衫，但是想替他扣上釦子時，他把我的手拍掉。

「該死。」他說，往後躺回去，才扣到第三個釦子，他就雙手發抖了。

「從各方面來看，你的表現並不差，」我說，幫他扣完剩下的釦子，他沒再反抗。「你要休息一下，還是想出去？」

「休息——兩分鐘就好。」他說，喘得像是剛跑完似的。

「要不要來顆蛋當早餐？這些蛋很小，不過——」

「你應該吃掉，或者給平哥吃。」

「我想他吃過了。」

「你昨天晚上給了我那些湯。你自己什麼都沒吃，對吧？」

「不，我吃了一些湯。不過就我們兩個——」

「所有的體力工作都是你做的。你需要力氣。吃掉那些蛋吧。再喝點湯。他只留這些食物給我們，對吧？」

「我們離草地很近，那裡有蒲公英，還有其他可以吃的植物。何況傑西不會忘了我們的，一等到天氣放晴，直升機就會來。」

「在傑西趕到這裡之前，吃掉那些蛋吧。」

「可是——」

「趁我休息的這段空檔，趕快吃掉，拜託。」

於是在平哥的旁觀下，我炒了那些蛋當早餐，加起來還沒有一顆雞蛋多。我又了一小部分到平哥的狗食碗裡，然後吃掉剩下的。

我幫著班吃力地離開帳篷，讓他看那根拐杖。他放在腋下，撐住身體，結果比我預料的更適合。

「我需要兩根。」他說。

我大笑。

「我的意思是，謝了。我不是有意——」

「沒關係。你的確需要兩根。我會想辦法再找另一根樹枝。眼前，你就靠著我走吧。」

我們緩緩地從帳篷走到一棵樹下。「接下來你自己有辦法嗎？」我說。「等你結束了就喊我，我不會偷看的。」

「我——這裡離帳篷不夠遠。」他說。

「班，如果是在其他的狀況下，我會讚美你的體貼。但是你還在發燒，而且你看起來隨時都會昏倒。平哥已經在這些樹下都撒過尿了，所以讓他看看誰才是老大。就算受了傷，我敢說你還是可以撒尿撒得比他高。」

「不，」他說。「這裡不行。」

「耶穌啊。你真的沒有資格跟我爭耶，這點你知道吧？」不過我還是幫著他走得更遠些。

我正在等他解放完畢時，聽到了平哥吠叫。「狗屎！我馬上回來！」

我跑回帳篷。平哥不在裡頭，但是我聽到他兇猛而警示地繼續吠叫。

啊老天，啊老天，啊老天。別讓他殺了那隻狗。別讓他殺了班。別讓他殺了我。

除了折疊刀，我身上沒有其他武器。我拿起一根大枯枝，心知很可能完全沒用，但是因而生出了某種原始的力量——我想是穴居人用樹枝打人的蠻力吧。

現在我更小心了，朝著平哥的吠叫聲走去，他的聲音來自更接近小溪的樹林裡。我聽不出確切的方向，但是似乎在我的前方。我從一棵樹後頭躲到另一棵樹後頭，蹲著身子奔跑，盡可能貼近地面。

「平哥！」我低聲說，此時還沒看到他。「平哥，來這裡！安靜！」我用西班牙語說，不敢用喊的。但是那狗一定聽到了，因為他沒再叫，開始朝我跑來。我聽到一個槍聲，平哥哀叫一聲，但是繼續跑。

他很快趕到我身邊，又喘又激動。我丟下枯枝，手指撫著他身上的毛，沒找到任何傷口。我低聲在他耳邊讚美，努力想停止顫抖。派瑞許在哪裡？

我等著，低聲交代平哥別動、別出聲。他遵從了，焦慮地望著我。

「艾齡．凱利！」一個聲音喊著。

我以為那個嗚咽聲是平哥發出的，但緊接著就明白是我自己。

「謝謝那隻沒規矩的雜種狗，」派瑞許喊道。「我很清楚你在哪裡，艾齡！我知道，你聽到沒？沒錯，你當然聽到了！我很清楚你的確切位置！」

我緊緊抱著平哥。

「我會找到方法過河的，艾齡！」他喊道。「我會找到方法的！你以為一條小溪就能保證你的安全嗎？再好好想一下吧！」

我沒動，胸腔裡心臟狂跳。

我等著，但是他沒再說話了。如果只有我一個人，我大概就會帶著平哥跑掉，但是我還要考慮到班，於是盡快跑回營地。

我匆忙收拾所有用過的繃帶，還有任何上頭沾了血的東西，包括我從班身上割開的那條長褲，然後把這些全都藏在遠離帳篷的一堆枯葉下。我回到帳篷後，拿了班的睡袋、他的刮鬍包、三個水瓶、火柴，一套野營餐具和那袋雞湯。接著又抓了一些繃帶、阿斯匹靈，還有那罐凱復力。我留下我的睡袋，但是拿了一些衣服，主要是雨具。我還拿了平哥的食物和胸背帶，然後把防水布折好，正準備要離開時，又看到最後一樣東西。我抓了大衛的毛衣，平哥很快就從我手上搶走，然後我們一起跑向之前我留下班的那棵樹。

他不在那裡。

「班？」我輕聲喊，懷疑自己搞錯地方了嗎？

「在這裡。」我聽到他說。

「哪裡？」我問，但是平哥已經搖著尾巴，走向一棵倒下的樹。要不是他嘴裡咬著毛衣，大概就會吠叫了。

一堆枯葉移動，班的腦袋冒出來。我鬆了一口大氣。

「你還好嗎？」我問。

「身上有點溼，不過還好。」

「感謝老天你躲起來了。聽我說，平哥剛剛在叫，是因為——」

「朝派瑞許叫。」班說。

「你聽到他的聲音了？」

「派瑞許？沒聽清楚，只聽到一個人聲。聽不出他在講什麼。但是平哥的吠叫聲——一定是派瑞許。我就設法爬到這裡來。」

「他正在想辦法要渡過小溪——下過雨，那條小溪的溪水暴漲，所以我們很幸運，要過溪沒那麼容易。不過他有可能找到一處河道狹窄的地方，所以我們可能只有幾分鐘。」

「那麼你聽我說——」

「我會把他引開，」我說。「就算他抓到我，他也大概——唔，你反正還會有一點時間。」

「老天在上——」

「我想他不知道你還活著，」我繼續說。「所有可能讓他知道你待過那個帳篷的東西，我都帶走或埋掉了。我帶了睡袋和一塊防水布，還有一點食物和水。如果你可以撐到直升機過來，等你聽到聲音，或許生個火堆什麼的——不曉得，那樣或許也不安全——總之，我帶了水和凱復力，我會找個地方讓你躲著。我很快就會回來的。」

「艾齡，聽我的話——你這樣太愚蠢了。你自己趕快跑，跑掉就是了。我求你，拜託。拜託趕緊離開這裡，我可以躲在這棵樹下的。」

「要是潮溼沒害死你，昆蟲也會把你活活吃掉的。我敢說你已經被螞蟻咬了好幾個地方。」

「螞蟻！誰在乎螞蟻咬我！」

「平哥，」我用西班牙語說，「照顧他。」

「你剛剛跟他說什麼？」

「我不在的時候，他會保護你的。」

「唉，耶穌啊。」

「我馬上回來。」

「不要！不要回來，你跑遠一點就是了！」

我開始向絕望處境的主保聖人聖猶達祈禱，這是我這種老派天主教徒碰到困境時會做的事情。我祈禱到一半，又拜託聖安東尼幫忙找個藏身處給班。另外我也直接向上帝祈禱。

我不曉得是誰先把訊息傳給天主，但是我沒走多久，就發現一批還算乾燥的大圓石，大得足以藏進一個人，而且班就不必像在那棵倒下的樹旁那樣，還要忍受一堆昆蟲。

我先把設備搬到那裡，不理會班又想出一套新的理由要說服我，他早該知道沒有用的。

等我又回來找他，他要不是有了覺悟，就是累壞了，因為他沒再給我找任何麻煩，只是抱怨著頑固的女人，但是我當作耳邊風，因為多年來跟我講過這類話的人太多了。

我誇獎平哥，叫他跟著我們，然後我幫著班，把他揹在我背上，來到那批大圓石。

接著我們辛苦得要命，把他弄進那個石頭堡壘裡頭，中途他受傷的腿撞到四、五次。一把他安置好，我就出去，從各個可能的角度審視那些大圓石。除非我爬上幾層岩石，否則都看不到。在這麼短的期間內，我想這是我所能找到的最佳藏匿處了，然後我再度把守護的任務交代平哥，就帶著班的腋下拐杖，跟平哥爬回班藏身的小洞。我幫著班迅速換上一件乾的襯衫，又換上一件比較合身的短褲。我在他身上蓋了一條睡袋，確定水和其他的補給品都在他能拿到的地方。

「我要走了，」我說。「你在這裡還可以吧？」

他點點頭。

「如果你在我之前先碰到法蘭柯．哈里曼，告訴他——幫我跟他打個招呼，好嗎？」

「沒問題。」

然後有個聲音從森林傳來。那個聲音重複著，一遍又一遍，間隔很規律。我聽不出是什麼，但是班聽出來了。

「斧頭。他正在砍樹。大概想拿來當成渡過小溪的橋。」

「那我最好準備一下，把他再引回小溪的對岸。你確定你在這裡沒問題？」

「確定。」

「如果有必要的話，你有辦法離開這裡？」

「是的，如果有必要的話，我會爬出那些岩石出去的。你會帶著平哥，對吧？」

「對。如果我沒把他帶在身邊，派瑞許會起疑心的。但是如果——如果碰到需要的時候，我會叫他回來找你的。」

「我不太會西班牙語，」他說。「你自己回來找我吧。」

我大笑，正要離開，然後又回頭彎腰抱住他。他一開始好像有點驚訝，但接著他也抱住我。

「注意安全。」他說。

「你也是。」

我站起來往外爬，爬到大概一半的時候，他說：「謝謝你。」

「你要繼續奮戰，班．薛瑞登，不然我真的會很生你的氣。」

「保重了，露薏絲．蓮恩。」❸

「沒問題，昆西。」

「啊，老天，不要把我講成病理學家！」❹

我爬到岩石頂端，望著下方的他，忽然間看起來脆弱又孤單。我幾乎考慮要留下來陪他，但是我知道要是派瑞許發現我們，我們就會成了甕中之鱉。

或許班也看出了我的猶豫不決，因為他說：「把小尼克推下懸崖，然後回來把帕西法爾的故事講完。」

---

❸ Lois Lane，漫畫、影視改編作品《超人》中超人本尊克拉克．肯特的女友，為報社記者。

❹ 昆西是美國影集《法醫昆西》（*M. E. Quincy*）的主角。

「好的。我會盡量不要讓你等結局等太久。」

我又看了他最後一眼，希望這不是真的最後一眼，然後揮揮手，開始走回小溪，我聽著派瑞許的斧頭聲清晰傳來，那聲音是挑戰，是如同海妖賽倫歌聲般的致命吸引力，也是一種警告。

24

五月十九日，星期五，上午
南內華達山脈

他很強壯。

我想這一點我原本就知道了，但是看著他站在對岸，朝樹揮著那把斧頭，讓我覺得好氣餒，想不透我怎麼會以為自己能擊敗他。

他憤怒地使勁揮動斧頭。那棵樹並不大——是一棵松樹，高得足以跨越小溪，而且粗得可以承受他走在上頭的重量。

我逼自己思索著怎麼避開他，同時吸引他遠離班。剛開始我胡思亂想一堆，包括幾個殺掉他的荒謬方式：趁他正在砍樹、兩手都握著斧頭時，朝他腦袋丟一塊大石頭，把他砸死；像泰山似的抓住一根樹藤盪到小溪對岸，趁他的斧頭砍進樹幹時，用我的小刀插入他身上；撿一根樹枝削成標槍，在他過溪到一半時擲出去射中他。

全都不切實際。我投球的臂力不錯，但這不是投直球，要是沒丟中他，他就會朝我開槍；附近沒有能承受泰山重量的那種粗樹藤；另外，就算我有時間削出一根標槍，我也根本沒丟過，而眼前只有一次機會，想要精準射中、贏家全拿的機率是零。

不過我找到了一根可以當球棒的樹枝，還有幾顆跟棒球一樣大的石頭。如果他看到我在觀察他，而且在我過河之前就跑來找我，那我就會用手上有的任何東西來阻止他。

有個緩慢的吱嘎聲，然後是打雷般的脆響。那棵樹開始歪倒，上層的樹枝在途中撞到其他樹的樹枝，一路鉤住又繃斷，發出槍擊般的聲音。最後隨著一聲轟然巨響，樹頂落到我這一岸，我腳下的土地隨之震動。

平哥趴在地面上，耳朵往後豎起，但是待在我旁邊沒動。我從藏身處小心翼翼地窺看。尼克·派瑞許站在那裡審視自己的工作成果。他現在可以輕易過溪了；那棵樹最低的樹枝在他那端會形成一兩處障礙，但是他挑的這棵樹無論位置和材料都非常理想。

他算得到我離他這麼近嗎？他知道我會走向這棵樹落下的地方嗎？我不認為。他預料我會逃跑，預料我會害怕。

這會兒他看著斧頭，而我則盡量不要去想他會把斧頭用在我身上。他預料我會害怕，我告訴自己，不要讓他稱心。

於是我試著想像那把斧頭在我手上，忽然好奇起來：那是誰的斧頭？過去幾天，我不記得看過誰帶著或使用過斧頭。派瑞許有其他工具和武器貯藏在附近嗎？

他拿著斧頭，開始在樹幹上走，利用斧頭平衡自己。他走得很小心，離我愈來愈近。

他雙手拿著斧頭，手槍裝在槍套裡。我好想拿著石頭丟他。他離下方的溪水並不遠，只有大約四呎。溪水冰冷又湍急，但是我不確定有多深。他現在沒朝我的方向看；因為他正接近樹枝處，會擋住他一部分視線。我可能不會有更好的機會了。但是如果我失手呢？或許我還是可以溜掉。

當他失去平衡時，我手裡已經握著一塊石頭。當時他快要走到我這岸，撐著樹幹的其中一根樹枝被他的重量壓斷。整個樹幹忽然下降幾吋，派瑞許往前撲。他拋下斧頭，朝最接近的那幾根樹枝亂抓。

斧頭落進下方的激流中，但是他抓到一根樹枝撐住了。他把自己往上提，表情慌張。我看了很痛快，但時刻很短暫。

我低聲要平哥保持安靜，觀察著派瑞許迅速抵達安全的地方，上了溪岸。我移到一棵倒下的樹後頭，不敢再冒險觀察他，只是傾聽著他走在樹林間。他朝我蹲著的地方走來。我手裡緊握著木棒。他在離我不遠處暫停，一時之間我很確定他看到我了，很確定他只是在考慮要怎麼樣抓到我最好。但是他繼續往下游走，朝著之前他聽到平哥吠叫的方向。

我又等了一會兒，才站起來伸展四肢，平哥也伸展一下後腿，跟著我走向那根樹幹形成的便橋。我把狗繩扣上他的胸背帶，希望他過溪時不會猶豫不決。要是他落水，我不確定自己的力氣夠大，可以不讓他被衝走。

結果我根本不必擔心。他完全沒抗拒，就乖乖跟著我走上樹幹，過了樹枝區後，他就加快速度且輕鬆如意，我還得專注於跟上他，不要去想落水的問題。

「很好，」我低聲用西班牙語誇獎他，來到了對面泥濘的溪岸上。「我想你以前有過這樣的過溪經驗，平哥。」

我解開他的狗繩，然後花了點時間檢查那棵倒下的樹，想找個稍後可以用來當槓桿、移開樹幹的東西，但是沒找到。然後我發現這段溪流離我們團隊的營地不遠，考慮或許可以再回去找些有用的東西，於是朝那邊走。我還得叫平哥兩次，免得他又跑向之前的那片草地。

在營地那一堆堆泡溼的雜物中，我找到了一條繩子或許能派上用場，但其他就都沒用了。我猜想派瑞許會花一點時間找到我昨天過夜的地方，然後在帳篷裡翻找一會兒。但是我不想給他太多時間，免得他會找到班。我趕緊回到小溪邊，繼續沿著河岸走，直到接近派瑞許之前喊過我的那個地方。

我又朝樹林裡走一小段路，找到兩棵小樹，用繩子綁在兩樹之間的腳踝高度，再用落葉把繩子蓋住。我用小刀匆忙削尖三根棍子，插在離繩子兩三呎的柔軟泥土裡，三根棍子排成一列，尖端指向繩子，與地面呈四十五度角。然後也用落葉蓋住棍子。再往前一點，可以看到前兩棵小樹的地方，我又在兩棵樹之間綁上繩子，這回綁在離地將近一呎的高度。

我迅速在樹林裡摸清一條路徑，偶爾把幾顆石頭堆在一起，當成標示。

「好了，平哥。」我說，又幫他扣上狗繩。「準備上場表演吧。」

我回頭朝小溪走，但是盡量躲在樹的後頭。「唱歌給我聽，平哥。」我用西班牙語說。

他看著我，又回頭看著那片草地，然後開始發出哀鳴。

我艱難地吞嚥，又用西班牙語講了一次。「唱歌給我聽，平哥。」

他趴下，不看我。我設法抓住他的臉，但他還是別開目光，不肯看我。

「好吧，所以你只唱給大衛聽，」我說。「對不起。那你可以講話給我聽嗎？」然後改用西班牙語跟他說：「講話，平哥。拜託，講話。」

他抬頭看著我。

「講話！」

他還是看著我，一臉猶豫。

「講話！」我又用西班牙語說了一次。

他吠叫。

「非常好！講話！」我用西班牙語說。

接下來他就完全投入了。他吠叫又吠叫，我用西班牙語誇獎他，直到我終於看到對面溪岸樹林間的動靜。然後我用英語大聲喊：「別再叫了！拜託，平哥！」然後又小聲用西班牙語起勁地命令他繼續講話。

我不想演得太過火，最後終於用西班牙語說：「安靜，閉嘴！」

於是他就不叫了。我輕輕拍著他，同時用西班牙語誇獎他。然後我們往前走，朝著我幫派瑞許所設計那條障礙賽跑道的起跑線。

派瑞許還沒出現，平哥就曉得他快來了。或許是因為每幾分鐘就有一陣微風吹向我們，他在風中嗅到了氣味。同時，如果動物真的能嗅到恐懼，那麼平哥一定嗅到我身上的恐懼多到爆表。

派瑞許來到他那條小橋，然後忍不住嘲笑我：「我會找到你的，你知道！」

搞什麼鬼？我心想，他怎麼這麼溫和？

「嘿，尼克！」我喊道。「你母親死了之後，你要幫誰拉皮條？」

接下來是一段讓我滿意的沉默，然後他大吼：「你會為這個付出代價！」

「這是你媽媽常講的話吧，小尼克？」

於是他加快腳步。

「快點！」我用西班牙語對平哥說，然後我們開始跑，邊跑邊發出一大堆聲音；平哥大步跟上我，跑得輕鬆愉快。我比較慘，在那些泥巴裡頭努力跋涉往前。除了我們的聲音之外，我很快就聽到派瑞許衝進我們身後樹林的聲音。

我來到第一對小樹前，繞過去，然後來到接近第二對樹前，那裡的繩子比較明顯。一等我看到派瑞許，我就假裝朝那條繩子跑，平哥也跟在我後頭。我聽到派瑞許大喊：「你跑也沒有用！」然後他絆到第一根被落葉蓋住的繩子。

我聽到他大叫。

我繼續跑，喊著平哥跟上來。我們跑了好長一段路，盡量躲在樹後頭，直到我終於確定派瑞許沒跟上來。

我休息，覺得想吐又全身發抖。我抱住平哥。他完全沒有聞到或聽到派瑞許的任何表示。

我盡可能等久一點。要是有其中一根尖木樁害死了他，我想回去找班。

至少，我知道我讓他受傷了。如果他只是受傷，我想知道他在哪裡。我的任務還沒完成。

平哥比我先發現他在附近，但是發現得不夠快。他一直在我們的上風處，雖然平哥稍早低吼過，但是看到派瑞許從一棵樹後頭走出來，我還是驚訝得大叫一聲。

我差點撞上他。

他的襯衫有好多血，他的左肩包著一條臨時繃帶。在他的右手裡，握著一把槍。

平哥朝他吠叫。

派瑞許微笑。「我想我會從射殺那條狗開始。」

25

五月十九日，星期五，上午
南內華達山脈

「你這樣太不光明正大了。」我說。

「不光明正大？」他說，似乎覺得有點好笑。

「我的意思是，射殺一條被拴著、而且離你才十呎的狗？哇——原來你是這麼了不起的獵人。」

「你以為跟我鬼扯這些，可以讓我饒了你嗎？我應該覺得佩服你嗎？」

我希望是。光是還沒有尿溼褲子，我就已經覺得自己很了不起了。我準備聽到槍響，彎腰湊近平哥，護住他的頭。其實這麼做沒什麼風險，派瑞許或許會朝我開槍，但我知道這樣不符合他的幻想。他會希望我受苦很久，我簡直希望他給我一槍算了。

「站起來！」他吼道。

我解開平哥的狗繩。

「先讓這隻狗離開。」我說，還是彎腰。

「你會叫他來咬我。」他說，槍指著我。

「不，這樣你只會殺了他。我會叫他過溪。」

「他哪裡聽得懂這種命令，你以為我會相信？」

「你知道他受過很好的訓練。你自己命令他看看——用西班牙語講，他會聽從的。」

「我不會講那些劣等民族的語言。」

「他可是雙語王子呢。」我喃喃說。

「什麼？」

「我說，我不相信你的槍法有多好。我會給他命令，讓他過溪，看你能不能在這麼遠的距離射中他。就算你射不中，也會把他嚇得趕緊跑掉。」

「射不中他？」他大笑。「好吧，艾齡，你好像需要有人教你什麼是尊重。或許我可以示範給你看一下。但是我警告你，要是你打算叫他攻擊我。在他接近我之前，我就可以輕易朝他開槍。」

「等著看就知道了，」我說。「我先安撫他一下。」

「平哥，」我低聲說。「*Bingle, ¿Dónde está Ben? Búscalo, Bingle.*」（平哥，班在哪裡？去找他，平哥。」

平哥停止吼叫，歪頭看著我，發出哀鳴。

「*Eres un perro maravilloso, Bingle. ¿Dónde está Ben? Es muy importante, Bingle. ¡Búscalo!*」

（你是一隻很棒的狗，平哥。班在哪裡？這件事很重要，平哥。去找他！）」

平哥看著小溪對岸，又看看我，然後看派瑞許。接著他又看看我，發出哀鳴。

「*Bien, Bingle. ¿Listo? ¡Búscalo! Cuídalo. Por favor, Bingle. Ben, Bingle. Ben. ¡Apúrate, búscalo! ¡Cuídalo! ¡Vete!*」（很好，平哥。你準備好了？去找他！保護他。拜託，平哥。班，平哥。班。快點，去找他！保護他！離開！）」

平哥開始離去，停下來，又回頭看我。「*¡Bien! ¡Sigue, adelante!*」（很好！繼續！去吧！）

我盡量讓我的聲音充滿感情，幸好班的名字不像「查爾斯」或「吉姆」之類的——混在一堆西班牙字詞裡會比較明顯。

平哥又開始走。派瑞許說：「跟著他到小溪。」

他始終在我後頭，沒離得太遠，而且我相信槍是指著我，而不是狗。平哥看到我們跟著，就比較沒那麼不情願了，開始朝那棵倒下的樹走得更快。

「*¡Adelante!*」（去吧！）我說。想著不曉得他能不能爬上那棵樹。

結果我根本不必擔心；他健壯又靈巧，很快就過了溪。但是看我沒跟著，他停下。

「*¡Lárgate!*」我說，意思是快滾。

他不肯動。

「我受夠了這隻可笑的雜種狗。」派瑞許說，從我身後走出來，手槍瞄準了平哥。

「我就知道你忍不住，」我趕緊說。「我就知道你會挑容易的時候開槍！」

「那就快點啊！」

「*¡Lárgate!*」我又說了一次，盡可能讓我的聲調嚴厲。

平哥很快跑遠些。等到他半遮掩在樹之間，我大喊：「*¡Apúrate, Bingle! ¡Vete!*」（快點，平哥！離開！）

他遵從了。他跑離小溪邊，進入樹林。但我還是看得見他的身影。派瑞許仔細瞄準時，我使勁朝他撲過去，兩個人都跌進爛泥裡。派瑞許倒下時開了槍，然後肩膀被撞得痛得尖叫。

「*¡Vete, Bingle! ¡Vete!*」（離開，平哥！離開。）我一邊站起來還一邊大喊。他很聽話，在樹林間奔跑。我也想跟他做同樣的事。

但是我沒成功。派瑞許翻身抓住我的腳踝，使勁拖著我。我又踢又抓，但是他爬到我背上，把我的臉深深壓進爛泥裡，手按著不放，直到我的肺像是尖叫著需要空氣。我掙扎著，想把他甩掉，想起身，但是他比我壯。一時之間我還想著自己會不會就這樣死了，會不會我就悶死在這片爛泥溪岸，會不會派瑞許對我的計畫畢竟沒有那麼精心設計。

他抓著我頭髮，把我的頭往上拉。我猛吸氣，他就又把我的臉往下壓。

壓到第四次，我唯一想要的就是空氣。如此而已。空氣，只要空氣。只要頭能抬到地面上。我已經恐慌得半瘋了。

到了第十次，他想要什麼都隨便他了。

他知道，當然了。

他壓了十二次。

我想是十二次。我已經搞不清了。整個世界，整個人生，所有重要的事情都歸結到吸下一口氣。

「把臉上的泥擦掉！」他氣呼呼地說，把我拉起來。他推著我往前，來到之前砍樹的地方，讓我笨拙地靠著剩下的殘幹坐下。他蹲在我面前，又說了一次。我花了好一會兒才明白他的意思。我一直喘著氣，覺得還是吸不夠，覺得空氣好稀薄。

「把臉上的泥擦掉，不然我就再把你按下去吃泥巴。」他說。「不過這回我會先在泥巴裡撒尿！」

我舉起顫抖的手擦著臉，那些爛泥當然沒辦法完全擦掉。他手伸過來，在我兩邊臉頰各畫了些東西。

「來。現在我把你打了烙印。你臉上有我的姓名縮寫了。」

我忽然覺得臉頰潮溼。我哭了。

那些淚水喚醒了什麼。一小顆憤怒的火星。氣的是我自己，但是這樣就夠了。

那些淚水讓他很樂，我看得出來。我把眼淚擦掉，也擦掉了他的姓名縮寫。

「啊，征服你一定會很愉快，艾齡。」

我沒回答。

他什麼都沒說，忽然間我明白他是在認真傾聽什麼。聽到了，我心想，一個模糊的、有節奏的隆隆聲從遠方傳來。是直升機嗎？

我們等著，各自有不同的期盼。我知道他有其他武器。他會朝降落在草地的人開槍嗎？他們會看到草地上爆炸的痕跡，提防著不要降落嗎？我有辦法警告他們不要降落、除非他們有特警隊裝備嗎？

但是那聲音還很遠，然後完全沒了。

他露出微笑。

要生氣，我告訴自己。但是要找到怒氣好難，我的憤怒退得好深，被恐懼緊緊壓住了。

「你還建議先讓那狗當獵物。你自己也是母狗，你知道。你昨天夜裡跟那隻狗上床了嗎？所以你才想救他的命？」

他向我提出一大串不太有創意的、有關平哥性能力的問題。我完全沒答理，但是心中的恐懼退去一點了，代之以厭惡。

「好吧，現在也無所謂了。現在換你當獵物，我會去追你。無論你跑多快，也不論你跑多遠，我都會找到你。我的嗅覺很厲害，你知道。」

他伸手到口袋裡，微笑著拿出一個白色的東西。

我的內褲。

他深吸一口氣，表情就像聞到了濃郁的香水而陶醉。

「你看！」他說，指著他的胯下。「你害我硬起來了。」

我沒垂下目光，只是說：「就連平哥都找不到那麼小的。」

他給了我一巴掌，打得我嘴唇流血。他大笑，用內褲的褲襠處按著我的嘴唇。

「來！」他說，又把內褲湊向我的鼻子。「現在要找到你更容易了。站起來。」

我起身。

「開始跑，艾齡。我讓你先跑。但是記住，無論你跑了多遠，無論你以為自己有多安全，無論你覺得自己躲得多好、被保護得多嚴密，我都會找到你。我要你明白自己才剛開始學的一點：我是你的主人。你應該覺得高興，你會學著高興的。我會撫摸你，就像從來沒有人撫摸過你一樣。」

他把內褲塞回他的口袋拍一拍。「我現在有你的氣味了。我是個很安靜的獵人，艾齡。你以為你能躲過我嗎？我會在你最沒想到的時候去找你。」

他挺直身子。「去吧，我們開始。」

我沒動。

「快跑！」

我還是站著不動。

「這事情我就跟你講清楚吧，」他一副憤怒的口吻說。「要嘛我就現在開始折磨你，而且折磨的方式會讓你覺得茱麗亞・賽爾的那些照片根本是小意思；不然就是等我數到三就開始跑。啊，還有一件事，記得這個名字：妮娜・普耳曼。有一天會有人想知道的。現在……一……」

我不曉得他有沒有數到三，因為我沒聽到，我已經跑進樹林裡了。

26

五月十九日，星期五，中午
貝克菲爾附近的一處私人直升機停機坪

法蘭柯知道這架直升機是傑克的財產，由戴爾頓維護和保管，但是他原來想像是一架小小的通勤飛機，於是當他發現他們口中的「公司直升機」原來是一架巨大的塞考斯基S－五八T款時，他非常震驚。

「弗里芒企業要一架這麼大的直升機做什麼？」

「這是運糞機。」臭嘴哥說，然後被法蘭柯的驚愕逗得大笑。

「我們是公園管理處的簽約包商，要負責從一些偏遠的地點把糞便運出來。」傑克說，拍拍臭嘴哥。

「光是惠特尼峰，一年就有六噸。」臭嘴哥驕傲地說。

「這架飛機也有其他用途，」傑克繼續說。「我們會種魚——我們簽了一份政府合約，把活魚從孵育所運到山上的湖泊裡。我們會運送消防人員。我們還會幫忙做洪水時的人員後撤工作。另外還會去一些建築工地負責運送貨物。外加臭嘴哥自己也不時會參與一些搜救工作。」

崔維斯開始起勁地提問，而臭嘴哥不必人勸，就誇耀起這架塞考斯基。直升機高度十五呎，他告訴他們，而且不包括螺旋槳在內，長度有四十五呎。上頭有渦輪引擎和輔助燃料油箱，原先可以載運十八名乘客，但是現在臭嘴哥把飛機內部改裝過了，除了駕駛艙內的兩人座位之外，貨艙區有十個座位，還帶了兩個擔架。

法蘭柯盡量不要去想他們需要擔架的事情。

臭嘴哥分配座位。崔維斯和傑克帶著兩隻狗爬上貨艙，狗身上安全地綁著特殊挽具。臭嘴哥要法蘭柯跟他一起坐在駕駛艙，比貨艙高了許多。「你認得我們要找到的那些人，坐這裡你就可以看到了。」他解釋。

法蘭柯只能利用扶手和踩腳處從飛機外頭爬上去，然後身高一九三公分的他辛苦地跨入駕駛艙的窗子。這是進入駕駛艙的標準方式，他猜想練習之後或許會容易許多，但是他的第一次笨拙得要命——而且臭嘴哥很樂於拿這個取笑他。

法蘭柯努力按捺住脾氣。他告訴自己，他前一夜應該要跟其他人一樣，設法睡滿一整夜的。當時其他人都上床了，他也知道自己需要休息，應該要去臭嘴哥分配給他的房間。但他還是熬夜沒睡，盯著那些地圖看、踱步、用臭嘴哥的電腦查看網路上的氣象預報。

快要天亮時，一定是疲倦終於壓倒他的憂慮，因為他從一個逼真的惡夢中猛然驚醒。夢中他聽到艾齡大喊救命，同時他奔跑著喊她名字，找不到她。但是當臭嘴哥輕搖著他的肩膀喚醒他，法蘭柯才明白所有的喊叫聲都出白於自己——在他短暫的睡眠中。之前他趴在放滿地圖的桌上睡著了。他懊惱地等著臭嘴哥又會說出典型的臭屁評論，但臭嘴哥只說：「咖啡好了。」

這會兒臭嘴哥給了他一個頭戴式耳麥，然後轉身朝一道梯子傾斜身子，把另外兩個耳麥遞給傑克和崔維斯。法蘭柯的座位看不到貨艙。臭嘴哥持續跟老爹——一位擔任他的地勤人員的老人——通話，進行了一系列起飛前的準備動作，然後說：「你們每個人都聽得到我講話？」

大家齊聲說聽得見。

「好吧，那麼我只有一個問題。」

「什麼問題？」傑克問。

「你們每個人都立好遺囑了？」

「對。」崔維斯說，於是傑克有機會嘲笑臭嘴哥了。

「你坐的是副駕駛座，」臭嘴哥告訴法蘭柯。「我應該不必告訴你不要碰任何操縱桿或踏板——其實呢，任何東西都不要碰。」

「一個飛行員就可以操縱這個大傢伙？」

「你最好希望是這樣。」臭嘴哥說。

「臭嘴哥——」傑克懊惱的聲音從耳機中傳來。

「沒關係，」法蘭柯說。「他沒錯，我剛剛問的問題很蠢。」

「不會啦，」臭嘴哥說，他按了幾個開關，一個低沉的轟聲響起，然後渦輪的鳴響愈來愈大。法蘭柯看到排氣管冒出一小陣煙霧。「你別擔心了。」臭嘴哥說，操作著那些開關。螺旋槳發出旋轉的呼呼聲，愈來愈快，二十秒之內，主螺旋槳和機尾的螺旋槳已經以平穩的速度轉動了。

他們籠罩在一片轟隆的聲響中。

耳機裡傳來崔維斯的聲音。「兩隻狗很害怕。」

「他們一開始都會這樣，」法蘭柯聽到傑克說。「過一會兒就沒事了。」

「你的意思是，我這兩隻狗以前搭過這玩意兒？」法蘭柯問。

「喔，是啊。」臭嘴哥大笑，同時操縱著腳踏板和搖桿。

他們升空了，有好一會兒，法蘭柯只是全心享受飛行，那是只有搭直升機才能辦到的——離地面夠近，足以看清細節；卻又夠高，可以感覺脫離了地球。

他們往上爬升，接著向前飛，然後又爬升。法蘭柯從小在貝克菲爾市長大，而現在，在他下方，他看到熟悉的地標迅速掠過。他保持沉默，同時臭嘴哥在旁邊扮演導遊的角色，幫崔維斯和傑克解說。

法蘭柯想到傑克安排飛這趟一定花了很多錢。光是燃料費用就必然很可觀——臭嘴哥說這架直升機每小時耗油一百加侖（三七八．五公升）。他的好友為了幫他們而花了這麼多麻煩和費用，他怎麼有辦法回報？他知道傑克不會期待任何報答，但是……

臭嘴哥輕鬆駕駛著，那不但是累積了長年經驗，也是因為很熟悉這一帶地形。法蘭柯開始明白，換了別的飛行員，可能無法這麼快帶他們來到那條山間的飛機跑道；當臭嘴哥往下指給他們看時，法蘭柯覺得那似乎不光是草地上一條粗略割過草的狹長帶狀地而已。

他們下方有零星的水氣和霧；山區的氣流和氣溫，以及山谷的形狀，都會影響這趟旅程——某些地方的霧濃重而靜止，有些地方只是輕輕移動的水氣，還有些地方則完全沒有。

他們離她更近了，法蘭柯告訴自己。必要的話，他可以從飛機跑道那邊出發，徒步去找她。或許她沒事。或許他只是害傑克白白花了一大筆錢。

要是艾齡沒事，一定會很氣他。她以前不止一次控訴他對她過分保護。而且巡山員們可能已經去接走整個團隊的人了——她說不定正在回家的路上……

「你會好奇那個律師在搞什麼嗎？」臭嘴哥問，把他從幻想中拉回現實。

他們離開臭嘴哥的家之前，法蘭柯已經撥過好幾次電話給紐立。他本來想跟他確認GPS的座標，之前法蘭柯寫下來的，顯示那個團隊不止一次在繞圈圈、折返。但是紐立一直沒有接電話。

「他可能吃了止痛藥，正在昏睡。」法蘭柯說。

「嗯，有可能，」臭嘴哥說。「不過有點怪，讓你去抄那個GPS，不是很合理。啊，好吧。總之，我們可以查探一下昨天我們在地圖上圈出來的幾個地方——說不定會交上好運。」

「那些巡山員會不會已經派出直升機，飛過去接他們了？」

「我可以打無線電去他們的停機坪。只不過有一個問題。」

「什麼問題？」

臭嘴哥微笑。「這個嘛，嚴格來說，我們止在飛過的這片土地，是政府劃定的自然保護區。法律規定我們根本就不該來這裡，不能開飛機、不能開卡車——你知道，只有緊急和特殊狀況除外。拉斯皮耶納市警局能利用那條飛機跑道，事先一定是申請了各種特殊許可。而且那條跑道的存在，其實只是以防萬一森林服務處需要送救火隊上來。你們局裡有誰認識上頭這裡的人嗎？如果我們被逮到，可能需要有個人幫我們說話。」

「有一個巡山員——他協助的那兩個法醫人類學家以前跟我們合作過，」法蘭柯回答，想著自己會被開除，或是開除外加被逮捕。「他們不是局裡聘雇的。我指的是那兩個法醫人類學家。」

「希望那個巡山員跟艾齡相處得不錯。總之，要是我打無線電給巡山工作站，那就是等於是通知他們來逮我了。」

「可是你對這一帶似乎很熟，」崔維斯說，法蘭柯這才想到，客艙裡的人都聽到他們剛剛的談話了。「你不能找個合法的理由，解釋我們為什麼要上來這裡嗎？」

「我們會想到的。」傑克說。

「管他的，」法蘭柯說。「我們能脫身是最好，否則現在擔心也太遲了。」

臭嘴哥大笑。「我開始明白，你和老傑克為什麼會成為好友了。」

他們飛到紐立在GPS上記錄的最後一個地點，然後開始在那附近繞，飛過一個個他們曾經圈起來、覺得最可能的地點。大部分的草地都籠罩在霧中，因為又低又平，於是溼氣、冷空氣都聚集過來了。

「可惜這架飛機上沒有紅外線，」臭嘴哥說。「這個霧應該過一會兒就會蒸發掉了；或許我們先找個地方降落，停下來等就好。」

他們發現有三片草地的能見度都不錯，之前臭嘴哥解釋過，對直升機的安全飛行而言，能見度比其他氣候因素更重要。他們飛過第三片草地、很快看一下之後，傑克忽然說，他看到一棵樹附近有個奇怪的東西，

臭嘴哥又將直升機掉頭，更慢、更低地飛過草地。

「好眼力，傑克，」法蘭柯忽然說。「看看地面，有人來露營過。」

「對，」臭嘴哥說，飛過那個點。「不過很難看出是多久以前。」

「我們回去看那棵樹吧，」法蘭柯說，指著草地另一頭。「就是傑克認為他看到東西的那裡。有些連續殺人兇手喜歡挑個他們以後找得到的地方，因為很多人會再回去探望之前的埋屍地。感覺上派瑞許帶著這隊人馬去找賽爾的墳墓就是這樣——所以附近會有一些明確的記號，讓他有辦法認出她的埋屍處。」

他們只花幾秒鐘，就飛到那棵樹上方了。

「看看那裡！」崔維斯說，「有人挖過。」

「看起來你說得沒錯，法蘭柯。」傑克說。

他們現在全都看得到了，那個深色的橢圓形，那些標記，還有挖鬆的土壤。

「我要降落了。」臭嘴哥說。

「不，不要在這裡，」法蘭柯說。「他們已經離開這裡了，記得嗎？我們得找那座山脊，隔開兩片草地的那座。」

他們沿著草地的邊緣飛行，只看到一個地方似乎符合他們所知的描述——法蘭柯提醒自己，這個描述是經過了三手傳播，由巡山員告訴飛行員，再由飛行員告訴彼得。他們飛過山脊，但是另一頭的草地完全被濃霧籠罩。

「好吧，」臭嘴哥說。「我們回到山脊，我剛剛看到那裡有一個地方，可以讓我把這個寶貝降落。」

在最後一刻，法蘭柯還是閉上眼睛了，而且很慶幸臭嘴哥太忙著要做這麼高難度的降落，因而沒有發現旁邊的人一時失去了勇氣。

「耶穌啊，臭嘴哥。」傑克說。

「膽小鬼，你以為我會削掉那些樹？」

「不，我以為那些樹會削掉我們。我可不像你活得那麼不耐煩。」

那兩隻狗搭飛直升機或許是老經驗了，但是法蘭柯注意到他們似乎都很高興回到地面。下機後兩隻都乖乖跟著他，每隔一陣子可能會冒險走遠幾呎，不安地注視著濃霧，嗅著空氣，然後又回到他身邊。他之前一直在跟其他人討論該怎麼行動，此時他才注意到當克頸背的毛都豎起來，而且發出低吼聲。

「嘿！」他喊其他人，他們都從貨艙門邊回頭看著他。他示意他們安靜。

兩隻狗的四腳和尾巴都僵住不動，耳朵往前豎，傾聽著。每個人都盯著兩隻狗看，只有臭嘴哥除外。他正忙著回到直升機的貨艙。

等到他又出來，手裡拿著一把霰彈槍。「如果有人想要的話，裡頭還有一把。」他低聲說。

「你那個槍套裡的手槍大概不錯，法蘭柯，但是我年紀大了，所以我喜歡不必瞄得那麼準的武器。」

臭嘴哥看著崔維斯，對方搖頭；然後再看傑克，傑克露出微笑。

「你還是習慣用刀？」臭嘴哥低聲問。

傑克點頭。

臭嘴哥搖頭。

「有可能只是一隻松鼠之類的。」法蘭柯輕聲說，但是掀開了外套，準備拔槍。

他們聽到小樹枝斷裂，還有腳步聲。

當克開始吠叫，蒂克也跟著叫。

「安靜！」傑克下令，兩隻狗立刻乖乖遵從。

幸好是傑克下令，法蘭柯心想，解開槍套。那兩隻狗在真正的主人面前是出了名地不受管教的。

腳步聲更接近了。

這群人一致默默地尋找掩護。傑克移到崔維斯前面。法蘭柯輕聲叫著兩隻狗，但是他們不理他。

他正想著要過去抓他們，忽然看到一個模糊的人影走得更近，他不能確定是男是女。臭嘴哥讓一發子彈上膛。「有可能是自己人！」法蘭柯警告。

「誰在那裡？」那個霧中人影喊道。是男人，法蘭柯不認得那聲音。臭嘴哥望著他，看出他不認得的表情，於是舉起霰彈槍。

「他們那個隊我不是每個都認識！」法蘭柯趕緊說。「老天在上，冷靜點。」

「你是誰？」法蘭柯喊回去。

那男人停住，然後忽然轉身跑掉了。

「站住！」法蘭柯喊道。「站住！」

那男人繼續跑，他們聽得到他跌跌撞撞跑過灌木的聲音。

法蘭柯轉向臭嘴哥。「你和崔維斯待在這裡！」他命令道。「傑克，跟我來。」

他沒等著看他是否遵從，就趕緊追著那個聲音過去，中間只回頭過一次，發現傑克跟在後面。那兩隻狗也追上來，超前到他前方，但是還一直看得到。

接著他們聽到一個奇怪的碰撞聲，然後那男人大叫——那是純粹的、不折不扣的驚駭。法蘭柯跑得更快了。

過了一會兒，他們看到那個男人了。兩隻狗停下，耳朵後垂，尾巴夾在後腿間。那男人仍在大叫，瘋狂拍打著什麼，像個小孩臉部撞上一個大蜘蛛網似的——拍著一棵樹上垂下來的一些奇怪形影。

基督啊！法蘭柯心想，那些形影看起來像狗——不，不，不是狗，是郊狼。一個個扭動又搖晃，從那男人身上彈開，又盪回來，直到那男人突然跪下，在地上縮起身子，防護地蜷縮成一個球。

一時之間，傑克和法蘭柯僵站在原地，驚呆地看著那一打搖晃且互相碰撞的郊狼屍體，有的還撞得碎裂。

只有當克往前走，蒂克還留在法蘭柯身邊。當克哀鳴且謹慎地嗅著那個縮成一團的男人。那人抬起頭來，法蘭柯看到是一個青年，滿臉憔悴，飽受驚嚇，但他並不是此刻才變得害怕的。他沒看法蘭柯或傑克，而是看著那隻狗。

「平哥？」他問，好像看到了奇蹟。

法蘭柯稍微鬆了口氣，但還是很謹慎，不敢太逼近。

「那隻叫當克，」他故作輕鬆地說，同時又往前走一點。「但是我認識平哥。我跟他一起工作過。我是法蘭柯，請問你的名字？」

那男人抬頭看了法蘭柯一眼，好像不小心看到了郊狼，於是很快又別開目光，看著當克。他伸手碰那狗，開始撫摸他的毛。當克朝他靠更近，那青年抱住他。

「我叫傑．卡特（Jay Carter），」他說，聲音顫抖著。「傑西（J. C.）。」

「傑西，」法蘭柯說。「你的朋友都這麼喊你嗎？」

傑西點頭。

法蘭柯更靠近他，伸出一手。「傑西，我們離這裡遠一點吧？手給我，傑西，我們一起離開，好嗎？來吧。」

傑西握住他的手，讓他帶著離開那棵樹旁，經過樹時一直避免去看，只是盯著正在聞他鞋子的當克和蒂克。

「這兩隻狗聞到他們了。」傑西說。

「郊狼？」法蘭柯問。

傑西搖頭，沒回答。他的臉完全失去血色，而且站著一直搖晃。法蘭柯一手攬住他的肩膀，在傑克的協助下，帶著傑西到一棵倒下的樹旁。

「來，喝點水吧。」法蘭柯說，但是傑西笨拙地摸出自己的水壺，深深喝了一口。

「我去跟臭嘴哥和崔維斯說我們沒事，」傑克說。「我會帶一些熱咖啡和毯子回來。」

「謝了。」

傑克猶豫著。「我應該帶著狗嗎？」

「不行！」傑西說。

「好吧，」法蘭柯輕鬆地說。「狗就留在這裡。」

直到傑克離開了，法蘭柯才有時間注意到有關傑西的一些東西，是他之前漏掉的。

「你是森林服務處的人……」

「是的，我是巡山員。」傑西木然地回答。他把水瓶收起來，然後湊近那兩隻狗。他擁抱他們，把臉埋在他們的毛皮中。法蘭柯本來擔心兩隻狗會抗拒一個陌生人限制他們的行動，但他們比較想磨蹭他、關懷他，而不是逃避他。

「而且你認識平哥？」法蘭柯問。

「我認識平哥。」傑西輕聲說，淚水開始滑下他的臉。

法蘭柯感覺胃裡一緊。「那麼你認識大衛．奈爾斯了？還有班．薛瑞登？」

「他們死了。」他輕聲說。

「你在說什麼？」法蘭柯問，忍不住大聲吼。「你指的是誰？」

「他們全都死了。」傑西說。

「不……」

「我之前把他們留在這裡。」

「不！」

「是的……我……留下他們，」他斷續地說。「我跟他們承諾過……跟他們承諾過我會回來的。但是我遲到了……然後他……他殺了他們。」

「艾齡——」法蘭柯半問半喊。

「所有人！他殺了所有人！我不知道怎麼殺的——一把槍——射他們的臉！還有一場爆炸，我想。他們被炸成小碎片！他們——他們沾到我的靴子！我沒辦法，我踩到他們。我不是故意的。我不是故意遲到的！」

「你瘋了！」法蘭柯說，氣得很想打他耳光，很想逼他說自己是撒謊，說這些都是他編出來的。

傑西抬頭看著他。冷靜地說：「對，我知道我瘋了。」

然後，傑西彷彿現在才想起稍早的介紹，「耶穌啊，你是她丈夫。我真是——老天，真是對不起！」

法蘭柯深吸一口氣，設法恢復自制，聲音又冷靜下來。「傑西，你上次睡覺是多久以前了？」

傑西正又開始摸著狗。「我不記得了。」

「今天是星期五。你是星期二帶紐立走出去的，對吧？」

「是的，我想沒錯。不曉得。那是好久以前了。」

「你同一天就又走回來？」

「不，我那天夜裡睡了一點，第二天才走回來。」

「那是星期三。那天發生了什麼事？」

「他們已經挖出她了。」他閉上眼睛。

「茱麗亞．賽爾？」

他點頭，又看著法蘭柯。「之後我就沒怎麼睡了。」

「接著你們這隊人就走路翻過這座山脊，到另一邊的草地去？」

「對。」

「你今天又回來找他們，傑西？」

「那些直升機沒辦法發動。」

「什麼直升機？」

「我們的，在巡山站的。我已經遲到了，我承諾過我會回來的。」

「你兌現了承諾。你盡力了。但是派瑞許——聽我說，傑西。這個真的很重要。你真的都認出了是誰的屍體嗎？」

「馬瑞克。曼騰。」他的臉扭曲。「我還看到其他人的碎片。」

「你當時一定很慌張，任何人都會的。」

「是的。」

「然後你就從那邊跑過來？那個景象很恐怖，我想任何人都會跑的。你就跑了，是嗎？」

傑西點頭，累得沒法講清楚，「我也有走路。我有點搞混了，我想。我正要回頭往巡山站走，想找人幫忙。然後——然後我發現已經太遲了。接著我聽到了狗叫——我以為是平哥。因為我之前都沒看到他——我不確定，但是我沒看到他，而且他很可能離每個人都有一段距離，跟艾齡在一起，就像之前那回。然後……然後我以為他就在那裡，還有——那些郊狼——還有——」

「別說了，噓。沒事了。」

離每個人都有一段距離，跟艾齡在一起。法蘭柯抓著這句話不放。

他們聽到其他人走進樹林，傑西抬頭看著傑克，好像第一次看到他，接著看向崔維斯，但是當他接下來看到臭嘴哥，眼睛睜大了。「臭嘴哥？他們最後還是派你來了？」

「你們認識？」法蘭柯問。

但是臭嘴哥已經蹲下來，雙眼平視著傑西，用一條毯子裹住他，用力擁抱著，然後握住他的雙肩，看著他的臉。「老天，傑西，」他說，「下回你要跟幾隻死郊狼玩皮納塔的時候，拜託不要用你的臉當棍子去敲——你現在看起來跟我一樣醜了。」❺

傑西大笑，然後又悲慘地說：「我來遲了，臭嘴哥。」

臭嘴哥又擁抱他說：「可憐的老傑西——傑克，媽的就按照我們剛剛講的，把熱咖啡拿過來。你沒看到這個人很需要嗎？還有法蘭柯，你以為你要去哪裡？」

「去找我老婆。」

「狗屎——」

❺皮納塔（piñata）：一種源自墨西哥的節慶物，裝飾繽紛的容器內裝著糖果和玩具，於生日或節慶派對上懸在高處，讓小孩蒙著眼睛拿棍子敲破。

法蘭柯打斷他，簡單幾句話跟其他人交代傑西的發現。傑克和崔維斯聽了都很震驚，然後，都跟法蘭柯一樣焦慮，都想立刻跟他趕去那片草地。

「等一下，等一下！」臭嘴哥說，但這回是傑西打斷他。

「我會帶你們去，如果你們——如果你們真的想去看看他們在哪裡。」

「謝了，」法蘭柯說，「但是臭嘴哥說得沒錯。你應該休息一下，喝點熱的東西。」

傑西手伸進他的隨身背包，拿出一個小小的四方形黑色裝置。這回，法蘭柯知道那不是手機。

「是GPS接受器——你有——？」

「那裡霧很大，我想確定我回頭可以找到那個地方，」他說，遞給法蘭柯。「沒錯，我記錄了地點。我知道——我有點——唔，我的腦袋有一半不管用了。你剛剛說得沒錯，我瘋了。」

「不，我錯了。」法蘭柯說，覺得很羞愧。「我不該那樣說的。」

傑西什麼都沒說。

法蘭柯猶豫著，然後問：「傑西，再問一個問題就好。你認為這事情是剛發生不久嗎？」

傑西搖頭。「他們身上都淋了雨。而且——馬瑞克和曼騰都全身冰冷。我——我沒辦法碰其他人。那些碎片不夠大——他們不可能還活著。」

「喝杯咖啡吧，傑西，」臭嘴哥說。「然後我們走回直升機，幫這些急性子準備一下。他們還沒跟我講清楚，要是他們在那裡發現他老婆，該怎麼通知我呢。」

「你不跟我們一起去？」法蘭柯問。

「我剛剛想了一下。有個懂飛機的男人在這一帶亂跑，我可不想離開，把我的漂亮寶貝丟著讓他用。如果那邊的霧稍微散開，我可以飛到離你們近一點的地方。」

「如果他先找到我們呢？」崔維斯問。

臭嘴哥微笑。「那他就不需要那個律師了。」

27

五月十九日，星期五，下午
南內華達山脈

往下進入那片草地不久，法蘭柯就把那個GPS接收器遞給崔維斯。他聽到禿鷹打鬥的聲音，開始聞到腐臭味。他要傑克帶著崔維斯和兩隻狗停下，待在靠近樹林的地方，他自己則單獨走進濃霧裡看一下。

傑克明白——他知道法蘭柯不希望崔維斯看到迷霧裡頭的場面，心中留下跟傑西同樣的創傷記憶。他也知道法蘭柯需要他幫忙照顧崔維斯，以防萬一派瑞許還在附近。除了他的刀子外，他現在也拿了臭嘴哥的一把霰彈槍了。而且跟法蘭柯一樣，傑克和崔維斯也帶了信號彈和無線電。

「要是等一下你們聽到槍聲，不要緊張，」法蘭柯臨走前說。「我可能得開幾槍，趕走那些禿鷹。」

槍聲暫時管用，不過對昆蟲似乎沒什麼效果。法蘭柯知道那些禿鷹還會再回來，大概還不會等他走遠。但是他現在沒法去多想這些了。

檢視著草地上的那些殘骸，他告訴自己，把這個當成是一份工作。他告訴自己，她不在這片凌亂的草地上，他所看到的都不是她的屍塊。

他一直這樣告訴自己，效果還不錯，直到他發現馬瑞克和曼騰。傑西一定是憑著衣服認出他們的，因為他們的臉被轟爛了，根本無法辨識。法蘭柯翻了他們的口袋。這兩個人他都認識，雖然都不是好友，但是以前曾合作好幾次。他逼自己離開，但是可以感覺到，雖然自己努力不想被眼前所見壓垮，但這場戰役他快要輸掉了。

他用無線電和傑克與崔維斯說了狀況，其實只是想聽到活人的聲音，只是想確認這個世界不光是只有濃霧和臭味、軟組織和骨頭、禿鷹和昆蟲。

一陣微風吹起。他現在看得到傑克和崔維斯了，比稍早時好一些。現在濃霧或許散得夠多，足以讓臭嘴哥飛來這裡了。

他猜想，如果派瑞許還在附近，那兩隻狗應該會努力警告他們才是。他不太相信派瑞許還在；他應該會盡快逃走。而艾齡大概是他的人質，或者更糟。

他好希望自己的推斷是錯的；那是另一個他不願意多想的可能性。但是這個想法又一再回到他思緒中。

他們走下山脊之前，他曾要求臭嘴哥打無線電通知巡山站——現在的賭注太大了，他們不能再單打獨鬥下去。他們得通知其他人開始尋找派瑞許。要是法蘭柯自己因為跑來這裡而被警局追究，那就認了。比起艾齡被派瑞許抓走，他是否失去工作就根本不重要了。也或許她就在這些四散的肉與骨頭之間。

理智一點，他警告自己。好好思考這個犯罪現場，就跟思考其他犯罪現場沒兩樣。盡你的職責。

這裡發生了什麼事？一群人圍著埋屍地，正在工作。然後發生了某種爆炸。

這是怎麼發生的？派瑞許進山時，身上沒有任何武器，這點法蘭柯很確定。所以派瑞許大概是約了個炸彈專家上來，但更可能的是，炸彈早就安裝好了，因為挖掘團隊做了什麼而被觸發——一個詭雷。派瑞許一定是老早就計畫好，要帶他們來挖這個墓穴。不過他帶他們先去找到茱麗亞·賽爾。所以他給了他們一具屍體，再引誘他們去挖第二具。

把這裡當成其他的犯罪現場，法蘭柯告訴自己。真恨不得自己有其他犯罪現場同樣的時間和資源。首先，就是牙齒紀錄和法醫牙科學家。但眼前他只能湊合著大致猜測。於是他問了自己最想知道答案的問題：

被害者有哪些？

最接近爆炸處的人應該是正在挖掘墓穴，或是墓穴旁的人。那就是兩位人類學家：薛瑞登和奈爾斯。

從攝影設備的碎片，他已經判定攝影師比爾·柏頓也是被害人之一。老天，好可惜！閃光是個很棒的人，跟他合作向來很愉快。他還那麼年輕……但是現在不能多想這些了。

湯普森？很有可能。法蘭柯認識他，也知道湯普森不可能離挖掘現場太遠。

杜克和厄爾？他不能確定。馬瑞克和曼騰不是被炸死，而是被手槍射殺的，所以顯示他們兩個當時正在負責看守派瑞許。法蘭柯之前已經推出理論，派瑞許是趁著爆炸剛發生時的混亂狀態，從其中一個警衛身上搶走手槍。當時每個人都很疲倦，他們才剛在另一片草地上經歷過同樣的挖掘過程。誰想得到這個墓穴裡面會裝了炸彈？

每個人都很疲倦……馬瑞克和曼騰正在值勤，這表示杜克和厄爾可以休息。他們或許在別的地方補眠，有可能逃過一劫嗎？若是如此，他們大概會去找派瑞許，認為自己有責任抓住他。他們現在可能正在追捕他。或許事情就是這樣——說不定他們正在找他。

他需要知道爆炸有多少人遇害。但是怎麼知道？他開始看著那些比較能辨認的屍體殘骸，很快地評估，大致數一下就別開目光。

靴子。那些靴子似乎都沒被炸爛。他開始數。發現有九隻靴子——都是男人的靴子。或許那些禿鷹叼走其中一隻了。五名男子，外加兩名警衛。他想到這裡時，又發現了一隻女鞋的局部，差點崩潰，然後才發現那是正式鞋，不是健行靴。那隻鞋很髒又臭得要命。艾齡沒帶正式鞋上山。那一定是墓穴裡被害人的鞋子。

「法蘭柯？」無線電發出聲響。

「是的，傑克。」

「你有聽到一隻狗在叫嗎？」

「沒有——不過我剛剛沒注意聽。你聽到了？」

「我覺得是。而且你的兩隻狗好像對小溪對面的動靜很有興趣。巡山員說艾齡可能跟那隻狗在一起，對吧？」

法蘭柯很想相信這一點，於是他說：「是的。如果你再聽到了狗叫聲，就通知我。聽我說，這附近一定有個營地。要是你看到了，也跟我說一聲。他們帶著很多裝備；有些在這裡，但是他們還有帳篷和各種袋子──這裡完全沒看到類似的碎片。他們大概就在墓穴看得到的樹林裡設立營地，你覺得你和崔維斯可以去找一下嗎？」

「沒問題。」

「如果找到，從一段距離外看就行了，什麼都不要碰，盡量不要走動──通知我就是了。」

他描述了艾齡的裝備。「尤其留意找這些，好嗎？」

「好的。你在那邊還好吧？」

他只猶豫了片刻就說：「是的。崔維斯，你聽到我們講的了？」

「是的。」

「我要警告你們兩個，我在這個挖掘現場沒辦法確認到底有哪些人死了。這大概是好消息，但是你們可能會在營地發現其他屍體。要是有其他的，你們根本不必看到，就能聞到的。而且這傢伙在這裡裝了詭雷，所以就像我剛剛說的，要是你們找到營地，通知我就是了。」

他把無線電轉到臭嘴哥的頻道。「臭嘴哥，你在嗎？」

「在。現在開始有微風了。如果你們還會在那邊待一個小時之類的，我或許可以飛過去。」

「傑西還好吧？」

「他在睡覺。我想他這兩天受的罪，大概已經逼到極限了。」

「你聯絡上巡山站了？」

「對。森林服務處雖然很想幫我們，但是眼前沒辦法。好像是有人破壞了最接近的兩架直升機。他們很高興我們發現了傑西；說一直在擔心他。傑西之前開了一輛巡山站的車，盡可能朝這裡開，所以他們大概只能仰賴開車了。不過我猜想還有一兩條防火道，可以讓他們開車到比較接近這裡的地方。另外他們也通知其他單位來支援了。各個救援團隊最後大概都會趕來這裡，除了該死的海軍陸戰隊之外，不過他們說不定也會跑來。」

法蘭柯不喜歡這樣的發展；協調各單位所花的力氣，最後可能會超過能幫上的忙。但是他也沒辦法獨自搜尋派瑞許。「另外要拜託你也幫忙聯繫拉斯皮耶納市警局。如果可以的話，盡量講得圓滑一點吧。」

臭嘴哥聽了大笑。

「嘿，混蛋，」法蘭柯說。「我現在站在這裡，身邊的屍體有至少七個是跟我共事過的。」

臭嘴哥沉默了片刻，然後說：「這樣才比較像話。你的問題是，你太有禮貌了。你知道，有點太守規矩了。」

「聽我說——」

「好啦，好啦，我會注意的。你專心去找到你老婆，我這邊會設法交涉，想辦法讓你不會被開除。」

「誰在乎——慢著，你剛剛讓我想到一個主意。聽我說，你的那位地勤人員可以幫你轉接上電話，對吧？」

「那當然。」

法蘭柯給了他一個電話號碼。「這樣你應該可以聯絡上一位湯姆・卡西迪。他是人質談判專家。你告訴他發生了什麼事，跟他說——跟他說我可能需要他幫忙，他會懂的。」

然後法蘭柯回去忙著檢查地面。他找到第十隻靴子；奇怪，這隻靴子似乎是被拿走一段距離，離其他靴子比較遠，反倒離馬瑞克和曼騰比較近。他看到一隻狗的腳印，填滿雨水，同時旁邊有一組靴印，比他之前看到的那些靴子都要稍微小一點。

是女靴嗎？他設法回想這趟遠征團隊裡的男人，有哪個人是比較矮小的。不，全都是中等身材，事實上，大部分都相當高。

這組比較小的靴印，會是艾齡的嗎？

如果她帶著狗——傑西不是說她之前一直跟狗在一起？這樣很合理；湯普森不會希望她幫忙挖掘，而她也不會介意陪著狗在旁邊等待挖掘的結果。她喜歡狗。

他本來猜測派瑞許一有機會就會殺了那隻狗，但是或許派瑞許也喜歡狗？然後他想到郊狼樹，於是又推翻了這個想法。

他決定跟著這些腳印，心想至少他有可能找到派瑞許殺掉平哥之前，帶著艾齡和狗往哪裡走。

但是艾齡和狗的腳印旁邊，都沒看到別人的腳印。

他心中的希望開始升高。她有可能設法躲開他了嗎？「艾齡！」他喊道，想著或許她可以聽到。

無線電發出發出爆擦音，於是提醒他：他離鬆口氣還早得很。

他發現一個地方，青草被壓平了，還有看起來像是染過血的東西，但是很難說；整個地區下過雨。他太專注於另一個拖拉痕，會是某個人拖著另外一個人嗎？他還在追蹤這些痕跡時，聽到崔維斯的聲音從無線電傳來。

「我們找到營地了，法蘭柯。被翻得亂七八糟。所有東西都泡溼了。但是沒有屍體氣味，而且沒看到艾齡的裝備。」

「好吧。我——聽我說，我看到一些腳印，應該是她的。傑西的GPS接收器還在你那裡嗎？」

「對，要我把這個地方記錄下來嗎？」

「要，然後走到樹林邊緣，我就可以看到你了。我想看看這些腳印和你的位置之間是不是有任何關係。」

但是當崔維斯跟傑克帶著狗出現時，法蘭柯注意到他追蹤的那些足跡彎向另外一個角度，離開了營地。這是什麼意思？如果這些靴印是艾齡的——另一個會是誰？派瑞許？他受傷了嗎？或者是她受傷？

不，她的——如果真是她的——是靴印，踩得很深，但是被稍後緊接著的某個東西抹糊了，那東西壓平了寬寬的一道草地。但是他記得在別的犯罪現場看過好幾次這樣的痕跡，那是兇手拖著屍體……

啊老天，不。

他開始沿著那道草被壓平的痕跡奔跑。但是循著穿過樹林時，他來到一個地方，看起來是有兩個人站在那裡過。有三隻靴子，還有一個不曉得是什麼的印子。外加狗的足印。沒有東西拖拉的痕跡了。然後只剩兩隻靴子，但是比之前深許多。靴子比較小，可是——是揹著什麼東西，或者揹著人嗎？

兩個人倖存下來了。或許派瑞許被警衛弄傷，但還是逼著艾齡……逼她怎麼樣？在身後拖著他？他無法想像。比較可能的是，他把她綁起來，拖著她走。

那些痕跡愈來愈模糊，最後完全沒了。他為了找這些靴印，又碰到了另外一組。

加起來不太對，他又算了一遍。傑西和安迪先前離開前往飛機跑道了——於是剩下派瑞許、湯普森、杜克、厄爾、馬瑞克、曼騰、閃光、薛瑞登、奈爾斯，和艾齡。十個人。要是草地上的那些印子是派瑞許和艾齡留下的，就剩下八個人。馬瑞克和曼騰被手槍射殺，剩下六個。

六雙穿了靴子的腳。但是在爆炸現場只有十隻靴子，不是十二隻。要是還有另外一個人倖存，是誰？他在哪裡？

他推斷，最可能是杜克或厄爾。這兩個都是老手了，對工作很在行。兩個人都不會讓艾齡置身於危險之中，而且任何一個都有能力追蹤艾齡和派瑞許，推斷出那個混蛋把她帶去哪裡，持續追著他們，讓派瑞許沒有時間對艾齡做……做其他事。他開始對艾齡倖存的機會稍稍樂觀一些了。

「帶狗過來，」法蘭柯對著無線電說。「看他們有沒有辦法找到平哥。」

兩隻狗帶領他們來到溪邊。他們沿著岸邊走，不時仍能發現平哥的腳印。但是蒂克和當克似乎心不在焉，他們比較有興趣的往往是當地的野生動物，而不是追蹤另外一隻狗。蒂克一度還決定要去追一隻松鼠，差點把崔維斯拖進爛泥裡。傑克責罵他們一頓，然後兩隻狗就乖了一點。

法蘭柯朝上游看，心想自己之前花了寶貴的二十分鐘，會不會只是在追松鼠而已。他忽然站住。「狗屎——有一條橋。」

於是其他人也看到了：一棵倒下的樹橫跨在溪面上。他們匆忙趕過去。

「是最近砍倒的，」傑克說，「而且非常近。這裡周圍的一切都吸飽了雨水，但是這棵松樹還相當乾燥——而且砍斷的松香氣味還很濃。」

法蘭柯看著地面。那些痕跡令人困惑——兩組靴印，兩個人都可以站著，狗在附近。還有其他擾亂的痕跡——其中一個地方還有手印。她的嗎？他無法確定。

或許杜克或厄爾曾走到這裡——然後失敗了。或許第六個人在這裡失去性命，他的屍體被沖到下游了。

但是某個人有力氣和時間，砍倒一棵頗大的樹。

「我們去看看對岸有什麼吧。」他說。

結果對岸有更多令人困惑的印痕，但是兩隻狗似乎又興奮起來，發出低鳴。傑克又找到了平哥的腳印，他們循著那些腳印走，直到崔維斯突然大喊：「她的帳篷！」

果然，那帳篷搭在樹林裡。她甚至還做了個接雨水的設施。「艾齡！」法蘭柯喊道。「艾齡！」

沒有回應。

他們看著帳篷內，裡頭有她睡過的痕跡，但是法蘭柯很快就注意到帳篷裡有一堆混雜的衣服。兩隻狗對衣服一角特別感興趣，法蘭柯湊近了看，看到有一小塊血。

「她之前過了溪，在這邊露營。」傑克說。

法蘭柯拿起一件她的襯衫，沒有破洞，也沒有傷口或流血的痕跡。她的睡墊上也沒有。如果她沒受傷，那麼或許派瑞許沒有抓走她。或許她是跟另一個倖存者在一起。「我們去看看平哥是不是留下了其他腳印。」

結果，他們不必尋找腳印了。

蒂克聞到平哥的氣味，開始吠叫。當克也跟著叫。

傑克是頭一個看到的，在一堆大圓石附近，有一隻大大的德國牧羊犬冒出來。那狗顯然判定他們全都太靠近了，因為他開始猛吠起來。蒂克和當克立刻趴在地上，尾巴緊張地猛搖，好像在鞠躬乞求他的原諒。

「他咬著的那件毛衣讓他們很敬畏。」崔維斯說。

「不，」傑克說，「他是天生的領袖。蒂克和當克只是承認這個事實——雖然我不確定他們稍後會不會測試。」

三個男人叫蒂克和當克待著——其實沒有什麼必要——然後試圖走近平哥，但是平哥朝他們露出牙齒，繼續又吼又吠。

法蘭柯努力回憶他跟大衛．奈爾斯與這隻狗一同工作的那一天，忽然想起大衛是用西班牙語向這隻狗下令的。

「平哥，閉嘴！」他堅定地用西班牙語說。

那狗停止吠叫，看著他，頭歪向一側。「好，平哥，非常好！」法蘭柯用西班牙語說。

從附近某個地方——一開始他們沒有人猜得出是哪裡——傳來一個微弱的聲音：「平哥，沒關係。」用英語和西班牙語各說了一次。

「誰在那裡？」法蘭柯喊道。

「班．薛瑞登。」

「班！我是法蘭柯．哈里曼。你在哪裡？」

「這裡。從岩石裡爬下來——我受傷了，否則我就爬上去找你們了。平哥可以帶你們進來。西班牙語『來這裡』要怎麼說？」

「Ven acá。」崔維斯回答，法蘭柯才想起艾齡的這個表弟是他們三個人裡頭西班牙語講得最好的。

班又講了一次，那狗看著崔維斯，顯然對於這套新的命令有點遲疑。然後他遵從了最熟悉的聲音，其他三個人差點沒看到他爬下的那個位置。

往下看著石洞裡，法蘭柯說：「我們會盡快把你弄出來——」

「別管我了，你找到艾齡了嗎？」

法蘭柯艱難地吞嚥著。「她沒跟你在一起？」

「啊，老天！」班說。「你們得找到她！別管我了！」

「告訴我發生了什麼事！」

「派瑞許——」

「我們知道他殺了其他人——還有其他人逃掉嗎？」

「沒有，」班聲音微弱地說。「除了——安迪和傑西當時沒跟我們在一起，感謝老天。派瑞許今天早上來追我們，砍倒了一棵樹。艾齡把我藏在這裡，想去把他引開，免得他發現我。我——我不希望她這麼做！但是我沒法走路又——」

「我們知道她頑固起來是什麼樣，」傑克說。「她去了哪裡？」

「我想是過了溪。我聽到槍聲，然後平哥跑回來找我，但是或許他只是朝狗開槍——我覺得槍聲之後，我聽到她朝他大喊。」

「你去找她吧，法蘭柯，」傑克說。「崔維斯和我可以在這裡照顧班．薛瑞登。我會聯繫臭嘴哥，看他現在能不能起飛，開始尋找。霧已經散了一些。」

「你會說西班牙語，對吧？」班問法蘭柯。

「對。」

「帶著平哥。他這兩天過得很辛苦，但是他受過搜救訓練。」

「我看過大衛和他工作，」法蘭柯說。「但是我不確定平哥願意聽我的話。」

「他跟任何人合作，都不會像跟大衛合作得那麼好。大衛——」他似乎一時沒法講下去了。「拜託帶著平哥一起去——總是不妨試試看。我想指令是，『去找』，還有問他，『艾齡在哪裡？』要多誇獎他，弄成像是在玩遊戲。不必幫他拴狗繩。我想他跟她特別親；我想他無論如何都想去找她——他一直表現得很擔心。」

「叫臭嘴哥盡快把直升機開上去。」法蘭柯說，然後喊了平哥。

那狗猶豫著，回頭看班。

「要怎麼說，『跟他去』？」班問。

「Ve con él。」崔維斯說。

班又對平哥命令地說了一次，指著法蘭柯。他講了三次，終於，平哥爬出去，跟法蘭柯會合。

法蘭柯看著那條狗現在專注望著他，好像簡直是不耐煩。他努力回想大衛是怎麼對待這隻狗的。

「崔維斯，你抓住蒂克和當克了？」他問。

「都抓住了。」崔維斯說。

「平哥，」法蘭柯用西班牙語說，「你準備好了？」

平哥吠叫，同時搖著尾巴。

法蘭柯遞出他在帳篷裡所發現的那件襯衫，希望艾齡最近穿過。

那狗嗅一嗅。

「艾齡在哪裡？艾齡在哪裡？去找她！」法蘭柯用西班牙語命令道。

平哥吠叫，然後朝小溪走。

28

五月十九日，星期五，上午
南內華達山脈

一開始我沒有其他念頭，只想著要逃。

我茫然跑著，跑進霧中，跑過樹木間。迷霧和森林可以保護我，也同時是我的障礙；既把我藏起來，不讓他看到，但也因為有迷霧和森林，所以我即使竭盡全力，也沒辦法跑太快。

在家裡，我幾乎每天都去沙灘跑步，但是這裡沒有什麼平坦而寬闊的地段。這個高度，這些爛泥，還有崎嶇的地形，都只是問題的一部分而已——我出發時並不是活力充沛且精神十足。不過儘管疲倦，我還是奮力往前跑——難得一次，想到要任憑尼克．派瑞許處置的威脅，就足以支撐我往前了。

一開始，他喊著我的名字，大喊著罵人的難聽話，盡力嚇唬我、擾亂我。

「你不能跑得更快了嗎？」

「你速度變慢了！我就要抓到你了！」

「我接近你了，艾齡！」

我回頭看一眼，腳下絆到樹根而踉蹌；我為了避免跌倒而抓住一根樹枝，手掌和指頭因而刮傷。我在倒地前笨拙地重新站穩。這給了我一個教訓；接下來我就稍微比較小心了。

即使是在地面比較乾燥的地方，腳下的松針還是很滑。我的隨身背包不斷撞著背部。我的健行靴不像慢跑鞋的彈性那麼好，使得我踩著地面的感覺跟以往不同，於是我跑得很彆扭；沒多久，兩隻靴子就像是鉛做的，感覺雙腿沉重又遲鈍。

我開始覺得頭昏眼花。儘管他一開始跟我距離頗近，但最後我覺得自己逐漸跟他拉開距離。我比較少聽到他的聲音，而且聽起來也比較沒那麼清楚。很快地，他的喊叫聲就完全停止了。

我跑著——肌肉疼痛吃力，吸入的氣彷彿是有形的碎片，到達肺部時刺著我的肋骨。我的小腿在抽筋。我的嘴裡感覺上好像充滿了半乾的黏膠，我的手指刺痛。

我減速，但是繼續跑——其實是蹣跚走著。我看不到也聽不見他。這讓我很不安。他人呢？繞路跑到我前方了嗎？或者我已經成功擺脫他了？肩膀的傷終於削弱了他的體力嗎？我很確定我聽到他在附近——然後才發現，我聽到的聲音是我自己奔跑時發出的。

我又滑了一下，恢復平衡後我卸下背包，改抱在身前，像是抱著美式足球似的。背包不再撞著我的背部，但是下回我滑倒時，背包裡的所有東西都抵著我的肋骨。

我繼續跑。我的腦袋無法清楚思考，而且毫無方向感。我是在兜圈子嗎？我再也不確定自己正在逃離派瑞許，而是相信自己正朝他跑去。我聽到小溪的聲音，盡量沿著小溪往下跑，同時愈來愈確定他就在附近，非常近。

我的頭髮因為爛泥和霧而潮溼，奔跑時不斷打著我的臉；我努力把頭髮從眼前撥開。我持續奔跑。

我持續跑，直到自己摔倒——摔得很重。

我不太確定發生了什麼事——雙腿似乎就是忽然軟掉。我摔在地上，還擦傷了膝蓋、前臂、臉。我想起身，但是身體完全不聽使喚；我四肢完全沒有力氣了，到處都在顫抖或發痛，而且覺得反胃想吐。感覺上好像我眨眼間就染上了嚴重的流行性感冒。

我倒地之處是一片林下的灌木叢，聽得到附近的溪水聲。我摸索著自己的水瓶，很驚訝地發現居然還在我的隨身背包裡。我雙手顫抖地打開瓶口喝水，全部喝光光，還是覺得好渴。

我不得不承認，就連恐慌都沒法讓我走下去了。我爬到溪邊，找到一塊平坦的大石頭，離水面沒有幾吋。我趴在上頭，覺得整個世界似乎歪歪倒倒地旋轉著；我全身汗溼，呼吸很痛又很大聲；我的心跳好厲害，腦袋抽痛。就算尼克．派瑞許朝我發射加農砲，我也聽不到了。

這裡的溪水太急，踏進去不安全，但是我彎著脖子，用手掌舀水送到嘴邊；我喝了又喝，渴得來不及花時間把水先過濾——要是我因此拉肚子兩星期，那都該謝天謝地了。

溪水沖到岩石上所濺起的水花，感覺好舒暢；我開始把水潑在自己的臉和手臂和腿上。我把擦傷的手臂伸到水裡清洗，以減緩疼痛。我頭浸到水裡，感覺那冰涼的水沖刷過我的額頭和頭皮，洗掉我頭髮上的污泥。整個人冷靜一些之後，我努力用濾水器過濾水，然後又喝。我趴在那裡，感覺上好像過了好久，實在沒辦法再多做任何事情了。我還是很怕派瑞許會找到我，但是我筋疲力盡又脫水，即使恐懼且想逃走，也還是動不了。

最後，我設法起身開始走；不顧全身每條肌肉和每個關節都在抗議。我走得不快，也不穩，但還是持續往前，搖搖晃晃地離開溪岸。我希望自己能聽到派瑞許接近的聲音，不要被水聲掩蓋了。

但是我實在沒什麼力氣，於是沒走多遠。我在靠近小溪的幾棵樹下看到一批巨石，跟班藏身的那些有幾分相似。此時我已經好一陣子沒聽到派瑞許的聲音了，而想到班，讓我納悶派瑞許會不會跑去找平哥，說不定也會找到班。即使派瑞許沒在找他，他躲在那些石頭裡能撐多久？要是我出了什麼事，有人能找到他嗎？

有個什麼穿過我左邊的樹林間，我搖搖晃晃地朝那邊轉身，心臟怦怦跳。

一隻鹿。

過了一會兒，我覺得又聽到了一架直升機的聲音，但霧還是很濃，如果有直升機從上方飛過，我也看不到。我告訴自己保持冷靜，告訴自己一旦霧散了，傑西就會帶著直升機人員飛到我們的那片草地。

但有什麼能防止派瑞許朝直升機人員開槍？

從空中，他們或許能看到埋屍處，還有地面上的屍體。那個景象會讓他們謹慎的。

我祈禱他們能謹慎。

我等待著。

我感覺自己猛然驚醒，這才發現自己睡著了一會兒，把我嚇壞了。我得保持警戒——但是一時之間我好茫然，不記得為什麼要保持警戒。我從一個充滿槍聲的夢中醒來，夢裡法蘭柯喊著我的名字。我傾聽著，但是只聽到溪水奔流，還有樹上的鳥彼此唱和。

我把思緒轉到眼前迫切的問題。

要是尼克．派瑞許再靠近我，我就得跑，我絕對不能脫水。我站起來，伸展痠痛的肌肉，喝了我濾過的水，花了好像一輩子的時間走一小段路，到溪邊裝水。

吃點東西也會有幫助。我在溪畔找到幾種可以吃的食物根：其他大部分食物我都不確定，而且儘管我有感染梨形鞭毛蟲的危險，但是我可沒打算死在這裡。植物比動物更容易毒死人。

我完全無法四肢協調地移動，又踉蹌回到藏身處。

我還有那把折疊刀。

然後我立刻又有一個想法：為什麼我還有這把刀？

為什麼派瑞許讓我帶著一把武器離開，即使這件武器很小？為什麼他沒拿走我的水瓶和過濾器和我背包裡的其他東西？

也許他沒料到我會有時間使用這些東西；或許他希望更有挑戰。

他為什麼要讓我跑掉？我跑得遠遠不如平常快，但還是逃離他了。或者是他故意放我跑掉的？

他砍倒了一棵樹，或許已經耗盡了體力。他一邊肩膀有傷，或許他追我的時候又開始流血了。

另一方面，他有食物，大概夜裡也睡過了。他沒拖著另一個人去藏身處，沒有花一整夜照顧一個受傷的人。他不害怕，他沒被壓在爛泥裡差點窒息。

我衡量著這些因素，無法判定他是故意放我逃走，還是我至少暫時擊敗他了。我愈想就覺得愈困惑。好像任何思緒都沒辦法讓我專注太久。一個接一個想法掠過我腦中，然後我發現自己茫然瞪著空氣，或者猛然抬起頭，免得自己又睡著了。

我設法回想自己跑離他之前，他的身體狀況如何。他曾給我一連串命令……有關一個女人，叫做……叫做什麼？妮娜·普耳曼。他要我記住這個名字。但是為什麼？

我好累，好想睡覺，但是想到妮娜·普耳曼，讓我沒有睡著，雖然不是非常清醒。

隱約地，我聽到一個男人的聲音在喊著什麼。

我幾乎相信是在喊我的名字，但是不確定。

現在濃霧正迅速消散；在這個空曠的地方，我可能更容易被看到。我緩緩爬回巨石裡的那個狹窄空間。

幾分鐘後，我聽到某個人或某隻動物穿過灌木叢，在我藏身處的下游。是派瑞許嗎？還是另一隻鹿？一隻熊？我不敢從我蹲著的地方起身。

我等著。那個聲音逐漸走遠。或許是一隻動物，我告訴自己。但是我不相信。

我又睡著了，不曉得睡了多久。在遠方，上游的方向，我依稀聽到一隻狗在吠叫的聲音。我幾乎確定是平哥，但是那叫聲中有一種特質，讓我為班和狗擔心。那只可能表示派瑞許接近他們了。

我不想無助地躲著，聽派瑞許可能對他們做什麼可怕的事，即使那只是遠處傳來一個模糊的聲音。

我緩緩離開藏身處。找到一根結實的長樹枝，削尖了。我看著自己的成果，抗拒著丟掉的衝動，即使只因為不想讓自己死得更難看。

我不可能跑了，但是沿著溪岸走時，我還是設法伸展四肢，利用我的自製長矛當登山杖，在一陣陣暈眩中撐著往前走，盡力擺脫那些讓我行動僵硬而緩慢的疼痛。

一次又一次，我聽到靠近小溪的灌木叢裡有動靜；每回我都盡力躲起來，等著，但是什麼都沒看到。

我走的時候，又覺得愈來愈頭昏眼花，而且困惑。那種暈眩出現得更頻繁了，我停下來喝水。我筋疲力盡又害怕——害怕自己對班和平哥能有什麼用？

才剛問了自己這個問題，我就聽到響亮的動靜穿過樹林——比之前大聲很多——隨之是急切的吠叫。但如果平哥在這裡，那班怎麼了？

我發現自己滿心絕望。我從來不確定能不能保住班的命，但是他的死對我來說是沒有準備的一大打擊。我努力恢復自制。「報復那個混蛋！」我告訴自己，抓緊手上的長矛。

我正在想平哥是不是要帶著派瑞許來找我，此時我聽到直升機的聲音。我看不見，但是聽起來大聲得不得了。

我要先趕到直升機旁，我決定——我可能來不及救班，但或許我可以警告飛行員，叫他在派瑞許開槍前趕緊飛走。我開始朝向那聲音移動，但是很困難，因為那聲音彷彿同時來自四面八方，其他什麼都聽不到。我掏出刀子。

我看到自己的側邊有動靜，然後平哥朝我輕鬆地奔跑過來，有個人在他後方的樹林裡移動。

我恐慌起來，一開始踉蹌著要逃走，但是沒時間跑了，於是我蹲在一棵倒下的樹後方，一手拿著長矛，另一隻手拿著小刀。

我希望直升機上的人或許離得夠近，可以在轟然的聲響中聽到我。我極盡全力大喊。

平哥停下來，一臉困惑。

在他身後，一個身影出現了。法蘭柯，穿過樹林而來。

有那麼一會兒，我只是注視著他，不明白派瑞許怎麼有辦法偽裝得那麼像。

一陣大風吹起，颳著樹葉和樹枝，嚇跑了鳥類和小動物。也有點嚇到我。

那陣風過去，但是直升機的聲音還是把我團團包圍住。

奔跑中的法蘭柯減慢速度，或許因為我一手握著一根削尖的木棍，另一手威脅地揮著一把刀。

「艾齡？」

我在直升機的轟然響聲中聽不見他的聲音，但是看得到他嘴唇的形狀。最棒的是，我看得到那對灰綠的眼珠——是他的，不是派瑞許的。我扔掉手中的武器，站起來，伸出雙臂。

他將我擁入懷中，然後我聽得到他叫我名字了。他叫了一遍又一遍。

我大概應該叫他不要大驚小怪，跟他說還有其他重要的事情得做——但是我一時之間失去了智慧和勇氣，有那麼一會兒，我唯一能做的就是哭，同時一遍又一遍喊他的名字，然後誇獎平哥說他好了不起。

29

五月十九日，星期五，傍晚
拉斯皮耶納，聖安妮醫院

醫師們說他們可能保不住班的腿，他膝蓋以下恐怕必須截肢。

這個可能性對班來說並不意外，他在直升機上就提到過了。

當時雖然他一直虛弱且發燒，而且顯然很痛，但是還可以講話。平哥不肯被人拴在不能搆著他的地方，而是靜靜趴在附近，密切觀察他。

「臭嘴哥」戴爾頓提出要送班到最近的醫院——「或者看你想去哪家醫院。」他說，跪在擔架旁。「去近的醫院，很快就能讓你不痛了。但是有時候，哪家醫院最接近並不是第一考慮，如果你懂我的意思。」

「是的，我懂，」班說。我握著他乾燥而發熱的手。他望著我，然後又望著戴爾頓。「帶我去聖安妮醫院吧，」他說。「我認識那裡的一位整型外科醫師。如果必須做截肢，至少他很厲害，知道自己在做什麼。」

他看到我驚駭的表情。

「如果他們得切掉我一截腿，」他說，「不會是因為你做錯了任何事，懂嗎？」

「可是——」

「懂嗎？」

我看著自己幫他包紮得很外行的繃帶，還有臨時的克難夾板。「我應該把所有的凱復力都給你的。」我輕聲說。

「聽我說。造成損害的是子彈，不是你。」

「或許他們不會——」

「別說了，」他說，閉上眼睛。「別說了。」

不要這樣，我乞求上帝。別再給他更多打擊了，他受的苦還不夠多嗎？

「你要我聯絡誰嗎？」法蘭柯問他。「有什麼人可以去醫院看你？」

班沒有立刻回答。

「家人或是朋友？」法蘭柯問。

「不用，」他說，沒睜開眼睛，「不必聯絡誰。謝了。」

他的這個答案，讓我擔心他沒有其他親近的人。面對失去一隻腿是一回事，而沒有親友的支持則又是另外一回事。

法蘭柯一邊手臂攬著我；我頭靠著他肩膀。覺得他好結實、好強壯，好安全。班活著，平哥活著，我活著。

我活著，努力想感覺到別的，而不光是這種糾纏著我的遲鈍感。遲鈍和口渴。我一直在喝水，但好像老是喝不夠。

直升機起飛時，班緊握住我的手。我發現他是想在引擎和螺旋槳的轟然聲中跟我講話。他臉色好差，我解開自己的安全帶，彎身湊近他。

「那個故事。」

我困惑地看著他。

「騎士。」

於是我開始卯足了勁，朝他耳邊大喊，說出一個中世紀德國詩人寫的故事。但是我沒說多久，班抓住我的手就鬆開，腦袋垂向一側。我喊到一半僵住了。

法蘭柯趕緊挪到班的旁邊，檢查他的脈搏和呼吸。

「他還活著，」他跟我保證。「他的脈搏還可以，只是暈過去了。我很確定他非常痛。戴爾頓很快就會載我們回到拉斯皮耶納的。」

傑西注視著我，好像害怕我在飛機上表演的這個古怪娛樂節目會有下一幕。平哥、蒂克、當克的表情則是痛恨這趟飛行的每一刻，無論有沒有人說故事。傑克則微笑喊道：「你記得帕西法爾！」

在執法單位或森林服務處的人趕來那片草地之前，戴爾頓就設法載著我們離開了。他用無線電通知巡山站，說我們有人需要急救，請他們可以去拉斯皮耶納的聖安妮醫院找我們。他簡單地描述了一下草地上的狀況，警告說派瑞許帶著很多武器。

直升機降落在聖安妮醫院，來迎接我們的是一隊醫師和護理師，還有湯姆．卡西迪。是法蘭柯要求他去那邊會合的。卡西迪是拉斯皮耶納市警局危機處理小組的組長，很擅長在高壓力、混亂的狀況中保持冷靜。這位大塊頭的德州人工作的範圍從談判讓人質獲釋，到說服一個要跳樓的人打消念頭，而他的技巧在那一天又受到了考驗。

「每個人都對我很火大，」卡西迪用他德州的拖腔說道，驕傲地咧嘴笑了。「但是你們全都可以先休息一下，讓醫師檢查過再說。」

傑克、崔維斯、臭嘴哥各自牽了一條狗——臭嘴哥是唯一能讓平哥離開班的——下飛機跟崔維斯的律師會合，他以前也幫過我們。在他和卡西迪的努力下，看起來我們沒有人會被起訴，沒有人會收到部門的申誡，也不會失去工作或飛行員執照。

傑西和法蘭柯是第一個花時間回答檢察官和警方問題的，接著輪到我，卡西迪站在旁邊非正式地保護我。我發現自己回答問題時好像站在距離很遠的地方，或許有些地方前後不連貫。我很快就累了，於是卡西迪要求其他人離開。

接著他也得離開了——他忙著要協調種種危機狀況，牽涉的範圍遠超過我當時所能想像。

醫師來治療我的擦傷和瘀青，我問他班的狀況怎麼樣。他猶豫了一下，然後說：「他被送進手術室了。他的腿嚴重毀損又發炎。我們會給他抗生素，但是——」

「什麼樣的抗生素？」我問。

「一種頭孢菌素的組合，你可能偶爾服用過凱復力——」

「凱復力，」我打斷他，臉色轉為蒼白。「凱復力？這種抗生素有用？」

「對，高劑量的時候，」他說，審視著我。「你覺得頭暈嗎？」

「一點點。」我承認。

我想回家，但是醫師要我留在醫院觀察幾個小時，因為我之前嚴重脫水。我被安排待在一張病床，注射靜脈點滴，吃了點東西，很快就睡著了。

兩個小時醒來後，我看到馬克．貝克爾和約翰．沃特斯站在我床邊。馬克是我的老友，也是《快報》的社會記者。約翰是主編。

一位護理師想把他們請出去，但是我說沒關係，讓我跟他們談一會兒。

他們講了一些表達關切的話，但是我太累了，沒有注意聽。然後約翰說：「你知道我們為什麼會來這裡。」

「你們想要這個報導。」

「看到沒？」他對馬克說。「我跟你說過她很專業的。」他轉向我。「我猜想你不會介意讓馬克來寫，總之第一篇先這樣。當然了，你也一定會掛名，但是馬克已經做了很多準備工作，所以——」

「我不介意。」我木然地說。

「你明天進報社——今天好好補眠，但是明天，唔，你十一點之前要到。」

「我不確定——」

「我確定，」約翰堅定地說。「不必我說，你也知道這個新聞有多大——而你就在其中。你的哥兒們卡西迪已經封鎖了你家那條街，但是照樣有五家大型電視台的工作人員把拖車停在街區的尾端。你的鄰居都在抱怨新聞直升機在那一帶飛來飛去。你明天非得進來報社不可。」

我沒浪費時間跟他吵。我知道對他來說，任何事——更尤其是我的心理健康——都不會比這個報導更重要。這就是新聞業的問題，必須搶快，不能等的。

於是馬克問了問題，寫下筆記，但是很快地，我就難以集中精神。馬克一直朝約翰看。

「你講話不是很有條理。」最後約翰抱怨道。

「是啊。莫瑞不是應該來的嗎？」我問，莫瑞是新聞部執行編輯。

「你不在的時候，他離開報社了。所以我現在暫時也得兼他的職務。」

在其他的狀況下，這個人事異動會讓我嚇一跳，還會有滿肚子問題要問。但是眼前我只是打了個哈欠說：「喔。」

那兩個人又交換了一下眼色。

馬克開始問起那些死去的人。但每回我才剛講了名字，就好像忘記自己要說什麼。一次又一次，我聽到爆炸聲，看到滿地散佈著破碎的肉和骨頭，聞到血和煙和泥土。

儘管這些畫面這麼鮮明，我卻沒辦法告訴馬克和約翰。彷彿我的腦子和嘴巴之間有一些障礙物，我就是沒辦法想出字句，把這些事情說出來。很快地，我的腦子就學會從馬克想談的那些畫面跳到別的，比方我坐在巨石間時、天空是什麼樣子，我自製的長矛拿在手裡是什麼感覺，那條小溪的水有多冷。

馬克問：「派瑞許是怎麼拿走那些警衛的槍？」

「馬瑞克和曼騰。」我說。

「是的，你看到他朝他們開槍嗎？」

我沉默了一會兒。

「你覺得我感染了梨形鞭毛蟲嗎？」我問。

「這樣不像你，艾齡。」約翰不滿地說。

「對，」我贊同地說。「我通常都很小心，會先把水過濾的。」

「我的意思不是那個。你不像你自己。」

我又沉默了一會兒，然後說：「我知道。我不確定我還能回到『我自己』的樣子了。」

「那當然，」他板著臉說，「你有了一次很可怕的經驗。但是你必須往前走。」

馬克不敢置信地搖頭。

「是真的！」約翰又說。

「給她二十四小時，沉浸在自艾自憐裡頭吧。」馬克責備地說。「我確定她會很快恢復過來，挽救星期天的A一版。你知道——自己慢慢好轉。等到明天天亮，她就會迫不及待，想找人說出她最深、最黑暗的想法。」

「我沒辦法——我再也不想談這件事了，」我說。「我想他希望我談，所以我不想談。」

「唔，馬克當然希望你談！」約翰說。「但是為什麼你不——」

「不是馬克。是派瑞許。」

這個回答讓他愣住了。

他審視著我，又看了一下手錶。「睡一下吧。你需要的就是這個，睡飽一點。今天你講的這些，已經夠明天的報紙登了。我們明天下午見。」他又打量了我一會兒，然後說：「我也會叫麗迪亞提早到報社。」

我認識麗迪亞．安姆斯很多年，她是在市政版工作一輩子的老員工了。

「謝了。」我說，然後流下眼淚。

「哎呀，耶穌啊！」約翰說。

就在此時，法蘭柯進來了，看到我在哭。馬克和約翰發現他一臉火大，都舉起雙手擺出投降姿勢。光是這樣，就足以讓我不哭了。

「我們馬上就走。」約翰咕噥說，然後他們離開了。

法蘭柯走近床邊，握住我的右手，上頭沒有插著靜脈注射針。他的大拇指輕輕撫摸我的指節。但是我可以感覺到他身上的一股緊張，所以這個手勢並不是表達愛意。而且他灰綠色的眼珠充滿憂慮。

「什麼事？」我說，坐直身子。「有什麼不對勁？」

他重重吐出一口氣說：「班。他們必須截肢。」

「不……耶穌啊，不。」

「他們說手術進行得很順利。」

「我不想聽那個該死的手術！」我喊道。

他雙臂抱著我，害我又哭了起來。他讓我大哭特哭，聽著我痛罵上帝，痛罵自己。

「我當時不曉得，」我說。「我當時不曉得該怎麼做，怎麼幫他——」

「你救了他的命。」

我想著班這會兒還會感激我嗎？然後我說：「我得去看他。」

「他在睡覺，反正醫師大概也不准訪客探視他。」

我往後倒回枕頭上，滿心悲慘。法蘭柯開始跟我說起寇迪和兩隻狗和一些家常事情，我逐漸平靜下來。疲倦又開始控制了我。「別留下我一個人在這裡。」我昏昏欲睡地說。

他關掉天花板的燈，躺在另一張床上，繼續跟我講了大概一分半鐘的話，就睡著了——我自己睡不著，但是並不嫉妒他能休息。

接下來兩個小時，我在睡著的邊緣游移來去。我正夢到行進的血靴子時，電話鈴聲響起。法蘭柯醒來，下床來到我床邊，然後我開了燈，找到了電話聽筒。

「艾齡？我是吉莉安。」

「你好，吉莉安。」我說，喉頭有個硬硬的結。

「我吵醒你了嗎？」

「沒有，沒有。沒關係。」我努力半天，還是想不出接下來要說什麼。

「不曉得我能不能跟你談——不是今天晚上，但是或許明天？你還會在醫院裡嗎？」

「不，我不會在這裡了。我稍後就會回家，」我說，忽然想到我這一夜不會在醫院的病床上度過，意識到我需要熟悉的環境。「但是我明天下午會在報社，要不要我們在那邊碰面？」

「沒問題。幾點？」

「大概四點？」

「好的。」

我們都沉默不語，然後我說：「我很遺憾，吉莉安。」

「沒關係的，」她說，雖然她聽起來並不是沒關係。「謝謝你上去那裡。我——我在新聞裡聽說發生了什麼事。那個男人——班．薛瑞登，他是叫這個名字嗎？」

「是的。」我喉嚨的那個結還是好硬。

「他會好起來吧？」

不，不會的。但是我想到她四年的等待告終了，於是說：「是的，他會好起來的。」

又沉默了一會兒，她說：「唔，那我們就明天見了。」

我簽了所有出院必需的文件，換上了崔維斯很細心幫我帶來的乾淨衣服，這才想到一件事。我拿出我的地圖，把那個太乾淨的山洞位置指給法蘭柯看。「或許沒什麼。」我說，但是給了他這個資訊之後，我覺得比較安心了。

他謝謝我，然後說：「你在填那些文件時，我去問了一個護理師。我想如果不讓你去看班一下，你大概沒辦法放心離開這裡。他睡著了，但是護理師說如果你只去看一下，而且保證不要吵醒他，那就沒關係。」

我抬頭看著他，搞不懂他為什麼總是能預測到我有什麼需要。

「你在山裡沒有拋下他不管，」他說。「我們現在也不會拋下他的。」

「謝謝，」我說。直到我確定自己開口不會哭出來時，我說：「等到我們結婚一百週年時，你想去哪裡慶祝？」

第一個令我震驚的是，我以為班的床尾、被單底下應該是平的地方，現在看起來兩隻腳都還在。「暫時性的義肢。」那護理師看到了我的表情，於是低聲說。

我發現，對我來說，那一刻唯一重要的就是他還活著，而且睡得很安詳，他的臉沒有痛苦得皺起，他很安全，而且雙手比我還管用——但主要是，在這個愈來愈不真實的世界裡，他似乎依然真實存在。我謝謝那位護理師，默默離開。我要法蘭柯帶我回家，在那裡，儘管上空和周圍有種種騷動，但是我在他懷裡平靜入睡，一夜無夢。

30

五月二十日，星期六，上午
《拉斯皮耶納快報》編輯部

我們進入山區這趟不幸的遠征，大部分報導都刊登在星期六報紙的A疊，那些內容就像個特大號的訃聞版。

大部分的星期六，編輯部都沒什麼人，但是我九點半進去時，發現比平常要熱鬧。此時，家裡有電視或收音機、或是買了報紙的一般大眾都知道，儘管警方大規模搜索山區，但還是沒有找到尼克·派瑞許，而且也沒人找得到菲爾·紐立。一般大眾知道我們挖出茱麗亞·賽爾的遺骸之後，這支團隊在未經許可（這個詞常常是平安待在家裡的人所使用）的狀況下，想挖出另一具遺骸，因而踏入派瑞許佈置的陷阱，悲劇地導致拉斯皮耶納市警局的六名員警和一名拉斯皮耶納學院的人類學教師死亡。

啊，大衛。

另外還有一位人類學副教授重傷送到聖安妮醫院，一位《快報》的記者受了些輕傷。這個團隊裡的其他人，包括一隻搜尋犬，則平安無恙。

我想到平哥——他暫時先住在我們家，等待進一步安排——無精打采地趴在大衛的毛衣旁邊。我想到傑西臉上的表情。我還沒看到安迪，但是我相當確定他的狀況也好不了多少。好個「平安無恙」。

法蘭柯坐在離我幾呎處看報。他偶爾抬頭看我，我會朝他露出微笑，然後又回去看空白的電腦螢幕，或者低頭看我的手指。我的手一直在抖，但手指還是放在鍵盤上，希望奇蹟出現。

約翰不太樂意讓法蘭柯待在新聞部，但是派瑞許還逍遙法外，我又神經緊張到極點，如果沒有法蘭柯陪著，我不太有辦法去任何地方。此外，我們家現在只剩一輛車了，所以如果約翰要我來報社，反正也得由法蘭柯開車送我來。

麗迪亞也在，放棄了跟她男友的週末約會，但是看她的模樣，你會以為在編輯部連續上班六天、跟一個沉默的朋友坐在那裡，是她再樂意不過的事情了。我抱怨她不該讓約翰欺負她時，她說約翰沒欺負她，而且我也不能欺負她。

到了十一點，我已經坐在那裡對著我的鍵盤超過一小時。我提早來到報社，因為就像我告訴過法蘭柯的，我想趕緊把這個部分完成、結束掉。但是我根本沒有開始——九十分鐘過去了，我的螢幕還是一片空白。

麗迪亞走過來找我。法蘭柯看了一下，然後就又回去看他的書。

她手前後比劃著，先指著我，又指著自己。麗迪亞的父母是義大利移民，我看過她母親比相同的手勢。那個手勢的意思是：我們之間不必假裝了。

「我們從小學三年級就認識了，對吧？」麗迪亞說。

「對啦。但是你只有碰到要跟我說很殘酷的實話時，才會這樣說。」

她大笑，我沒笑。

「我現在沒辦法再承受任何殘酷了，麗迪亞。即使你只是要跟我說實話。」

「好吧，那我會試著溫柔一點。」

這回我笑了。現在法蘭柯看著我們。

「你現在的這個狀況，」她說，「就是一切都失去控制了。」

我聽到一個輕輕的喀啦聲，低頭看到我顫抖的雙手，於是把我的手指抬離鍵盤。

「你做了一切你能做的，」麗迪亞繼續說。「但結果還是很糟糕。」

「糟到下地獄了。」我贊同道。

「如果你不想把事情經過寫出來，」她說，「我會幫著你跟約翰爭取。必要的話，我們可以一起辭職走人。」

「因為現在報社工作機會多得很。」我諷刺地說。

「因為不值得付出那麼大的代價。」

我想不出該說什麼。

「你不想寫這個報導，因為你認為尼克・派瑞許從一開始就是想獲得注意。」

「沒錯。」

「艾齡，你白痴，你就把他寫成這個報導裡最不重要的角色啊。」

我抬頭看著她。

「你知道湯姆．卡西迪的團隊現在正在做什麼嗎？」她問。

「把CNN和第五頻道的人擋在我的門外。」

「是的，沒錯。但是你知道任何警察局都像個大家庭，所以他也找了一群危機諮商的專家來，想協助拉斯皮耶納市警局的人，處理六個弟兄死亡的傷痛。」

我看向法蘭柯，他點點頭。

「另外，他也在大學裡協調組成另一個團隊，」她說，「準備如果有任何班或大衛的同事或研究生需要談談發生的事情。」

「你怎麼知道這些？」

「一個優秀的市政組主管，就會知道這些事情。」

「順便問一聲，莫瑞怎麼了？」

「他搬去水牛城，跳槽到《水牛城新聞報》工作了。」

「什麼？」

她聳聳肩。「他母親住在水牛城郊區的肯摩村。」

「他沒提早一段時間通知，就這樣突然走了？」

她微笑。「我只遺憾當時你不在這裡，可以看到向來溫和的莫瑞叫瑞格利去死一死好了。」

我大笑。「我不敢相信。」

她在心臟的位置比了一個X。「我發誓是真的。瑞格利氣沖沖走出他的私人辦公室之後，我還因此親了莫瑞一記。他滿臉通紅，紅了大概有四個小時，但是他從頭到尾都咧嘴笑著。我們幫他辦了一個盛大的餞別會，在班尼恩酒館。」

我搖搖頭。「很遺憾我錯過了，我會想好好跟他說再見的。」

「有時候你有機會說再見，有時候你沒機會。這就是為什麼你應該對別人好。」

我沉默了。

「尼克．派瑞許想要獲得榮耀，」她說，「即使《快報》再也不印出他的名字，他也可以從其他電視或廣播媒體那邊，還有全國每一份其他報紙那邊得到。」

我知道她說得沒錯。過了一會兒，我開口了：「在山上時，他追獵我。或者他讓我相信他在追獵我。」

「我想，這就是為什麼我找到你的時候，你手上拿著刀子和長矛。」法蘭柯說。

我這才想到，我沒告訴他太多有關山上發生的事情。他沒逼問我細節，而且大概心中有很多疑問。即使他跟偵訊我的警探都談過，但是以我當時的狀況，他應該不太可能湊出一個清楚的故事。我決心今天晚上要跟他好好長談，但是眼前，我說：「當時我打算去對付派瑞許，我不希望他殺了直升機上的人。」

「什麼？」

「當時我的腦子有點糊塗了，不過現在，我不認為派瑞許打算抓到我，」我說。「我當時不曉得這點，因為我狀況太糟糕，無法正常思考。現在我才想到，你知道，我脫身得太簡單了。那就好像你小時候，有幾個比較大的小孩跟你說他們要玩躲貓貓，然後他們一起跑到別的地方，只有你一個人躲在那裡。其實你被甩掉了。」

「所以派瑞許是故意讓你逃走的。」麗迪亞說。

「是的，我想他希望有個記者倖存，希望有個人逃出來，更增加傳奇性。你知道，由一個害怕他力量的人，去說出這個故事。」

一切就只是這樣嗎？我希望如此，但是連我自己都不太相信。他曾說他會再找到我。茱麗亞·賽爾和凱拉·連恩都有深色頭髮和藍眼珠。或許派瑞許得知我是跟他們一起上山的記者之後，他心裡的目標就不止一個了。

「而且他特別挑出你。」麗迪亞說，嚇了我一跳，然後我才明白她指的是我剛剛說出來的那番話。

「是的。」

「如果你的推斷沒有錯，」她說，「如果他對你真的有一些特別的期待，那就讓他失望吧。你是唯一可以真正做到這一點的人。」

我又花了大約半個小時，才開始寫稿。但一旦我開始，其他一切就彷彿不存在了。我只提過一次派瑞許的名字，往後如果要提到他，我就寫「囚犯」。我發現我其實不必太常寫到他。

我寫了馬瑞克、曼騰、杜克、厄爾，還有鮑伯．湯普森和閃光柏頓，以及大衛在世的最後那幾天。我寫了厄爾的幽默感，杜克在幫他孫子削一個玩具木馬——然後想到我一定要把那個木雕交給他的家人。我寫了閃光拍野花的照片，寫了馬瑞克跟平哥玩，寫了曼騰一直看著照片，想習慣他太太的新髮型。我設法傳達他們是什麼樣的人，讓他們不光是一份被害者清單上的名字而已。也許約翰或其他文字編輯會改，或者用搜尋／取代功能，把「囚犯」改成「尼克．派瑞許」。

但是無所謂。我只能盡力，做我能做的。

我寫到有關發現了茱麗亞．賽爾，然後停下來，在報社的資料庫裡搜尋妮娜．普耳曼。螢幕上出現一張照片，是個深色頭髮、藍眼珠、四十二歲的女人。三年前失蹤的。沒有她被尋獲的相關消息。

我坐在那裡瞪著她的照片，知道派瑞許希望我寫出他跟我說過這個名字。

「法蘭柯？」我說。

「什麼事？」

「第二個墓穴裡的被害人——你想有任何殘留的牙齒沒被炸毀的嗎？」

「我不確定。不過牙齒很硬，所以或許吧。怎麼了？」

「如果他們找到牙齒，而且你們可以找到這個女人的牙齒紀錄，我想你們就可以結掉一個案子了。」

在報導裡，我寫出了實話——第二個墓穴裡的被害人還沒有查出身分。

我交了稿子，站起來，對麗迪亞說：「告訴約翰，如果我明天打開報紙，看到整篇報導裡到處都是尼克．派瑞許的名字，我就不會再進報社了，永遠。這對我們雙方或許都不是太大的損失。」

「沒問題，」她說。「你還好嗎？」

我搖搖頭，吸了一口氣。「告訴約翰我還有更多報導可以寫，但是——」

「你會很樂意拿到別家媒體去寫，」她打斷我。「我想他會明白你有多認真的。」

我寫了一則簡短的電子郵件給馬克，謝謝他昨天對我的支持，然後登出報社系統。

電話響了。

「我是艾齡．凱利。」我接起電話說。

「這裡……這裡有一個人來找你。」樓下大門櫃檯的警衛說。

「一個人？」

「她說她跟你約好了。吉莉安．賽爾。」

四點了。

「我馬上就下來。」我說，掛上電話。

「要我跟你一起去嗎？」法蘭柯問。

我搖搖頭。「這件事，我想我得自己處理。」

31

五月二十日，星期六，傍晚
《拉斯皮耶納快報》

「你看起來好累。」我說，示意她去大廳旁的小會客室。

「我昨天晚上沒怎麼睡。」她說。

當然了，我心想，希望自己接下來幾分鐘不要再講什麼笨話了。

這個房間很安靜，只有頭頂上日光燈的嗡響和空調的聲音。如果世上有灰色的彩虹，這個房間的裝潢風格——地毯、牆壁、椅子、桌子——就是模仿灰色彩虹的風格。一個顏色，數種色調，正符合我的心情。

我們坐下來之後，吉莉安問：「你們還不知道派瑞許在哪裡？」

「對，但是我不認為他有辦法躲很久。我很遺憾他逃走了。」

「我猜想他早就計畫好了。從電視上的報導，你很幸運可以活著離開那裡。」

沒想到我忽然覺得如釋重負，明白我的確覺得幸運，該死地幸運！幸好我當時沒有站在墓穴旁，幸好派瑞許讓我走，幸好他放過我。

這些想法才剛掠過腦海，我就立刻被嚇到了，很羞愧地發現自己居然會有任何一絲欣喜，即使只是私底下在想；很羞愧自己對有關於過去幾天的事情，會有任何正面的感覺。

更糟糕的是，坐在一個母親被謀殺的年輕女郎面前，我竟然會想到這些。而且放我走的那個男人，就是殘忍凌虐、謀殺她母親的兇手。耶穌啊，我居然敢說這是幸運，太混蛋了！

吉莉安一定在想為什麼——為什麼她母親死了，而我還活著。我沒有小孩等著我回家。我低頭看著桌子，不敢看她的眼睛。

她沉默了一會兒，然後說：「我是希望你可以告訴我，有關找到我母親的事情。」

我眼前立刻浮現出一具打開來、腐爛的屍首。臭味瀰漫了整個房間。

「艾齡？」

桌面又回到視線中。房間裡只聞得到檸檬家具打蠟劑，沒有任何臭味。我深吸一口氣，告訴吉莉安一個高度淨化版的狀況，說起平哥怎麼在山上找到了那個墓穴。我無法跟她提起那棵郊狼樹，或是挖掘墓穴的過程。

她靜靜聽著，毫無評論，然後說：「她是不是……屍體是不是……你知道……只剩骨頭了？」

基督啊。

「不是，」我聲音不太穩地說。我艱難地吞嚥，努力說下去。「顯然地，她是在死後不久就被埋葬的。」

「但是我聽說有時候會有動物——」

「不，」我猛然打斷她，又逼自己用比較平穩的語氣，「屍體沒有被動物破壞。」

「我知道問這些好像很噁心又詭異，」她說，「但是警方還沒把她的屍體歸還給我們，所以──所以我沒辦法真正面對這件事。你懂我的意思嗎？我一直想著她在山上那裡，不曉得他對她做了什麼，但是沒有人會告訴我。你知道吧？」

塑膠袋裡的那些拍立得照片。

那些熱蠟。茱麗亞的臉痛苦得扭曲，嘴巴張開尖叫。

我無法呼吸。「對不起，」我設法開口。「這裡好悶。我得去開一下門。」

「我需要有個人跟我說實話，」她對著我的背影說，我站在門邊，靠在門框上，努力想吸夠氣。她的聲音是我所聽到過最接近懇求的口氣。「我必須知道。一直以來，你都對我很誠實。你知道真相，對吧？」

我知道得很清楚。但是如果我告訴一個孩子──其實現在已經是成年的孩子了──我在那些照片裡頭看到了什麼，那就太不應該了。我會撒謊。她可能以為自己想知道真相，但她其實沒準備。沒有人對這樣的真相有準備的。

要是把這件事的所有殘酷現實都告訴她，那就太沒有同情心了。那不是我的職責，甚至也不是記者的職責。聲譽良好的報紙不會登出恐怖的事件照片，也不會敘述一件謀殺案的血腥細節；而是會對死者和他們的家人表達起碼的尊重。

對死者的尊重。

茱麗亞．賽爾——你會希望我告訴她嗎？你這個四年來一直折磨自己的女兒，只為了一句輕率的話？「我希望你死掉。」我告訴她細節，只會加深她的內疚而已。

我轉身面對她，看到她等著我的回答。

我有辦法跟她撒謊嗎？

「有關她發生了什麼事，等到警方和鑑識專家檢查過她的遺骸之後，就會曉得更多。」我說。

「但是你看過屍體。」她堅持道。

「屍體包在塑膠布裡。」我說。

「啊。」她想了一會兒，然後說：「但是塑膠布——你看得到——？」

「什麼都看不到。那是暗綠色的塑膠布——完全不透明。」

她的眉毛緊蹙在一起。「但是他們一定打開來過，看看裡面。否則，他們怎麼有辦法斷定那是我母親的屍體？」

「他們打開來過，但是……但是他們不希望記者靠近墓穴。」我很快回答。

這是對事件的虛假描述，我的良心這麼說。

在某種程度上是實話，我心裡反駁道，但是心知自己的說法站不住腳。

「那兩位人類學家做了判斷，」我說。「然後他們取出屍體，連同塑膠布和其他的，一起放進一個屍袋裡。」

這部分，她似乎還能接受。但是她又問了一次：「他們怎麼知道那是我母親？」

「他們還不確定，」我說。看到她愈發懷疑的表情，我又補充：「但是除了屍體本身之外，還有一些其他的東西，讓整個狀況看起來很可能是她。」

那些是不重要的細節，我心裡那個囉唆的聲音警告道。

「比方什麼？」

「在墓穴裡，他們發現了一只戒指，符合她生前戴的那只，還有衣服也符合她失蹤那天的描述。」

她坐在那裡思索了一會兒，然後冷靜地說：「好吧，那麼，我想我就是得耐心等了。」

「吉莉安，我知道過去四年對你和你的家人來說很辛苦。」

「不，你其實不知道，不是嗎？」她冷靜地說。

「對。」我承認。

「我都已經等了四年。我可以再等幾天、幾星期，或者不管警方要花多久，好讓我得到一些答案。兩年前，一個警察曾勸我放棄，不要再去煩他。他叫我要面對現實。他說他們大概永遠找不到她了——那是湯普森警探，死在山上的那個。他錯了，不是嗎？所以你就知道，我可以等的。」

她起身要離開，然後又回頭看著我。「我沒生你的氣，你知道。我很高興你會報導這件事，這才是重點。或許人們會明白，當一個人失蹤了，重要的是查出發生了什麼事。我母親的死是很重要的，你必須讓每個人都明白這一點。」

然後我慢吞吞回到樓上。法蘭柯從他正在閱讀的那本書抬起頭，看著我說：「傑克剛剛打電話來，醫院那邊准許訪客探視班了。你想過去看他嗎？」

班。這才是我應該專注的對象。是生者，而不是死者。「好的，我只是得清理一下我的辦公桌。」

他走過來，輕輕抬起我的下巴，審視著我的臉。「眼前先不要把自己逼得太緊，好嗎？」

「我沒事。」我說，往後抽身。

我很幸運。

32

五月二十日，星期六，傍晚

拉斯皮耶納

走到醫院的那段路並不長，但是對我有益處；我的肌肉有點僵硬和痠痛，很樂於有這個機會伸展一下。我和法蘭柯默默相伴走過去，但是快走到醫院的大廳時，引發了一陣騷動，讓我覺得很歉意。

有一群記者正站在醫院外頭抽菸。其中一個認出我來，想搶先其他人趕到我面前，可惜運氣不佳。一個記者想甩掉其他記者而單獨走出來，很少能不被發現的。那就像是把一袋爆玉米花丟在鴿子群中——你不可能只餵一隻鴿子的。

我們稍微領先，比那群追上來的記者提前幾步進入大廳，結果碰上了更大一群記者——這些人已經在醫院特設的大媒體室內等煩了，無疑正在策劃要闖到樓上班的病房內，或者如果不成功，也可以伺機跟他的護理師、或工友、或任何可能看過他一眼的人交談。

他們對周圍的病人及其家屬毫不尊重，只忙著朝我逼近，開始朝我大聲提問。

法蘭柯幫我擋住了頭幾個逼近的記者，然後運氣不錯，樓下負責第一道防線的警員認出他來。於是我們只稍微推擠了一下，沒引起太多麻煩，就進了電梯。

到了班的病房那層樓，電梯外和走廊上都有警員駐守。我前一晚看過他們了，但是他們的警戒並沒有讓我特別安心。我意識到，在心底的某部分，現在我不相信有任何警衛阻止得了派瑞許——他就像魔術大師胡迪尼和魔鬼終極者的混合物。他逃掉了，而且會再回來。本地警方很多人不相信派瑞許會再回到拉斯皮耶納，認為他應該會躲到比較沒人認識他的地方。不過大家好像一致認為，班需要有人保護，免得受媒體騷擾。

傑克坐在護理站旁的座位區，正在看一本旅遊雜誌。我們到的時候，他抬起頭來，把雜誌扔在面前的玻璃茶几上，邀我們一起坐下。「有兩個醫師正在他病房裡頭。」他說。

旁邊有台飲水機和免洗保麗龍杯。法蘭柯一直記著醫師交代過我要多補充水，於是就過去倒了兩杯水帶回來。「看你能不能喝得比我多。」他說。

我們聽到電梯口的鈴響聲，看到一名年輕女郎走出來。她看起來二十出頭的年紀，中等身高，苗條且皮膚曬黑了，戴著金屬框眼鏡。她的眼珠是深褐色，一頭短而直的金髮，身穿牛仔褲，揹著藍色帆布小背包。她對著電梯口的警員說話，顯然是報上自己的姓名和身分。她轉身打量了我們一會兒，皺著眉，然後走向護理站。看她表情凝重，我猜想或許她的家人住在這層樓的病房。接著，我聽到她清楚說出「班・薛瑞登」這個名字。

我們三個人面面相覷，然後望著那護理師朝我們點頭。

那女郎猶豫了一下，走到我們坐的休息區。「護理師說，你們在等著要探訪薛瑞登博士。」

「是的，」法蘭柯說。「你要不要跟我們一起等？」

她臉紅了說：「謝謝。我是薛瑞登博士的教學助理，愛倫．瑞奇。」

我們向她自我介紹，然後她說：「啊，你之前也在山上——我的意思是，你救了——」

「我們原先一起在山上。」我說，低頭看著自己的手。

我們陷入一陣尷尬的沉默。她低頭看地板，又看天花板，再看茶几，自己哼歌，雙手的手指輪番敲著大腿，幾分鐘後，她站起來去倒了杯水。

她回來之後，傑克和法蘭柯開始跟她聊天；她告訴他們，她認識班六年了。

「我修了他的一門體質人類學——體質人類學，不是文化人類學——你們知道兩者的差異嗎？我修這門課，只是因為那是專業通識必修科目，」她說，摳著手上那個喝空保麗龍杯的杯緣。「還不到第一個學期中，我就更改了自己的主修。他的很多學生最後都這樣——或許不是那麼快，」她說，臉紅了，然後又趕緊往下說。「他是個很棒的老師。全系最棒的兩個老師就是班和大衛．奈爾斯——」她停下來，猛吸一口氣，放下杯子，然後手指按著眼睛。她喃喃說：「失陪一下。」然後站起來踱步。

她顯然想辦法忍住不哭了。等到她決定再度坐下，傑克問：「你知道班還有其他什麼朋友嗎？」

她皺起眉頭，然後說：「他在其他大學有一些朋友。他好像沒有什麼時間花在社交上。他——原先大家都以為他會結婚，但是結果沒成功——我不認為卡蜜兒真的了解，你知道。」

「卡蜜兒？」我問，想起班在山上的譫妄狀態中說過這個名字。「她的名字是卡蜜兒？」

「對，他們之前住在一起。」她說，露出微笑，似乎對我終於決定加入談話而感到放鬆。

「卡蜜兒不了解什麼？」我問。

「他的工作。需要付出多少時間。而且——這個工作讓有些人覺得毛骨悚然吧，我猜想。真的很可惜，因為……」她的聲音愈來愈小，然後她說：「我大概不該在背後這樣談論他的私生活。」

「我不是要逼你說出他的祕密，」我說。「我只是關心他。」

「那當然！」她說。「雖然你是記者……我的意思是……」

她又回去摳杯緣了。

「他跟這個未婚妻是多久之前分手的？」我問。

「卡蜜兒？我想他們沒有正式訂婚過。」她說。

我等著。

「有好一陣子了，」她說。摳起杯緣的碎片，再度站了起來。「就在上個學期初——所以是今年一月了。」

傑克、法蘭柯、我都交換了一下眼神。「但那只不過是幾個月前。」

她聳聳肩，接著說：「是啊，我猜只有幾個月而已。」她走向垃圾桶。回來時，她沒坐下，只是望著班的病房門。她拿起她的背包，打開來，取出厚厚一疊藍皮本子，遞給我說：「可以麻煩幫我把這個交給班嗎？」

「這是什麼？」

「期末報告。」

「我不認為他有辦法——」

「那當然了。但是——應該由他決定該怎麼處理。我想我得離開了。拜託告訴他我來過。」

「等一下！」法蘭柯說，此時她把那些藍皮本子放在桌上。「你不想看他嗎？」

「我想，」她說，「但是剛剛坐在這裡時，我逐漸明白，班不會想見我的。」她又皺起眉頭了。「或許應該這麼說吧——他不會希望我看到他的。要先讓他有點時間習慣一下——他做了脛骨截肢手術，對吧？」

看到我們一臉疑惑，她又換了個比較清楚的說法：「就是膝蓋以下。」

我們一致點頭，全都說不出話來。

「好吧，」她繼續說，「我對班不是那麼了解，但是我知道他並不喜歡自己看起來很脆弱，而且他痛恨有人憐憫他。要是讓他看到自己的學生可憐他，那會害他很難堪，開始破口大罵的。」

然後她又更輕聲說：「我對大衛和其他發生的一切覺得很難過，也很擔心班會誤會那是憐憫。而且老實說，如果讓我看到班躺在那裡受了傷，缺了一腳等等，我不太確定自己會有什麼感覺。所以我想，如果你們把這些報告交給他批改，會對他有幫助——因為，你知道，他缺了一腳也還是可以做這件事——但是我最好不要在場。」

我們三個還沒從這段話裡恢復過來，她就離開了。

「因為他缺了一腳也還是可以做這件事？」我茫然地問。

傑克開始搖頭，默默笑了起來，法蘭柯一手掩著嘴笑，然後發出小小的哼聲。然後我生氣看著他們，說我確定她是一番好意，這時傑克笑得更兇了，還不斷喘氣——就是那種在你不想笑的時候，卻碰到非常好笑的事。於是我們三個都人笑起來。

此時，班的醫師——一男一女——沿著走廊過來找我們。我們趕緊收起笑容。

「不，」那位女醫師說，「別擔心。」她個子高高的，深色頭髮，衣著考究。兩個醫師看起來都五十出頭。「笑一笑有助於紓解壓力。」她說，一臉令人放心的微笑。

他們自我介紹，男醫師是班的外科醫師葛瑞格．萊里，女醫師則是臨床心理學家喬．羅賓森。

「請坐，」萊里醫師說。「我們談一談吧。」

我們坐下後，羅賓森醫師說：「班已經答應讓我們跟你們談他的病情，但是凱利女士，我知道你的職業，當然我必須告訴你——」

「我來這裡，不是以記者的身分，」我說。「你跟我說的任何事，都不會登在報紙上的。」

萊里醫師點頭。「非常感謝。我等一會兒得趕快下樓開記者會，不然醫院管理人員會剝了我的皮，所以我平常的解釋工作，會有一小部分交給喬。剛剛我跟班說的話，她也都聽到了，如果你們還有其他問題，就打電話到我的辦公室——電話簿上可以查到我的號碼。我想給你們名片，但是現在我身上剛好沒有。」

看他們這麼努力要讓我們安心，我才意識到，自己從看到他們的那一刻就緊張起來。我不得不承認，我很怕看到班醒來後又被截肢，很怕自己的反應不對，很怕做什麼或說什麼會傷了他的心。會不會愛倫．瑞奇其實比我們聰明多了？

萊里醫師跟我們說了一些統計數字，顯然這番話他曾經跟其他病人的親友們說過。大部分我聽了就忘。「根據估計，每個星期全國有大約三千人接受截肢手術，」這會兒他說。「但是儘管這個數字很高，大家對截肢後的認識卻低得離譜。當然，就班．薛瑞登而言，他只知道一次這樣的手術。而且他的想法沒錯，因為每個病例都是獨一無二的。」

暫停一下，他又說：「接下來，我們就只談班的狀況吧。」

他先列舉出對班比較有利的部分。班的年紀還輕，健康，而且很聰明。他有解剖學的知識——甚至是截肢方面的知識。他的主治醫師有豐富的經驗，這家醫院處理班這類病例的成功紀錄非常出色。「而且因為他在大學教書，他的醫療保險涵蓋範圍相當廣——我不得不遺憾地說，在我們能做的義肢、物理治療，以及其他手術後的護理和復健部分，都因為醫療保險的涵蓋範圍而大有不同。班已經從中受惠，因為我們在手術後就可以幫他裝上義肢。」

「立刻？」傑克問。我沒開口，因為不想害昨天安排我私下探望班的那個護理師惹上麻煩。

「是的。一等我們縫合完畢後，就裝上他的第一個義肢了。」

「心理學上，」喬．羅賓森說，「這樣的方法有一些作用。他手術後醒來時，看到床尾有兩隻腳：雖然他知道其中一隻是義肢，但是他有機會慢慢調整，適應自己身體形象的改變。稍後，這隻義肢也有助於他發展出自己的走路方式。」

「所以他以後還能走路？」我問。

萊里醫師看著我微笑。「凱利女士，以他這種截肢、加上理想的義肢，他應該可以跑、跳、游泳、騎腳踏車、踢足球——說得出來的都行。所以，除了一些無法預料的併發症之外，班在手術以前所從事的活動，很少有什麼是他以後沒辦法再做的。」

我想著班的工作，於是另有疑問。「在崎嶇不平的地面健行呢？」

「一位截肢者最近攀登珠穆朗瑪峰成功，」萊里醫師說。「如果班集中精力，希望能恢復以前的某種活動，或是從事新的活動，我可不敢賭他做不到。我的意思不是說他可以立刻做到這一切——他必須先從手術中痊癒過來，然後適應他身體的這個改變。這中間會有疼痛，也會有一段使用義肢的適應期。我不希望你認為我對這些挑戰刻意輕描淡寫。剩下的，我就交給喬跟你們解說，之後要是你們誰有疑問，歡迎跟我聯繫。」

萊利醫師離開後，喬開口了。「或許我們最好先進去看班，免得他又睡著了。」她說。「看完他之後，你們想要的話，我們可以再談。」

我拿起那疊藍皮本子，跟著她進入走廊。

班正在打瞌睡，但是我們一進去，他就醒了，朝我們擠出微笑。「啊，你幫我找來大記者那票人了。」他對喬說。

「你感覺怎麼樣？」我問。

「他們幫我打了好多嗎啡，所以我其實沒什麼感覺，」他昏昏欲睡地說。「那你呢？你昨天看起來不太好。」

「我現在還好。」

「法蘭柯和傑克——我還沒有機會好好跟你們道謝。」

他們兩個都說不用謝。

「平哥怎麼樣了？」班問。

我本來想給他一個開心的答案，然後改變主意。「老實說，我覺得他很沮喪。傑克跟照顧布爾的那個人聯繫了，我們本來想著帶他去看看布爾，或許可以讓他振作一點，但接著我們擔心要是他們又要分開，他會更難受。照顧布爾的那個人不介意多養一隻尋血獵犬，但是他認為平哥……」

「難以駕馭？」

我點頭。「事實上，他用的就是這個詞。」

「是啊，那位領犬員最喜歡用這個詞講平哥。」

「但是平哥並不會不乖啊！他只是——精神很好。」

傑克大笑。「班，他讓法蘭柯和艾齡養的那兩隻狗對他卑躬屈膝的。」

「我相信。」

「我家那隻貓還沒歸順他，」法蘭柯說，「平哥看寇迪不肯理他，好像有點驚訝。」

「寇迪做得好。」班說著露出微笑，但是精神似乎愈來愈差。「艾齡，你已經幫我做了這麼多事，但是還有——」

「你就直說吧。」

「之前我搭大衛的車到機場；我的車還停在他家車道上，是一輛舊Cherokee吉普車。他家備用鑰匙藏在車子的後保險桿左下方，一個磁鐵鑰匙釦上。」

法蘭柯翻了個白眼；他以前曾要我把汽車上一個類似的鑰匙釦拿掉，所以我知道他認為這種鑰匙釦是「小偷第一個會找的東西」。我很感激他沒有跟班說什麼。

「麻煩你用那把鑰匙進去大衛的屋裡，」班繼續說，「車庫裡有一些平哥的玩具。大衛的兩隻狗都各有一個小玩具箱，不是他太寵他們，你知道。你也會看到一個箱子裡頭有他的狗食，還有餵食他的指示——這些是大衛替我準備的。」

「你自己還需要什麼嗎？要不要我幫你拿來？」

「或許稍後吧。」他猶豫著，然後又說：「眼前——」他朝自己的義肢比了一下。「——那個就已經夠我手忙腳亂了。」

法蘭柯、傑克、喬・羅賓森都對這個笑話發出不滿的抱怨聲。

「嘿，」班說。「這個笑話沒那麼差，這是我的第一個截肢後笑話耶。」

我們出了病房後，在走廊上走了幾步，我才發現那疊藍皮本子還在我手上。「我馬上回來，」我說。

正當我要再度踏入病房時，聽到班的呻吟。不大聲，也不是因為看到我又回去（我短暫懷疑過）。他發現我進去時，看起來很難為情。

「結果嗎啡量還是不夠？」

「我以為沒有別人在場。」他不耐煩地說。

「啊，這才是我所認識、而且喜愛的班·薛瑞登。不然我離開這裡之後，還會以為那些醫師把你怎麼了呢。」

讓我震驚的是，他開始哭了起來。

「班……」

「我也不曉得他們到底把我怎麼了，」他說，擦著眼淚，斷續吸著氣說，「狗屎。請別理會我這場小小表演。一定是因為藥物的關係。」

「也可能是你的一部分身體被奪走的關係。」

「現在不要談，好嗎？」他生氣地說。「基督啊。現在不要。」

「好吧。」要屈服並不困難。

「你又跑回來做什麼？」

「愛倫・瑞奇。」

這個名字讓他又恢復自制。「什麼？」

「她來過。我不想重複她說過的每句話。」

「她叫你轉告我，你知道，說『早日康復』，」他說，把她的聲音和表情模仿得唯妙唯肖。

我被他逗得大笑。他也微笑說：「我不是很好心，對吧？」

「對，但是這樣很棒，班。你在我面前不必假裝自己很好心。我知道你是個混蛋，記得嗎？」

「恐怕一點都沒錯。好，我剛剛才發現你手上拿的東西。她把那些該死的期末報告送來了，對吧？」

「唔，」我說，忍不住說：「她的說法是，這件事你缺了一腳也還是可以做。」

他張開嘴巴，然後大笑起來。「我真希望這是你編出來的。」

我搖搖頭。「要我幫你把這些送回學校嗎？」

他猶豫著，然後說：「啊，管他去死。她說得沒錯。或許我還能受得了看這些報告。早晚我要想出些藉口，在每個學期末讓自己打一堆嗎啡。」

我把那疊報告放在床頭小桌上。

「那我明天再來看你，班。」我說，走向門。

「艾齡——等一下。」

「你還需要什麼？」

「你可能——你可能該考慮跟喬．羅賓森談一談——不，不要擺那個臭臉。我是認真的。在山上發生的那些事——沒有人期待你像個小小玩具兵一樣，繼續往前走走走，照樣過你的日子。發生了那樣的事情後，不可能的。」

「我沒事的。」

他的樣子好像還想說些什麼，然後似乎改變主意。「好吧。唔，明天見了。」

「你會好好的吧？我的意思是，自己單獨在這裡？」

「是的。其實呢，我想我需要一點獨處的時間。」

「如果明天之前，你需要找人講話，那就打電話給我。」

我在等候區找到了其他人。「抱歉耽誤了一會兒。我剛剛忘了把那些藍皮本子給他——不過我想羅賓森醫師會說沒有意外這回事。」

「不，而且我從來沒去過維也納。」❻她輕聲說。「很遺憾我們沒有機會談了，我今天下午有個約診。我剛剛跟你先生和弗里芒先生談了有關班的事情，你可以問他們。」她遞給我一張名片。「如果還有任何問題的話，就打電話給我。」

我謝了她，沒看那張名片一眼，就塞進我的皮包裡，然後轉向法蘭柯。「你想我們有辦法去大衛家拿一點東西，而不會惹上麻煩嗎？」

雖然我不想承認，但是我已經陷入麻煩。很大的麻煩。

❻ 大半生居住在維也納的心理學先驅佛洛伊德，其重要理論就是關於潛意識的探討。他認為凡事都是潛意識所造成的後果，沒有所謂的意外。

33

五月二十日，星期六，晚間
拉斯皮耶納

我第一次在拉斯皮耶納看到尼克．派瑞許，是在那天的傍晚。

傑克、法蘭柯，和我離開了醫院，在我家當地的小超市會合，要去買晚餐的食材。我沒幫上什麼忙，因為我太沉浸在自己的思緒裡了。中間某個時候，我才發現自己害怕得始終沒讓法蘭柯離開視線。我覺得慚愧，就逼自己離開他。「我去隔壁走道拿瓶裝水，」我說，等到法蘭柯開始走離我身邊，我又說：「我馬上回來。」我沒理會法蘭柯和傑克彼此交換的眼神。

我正彎腰拿起六瓶裝的礦泉水時，眼角看到派瑞許從走道另一頭經過。他穿著墨綠色襯衫，戴著棒球帽。我只看到了一眼，就立刻大叫一聲，朝反方向跑。

法蘭柯顯然聽到我大叫了，因為我轉彎時，差點把他撞倒。

「他在這裡！」我大聲嚷著說。「他在這家店裡！」

法蘭柯知道我指的不是什麼大明星，於是拉開夾克，準備拔槍。

我匆忙跟他描述那件襯衫和棒球帽。

「你待在這裡！」他說，留下我站在購物推車旁，他和傑克則分別走向不同的方向，小心翼翼地檢查每一條走道，同時我仍在他們的視野之中。其他顧客都開始好奇地看著我們；當法蘭柯突然嚴厲地朝一個女人說：「不要過來！」那個女人變得警覺起來。

我看到法蘭柯全身緊繃，然後放鬆了。「對不起，先生，」他說。「可以請你過來這裡一下嗎？」

他帶著一名頭戴棒球帽、身穿墨綠襯衫的男子進入我的視線。那人的身高和塊頭跟派瑞許差不多，頭髮顏色也相同，但是除此之外，他長得一點也不像派瑞許。「你剛剛看到的是這個人嗎？」法蘭柯問。

我點點頭。

「謝謝你。」法蘭柯朝那名男子說，那男子看著我，好像懷疑我有精神病。

「這是怎麼回事？」他提防地問。

「沒事，」我說，嘴巴發乾。「請原諒我，我認錯人了。」

山區歸來的第一個星期一，我排了休假——約翰很不高興——跟法蘭柯帶著平哥去大衛的房子。大衛家的那一帶是拉斯皮耶納比較舊的區域，大片土地上有一棟棟維護良好的小家宅，我們接近這個地帶時，平哥開始把鼻子探出車窗外，又嗅又噴氣；等到我們轉入他家那條街，平哥就發出哀鳴，焦急地在後座走來走去，尾巴迅速搖動著。

我們把車停在房子前，此時平哥開始吠叫，聲音尖銳而短促。

「安靜。」我用西班牙語說。

我看到對街那棟屋子裡，有個老婦人撥開窗簾朝外看。

我們走向前門時，平哥很乖，但顯然很努力壓抑。一進屋，法蘭柯就解開狗繩，平哥在屋裡四處蹦蹦跳跳又奔跑。

大大的客廳裡家具很少，只有一張沙發和椅子，一台電視和錄放影機，還有書櫃。這個書櫃裡頭放了一些錄影帶，有關狗和人類學的書，還有馬克・吐溫、賽伯，以及伍德豪斯的書。

我正想多打量這間屋子的裝潢，就被平哥分心了。他匆忙地從從一個房間小跑到另一個房間，發出嗚咽聲。他好幾次回到我面前，抬頭看著我哀叫。我開始跟著他。

「他想幹什麼？」法蘭柯問。

我覺得喉嚨發緊。「我想他在找大衛。」

在一個臥室裡，平哥跳上沒鋪的床，臉搓著床單和枕頭；在衣櫃裡，他鼻子湊近每隻鞋內，然後鑽進一堆髒衣服裡；在浴室裡，他嗅了梳子、一把牙刷、排水口，以及馬桶座。

我設法跟他講話，但他只是匆匆離開浴室，進入另一個臥室，裡頭有一個抽屜櫃和一張鋪得很整齊的床。他很快看一圈，嗅嗅枕頭又發出哀鳴，然後進入廚房，法蘭柯已經在裡頭開始收他的食物、餵食指示，以及狗玩具。平哥不理他。

平哥來到離開廚房的一扇門抓著。我打開門，門外是車庫，裡頭堆著幾疊紙箱；他粗略地嗅了一下，就走到後門，瘋狂地抓著，然後開始吠叫。

我開了門，跟著他出去，來到一個有籬笆的大後院，裡頭隔了兩個狗欄。平哥看著其中一個狗欄，又吠叫。那個狗欄寫著「布爾」。

狗欄上沒有鎖，我拉開門閂，那門發出咿呀聲打開。平哥進去，到處嗅，然後又回頭看著我，彷彿希望我能回答一些問題。我蹲下來，回答了我認為他想問的問題。

「他們離開了，平哥。」我說，真希望我從來沒帶他來這裡。

他坐下，默默審視我一會兒，然後又抬起頭號叫——不是他唱歌給大衛聽時那種高而輕哼的音調，而是一種低沉、原始、悲傷的哀號，一種呼喚鬼魂的聲音。

三天後，我偷偷把平哥帶進醫院。我認識聖安妮醫院員工裡一個脾氣很壞的修女，在她的協助以及兩名警衛的合作之下，我們在晚間探望時間結束前不久抵達班的樓層。我一路給了平哥安靜的指令，但是他似乎感覺到自己參與了一項祕密行動。他對特瑞莎修女和兩名警衛充分發揮魅力，一路靜靜跟著我走。雖然我看到他的鼻子拚命嗅，但他沒有堅持要去探查任何必然很吸引他的氣味。

班正在等我們；這次探訪是他的建議，雖然我原先不認為能辦到。平哥這三天一直不吃飯。

「我現在很後悔帶他去大衛家了，」之前我告訴班，「但是我認為，他會這麼沮喪，一部分也是因為他熟悉的每一分子都離開了他的生活——大衛、布爾，還有你。」

班本來不太相信平哥會想念他，但是平哥看到他的反應，就完全打消這份疑慮了。平哥的雙耳豎起，尾巴起勁地搖著。他很快來到床邊，但是很小心，在小聲發出一個興奮的低吼之後，他就用口鼻輕吻著班。

平哥的出現對班也有不錯的影響。好幾天以來，我第一次看到他們兩個這麼開心。

探訪到一半，班的病房門打開，一個漂亮得簡直犯法的金髮美女走進來。她又高又瘦，一對睫毛長長的海綠色大眼睛，高高的顴骨，美妙的鼻子，還有面容的其他一切，讓我納悶有多少女人必須被分配到額外醜一點，才能讓上帝創造出這麼一個絕世大美女。她穿著式樣保守的米色套裝，帶了花——一束明亮的花放在一只優雅的瓷瓶中——很有個人風格，我心想，不是一般花店提供的綠色玻璃瓶。

「我好像來得不是時候。」她說。

「你怎麼有辦法通過警衛那一關的？」班兇巴巴地問。

這傢伙瘋了嗎？我知道她怎麼有辦法通過那一關。

「真的不是時候。」她說，然後要退出去。

「不，等一下，」班說，但我注意到他迅速抓住平哥。「對不起，我不是故意這麼沒禮貌的。進來吧，卡蜜兒。」

原來是他前女友。

她看了床尾一眼，雙眼驚訝地睜大了。

「你看得出是假的嗎？」他問。

她臉紅了，但還是說：「我沒想到他們這麼快就幫你裝上義肢。」

「只是暫時的，」他說。「我來跟你介紹我的朋友。你見過平哥了。」

那狗搖著尾巴；她緊張地點點頭。

「艾齡．凱利，特瑞莎修女，這位是卡蜜兒．葛蘭姆。」

「哈囉。」她說。我們也跟她說哈囉。

一時之間，沒有人說別的話。

「如果你想要的話，可以把花放在床頭桌。」班說，然後有點固執地補充：「如果那是要送我的花。」

她微笑。「是的，我以為——」

「謝謝。」他說。

她放下花，站在床頭桌旁，看了我和特瑞莎修女一眼。

「或許我們該走了。」我說。

「不，留下，」班立刻說。「拜託。我很想念平哥。」

卡蜜兒雙臂在胸前交抱。接下來有短暫的沉默，然後班說：「你最近過得怎麼樣？」

「還好。」她說。

「還在跟那個男朋友——」

「沒有了。不過我想你已經知道了。」

「是的，大衛跟我說了。很抱歉你們走不下去。」

她聳聳肩。「你會在這裡待多久？」

「醫院？大概再兩個星期吧。」

「只要再兩個星期？兩星期之後……」

「沒錯。大概一開始會坐輪椅，但是我已經可以靠雙腳站起來了。或者我該說是單腳？」

「班——」

「仲夏之前，」他繼續說，決心不理會她憐憫的表情。「我就會裝上新義肢。然後會練習適應。」

「如果你需要一個地方住——」

「我不需要。」

「你會住在哪裡？」

他猶豫了一下，然後說：「大衛的律師昨天來過。看起來，他把房子留給我了。」

「但是誰來照顧你？」

他拍拍平哥。「我沒問題的。」

她看了特瑞莎修女一眼，臉紅了，但還是對他說：「如果你想搬回來住——」

「絕無可能。」

「我的意思不是——」

「我知道。」他說。

兩人沉默下來。我想離開病房，覺得特瑞沙修女可能也覺得很尷尬。但是我看了她一眼，這才明白她旁觀得很樂。

「你的工作，」卡蜜兒說。「你顯然沒辦法繼續——」

「為什麼不能繼續？」

「實際一點，班。你有什麼計畫？」

「實際？回去做我原來的工作啊。」

「可是——」

「你認為我沒有能力做？」

「不，」她無奈地說。「只要你下定決心，什麼都做得到。」

「你只是不贊同我的選擇。」

「沒錯，我從來沒喜歡過你的工作，但是在發生過這些事情之後，我以為你或許會考慮改變你的職業。」

「如果有什麼影響，」他氣呼呼地說，「那就是我更加堅定要盡我所能，去阻止像尼克・派瑞許那樣的人。艾齡——除了我們這隊人馬，搜索隊在上頭還發現多少具屍體？」

「班！」卡蜜兒憤怒地說。

「艾齡？」

「十個女人——上回我聽說是這樣，」我回答。「他們認為還會有更多。」

「他們會在那邊忙上幾個月，卡蜜兒。只因為一個男人。而且每一個有女兒失蹤的家庭，都希望知道她是不是其中之一。」

「這個問題我們以前老早討論過了，」卡蜜兒說。「我不懂我為什麼要來，」她走向房門。

「我太傻了，居然以為你可能需要我幫忙。」

「我不是慈善案例，」他說，怒氣回來了。「只是失去一條腿，還不足以讓我——」

「別說了，」她很快打斷。「我懂你的意思了。」

她打開病房門，停下來，又說：「我很遺憾有關大衛的事情。」

他沒吭聲。

「保重，班。」她說。

「你也保重，卡蜜兒。謝謝你過來看我。我是真心的。」

她轉身看著他。

他微笑。「真的，我知道你是好意。你只是忘了我有——」他看了一眼特瑞莎修女。「我有多麼頑固。」

「不，我沒忘，」她說。「這也是我喜歡你的一點。」

他大笑。

她好像忍不住要再說一次，又補充：「拜託考慮一下找別種工作吧。」

他的微笑褪去。「也許你也該找別種工作。」

她離開了。

門在她身後關上時，我們每個人都鬆了口氣。

平哥也模仿我們，大嘆一口氣。

「抱歉，」班對狗說。「那個大概毀掉了你們的探訪。」

「我想他以為自己要留在這邊過夜。」我說。

「雖然我也很願意，平哥，不過我們得等下次了。」

我們離開前，我問：「班，你出院後打算怎麼辦？」

「我還沒想那麼多。大概雇個人來幫我吧。」

我心想，憑他副教授的薪水？他一定是看出了我的疑慮，因為他說：「我只能一次走一步，慢慢來了——」然後咧嘴笑著又說：「而且只有一隻腳——」

「哎呀，老天在上——」

他大笑。

「我是認真的。」

「太認真了。照顧好平哥——眼前這樣就夠了。」

我們又把平哥偷偷帶出去，然後向特瑞莎修女和協助我們的警衛道別。我走過黑暗的停車場時，看到其他的訪客正要離開。我解開那輛Volvo的鎖，手上拿著狗繩和鑰匙和皮包，正在手忙腳亂中，忽然看到尼克·派瑞許。他坐在隔壁那輛車上，看著我。我扔下鑰匙，張嘴尖叫，踉蹌後退，絆到平哥的狗繩。派瑞許會抓到我！

此時我發現自己搞錯了。那不是派瑞許。只是一個男人，在車子裡頭等待。

我帶著平哥上了Volvo車，降下車窗，拍著狗，等待自己的顫抖消失。平哥耐心坐著，沒亂動或亂叫。二十分鐘後，我才冷靜下來，發動車子。

「你不能再想派瑞許了，」我告訴自己。「你得找別的事情分散注意力。」

我加倍認真想著這個主意。

34

五月二十五日，星期四，晚間

拉斯皮耶納

那天晚上我很晚才回家，但是發現法蘭柯、傑克、臭嘴哥、崔維斯都在等著我。

「你們都沒吃晚餐嗎？」我問。

但是每個人都只關心平哥會不會吃晚餐，我想他從來沒有因為肯吃東西就得到熱烈的掌聲。

「有用！」崔維斯說。「班看到他高興嗎？」

「啊，很高興。」我們坐下來吃自己的晚餐時，我跟他們說了醫院發生的事情，只不過略去了我在停車場嚇壞的事情。臭嘴哥問我是否覺得卡蜜兒．葛蘭姆會找個比較成熟型的男人，於是傑克問他要去哪裡找這樣的男人。

「她聽起來不錯。」崔維斯說，然後因為其他男人大笑而臉紅了。

「我想她的確不錯，」我說。「但是班似乎根本不想接受她的友誼——真可惜。讓她幫忙的話，我覺得應該對他比較好。沒了大衛，我不曉得他怎麼有辦法過日子。」

「或許他應該來跟我住。」傑克說。

「你家其實不適合讓人短期借住。」臭嘴哥說。「這是我個人經驗。要讓我在你家那張沙發上再睡個幾晚，我自己都得去開刀了。」

「那個問題可以補救的。」

「一點也沒錯。」臭嘴哥說。「我要回我自己家了。」

崔維斯清了清嗓子說：「我要跟他走。」

「什麼？」法蘭柯和我異口同聲說。

「崔維斯有個想法，他想學開直升機。」臭嘴哥說。「我說，等到他下定決心，我就可以教他。」

「我不會又過了二十年才回來的。」崔維斯趕緊說，知道我最擔心的是什麼。

以前因為家族間的誤會，讓我和這位表弟失散多年，直到最近才團圓，我不想又跟他失聯。

「我只是想花點時間，嘗試一些新的東西。」他說。「不過等到我回來，我大概會自己找個住的地方。」

其他人都看著我，等著看我的反應。「如果這是你想做的，」我說，「那好極了。以後可別成了陌生人就行。」

他變得興致勃勃，告訴我有關他有多麼享受跟臭嘴哥待在直升機的駕駛艙裡，有關臭嘴哥的沙漠僻靜住所，有關臭嘴哥開直升機所做過的工作。

「有聽說什麼派瑞許的下落嗎？」傑克問法蘭柯。

法蘭柯搖頭。「我們接到來自各地的報告，有的是本地的，最遠的還有澳洲的。只要有一個連續殺人兇手在逃，這樣的狀況並不稀奇。大家都覺得害怕，就開始覺得在哪裡都能看到他。」

可不是嗎，我心想。

晚餐一結束，我就跟其他人說我要提早去睡覺，說今天很辛苦，我累了。這是實話——或許不是全部的實話，但畢竟是實話。

但是我躺在床上卻睡不著。我整個人很緊繃，而且悶悶不樂，原因我也說不上來。

相反地，我沒有什麼好不開心的，我告訴自己。我平安無事在家裡，不像一星期前跟我一起上山的其他人。我忘不了他們的臉，而且發現自己特別常想到鮑伯．湯普森，我根本就不喜歡他，而不知為什麼，這樣讓我感覺似乎更糟糕，我很努力想友善地回想他，卻實在對他沒什麼友善之感。

平哥進來了，腦袋放在我旁邊的床上。我拍拍他，直到我聽到他趴在旁邊的地板上，發出嘆息。寇迪也進來了，刻意忽視他，蜷縮在我的膝蓋彎曲處，發出呼嚕聲。

我不記得自己是怎麼睡著的，但是那一夜，我夢到自己站在一片充滿男人碎片的草原上——不是現實中那種亂七八糟的樣子，而是非常整齊、完整的各個身體部位：頭和軀幹和雙手和手臂和腿。全都沒有血跡，很乾淨，不像是真人，而比較像是拆解開來的假人模特兒。在夢中，就要靠我把他們重新組合起來，我覺得自己應該趕快動手，但是那些混合的部位不對勁，我一直出錯。我把不同人的腳接上腿，但是沒法拆開來，又把脖子上的頭接錯了。然後我開始聞到那片真實草地的臭味，死人的臭味，愈來愈濃——那些部位開始腐爛，因為我組合得不夠快。有些腦袋憤怒地看著我，他們快死了，都是我害的，他們說，然後開始喊我的名字，一致憤怒、抗議地齊聲喊著。

過了一會兒，我才發現那聲音是法蘭柯，不是在喊，只是輕喚我的名字，抱住我，撫摸我的背部。我在發抖，然後過了好久，我還是沒法停止顫抖。

「你聞到了嗎？」我問。

「什麼？」

我沒回答，他雙手僵住一會兒，然後他說：「那片草地？」

「對。你聞到了？我以為或許是我的衣服，或是我帶回來的東西，也或許是平哥——」

「艾齡……不，我沒聞到。」

我望著他的雙眼，看到了他很認真，於是說：「我得離開這棟房子。」

「好吧。」他說，對於我的幽閉恐懼症很有經驗了。

我們換衣服，牽了三隻狗，走到街尾。現在已經過了半夜十二點，被分配駐守在海灘上方階梯頂端的警察不太高興，但還是讓我們進入海灘。

月亮高掛天空，儘管不是滿月，但還是亮得足以照清我們的路。我大口吸著鹹鹹的海風，其他氣味遠去了。我看著月光照耀的銀色海面無盡延伸，聽著海浪撲上岸又退去，感覺到我腳下沙子的柔軟彈性，這一切都完全不同於我夢中的山間草地。那些可怕的影像逐漸消失，我開始放鬆了。

此時我更意識到法蘭柯溫暖的大手握著我的，我說：「對不起，你大概需要睡覺，可是卻被我拖來海灘。」

「我也有過難熬的夜晚。你有這麼可怕的經歷，不可能因為你現在回家了，就以為能恢復到以前的樣子。」

「是啊，」過了一會兒，我說：「這一回——我不知道該怎麼回到以前的樣子了，法蘭柯。那些經歷跟著我，嚇壞我了。」

他攬著我的肩膀說：「或許你該找個人談談。」

我沒回答。兩天前的夜裡，我已經把山上發生的一切都告訴他了。他很有耐心地傾聽，雖然很氣派瑞許那樣恫嚇我，而且大概也不贊同我為了班而想把派瑞許引開，但是他沒有為發生的事情批評我或怪罪我。就我來說，他是個完美的傾聽者。所以當他現在說「找個人談談」，我知道他指的是去做心理諮商。

「只是個想法，」過了一會兒他說：「我不是要逼你。」

「我知道。」我說，但覺得鬆了口氣。

「而且你永遠都可以跟我談。」

我把他拉得更近。「是的，我知道。謝了。」我們又走了一會兒，我說：「我想這就是為什麼我不覺得有必要去做心理諮商。我已經有個很棒的老公了，身邊環繞著家人和朋友——我有個支持的團體。但是班，我明確感覺到他沒這麼幸運。」

「前幾天在醫院，喬・羅賓森就是這麼說的。她會去聯絡班的妹妹和他的一些朋友，但同時，他認為班需要我們所能提供的一切情感支持——不過她擔心你不會好好照顧自己。」

「他妹妹住在哪裡？」我問，刻意把談話的方向轉離喬・羅賓森和她的擔憂。

「愛荷華州。」

三隻狗經過，把水甩在我們身上，惹得我們同時咒罵又大笑。接著好一會兒，我們只是散步，看著他們。

平哥非常開心；打從他來到我們家之後，今天絕對是他最快樂的一天。我忽然想到，以他所受過的訓練程度，大衛花在他身上的時間，一定遠勝於我們對自己的狗。這隻狗以前每天要出門幾趟？如果我們沒跟他一起練習，他會失去原有的技能嗎？

這三隻狗在一起相處得很好，鬧哄哄但無惡意地玩在一起——躲避彼此的猛攻，誇張地在沙灘上翻滾，追逐著彼此進入水裡，然後又跑上沙灘來。

法蘭柯說：「我一直在想前門外的台階。」

我停下來。「前門外的台階？」

「我想我可以找彼得和傑克幫忙，建造一條坡道。另外我們的浴室也得做些改變。或許在淋浴間裝一個安全把手，還有一個座位。萊里醫師大概可以給我們一份清單，列出我們自己想不出來的東西。」

「法蘭柯——」我艱難地吞嚥著。「你之前不得不跟我二十五歲的表弟住……」

「就像他那個年紀大部分的小夥子一樣，崔維斯有很多事情要忙，不會成天待在屋裡。你知道我從來不介意他來跟我們住的。我喜歡他。」

「但是班——他會有各種問題，法蘭柯。事實上，這一切開始之前，他就已經有一些問題了。這段時間並不是班．薛瑞登人生裡的順境。」

「你不喜歡他嗎？」

「如果是上星期，我的答案會是『對』。」

「那現在呢？」

「我想我看事情的眼光不同了。情勢迫使我花一些時間跟他在一起。現在是他人生的最低潮，但是似乎引出他性格中最好的那一面。」

我們轉身回頭走。法蘭柯說：「在山上的時候，我比派瑞許更早找到你，就是因為班。即使他當時痛得神智不太清楚了，但是他想到要叫平哥跟著我去找你。」

「你反正無論如何都會找到我的。」

「或許吧，」他說。「但是誰曉得呢？有脫逃的派瑞許在那山裡，我可不想冒險。你知道那句救了一條性命的老話嗎？」

「接著你就對那條性命有責任？你想建議班應該來我們家住，用這一點可沒有辦法說服我。」

「沒錯，但是你們兩個之間現在有某種連結了，只因為你們兩個一起倖存了下來。」

「連結？法蘭柯，或許我該講清楚──」

「不必了，」他堅定地說。「這一點我毫不懷疑。」

「為什麼？」我問，然後他大笑。

「別擔心──我相信你對其他男人很有吸引力。」

「所以你認為班是同性戀者？」

「不，如果是的話，我認為愛倫．瑞奇小姐一定會說溜嘴的。」

「那倒是真的。」

他微笑。「而且有關卡蜜兒．葛蘭姆，不會是你編造出來折磨臭嘴哥的，對吧？」

「對。所以是為什麼？」

「我信任你，」他說。然後一臉頑皮地補充：「此外，娶你這種女生是有某些好處的，你們骨子裡永遠都是天主教徒──我從一哩外就能看到你的內疚。」

我張開嘴巴想抗議，但又閉上，然後咕噥道：「你說得沒錯。」他聽了又大笑。

所以我們決定，讓班跟我們一起住會對他比較好。不過要說服班可沒那麼容易。

但是法蘭柯照樣著手在房子內外做了些改變，說這樣以後班來訪時會比較輕鬆。我們都希望班會改變心意。

那位住在愛荷華的妹妹打過一次電話給班，說聽到他的狀況很遺憾，但是她也無能為力。她負擔不起來加州的旅費，而且她男朋友可能隨時會求婚，所以嚴格來說，現在不是她離開愛荷華的好時機。班告訴我，光是打這通電話，都已經超過他對這個妹妹的預期了。

他已經搬到醫院裡的另外一區，開始進行折磨人的物理治療。在那兩個星期，他接到全國各地朋友打來的電話，但他總是跟他們說不要費事跑來看他了。

一如我的期望，我那兩個星期很忙。編輯部其他同事聽煩了約翰誇讚我的產量，開始暗示我可以隨時慢下來。

不，我沒辦法。

畢竟，我還在逃命，就跟在山裡時一樣。派瑞許似乎無所不在，坐在餐廳裡的其他桌，在擁擠的人行道上經過我旁邊，在球賽體育場的階梯上往下走。他會在我進入一家書店時正好走出來，會在我下班後跟朋友去酒吧裡喝一杯時站在陰影處，會在我沙灘慢跑時站在碼頭上盯著我看。我搭巴士時，他會在車上的後方；我走路時，他會開車經過我旁邊。我有回還看到他在我前面走進電梯，於是我就走樓梯爬四層樓上去。

反正我向來不喜歡搭電梯。

雖然我每次都跟第一次那樣嚇壞了，但也逐漸學著不要尖叫或跑掉或用手去指——而且不要告訴任何人我為什麼會忽然臉色轉白，完全不要告訴任何人相關的任何事。這種狀況，即使我知道如果我每次都告訴法蘭柯，他也不會因此看輕我。但是沒有差別，我自己就會看輕自己。

我不上班時，就會去探望班，或為他的出院做準備。我獨自去大衛家打掃，沒帶平哥，以防萬一班還是堅持要回去住。我問過班是否希望我處理大衛的東西，他說不用。「除了——你可以幫我帶一些訓練錄影帶過來嗎？我想特瑞莎修女會幫我弄一台錄放影機過來。」

「你賄賂修女？」

「你哪有資格說？你都把狗偷渡進來過了。」

「什麼訓練錄影帶？」

「就是平哥和搜救犬社團的。那個社團會拍一些他們的訓練過程，好研究狗的工作方式，以及領犬員和他們的合作方式。大衛以前老是在看這些錄影帶，都放在書櫃裡。」

「所以你打算繼續去參加那個搜救犬社團，繼續帶平哥做尋屍犬工作？」

他低頭看著自己的左腳，然後一臉堅決地說：「對。如果平哥決定他不要跟我合作，沒關係。但是大衛花了很多時間訓練他，我能幫大衛和平哥做的，就是至少試試看。而要教我怎麼跟平哥合作，最好的人選就是大衛了。」

一開始，看那些錄影帶讓班很心煩，我在旁邊也看得心煩。錄影帶裡是大衛最厲害、最快樂的時候，也讓我們想起自己失去了一個多麼了不起的朋友。看到平哥跟他合作，顯然他們溝通得非常好，他可以讓平哥的智慧和能力發揮到極致。

自從大衛過世後，我心想，平哥一定相信自己困在一群笨蛋裡頭。

中間看到一半，班把錄影帶暫停。我聽到他忍住一聲嗚咽。

「你要不要等到你覺得好過點再看？」我問。

他搖搖頭。「大衛的死，我永遠不可能好過的，只能努力習慣。」

他又按了播放鍵。他看的這捲錄影帶是夏天拍的。影片的末尾是一段包括狗在內的歡鬧游泳派對。我和班一起看著平哥在游泳池內的滑稽動作，正在大笑時，我忽然看到了某個畫面，猛吸一口氣。

班聽到了，又暫停錄影帶。「怎麼了。」

「對不起——我原先都不知道。」

他看著螢幕，看到了讓我嚇一跳的是什麼。「你的意思是，他的背部？那些疤痕？」

「對。」

「最嚴重的是一個電熱器造成的。」

「是意外嗎？」我抱著希望問道，但知道不是。

「不。大衛遭受過家暴。」

我說不出話來。

「他跟這個社團的人在一起，一定是覺得很安心，」班繼續說。「他通常不會在別人面前脫掉衣服的。而且除非他碰到其他也遭受過虐待的人，否則他絕口不提自己的童年。」他暫停。「拜託別跟其他任何人提起這件事。」

我保證不會說出去。「我開始明白，為什麼他不認為要因為派瑞許的童年不幸而原諒他。」

「沒錯，」班說。「我們以前總是為這個辯論。大衛是一個很明顯的例子，證明不是所有受虐的兒童後來都會變得人格扭曲，證明很多兒童克服了童年的恐懼。但是我老是告訴他，不是每個人都有那樣的心理素質，不是每個人都那麼堅強。不是每個人都能克服家暴的陰影。」

我想到尼克・派瑞許。「說不定有少數人根本不想克服。」

「或許吧。」

他再度按下播放鍵，又回去繼續看大衛了。

35

五月三十日，星期二，午後

拉斯皮耶納

飛蛾站著不動，觀察、傾聽著。

車庫的後門隱藏得很好。有一道高高的籬笆，還有一排樹為狗欄提供遮蔭。狗欄裡是空的，而且很乾淨。

一隻鄰居的狗在吠叫，但是好像沒人注意。在一個非假日，白天的這個時間，大部分居民都去上班，小孩也都去上學了。

對街有個老女人可能會湊巧看向窗外，看到這個死去的鄰居家，但如果是這樣，她也很難描述進入後院的這個人。一個修理工吧，她可能會這麼判斷，因為飛蛾提著大大的工具箱（其實裡頭大半是空的）、穿著深色連身工裝服和靴子、戴著皮革工作手套、鴨舌帽拉得很低遮住臉。她可能還會注意到此人跛著腳。

飛蛾彎腰打開工具箱，暫停一會兒，把玩著裡頭的一套戰利品——兩個油箱底部的塞子。這些曾浸泡在燃料內的小塊金屬，並不是每個人都會視之為寶物，小尼克要是知道飛蛾還留著這些沒丟，大概會生氣。不過小尼克又不在這裡，不是嗎？

這些小小的寶貝原屬於直升機下方。把它們拿走，飛蛾就能確保最靠近那片草地的森林服務處直升機無法升空。

報紙上甚至還額外登了一篇文章，談這個計謀有多麼巧妙。這篇文章飛蛾每天早上都會閱讀一遍，幾乎像是晨禱文似的——但是那文章當然不是晨禱文，而是一個絕妙的致敬，即使功勞是歸給小尼克。

畢竟小尼克曾經教過飛蛾這個破壞直升機的方法，以及其他的方法。不過做決定的是飛蛾。而且飛蛾成功了。

飛蛾很以這個成就自豪，不光是因為完全奏效，也是因為那真的是一個思慮縝密的破壞行動，具備了飛蛾喜歡的精巧。拿掉一個油箱底部的塞子，不必破壞其他，就可以讓一架直升機留在地面，上不了天。

那隻鄰居的狗又開始吠叫了，於是飛蛾回過神來，將那兩個油箱塞又放回工具箱。飛蛾拿出一根撬棍，幾秒之內就進入車庫了。

飛蛾把工具箱放在門的內側擋著，好讓門保持關閉，接著開了燈，傾聽著那柔和的「叮叮叮」，然後頭上的日光燈嗡響著亮起。

這個車庫裡乾淨而井井有條。許多紙箱沿著一面牆堆著，上頭標示著各個房間：廚房、臥室、浴室、車庫，以及紙箱數量最多的書房。出於好奇，飛蛾更仔細地探查那些紙箱。每個頂端都貼了一張印著地址的小貼紙，就是那種募款郵件常用的名條貼紙。這兩張貼紙上都有美國國旗，印了兩個名字：班．薛瑞登和卜蜜兒．葛蘭姆。上頭的地址不是這裡。

班．薛瑞登。飛蛾知道小尼克很氣班．薛瑞登。他以為自己已經殺了班．薛瑞登，但結果他只是受了傷。

暫時的而已，飛蛾心想。早晚他得離開醫院。而可憐的小尼克，他不能去醫院！飛蛾很想安慰他，但識相地忍住了。小尼克氣得不肯接受任何安慰。事實上，飛蛾心想，你真的不能安慰小尼克。他不需要任何人，連他的飛蛾也不例外。

飛蛾皺起眉頭，摳著一個標示著書房的地址貼紙。很容易就摳起來了。飛蛾開心地把貼紙放進口袋，然後利用一把大美工刀把封住紙箱的膠帶割斷，打開來打量著裡頭的東西。書。甚至不是飛蛾預料的書——有關法醫人類學，裡頭可能會有死屍照片——而是一堆蠢書，珍．奧絲汀和詹姆斯．鮑德溫和查爾斯．狄更斯和格萊安．葛林和芙蘭納莉．歐康納的書。還有奧登、狄金森、艾略特、豪斯曼、休斯、聶魯達、愛倫．坡的詩集。

就是任何高中生被迫要讀的那些無聊舊書！任何公共圖書館都有這些書，為什麼還要買？而任何一個人對當時的生活有什麼要說的？什麼都沒有！這些作者碰到過像小尼克和飛蛾這樣的人嗎？沒有，從來沒有！

飛蛾厭惡地闔上紙箱，進入屋內。車庫和屋子之間的門沒鎖上。飛蛾踏入廚房，然後呆站著不動。

有人來過了。飛蛾看得出這個房子有人打開通風過。飛蛾深吸一口氣，想讓屋裡的氣味說出故事，小尼克就可能會這樣做。

還是有狗味。要是你讓狗住在屋裡，即使是訓練過的狗，也還是會留下氣味。飛蛾盡量不要讓這點干擾自己，繼續往裡面走。廚房有清潔產品的氣味——氯和含檸檬的清潔劑。飛蛾打開冰箱。裡頭的架子很乾淨，沒有牛奶或肉類或其他可能腐爛的食物。只有幾個罐子和一盒打開的小蘇打。

垃圾已經清掉了；廚房的垃圾桶裡套著一個新的白色塑膠袋，裡頭唯一的東西是一團揉皺的紙巾，散發著玻璃清潔劑的氣味。

飛蛾緩緩在屋裡行走，於是明白，有個人在屋主死亡後進來過。誰？死掉的那名男子雇了女傭嗎？不，他只是在大學裡教書，不會有錢雇人幫他打掃房子。

飛蛾不但知道這一點，還知道死者屋主的各種其他事情，甚至大部分人都不會知道的私密。死者的母親在他兩歲時去世；從此整個童年都飽受酒鬼父親的凌虐——要是那片草地上有他比較大的屍塊，調查人員可能會看到那些疤痕。

死者的父親揍人總是挑可以用衣服蓋住的地方。這些事實可能會嚇壞另一個人，但對飛蛾的效果卻不太一樣。飛蛾對掩蓋的疤痕太清楚了。

就像很多遭到家暴的小孩，大衛・奈爾斯是個好學生，小時候總是努力討好別人。他父親在他十來歲時死了。他被送去跟他未婚的老阿姨住，她在新墨西哥經營狗類繁殖場。他愛狗，愛他阿姨。她送他上大學，在那裡，他遇見了比他大一兩歲的班．薛瑞登。

飛蛾知道，班．薛瑞登對體質人類學的熱忱使得大衛．奈爾斯改變了主修。奈爾斯讀研究所讀到一半，為了照顧臨終的阿姨而休學。她病重時沒法照顧狗，就安排好收養的人。但是她自己，除了外甥之外，沒有人會照顧她。她死後，他回到校園完成博士學位，然後在班．薛瑞登的協助下，在拉斯皮耶納大學得到了兼課的機會。就在他死前，已經取得了正式教職。

飛蛾也知道，大衛．奈爾斯——不，飛蛾決定，還是稱他為死者吧——從阿姨那邊繼承了一小筆遺產，用來買下這棟房子，蓋了狗欄，而且補貼他購買、訓練、裝備、餵食，以及其他相關照顧兩隻大型搜尋犬的費用。

帶著小尼克上山的那群人，飛蛾對於每個成員的事情都知道很多，但是對於死者的了解更勝其他人。這位死者曾是飛蛾的特別項目，所以來死者家裡的這趟搜查是有必要的。

在客廳裡，飛蛾聞到了一股檸檬家具亮光劑的氣味，還有地板上的狗味。

她的嗅覺跟小尼克差得遠了。小尼克分辨各種氣味的本事，比任何活人都要厲害。飛蛾對這一點深信不疑。

要是小尼克知道飛蛾曾忽略了一個非常、非常小的細節，一定會很生氣。但是飛蛾打算來處理掉，小尼克永遠不必知道。

飛蛾想著工具箱裡的那兩個油箱塞，很不解為什麼有祕密瞞著小尼克會讓人這麼興奮。

但是沒多久，飛蛾就不再覺得興奮了，而是恐慌。飛蛾要找的東西應該是在客廳，但是沒看到。忽然間，本來似乎是非常小的細節，就顯得非常大了。

屋裡有這麼多東西，為什麼偏偏這一樣會不見了呢？

警察知道了嗎？他們已經推測出關連了嗎？

有人敲了一下門。飛蛾僵住，然後盡快進入一間臥室，躲在衣櫃裡。飛蛾必須殺掉門外那個人嗎？小尼克一定會氣死——飛蛾來這裡不是小尼克吩咐的。否則小尼克就會事先計畫好，會預見到這個！如果門外的人繞到後頭的車庫，發現了那個工具箱呢？

漫長的幾分鐘過去了，飛蛾一直想著那個工具箱和裡面的油箱塞，覺得想吐，非常想吐。門鈴響了。

飛蛾整個人蜷縮成一個小球。

接下來安靜了好久，飛蛾才鼓起勇氣站起來，離開衣櫃。

飛蛾很快地搜尋了一下兩間臥室和浴室，飛蛾想找的東西不太可能放在浴室。

那隻鄰居的狗又開始吠叫了。飛蛾已經失去了任何殘餘的勇氣，趕緊離開屋子，去車庫拿了工具箱，匆忙離開死者的房子。

開車離開時，飛蛾沒花時間去看那老女人的屋子，確認她是否在窗前窺看。飛蛾腦子只有一個念頭，強烈到成為一種唸經似的咒語：

別告訴小尼克！
別告訴小尼克！
別告訴小尼克！

36

五月三十一日，星期三，上午
拉斯皮耶納

愛倫．瑞奇打電話來報社給我，說有個人撬開地下室的一個窗栓，闖入班的辦公室。

「有東西被拿走嗎？」

「以我看是沒有。要不是我想鎖住窗子，可能還不會發現有人進來過。但是等我發現鎖被撬開，四處檢查了一下，就可以看到有東西被移動過，你知道，徹底翻過那種。尤其是有些架子，還有書桌的抽屜。」

「你跟校警說了嗎？」

「說了，但是我不相信校警明白其中的含意。」

「跟尼克．派瑞許有關。」

「我就知道你會懂！你會跟你先生說吧？」

我打給法蘭柯，他派了一名警探和一名鑑識人員到那所大學去，又派了一輛巡邏車去大衛的房子，結果發現那裡也有人闖入過，顯然是撬開車庫的後門。我通知班這事情，說我會去房子那邊，或許能看出失竊了什麼。

法蘭柯跟我在那邊會合。這種案子本來可能派巡邏車過去看一下就行的，但因為尼克・派瑞許可能跟這樁闖空門有關，所以我到的時候，鑑識組人員已經在忙了。

「有指紋嗎？」我問法蘭柯。

「沒有，但是在這裡的門上和大學那邊的窗栓上，他們希望能找到一些工具痕跡。」

「在同一天，班的辦公室和家裡都有人闖空門，不會是碰巧的吧？」

「對，尤其兩樁闖空門都沒有東西失竊。這裡和辦公室都有一些值錢的東西，但是都沒被拿走。」

「班有什麼東西會是派瑞許想要的？」

「我們還不能確定這是不是派瑞許。」

我瞪著他。

「沒錯，我的想法跟你一樣，但是我們必須對其他可能性保持開放的態度。」他說。「你提到過他的前女友。」

「卡蜜兒。不要假裝你忘了她的名字。」

他大笑。「好吧，卡蜜兒。他們兩個之間有一些舊怨，對吧？」

「有一點，」我承認。「但是我很難想像這個穿著光鮮絲綢套裝的女人，會從一扇地下室的窗子爬進去。」

「儘管如此，我還是會打電話給班，問卡蜜兒在哪裡工作。我會想跟她談一下。」

「我打賭你會想。」

此時負責這個案子的警探走過來。「對街的鄰居說，她稍早看到一個修理工在這裡。你們兩個有誰曉得薛瑞登博士有找人來修理什麼嗎？」

「沒有，」我說。「他沒有。」

「那個鄰居說，修理工一來就直接到後院去。他知道薛瑞登博士在住院，所以她就起了疑心，過來敲了門又按電鈴。但是都沒人應門。」

「那是幾點的時候？」法蘭柯問。

「中午過後不久。她正在看一點播出的肥皂劇，趁著播廣告的時候過來，所以也沒待太久。」

「有這個修理工的外貌描述嗎？」

「不多，除非你把『一個戴帽子的白人男子』也稱之為描述。她對身高和體重完全沒概念——講法改了三次。」他暫停一下又說：「一開始，她以為這個人要走向前門，還以為薛瑞登出院回家了。她說這個修理工跛著腳。」

法蘭柯揚起雙眉。

「沒錯，」那個警探說。「我也是這樣想。從舊金山飛過來的航線每小時有一班。」

「誰在舊金山？」我問。

「菲爾．紐立——其實是在舊金山北邊，不過離舊金山市不太遠。他去那裡看他妹妹。」

「對街的女士還說，他認為那跛腿看起來是假裝的，但是她不記得跛的是哪一邊的腿。」

「又多了一個我們想談一下的人了。」法蘭柯告訴他。

「不是卡蜜兒，」班堅持道。「不可能。她絕對不會做這種事情。何況，我也沒有任何她想要的東西。」

「儘管如此，我還是想追查一下。」法蘭柯說。

班很不情願地給了他卡蜜兒公司和家裡的地址。「如果因為某些無法想像的原因，是她幹的，我不會對她提出控告的。」

「你們當初是心平氣和地分手？」法蘭柯問。

班沉默了好久，才說：「不是。」

「謝謝你的誠實，」法蘭柯說。「就像你剛剛說的，大概不是她。」

法蘭柯打電話到報社給我，跟我說卡蜜兒．葛蘭姆那天沒去上班。「事實上，」他說，「她已經辭職了。我們去她家找到她，她說過去幾天她都因為感冒而待在家裡休養。她的聲音聽起來的確有點鼻塞。」

「你看到她了？」

「對，」他說，一副好笑的模樣。「她是個美女，不過我比較喜歡褐髮女郎。」

「即使這個學期的課結束了，你能想像一個長得像卡蜜兒那樣的女人穿過校園，都沒人發現嗎？年輕的男大學生對這種女人不是都有雷達嗎？」

「為什麼，艾齡！我想你這話有性別歧視的嫌疑。」他說。

「你還成了女權專家呢。你明明知道我的意思。」

「任何事都有可能，任何人都有可能。我只是希望你記住這件事。」

班出院的日子愈來愈接近了，他還是宣稱他不想造成我們的負擔，但是他也沒有太反對。他飽受幻肢和幻肢痛之苦，覺得很喪氣。

萊里醫師警告過他這兩種現象很常見，尤其是在手術剛結束後。幻肢讓班「感覺」到他已經不在的左腿下半部，包括他的左踝、左腳、腳趾，都好像還在似的。有天早上，在半睡半醒間，他相信他的左腳還在，結果他下床時摔下來。雖然一邊臀部和肩膀都有瘀青，幸好他的腿沒有進一步損傷。另外一次，他的左腳趾癢得要命。我甚至還幫他抓了義肢，好減緩那種癢——結果沒有用。他癢了三個小時，那種感覺才自行消失。

這種失去的肢體又「出現」，是一種詭異的感覺。班說，但是不見得是壞事。幻肢痛就是另外一回事了。開刀後沒多久，班的左腳和腳踝就抽筋。但是因為根本不存在，他也不曉得該怎麼做才能緩解。

有時，會有一個護理師進來幫他按摩「殘肢」，也就是他左下截腿剩下的部分。那個地方碰了就痛，而且因為開完刀而腫起，但是按摩似乎有幫助。

他跟我們說，他覺得深夜更容易幻肢痛，當他獨自一人，疼痛會出現在一些特定部位——有時是小腿肚一種刀刺似的劇痛，有時他覺得好像腳被電擊。偶爾痛得厲害，止痛劑可以緩解——他告訴我，害他擔心自己是註定要對嗎啡上癮了。

那是他住院期間最糟糕的幾天。不過整體來說，他對未來的想法似乎很堅定。

「我希望能靠自己打理生活。」他說，每回我們提起要他來跟我們住時，他就這麼說。

「我們也希望，」我說。「我們又不是要你永遠住下來。我甚至不曉得六個月後你是不是還應該住在我家。」

他大笑。

「無論你是不是搬去，我們都會支持你的。這個你知道吧？」

「知道。」他說。

「差別在於，搬去我們家的話，每次我們要拜訪之前，你就不必打掃了。」

「我會考慮的。」他說。

我們接到有關奧勒岡州的消息那天，他決定出院後跟我們一起住——不是因為他怕尼克·派瑞許，他告訴我，而是因為我怕。

37

六月一日，星期四，下午
東奧勒岡

那個接待員，派瑞許決定，非得除掉不可。每回她以為他沒在注意時，就會盯著他瞧。白痴。他總是在注意的。

她很怕他，他知道。他跟她發過一次脾氣，是他第一次來這裡的時候。從此她還能保住一條命，完全是因為他的容忍。

一名護理師打開門朝他微笑。「肯特先生？」

肥母牛。到底有什麼好微笑的？或許也該把她除掉。或許等到他離開奧勒岡時，全州一個女人都不會留下。完全有可能，他心想。等到那個護理師幫他量血壓時，他露出微笑。

她終於離開，留下他獨自等著那個蹩腳的爛醫師來幫他看病。衰弱而蹣跚的老蠢蛋，大概沒本事在大城混出名堂，派瑞許心想。他等著那個老頭出現之前，為了打發時間，就幻想著這位醫師的過去。他因為幫人非法墮胎，失去了醫師執照，逃到這個小鎮上——這裡大家都不懂，沒有人會質疑他的假學歷和假執照。派瑞許完全被自己說服了，還仔細研究起牆上那張古老的執照，此時醫師剛好走進來。

「很老，不過是真的，就跟我一樣，」那醫師說。「我們看一下你的肩膀吧，肯特先生。」啊，來吧。

「現在似乎癒合得相當好，」醫師說。「疤痕組織就沒辦法了，但是你很幸運，傷得不嚴重。唔，我不會教訓你不能輕忽穿刺性傷口——你老早聽我說過了。」

是啊，一點也沒錯。他審視著醫師，考慮要在名單裡加上他，但是那老人忽然眼神堅定地看著他。派瑞許別開目光說：「以後要是碰上，我絕對不會拖延著不治療了。」

這個老混蛋去死吧，他心想，偷偷往上看了一眼。反正上帝隨時就會召走這個蠢庸醫了，不必浪費力氣在他身上。

他短暫地好奇了一下，不曉得他們是否有人認出他來。但是儘管才過了兩星期，他已經不再是熱門新聞了。當然了，他還會再登上頭版，但是眼前他看起來一點也不像媒體上登的照片，何況那些照片，也超過一個星期都沒出現了。他染成金髮，戴著染色片隱形眼鏡。在這個窮鄉僻壤，大概還根本不需要這些偽裝。

那天夜裡，他工作時，想到了艾齡．凱利，都是她害他肩膀僵硬又疼痛的。他不喜歡疤痕，不喜歡疼痛。想到這裡，他低聲笑了一下。不要是我的就好。他又默默補充一句，很高興發現自己的幽默感恢復了，然後回到手頭的工作。

次日上午，他緩緩開車經過那家診所，微笑看著有一打人在關著的門外等，表情從憤怒到困惑都有。其中一個手罩在雙眼旁，貼著玻璃窗想看裡面的情形。

「有人上班遲到嘍！」派瑞許唱著一首嘲弄的兒歌。「病人們等得不耐煩啦！」

他發現這些話是個令人振奮的指標，顯示他真正的、聰明的自我又捲土重來了，於是他一路笑著開上高速公路，沒理會他每回踩煞車或轉彎時，後行李廂因重物移動所偶爾發出的碰撞聲。

38

九月十一日，星期一，下午
拉斯皮耶納

我站在喬・羅賓森二樓診間的窗前，朝外頭看，漫不經心地想著是否有其他心靈受創的人也會看到這一景，雨水把紅色和金色的落葉黏在下方停車場的黑色柏油路面上。秋天。我幾乎勉強撐到了秋天。

「所以班這個夏天跟你和法蘭柯一起住。」她催促道。剛剛我試著告訴她，自從我上次在班的病房外見過她之後，中間發生了什麼事。

「是的。」我回答，還是看著雨。要不是下雨，我可能就會沒事的。

真是自欺欺人。

「現在班和平哥搬回大衛的房子了。他在那邊過得不錯，平哥也是。」

「那你呢？」

我沒回答。

「你為什麼來這裡？」她問。

「『為了了解、愛、認識上帝，以便我來世可以得到幸福。』」我回答。

她等著。

我目光又回到她身上。「抱歉，聽到你的問題，我的第一個反應就是《天主教巴爾的摩教義問答》裡的回答。但是你知道我為什麼來這裡。」

「你告訴我吧。」

「我來這裡，是因為我上班時砸破了東西。」

「真的？那五金店應該會對你比較有用。」

「一般人都會這樣想的，不是嗎？」

「告訴我發生了什麼事。」

於是我告訴她，有天我去上班，被通知要去溫斯頓．瑞格利三世的「上帝辦公室」（我們的員工都如此稱呼那個靠近編輯部的玻璃房間）報到。每當瑞格利想要察看他的奴才工作，或是更準確地說，去看一下他旗下有什麼年輕、新來的女性員工，他就會屈尊來到上帝辦公室。

最近沒有什麼新員工，而且性騷擾法嚴格約束了瑞格利的作風，所以他這回來訪引發了編輯部的一堆流言八卦。這些流言又因為他帶著兩對衣著高雅的夫婦同行、一起圍坐在玻璃室一端的會議桌，而更是火上加油。約翰．沃特斯叫我過去的時候，我已經聽說報社要賣給一個大型媒體連鎖公司，還聽說公司會裁員，約翰會被炒魷魚，因為他沒管好莫瑞，讓他辭職去水牛城之前，跑去跟瑞格利大肆發洩一頓。

我還沒來得及聽到其他八卦，就被叫進去了，但是稍後麗迪亞告訴我，最棒的流言之一，就是約翰被開除之後，我會被要求接手他的位置。

我走向上帝辦公室時，已經疲倦又緊繃；我最近睡得不好，之前的連續三夜，更是幾乎都沒睡。

三天前，奧勒岡殺人案提供了尼克．派瑞許下落的最新確切線索。之前的六月時，兩名診所員工的屍體被發現——其中一具是缺了腿的軀幹——讓派瑞許再度成為頭條新聞。警方加緊尋找他，但是剩下來的夏天過去了，還是沒有他的任何蹤跡。我開始希望他是被汽車撞死了。

但是三天前，在我被叫進瑞格利的玻璃室前，拉斯皮耶納市警局接到一個通報，有人在離拉斯皮耶納不遠處看到了尼克．派瑞許。

儘管這些看到派瑞許的通報往往都沒有根據，警方還是會查核所有線索。但這次的通報，導致警方在一個大垃圾箱裡發現一具女屍。

後來我常常想，要是當時告訴我這個新聞的是法蘭柯，不曉得事情會怎麼演變。但是女屍發現的那一天，法蘭柯人在法院，為另一個案子出庭作證。所以就在完全聯絡不上我丈夫的那一天，我在報社裡得知派瑞許最新被害人的消息。

等到馬克．貝克爾來到編輯部，交出這則報導的稿子時，其他記者已經在議論紛紛，我也聽說了派瑞許在某個地方留下另一具屍體。光是這則新聞，就已經讓我覺得像是有人用砂紙在磨我的神經末梢。

馬克已經去約翰的房間跟他談，然後約翰叫我進去加入他們。約翰一臉嚴肅地說：「在其他人開始問你之前，你大概應該先知道一下這件事。」

「問我什麼？」

於是馬克告訴我細節。「這個無名氏女屍的手指和腳趾全都被切除，不見了。她是藍眼珠的褐髮女子。現在還不知道她的名字，但是她的胸部刻著你的名字。」

我覺得胃裡掀騰；於是趕緊告退，跑進浴室吐。

我洗了臉和手，然後頗為冷漠地看著鏡子裡，打量我緊繃且太瘦的臉，還有眼睛下方的黑眼圈。冷漠逐漸成為我最喜歡的情緒狀態之一。不過這種情緒狀態不斷被干擾——而這回，門打開時，害我驚跳起來。

是麗迪亞，她問我還好嗎。

「不好。」我說。

「或許不是他，」麗迪亞說。「有可能是模仿犯。」

「那就太讓人欣慰了。」我回答，後來才想到，我的這些諷刺，她不曉得還能忍多久。

「這是發生在你被瑞格利先生找去的三天前？」喬．羅賓森問。

「對。」

「繼續吧。」

我又轉向窗子。

我進入上帝辦公室時，瑞格利正微笑拿著一根沒點的雪茄（加州的反菸法害他的生活更加悲慘，程度僅次於性騷擾官司）。我愈加提防了，瑞格利向來不是個好東西。他介紹那兩對夫婦，說是他家裡的朋友，剛好來這一帶玩，今天過來他辦公室，是專程為了要看我。

「看我？」我問。「我不懂。」

「你就是從尼克．派瑞許手裡逃掉的那個人，對吧？」其中一名男子問。

我看著瑞格利，他認識我很多年了，這就是為什麼他收起微笑。但是他的客人似乎沒注意到。

「啊！那一定好可怕！」一個女人說，但她講得「可怕」這個詞聽起來非常像是「刺激」。

「他本人到底是什麼樣？」她繼續追問。「據說他殺害的女人大概比泰德．邦迪還要多。據說他就跟邦迪一樣英俊。」

「他不英俊，」我勉強擠出回答。「對不起，我得回去工作了。」

「不是特別英俊，」另一個女人糾正她，「但是很有魅力。據說他就是這樣引誘女人的。」

「別急著走嘛，」其中一個男人說，看到我走向房門。「畢竟，你的老闆可是在這裡呢，對吧，溫？」

溫？我從沒聽過有人這樣喊溫斯頓．瑞格利三世。

「對，」瑞格利說。「艾齡沒被他的魅力蒙蔽，」他又說，想補救。「她很專業，非常專業。為什麼，她差點殺了他！」

這句話引得那兩個女人猛吸一口氣。

「而且上山的那批人裡頭，她是唯一懂得不要讓自己被殺害或受傷的人！」他說，愈講愈起勁。「她還救了一個白痴的命——這傢伙居然在槍聲響起後跑進草原裡，你們能想像有人做出這麼蠢的事情嗎？」

「瑞格利先生——」我開始生氣了，但是在眼前不敢置信的驚嘆和大笑聲裡，他一定是沒聽見我的聲音。

「他現在瘸了腿，但是真的，這全都是他的錯。艾齡一直在照顧他。事實上——」

「喂，溫！」我大聲喊道。

所有的笑聲和談話都停下了。

「喂，溫，」我平靜地說。「去你媽的。」

我走出去。但是聽到身後又開始大笑——一開始是緊張的笑，接著其中一個男人又講了句我沒聽見的玩笑話，他們全都大聲笑了起來。

「接下來發生了什麼事？」喬．羅賓森問。

但是我僵住了，看著一個男人走過停車場。

是他。

恐慌灌注到我的血液裡，流遍我全身，讓我每根肌肉都緊繃起來。

他發現我獨自在這裡。等到我離開，他就會……

下一刻，我就看到那不是他。

就像其他每一次一樣，不是他。

「艾齡？」喬．羅賓森的聲音傳來，感覺好遙遠。她注意到了嗎？

「當時我靠近史都華．安格特的辦公桌，」我說，逼自己回想那天所發生的事。「我好像進入了——進入了另一種狀態。我聽到耳邊一陣急促水流的聲音，然後，就什麼都沒有了。幾乎就像是在水裡——沒有聲音，甚至沒有我自己思緒的聲音。我看不見任何人，感覺不到任何事。

「但是我看到史都華．安格特的電腦螢幕，於是拔掉背後連的電線。麗迪亞後來告訴我，當時史都華問我在做什麼，但是我沒聽到，根本沒注意到他。我雙手把螢幕舉起來——那個螢幕很大，但是我也沒注意到有多重。我把螢幕朝上帝辦公室的一面玻璃牆砸過去。我聽到玻璃破掉——這時我才開始聽得見。」

「之後呢？」

「他們的笑聲停止了。」

她等著，等到我又轉向窗子，她說：「你還記得他們的笑聲停止後，發生了什麼事嗎？」

「我被迫立刻休假，然後他們叫我去做心理諮商，否則不能回去上班。」

「我的意思是，就在你打破了那塊玻璃牆之後。」

我皺眉，然後說：「不太記得。有很多人在叫喊，而且——我不好意思承認這件事，因為當時我應該要發表演說或什麼的，你知道，一個漂亮的退場——但結果，我像是暈過去了。」

「像是暈過去了？」

我回到靠近她的一把椅子，坐下來，低頭看著自己交錯緊握的雙手。「我沒有真正失去意識，但忽然間，我站不起來了，接下來我只知道，史都華和——我不太記得了，但很多人圍著我，擋著不讓瑞格利和他的朋友碰我，或者反正我是這麼覺得的。然後瑞格利和另一個女人大吼著，約翰也吼回去，麗迪亞和馬克和史都華——竟然是史都華！他從來沒吼過任何人。史都華也在大吼。然後那女人說：『把她開除掉！』好像她是報社主管似的。當時幾乎接近暴動了。」

她倒了一杯水給我。

「謝謝，」我說，接過水杯。「我還是沒辦法……」

「沒辦法怎樣？」

「我老是覺得口渴。」我喃喃說，然後在她還沒來得及再問任何問題，就開始喝水。

「很瘋狂，嗯？」我說。她又幫我把杯子補滿。

「你是指口渴？」

「不，你知道，在報社砸東西。用昂貴的電子設備丟破玻璃牆，砸進有人坐的房間裡。」

「你覺得你瘋了嗎？」

「不——是——我不知道。」

「A、B、C，或者以上皆是？」她問。

「我覺得，」我說，聲音顫抖。「覺得自己失去控制了。這把我嚇壞了。」

她等了一會兒才問：「除了上班時的這個事件之外，是什麼讓你認為你失去控制了？」

「不曉得。我想是……我沒辦法專心。我睡得不多。或許就是因為睡太少，才會讓我難以專心。」

「你上山之前，會有難以專心的問題嗎？」

「沒有。」

「失眠呢？」

我猶豫著。「有時候。不常。」

她等著。

「有時候碰到壓力大，我會作惡夢。」然後我簡略地告訴她，我以前曾被關在一個黑暗的小房間，還有在裡頭所遭受的傷害與恐懼，又說從此以後，我偶爾就會作惡夢，或是幽閉恐懼症發作。那段時間的事情，只有少數幾個人知道細節，我通常不會隨意談起。但眼前，我發現自己想著：如果我可以用那段時間吸引她的興趣，她或許就不會問最近的事件了。

她又問了幾個有關我生活大致狀況的問題。再一次，我覺得這是比較安全的話題，而且相當放鬆，即使我描述的一些狀況，在發生的當時其實造成了創傷。

「你最近受了不少罪。」她說。

我聳聳肩。「其他人的經歷更糟糕。」

「但是你活下來了。這一切，還有五月時發生的——」

「我不想談山區的事情，」我很快說。「我談那裡發生的事情，已經談得很厭倦了。」

「好吧，」她說。「我暫時不會要求你談那些事件。」

我覺得如釋重負。

「你回到拉斯皮耶納之後，除了班之外，有跟當初團隊裡的其他人談過嗎？」

「我還以為你不會問——」

「我是說你回來以後。」她冷靜地說。

「他們都死了，」我說，無法掩飾我聲音裡的煩躁。「只除了班和平哥。」

「每一個人嗎？」

「是的，除非你是指——走進山裡的原始成員？」

「我就是這個意思。」

「傑西來看過班幾次。另外安迪也來過。」

「去看班，」她說。「你跟他們談過嗎？」

我一邊肩膀聳了一下。「他們是來給他打氣的。」

「所以……？」

「所以我沒跟他們談。」

過了一會兒，她說：「另外還有兩個人，對不對？」

我想了一下，然後說：「一個是警察，霍大頓。他算是湯普森的助理，法蘭柯說他五月十九日辭職了。」

「就是你從山區回來的那一天。當時每個人都知道山上發生了什麼事。」

「對。或許他很難過自己不在場，但是那不是他的錯。」

「或許。也可能他覺得很幸運，」她說。「有時候，比方在戰爭中，一個軍人看到旁邊的人死掉，會覺得幸好不是他自己。但即使這是很自然的反應，稍後他可能會對自己有這樣的感覺很內疚。」

我什麼都沒說。

「我們來看看，」她說，「跟你們一起出發的，還有另一個人，對吧？那個律師。」

「你的意思是，菲爾・紐立？」

「對。」

「啊，他失蹤一陣子了。」

「你為什麼認為他失蹤了？」她問。

「他說他養傷期間，由他妹妹照顧他。派瑞許在山上踩得菲爾的腳骨折。」

「所以，當初還有其他四個人跟你一起上山，但是你後來沒再跟任何人談過？」

「對。」我想了一下說，「你認為他們可能也很難受嗎？」

「你認為呢？」

我只猶豫了片刻，就說：「是的。」

「你要怎麼確定呢？」

「去找他們談。」

「好，這個就當成你的第一份回家功課吧。」

「回家功課！」

「你以為心理諮商會很輕鬆嗎？」她大笑。

「沒有。」我誠實地回答。

「就這四個人。打個電話，或碰個面——跟他們聯絡就是了，好嗎？接下來，我們來談談睡眠和你的營養吧……」

39

九月十一日，星期一，下午
拉斯皮耶納

派瑞許工作時兀自哼著歌。車庫工坊不像有自己的私人機棚那麼過癮。鄰居離得有點太近，他得更小心。

但是這雙手能再度摸到真正的工具，真是太棒了。他啟動了電動圓鋸，聽著馬達運轉的尖銳聲音。那圓鋸碰到骨頭之前，一路都沒碰到什麼阻力，他露出滿意的微笑。

他很好奇班．薛瑞登的外科醫師是否雙手也這麼巧——他覺得不太可能——然後開始唱起〈枯乾的骨頭〉。鋸到一半，那圓鋸發出了微微的焚燒氣味。他深吸一口氣，又唱了一段副歌。等到那鋸子呼嘯著完成工作時，他正唱到骨頭彼此連接的歌詞。他停止唱歌，再度微笑。

「再也沒有連接了！」他說出聲，然後笑得太厲害，不得不把圓鋸放下。

他有條不紊地繼續他的工作，但是不安地注意到自己受到某種程度的干擾。他一直想到班．薛瑞登。

班．薛瑞登耍了他！

不，不，這種事其實不可能。要人意味著狡詐，但是薛瑞登衝向那片草地時，是一副可笑的傷心模樣。

他純粹是走運，才能逃過被子彈槍殺——那一槍射得有點太高了，派瑞許心想，摸著他手上那塊骨頭——一槍擊中股骨，穿過股動脈，然後咕嚕、咕嚕、咕嚕，很快地，那個男人就會流血致死。事實上，他心想，要是他擊中了動脈，或許還會噴血噴得到處都是。想像的畫面讓他興奮起來，他沉浸其中一會兒，享受著那種愉快的驚喜。

他不斷在進化，他知道，變得更完美、更高明。他必須接受自己的這些改變。

畢竟，他想到薛瑞登的時間就跟想到艾齡一樣多。他甚至考慮過要把刀用在他身上！他的刀，從來沒有用在男性身上的。

除了他早期的一次例外——就是馬瑞克讓他想起的那個童年惡霸——他殺男性都懶得費事。他們是障礙：意外的目擊者之類的。對男人，他用槍。他射殺他們，把事情結束掉。但是也許他錯過了一些東西。

他微笑，在骨頭的膝關節周圍處理一些細節，想著班．薛瑞登一定遭受過的那種疼痛。他有沒有尖叫？他納悶著，有沒有哭？或許他會逼得薛瑞登哭，然後舔掉他臉上的淚水。

他感覺到一種想報復這個男人的衝動，想取下他的另一條腿。薛瑞登現在整個人太不對稱了。這樣的狀況讓他很不高興；這會擾亂他的秩序感。

「畢竟，我是個外科醫師啊！」他說出聲，然後噗哧笑了出來。

他擬定了幾個計畫。她很難對付，這個艾齡。她沒去上班了。他回到城裡的小小刻字宣告——啊，真是神來之筆！——把她嚇得不敢去報社了嗎？她是辭職，或是被開除的？

他曾打電話去，看她是不是收到了他的另一個小小訊息，結果電話被轉到語音留言。不過一個錄音說她的語音信箱已經滿了，而報社那個低能的總機又說她不曉得凱利女士什麼時候會在。他曾考慮殺了那個總機小姐，不過又打消念頭。他以前就幾乎沒時間去殺掉這個地球上每一個無知的人，難道他現在就有時間了嗎？

他得專注在更重要的事情上頭，於是又回頭去制定對付艾齡．凱利的計畫。

但是就在制定這些計畫時，產生了種種頗為美妙的感覺，想著她，就把他帶到一個截然不同的境界，讓他因為慾望而緊繃。他是個有耐心的人，但他知道自己沒辦法再忍太久了。

他完成了對那根骨頭的加工，輕輕放到一旁。骨頭的氣味真是振奮人心！

他得控制住自己——還有很多工作要完成。

他彎腰拿起另一條腿，放在工作檯上，同時用小玩偶的聲音說：「嘿，老兄，謝謝你幫我一腿，」然後兀自樂了好一會兒。他忍不住想再玩一下有關腿的雙關語，於是握著腿像個波浪鼓似地轉動，同時說：「搖搖腿！」[7]

他恢復鎮定，然後又開始工作，把那隻腿在鉗台上夾緊。

---

[7] Shake a leg. 意為趕快行動。

有那麼短暫的一會兒，他失去專注，想到了飛蛾。飛蛾在瞞著他一些事。那個小傻瓜以為他看不出來嗎？他開始厭倦飛蛾了。還有一兩個任務要完成。

他又發動圓鋸。這個工坊不如他原本要搬去的那個工坊大。兩個都不像他以前的機棚那麼寬敞，但是他想，他應該會有好一陣子都沒辦法在飛機上工作了。

他願意做出的種種犧牲，真是太驚人了。

他想到現在正在從草地上撿起遺骸的那些手，真是不配。想到自己成名的代價，就是要忍受這樣的玷污，讓他覺得很憤怒。

而與憤怒相近的，是激情。

淡淡的骨頭焚燒氣味向他襲來。

他幾乎要到了……幾乎，幾乎就要到了。

他快忍不下去了。

40

九月十二日，星期二，下午

拉斯皮耶納

站在菲爾．紐立家的門外，我認真考慮要放棄喬．羅賓森派給我的回家功課了。出於某種任性的衝動，我決定先對付最困難的拜訪。之前我已經跟安迪和傑西偶有聯繫，卻一直避開菲爾．紐立。而霍夫頓，在他離開那個山區團隊前，我就沒跟他說過什麼話，而且因為他沒在拉斯皮耶納市警局服務了，所以要查到他的下落得花點時間。我對霍夫頓沒有任何矛盾的情緒，但是我對紐立的感覺就比較複雜了。

他曾跟派瑞許混在一起，而且他的角色是派瑞許的擁護者。同時，菲爾曾跟我表明他不喜歡派瑞許這個人。最後，派瑞許還攻擊了他。

雖然我並不以這個想法為榮，但是我的確不止一次覺得菲爾．紐立腳骨折了很幸運，雖然很痛，但是他還有兩隻腳，不像班。而且因為那隻骨折的腳，他就不必面對同樣的驚駭；他在那段旅程最糟糕的部分開始前，就離開了。他甚至沒看到那棵郊狼樹。而之後，他又聰明地躲過所有想採訪他的媒體；一等所有記者都知道他沒出現在兩處墓穴的任何一個挖掘現場，大家就都對他沒興趣了。

警方似乎不認為他涉嫌闖入大衛房子和班的辦公室。他們說已經確認了他的不在場證明。然而，儘管他的妹妹宣稱他在闖空門那天沒離開過她舊金山的家，但是一個忠誠的妹妹有可能說任何話去保護哥哥的。

但是我想不出在大衛的房子或大學辦公室裡，會有什麼紐立想要的東西，更別說要冒著葬送高收入律師生涯的風險去當小偷。事實上，儘管我對菲爾認識不深，但是我從來沒有任何理由認為他不誠實。

另外，我對他還有感激之情——法蘭柯跟我說過，他去山裡找我之前，菲爾怎麼跟他合作；他堅持如果沒有菲爾的幫忙，他就會多花很多時間才能找到我。

我複雜的感覺至今還是很複雜。

我按了門鈴。

我聽得到門內有人走近，然後沒聲音了。

我之前打去他辦公室過；結果是電話錄音，說辦公室已經關閉，他不再接新客戶了。我稍微打聽一下，發現他已經把手上所有的案子轉給其他律師，而且跟那些律師說他要退休了。

另一個舊聞是，一位法官考量到紐立被他的客戶搞得受傷，於是解除了他幫尼克．派瑞許辯護的責任；如果日後能再逮到派瑞許先生，屆時會再派一個新律師給他。但是沒有人想到紐立會這麼突然又徹底地，放棄了他收入豐厚的律師生涯。

我沒有紐立家的電話號碼，但是法蘭柯曾送他到這個地址。就在我想著如果菲爾不肯見我，不知喬・羅賓森會不會相信，這時他開門了。

「艾齡，」他說，「真是個愉快的驚喜啊。」

一定是他從小所受的教養，讓他用了「愉快」這個字眼。因為他看到我的表情一點也不開心。他緊張地朝街上仔細瞧，然後叫我進去。我發現自己簡直是不情願，但還是進去了。

或許他注意到我的沉默，因為他露出堅定的笑容說：「請進，請進。我常常想到你。外頭那輛廂型車是你的嗎？當初法蘭柯去醫院接我是開一輛 Volvo。而你以前開的是——別告訴我——我想到了！一輛福斯 Karmann Ghia。」

「對，但是現在沒有了，」我說。「這輛廂型車是我表弟的。他出城期間，把車借給我開。我還在物色自己的車。」

我一說出口，就意識到自己沒說實話。我應該要趕緊去買另外一輛車的，但就像我生活裡的其他一些事情一樣，買車已經被延後了。

紐立的房子很大。要是我像他這樣一個人住在這裡，可能會覺得有點被這種巨大給淹沒了。但是我們繼續深入內部時，我開始有個印象，他沒有花很多時間在大部分房間裡。那些仔細吸塵過的地板上，大部分都沒有腳踩過的痕跡。

他帶著我到一間顯然是他最喜歡的房間；書房兼圖書室。沿牆排列著幾個書櫃，還有一套音響和一台大螢幕電視機。在電視機對面，有兩張又軟又厚的椅子，前面擺著一張矮几。書櫃裡大部分的書都是平裝本小說，不過有一塊地方的確放著精裝本的書籍。多半是暢銷小說，沒看到厚重的法律磚頭書。

「請坐，」他說，指著其中一張大椅子。「你要不要喝什麼？」

「謝謝。給我一杯水就好了。」我說。

「水？不喝點酒？」

現在是下午兩點，但即使是酒吧打烊前最後一次點飲料的機會，我的回答也還是跟之前一樣。「水就好了。謝謝。」

他離開房間去倒水，我開始看著那張矮几上的東西。包括他的GPS接收器，一支精緻的自動鉛筆，一把尺，幾張沒裝訂的紙上潦草寫著一些數字。還有一個袖珍型計算機，另外在幾小疊書底下，是一張地形圖。

我發現那是什麼樣的地圖時，就別開眼睛，然後很氣自己，於是逼自己把一疊書拿開，去看地圖的標題。

南內華達山脈。就是我們去尋找茱麗亞．賽爾的埋屍地那一帶。

我聽到菲爾回來，就把那疊書放回原位。此時我注意到最底下那本書的書名：《破案神探》，是約翰．道格拉斯寫的。我聽說過這本書，是一本有關連續殺人兇手的紀實作品，由一名聯邦調查局的犯罪側寫師所寫的。那疊書裡還有其他道格拉斯的書，以及另一位聯邦調查局先驅側寫師羅伯．雷斯勒的幾本作品——如果我沒記錯，據說「連續殺人兇手」這個詞就是雷斯勒首創的。

我只來得及看一下矮几上其他書的書名，就足以知道這些書都有兩個共同點；都是紀實犯罪報導，而且主題都是連續殺人兇手。

「最近我發現自己陷入了一種奇怪的迷戀之中。」菲爾說。遞給我一個裝著冰水的平底高杯，然後坐在另一張椅子上，扭開一瓶啤酒。

「哦？」

「你是記者，艾齡，」他責備地說。「如果你沒看過這張矮几上的所有東西，那我就對你太失望了。」

「沒有認真看，」我說。「而且嚴格來說，眼前我不確定自己還是記者。」

「什麼意思？你來這裡，不是為了要採訪我，談我最惡名昭彰的客戶嗎？」

「不是。」我解釋了工作上發生的事情。

讓我驚訝的是，他大笑起來說：「真希望你朝你們老闆丟得準一點！但是無論如何——啊，真是太棒了！」

「其實沒有。」我解釋後果就是我被迫留職停薪，而且得去做心理諮商。

「嗯。我知道有時候勞工法和刑法看起來似乎是彼此很自然的延伸，但是我真的幫不了你——」

「我來這裡，也不是為了要找你諮詢法律意見的，菲爾。總之，我知道你已經退出律師這一行了。」

「沒錯。」他說，然後喝了一大口啤酒。

「你現在退休，有點太年輕了吧？」

「我已經賺到我需要的錢了。我大概會賣掉這裡，去北邊住在我妹妹家附近。我的腳骨折後，她就邀我去她家住，我住在那邊時，也有一點時間思考。儘管我熱愛法律，但我已經受夠了自己的名字老是跟小尼克・派瑞許這類人連在一起。」

「小尼克？」

他微笑。「叫他小尼克，有助於我把他看得很小，就是他正確的尺寸。」

「這方面我最近也很困擾。我得一再告訴自己，他不是無法擊敗的。」

於是，我們就逐漸討論起我們山區之旅歸來後的生活；我很驚訝地得知菲爾也覺得山區回來後，他的生活就失控了。「是因為內疚，」他說。「內疚讓我很不安。」

「內疚？你有什麼好內疚的？」

「我讓他說服我，去纏著檢察官談成了那個認罪協商的條件！要是我能照著應該的做法，也就是我對其他客戶的做法，由我決定這個案子怎麼處理——」

「那他就會解雇你的。」我說。

「我也是這麼告訴自己，但是結果看看發生了什麼事！我每次想到那些人——想到他們的家人，還有你，還有班・薛瑞登！老天，班！」

「班的狀況還不錯。」我說。

「我聽說，他現在住在你們家。」

「之前是。但是現在他回到自己的住處，而且恢復工作了。」

「這麼快？那他進步得非常多！」

我把班復元過程的樂觀版本告訴他。基於心照不宣的默契，班、法蘭柯、傑克、我對外說的都是樂觀版本。很明顯，班希望其他人相信的就是這樣的版本。

我了解那種心態，班並不樂意把自己想成被害人。「拜託，把所有送來給我的同情，都原封不動退還吧。」有回他告訴我。

「所以他已經能站起來，能走路了？」這會兒菲爾．紐立問我。

「手術後的那天開始，他們就訓練他站起來。」等他從手術中痊癒得差不多，他就開始重新學習走路。當然沒那麼容易，中間有各種問題，但是大致來說，他一直持續進步。最近，他對自己相當滿意，而且他換了一隻很棒的新腳，是飛毛腿Reflex VSP。」

「什麼？」

「飛毛腿，是他的義肢，由一位截肢者設計發明的。班很喜歡這個新義肢，換上了之後，他就可以走動得更好。這種高科技義足是碳纖維材質——跟用於噴射機的材質是一樣的，所以很輕，但是很強韌。」我拿起他的自動鉛筆，畫在紙上給他看。

「這個看起來有點像是——唔，像是炭黑色的滑雪板，」我說。「跟滑雪板一樣扁而窄，但是短得多——長度就是一根腳加上部分足脛，彎曲成L形……」我的目光從紙上的速寫抬起，發現他沒在聽了。「對不起，菲爾——我最近對這些變得很有興趣。」

「我明白為什麼。所以班現在一個人住？」

「是的，大衛把他的房子留給班繼承了。我必須承認，我有點擔心他。不是因為他的傷——班會發誓他現在比截肢前還要健康——而是因為幾個月前他家有人闖空門。」

菲爾．紐立的臉失去了血色。

41

九月十二日，星期二，下午

拉斯皮耶納

「你還好嗎？」我問。

「對不起，」他說，顫抖著。「我最近好像老是會往最壞的方面想。顯然是有人看報，知道大衛死了，想趁機去撈點好處。這就是人生在這類時候的一則悲傷註腳，但是也難免。」

「菲爾——不要跟我扯什麼『人生在這類時候』，我不能接受一個律師講這種話。」

他微笑，然後說：「我知道做你這一行的，隨時都要拿辯護律師來消遣的。」

我大笑。「沒錯，傳言都是真的。我們非得等到被羈押的那一刻，才會停止拿律師來開玩笑。」

「大衛家有什麼東西被偷走嗎？」

「沒有。不過既然你問起，這些闖空門是發生在大衛的名字出現在——出現在派瑞許脫逃的相關報導後不久。」

「這些闖空門？複數？」

「班的辦公室也遭小偷了。」

「唔。那其他人的家裡呢？還有其他人也碰到類似的狀況嗎？」

「據我所知是沒有，但是——我沒有聯絡他們的家人，所以我不知道。」

「他們的家人！」他說。「他們一定很恨我。」

「我希望所有的恨意都集中在尼克．派瑞許身上。」我說。

他沉默地思索著，然後說：「他是我的執迷，你知道。」

「派瑞許？」

「是啊。這就是為什麼我買了這些書來。這樣不健康，我知道，但是我一直想了解，想知道是不是有一些狀況我早該看出來，是不是早就有一些警訊，顯示後來會有那樣的結局，只是我沒能看出來。」

我想告訴他怪自己也於事無補，但是很快就明白，我沒有辦法說服他走出這種思緒。

「來吧——」中間他忽然說，把那張地形圖拉出來，不小心讓那幾疊書垮下來。「你看——我甚至搞不清楚那是在哪裡發生的。」

我又逼自己看著他的地圖。自從我回家後，根本連自己在山上用的那張地圖都沒再看過。這一張的涵蓋地區比我用的那張要大，所以比例尺比較小。於是看到的範圍更廣，但是細節比較少。

紐立已經在地圖上標出了他腳骨折的那塊空地。「這是我的GPS所記錄的最後一個地方，」他指著說，手指移動了一小段距離，到另一個標示處。「這裡是飛機跑道。」然後手指又移動，來到離前述兩處較遠的一個標誌。「這裡是傑西的巡山站。」

現在看著地圖，我發現很奇怪。儘管我原先有顧慮，但眼前這張只是地球的指紋，一旦你掌握了地形圖的解讀訣竅，這些螺旋狀圖案、等高線、深淺不同的顏色，就轉變為一片由山脊與谷地、懸崖與斜坡、湖泊與河流形成的地景。

從上方這麼遠的地方往下看著埋屍處，不太會讓我傷心或心煩。我從來沒有從這個觀點看整個區域。「事情發生在這一帶——這裡，」我說，用鉛筆指著兩片草地之間的山脊。「郊狼樹就在這片山脊。」我手上的鉛筆稍微挪一點距離。「茱麗亞·賽爾就埋在山脊這一側的草地上。這張地圖上看不見草地的細節。山脊另一側就是他設計陷阱的地方。」

地方。只是一些地方，我告訴自己。

菲爾·紐立沉默注視著地圖。

「他們在那裡還發現了多少屍體？」最後他終於問。

「你的意思是——」

「不是我們那個團隊的成員，而是被埋在地底下的。派瑞許以前埋在那邊的女人。」

「在那片草地上，包括他設置詭雷的那具屍體，總共有十個。其他屍體都是在離山脊更遠許多的草地上。茱麗亞·賽爾是另一片草地上唯　埋葬的屍體。」

「唯一的？」他問。

「是的。對他來說，她顯然很特別。我聽說他比較……他對她做的事情比較……」

我想不出該用什麼辭彙，他說：「我想我明白你的意思了。」

「是的。不過從另一片草地上的被害人身上的痕跡，顯示他在進步——如果你能稱之為進步的話——他對被害人施虐的狀況愈來愈殘暴。」

「其他被害人的墓穴裡有裝炸藥嗎？」

碰到「炸藥」這個詞，我要敘述種種事實就更困難了，但我還是設法繼續說下去。「沒有。新組成的那些搜索團隊從頭到尾都非常小心，還帶了拆彈專家去檢查每一個可能的挖掘遺址。他們因此多花了很多時間，但是沒發現其他爆炸物。」

「其他的屍體是搜尋犬找到的嗎？」

「有些是。他們利用了很多方法——航空攝影、透地雷達，你說得出來的都用上了。平哥曾對那片草地表現出強烈的興趣，但是裝了詭雷的墓穴是他第一個去找的。」

「為什麼？」

「我想班已經查出答案了。這個問題原先也一直很困擾他。所以他研究了包住茱麗亞．賽爾屍體的那塊塑膠布，還有來自第二具屍體的一些殘餘塑膠碎片——」

「妮娜．普耳曼？」

「是的，後來確認，這兩具屍體的塑膠布一模一樣。」

「所以班感興趣的是什麼？」

「塑膠布上有兩種不同形態的洞。有些是被人類學家使用的探針刺破的，但有的是被其他東西戳破的。這兩種破洞的直徑和其他特徵都不一樣。」

「我不明白。」他說。

「我們認為，他已經計畫會被逮捕。」

「我想，他早晚會被逮捕的吧——」

「不，我的意思是先計畫好。他是故意被逮捕的，好讓全世界知道他是個多麼厲害的天才。在他殺害凱拉．連恩之前，他一定去過山區，在那兩塊塑膠布上戳了洞，也導致兩具屍體進一步腐爛。在此之前，本來塑膠布對屍體有保護作用的。」

「而這些腐爛的氣味，就由破洞散發出來了。」

「對。所以這兩個埋屍處，是平哥最容易找到的。」

「我的老天。其他那些女人——警方查出她們的身分了嗎？」

「大部分被害人身上都有某種身分的證明物，通常是駕駛執照，不過警方還得花些時間，才能確認。他們已經要求調牙醫紀錄等等了。」

「他們不能從——」

「不，」我很快說，逼自己不要去想茱麗亞．賽爾屍體的畫面。

「對不起，」菲爾說。「我不是故意要惹你心煩的。」

「我沒事，」我說，又補充：「班跟我說，在任何案例裡，駕駛執照都是很不精確的鑑別身分資訊來源——男人申請駕照時，常常多報自己的身高；女人則會把自己報得比較矮、比較瘦。

而且有時候駕照發出後，頭髮的顏色和體重都會改變的。」

「但是如果那些身分符合呢？」

「我不知道所有女人的資訊。自從我們去過山區之後，很多其他執法單位也介入了這個案子，所以我去找報社慣常的消息來源，也不見得能打聽到消息。不過我們的一個記者查到，其中九個女人有犯罪紀錄——因為賣淫。」

「對派瑞許這種人來說，妓女向來是最容易得手的獵物。」他表情凝重地說。「這些女人都是拉斯皮耶納人嗎？」

「大部分，但不是全部。他們住在南加州幾個不同的城市，但是這些城市都有一個共同點。」

「有機場？」

我點頭。「顯然派瑞許利用那片草地好幾年了。有很多問題，只能等那些鑑識專家有時間完成他們的工作，才有辦法解答。」

「十一個。十一個女人！」

「警方認為那附近還有另一個，因為郊狼樹上有一打郊狼屍體。我想那可能是代表凱拉・連恩。」

「就是導致他被捕的那個謀殺被害人？她的屍體是在機場附近被發現的。對，我想應該是這樣。」

「只是純推理而已。」

「現在他在這裡又殺了一個女人，還有奧勃岡的那兩個！」他說。

「是的。一個護理師和一個診所接待員。」

「他們有找到……？」

「那個接待員的雙腿？沒有。」

沉默許久之後，他說：「他這只是剛開始，對不對？」

「或許吧。」

他似乎比我剛到時更沮喪了。看他心情這樣，我無法鼓起勇氣告辭。

「法蘭柯要我謝謝你協助他找到我。我也要謝你，菲爾。你冒險幫了我們，唯一的理由就是好心。」

他一臉憂心地看著我，我伸出一手放在他肩膀上。

「你真的是這樣想我的嗎——當成一個幫過你的人？」

「是的，我很感激你。不光是幫我離開那裡，你大概也因此救了班的命。他如果在那片山區困得更久、沒有接受醫療照顧，傷口的感染可能會害他送命。而且法蘭柯他們那架直升機出現，大概也嚇跑了派瑞許，讓他放棄在森林裡追殺我。要不是你幫了法蘭柯，他也不會那麼快就找到我們。」

他又低頭看著地圖說：「謝謝。我原先都不知道我其實做了那麼多——真正發揮作用的是法蘭柯和他的朋友。那天他很擔心你，決心要去找你，甚至還冒著被局裡追究的危險，跑來看我。

如果我不幫點小忙，那就太狠心了。」

我們又談了一會兒，我還是很擔心他，於是離開時，我問了他的電話號碼。「我想跟你保持聯絡，如果你不介意的話，」我說。「法蘭柯也會想跟你聊聊的。」

「我也想再跟他聊聊。尤其現在我們不會是法庭上的對手了。」

他寫下電話號碼遞給我。「謝謝你過來看我，艾齡。」

「我幾個月前就該這麼做的，」我說。「今天來看你，對我來說……很有幫助。」

「對我也是。」他說。「歡迎隨時來找我。」他微笑著又說：「現在跟我談話沒那麼貴了——不必算小時開帳單的。」

出了他的房子，我要上車前，看到一輛綠色的本田Accord開過去。我敢發誓開車的是尼克・派瑞許。我深吸一口氣，發動自己的車，然後駛離路邊。

回到家之後，打從山區歸來後第一次，我拿出自己那張比例尺更大的地形圖。儘管地形的特徵比紐立的那張顯示得更詳盡，但是看到這一帶的地圖，我並沒有原先所想的那樣不安。看到自己所標示出那個山洞、郊狼樹、兩個墓穴的位置，我有點緊張。但是同樣地，那是從一段距離外去看的。

想到距離，我才發現我這張地圖上看不到巡山站。我覺得胃裡發緊。距離。派瑞許是怎麼走完這段距離的？

我這才明白，通常來說，這是一個我幾個月前就會問自己的問題。但是因為過去幾個月，我都一直避免去想、去提到五月十四日那個星期所發生的事情。我協助班，我長時間工作，還帶著三隻大狗一起運動。我盡力在一天結束時把自己累垮，就不會擔心或作夢。我設法忘掉我曾登上那架飛機、飛往山區的事情。

啊，結果還真有用呢。我走到哪裡都看到尼克．派瑞許在我面前出現。我作了一堆有關那片草地的惡夢。我還把電腦螢幕丟向玻璃牆。

而我卻沒有去問我應該問的問題。

於是我打給班．薛瑞登。找到他之後，我問他傑西的電話號碼。

「我很願意給你，」他說，「但是傑西剛好在這裡。」

「我可以跟他講話嗎？」

「當然可以。」

我跟傑西互相問好，然後我問：「你從巡山站走到那片草地，要花多少時間？」

「開車嗎？」

「那段路全程可以開車？」

「不。有一部分是開車走一條泥土路——當時是泥巴路——剩下的就走進去。我想一下，我是在天亮後大約一小時出發的，然後在過午沒多久到達那片草地。我出發時霧很大；在當時的狀況下盡快往前開，所以其實沒那麼快。」他暫停一下，然後說：「我那天早上的腦子不是非常清楚，艾齡，所以我很難判斷時間。感覺上好像永遠走不完。我開到了那條路的盡頭後，應該又走了大約四小時吧，但是同樣地，我不確定。你問這做什麼？」

「我剛剛開始在想一些事情。你和班約了要去哪裡吃晚餐嗎？」

「還沒有。」

「如果班受得了跟我們在一起，那你們就過來吃晚飯吧？我推出了一個理論，想跟你們討論。請班也把平哥帶來。」

他們答應七點過來，然後我打給法蘭柯。

「嗨，」他說，「這一定是第六感。我剛剛跟你的一個朋友談過。吉莉安・賽爾打來了。」

我覺得一陣內疚。自從她那天去《快報》找我、詢問有關她母親遺體的事情之後，我再也沒有跟她聯繫過。「吉莉安？她為什麼要找你？」

「她打到報社想找你，但我猜想你的語音信箱滿了，《快報》也沒告訴任何人有關你留職停薪的事情。她甚至還去報社大樓外頭等，但是等了兩天都沒看到你，就決定打電話給我。」

「喔。」

「我跟她說，你只是很需要休假一陣子。」

「謝了，法蘭柯。我知道我早該打電話給她的，可是……」

「她不是打電話要煩你的。她看到有關垃圾桶裡那具無名女屍的新聞，很擔心你。而且她說一直沒機會跟你說一聲，她要謝謝你在回來的第二天就跟她談。」

「我會打給她的，」我又說一次。「打從剛回來那幾天之後，我就沒有試著跟她或翟爾斯聯絡。」

法蘭柯太了解我了，不會聽不出我的勉強。「放過自己吧，」他說。「你有很多事情要應付。現在可能不是去找賽爾一家人談話的最好時機。」

「或許你說得沒錯。我只是不知道。我不想那麼懦弱。」

他大笑。「就像你在瑞格利面前那麼懦弱？」

「結果看看我的下場。」

「是啊——休息幾天，而不是為報社忙得要死。你做了三人份的工作，瑞格利心裡明白的。」

順便問一聲，你今天跟紐立談得怎麼樣了？」

「很好，」我說，「這讓我想到為什麼要打給你。」我警告他，說我毀掉了他在家平靜過一晚的機會。

「我有個感覺，這其實不是吃晚餐，而是要開會。你們要討論什麼？」

「我想有人幫了派瑞許，法蘭柯。我幾乎可以確定。」

「局裡也是這樣想。除非有人讓他搭便車，否則他不可能離開那個地區。那個司機載他真的很白痴，不過當時，派瑞許的名字和外觀描述還沒有上遍所有媒體。」

「不，我的意思不是陌生人讓他搭便車。他其他一切都計畫好了，為什麼這麼重要的事情要碰運氣呢？」

他沉默了一會兒，然後說：「我相信他們已經考慮到這一點了。」

「我知道只要跟我沾上一點邊的案子，局裡就不准你參與，但是——」

「就是那兩片草地的任何一個案子。」他說。

「沒錯，但是你會跟其他人談，對吧？在辦這些案子的人？」

「我盡量。老實說，我們的人力現在很吃緊。鮑伯．湯普森的所有案子都得由其他人接手；而既然我不能辦那些跟拉斯皮耶納有關的山區案子——那些案子很多——所以湯普森其他案子，你猜誰接得最多？」

「你。」

「就像湯姆．卡西迪大概會說的，我們全都忙得像狗似的，所以我其實沒太多時間去跟其他人談派瑞許的案子。不過今天晚上我們來討論一下你的推理吧——如果我沒法說服任何同事相信，或許班有辦法——他是其中幾個案子的顧問。」

所以那天晚上，我可以跟法蘭柯、班、傑西碰面交談，這就是為什麼當我收到我那位不太祕密的仰慕者送來的禮物時，我的丈夫和兩個朋友都陪在我身邊。

42

九月十二日，星期二，傍晚
拉斯皮耶納

為了準備晚上的聚會，我開車到市區的一家地圖店。我買了幾張派瑞許埋屍那個地區的地形圖。出了店門，快走到我那輛廂型車時，忽然又看到那輛綠色的本田汽車，正要高速駛走。是什麼讓我這麼確定那就是我在菲爾·紐立家外頭看過的同一輛？我不曉得。看不到車牌號碼，也無法清楚看到駕駛人，但是那車左轉上了榆樹街——一條塞車的單行道——之時，我決定要跟上去，把這件事搞清楚。

當然，說不定已經追不上了。他有可能轉入一條巷子，然後折回，或者到下一個路口轉彎，或駛入某個車庫內。

我非得知道不可，至少得想辦法找到那輛車。

我開車時，愈來愈相信我可以聞到骨頭；我相信這輛廂型車的某個地方有骨頭的氣味，我相信如果我看後視鏡，就會看到骷髏像木材似的堆積在後頭，還沒乾的骨髓散逸出最後的氣味。

我看著馬路，但是身上冒出冷汗。

找到那輛本田車。不要去想……但是我聞到骨頭。

停下車。打給喬・羅賓森。請她幫你預訂好精神病院的病房。

這輛車裡怎麼可能有骨頭？我問自己，緊抓著方向盤。不可能吧？

這是不可能的，我心裡一個聲音辯駁道。

我之前可能沒鎖好車門；事實上，我愈想就愈確定自己下車去買地圖時沒鎖上車子，派瑞許進來過，把某個被害人的骨頭放在車裡。

在前方，我看到綠燈開始閃，於是開得更快了。

骨頭。

我覺得想吐，於是降下車窗。我覺得車裡的空氣不夠。

我逼自己去看後視鏡。

我看到露營車的固定設施——櫥櫃、小水槽、爐子和冰箱，一張折疊桌和可以調整為床的椅子。我看了又看，但是沒有骨頭。

這是一大寬慰，但又完全沒有寬慰。

我又轉頭看著前面的馬路，此時一個戴帽老人沒看路，硬把他的道奇Dart車切進我的車道；我急轉彎險險躲過。他居然還敢按我喇叭。

我他媽的以為自己在做什麼？就算派瑞許在那輛本田車裡，那我打算怎麼樣？我身上又沒槍。

我會看那是不是他。如果是，我會看到牌照號碼。

很好。

有了！在遠處的左側車道，十字路口的紅燈前，停在兩輛車後面的就是一輛墨綠色的本田Accord。我看不到駕駛人。燈號轉綠，但我被一輛想左轉的車子擋住。那輛本田車要開走了！

終於，我前面那輛車左轉了，我加速駛過下一個十字路口，把廂型車停下，開門下來站在車門旁，想看一眼那輛綠色本田車的駕駛人。一個男人——有可能是派瑞許。我看不到那輛車的車牌。

我後方的車按喇叭，朝我比出中指。紅燈亮起，後頭更多車按喇叭。我又回到車上往前開，打了轉換車道的燈號，想切到左側車道，急著想跟上那輛本田車。

但是我左邊車道的駕駛人，就是剛剛朝我比中指的那位，他還在生我的氣，不肯讓我切過去。他滿臉漲紅，舉起一隻拳頭朝我搖晃，接著忽然撞上我前面那輛車的車尾，進入我的車道。

我猛地踩下煞車。

我被困住了。

透過我打開的車窗，我聽到那個紅臉中指男大吼著說是我的錯。等到我再想找那輛本田車，已經找不到了。

我沒理會紅臉男，只問那位車尾被撞的駕駛人是不是沒事。他說還好，接著轉向紅臉男，叫他閉嘴，然後讓我驚訝的是，紅臉男真的閉嘴了。

這個故事為晚餐桌上提供了笑料——我指的是，我說的那一小部分，而且完全沒提到本田車或骨頭。

我到家後，那隱約的骨頭氣味仍折磨著我。我洗了一個很久的熱水澡，思緒一再回到下午所發生的種種。

廂型車裡的某個櫥櫃裡可能有骨頭。裡頭有很多小隔間和縫隙要找，我心想。

但是如果我去找了，結果沒有任何骨頭呢？

如果你害怕，結果根本沒有什麼好怕的，而你向自己證明沒有什麼好怕的之後，你還是害怕……加上消失的本田車和一堆假的派瑞許，幽靈骨頭氣味就實在誇張得不可能了。如果我找不到車裡有骨頭，那就只能證明我是真的瘋了。

熱水沖刷我愈久，我就愈加覺得去搜索車內是瘋子才會做的事情。我發誓不去管那個氣味了。

所以總之，我把買地圖和那個紅臉男子和追撞車尾的故事講得很好笑，而如果我的笑聲有點太尖利，那麼除了法蘭柯之外，也似乎沒有人注意到。

後來我把那些地形圖攤開來，看到法蘭柯也注意到我雙手的顫抖，我希望他歸因於地圖上所顯示的區域，而不是我買地圖時所發生的事。

我把焦點集中在那些地圖上，知道眼前需要專心。我清除腦中雜念。

從最大比例尺的地圖開始，我們試著找出一個人從那個山洞（後來警方發現了派瑞許在裡面待過的證據）出發，要前往巡山站和消防直升機隊最快、最容易的路線。

要進出那個巡山站，還有其他不必走泥土路的方式，但是傑西當時絕對是選擇了最快的方法去找我們。

「你走的那條路，看起來比飛機跑道更接近我們那片草地。」

「是這樣沒錯，但是進出的路非常崎嶇又陡峭。」他指著他走過的那條路線。「如果帶著一具屍體走這條路出來，就會非常困難，我不確定我們那個團隊的每個人都有辦法走這條路。」

「那個團隊裡，每個人的健行經驗差別很大，」我贊同道。「要不是派瑞許設了陷阱，你原先想出派直升機去草地接我們，會是最好的方案。」

他發出一個刺耳的小小叫聲，好像我打了他一拳。

「怎麼了？」

「但結果，」他恨恨地說，「我的聰明點子害死了大衛和閃光和其他人。」

「什麼？」班和我異口同聲說。

他告訴我們，他認為當初在那片靠近郊狼樹的山脊上，大家是怎麼做出種種決定的。他很確定，如果他沒建議利用直升機，每個人就會繼續往前走，安全走回飛機跑道。班和我反駁，說導致我們決定去找第二個墓穴的是其他的因素，而不是他要派直升機過去的提議。

他似乎沒被說服，直到法蘭柯說：「你們全都站在那片山脊上時，我想派瑞許已經摸清飽伯·湯普森、甚至是其他每個人的脾氣了。」

看到我們都專注看著他，法蘭柯繼續說：「我一直有個感覺，派瑞許計畫得比我們原先以為得還周詳——他在自己所設計的劇本中，早就預測到某些關鍵人物的種種反應。我想他本來就算準了，他早晚可以讓某個人帶他進入山區。」

「你的意思是，他故意設計自己被逮捕？」我說。「是的，我想每個人都同意，他是故意把凱拉·連恩的屍體留在那個會被發現的地方。」

「一點也沒錯。等到他被逮捕的時候，那個陷阱已經準備好了。雖然他事先不知道一起上山的會有哪些成員，但是一旦他開始花時間在你們所有人身上，他就研究你們，摸清你們的脾氣。我想我不該說鮑伯的壞話，但是要搞懂他做人做事的動機，並不困難。」

「野心。」班說。

「對。」

「傑西，」我說，「你是不是忘了，你救了安迪的命？」

「救了安迪的命？」他茫然地問。

「是的。派瑞許當然是希望我們全都走到那片草地上。我想，他老早計畫好要讓我倖存，以便——以便記錄他的豐功偉業。」一時之間，我沒辦法再說下去；彷彿有無形的幾百公斤壓在我胸口。法蘭柯抓住我的手；我緊握住。「但是你把團隊拆散，」我繼續說，「於是救了兩條人命，傑西——你的命和安迪的命。派瑞許鐵定很不高興，因為你破壞了他這個完美小計畫的一部分。」

傑西沉默望著那些地圖。過了一會兒，他說：「我從來沒這樣想過。」

「你大概還讓他擔心，在挖掘動作向來慢吞吞的班挖出屍體之前，你派的直升機就會趕到那裡，把他帶回監獄。你差點破壞了他整個計畫。唯一讓他可以逃過一劫的原因，就是下雨——否則，你的直升機就會去接我們的。」

「是啊，或許。」傑西低聲說。

離草地另一頭短短幾哩之外，還有另一條泥土路，但這條路是從另一個方向進入森林。傑西從巡山站出發，光是要開車到那條路就要開很遠；而且到了那條路之後，就等於是要折回頭，大致呈反方向開回來，而且到了那條泥土路的盡頭，若是他停下卡車，從那邊走到草地，會比原先走的那條路線更困難。因為幾乎全都是上坡，而且地形很陡。

「當時你開著森林服務處的卡車，」法蘭柯說。「派瑞許是徒步。如果以為他會靠雙腿走更遠、更陡的路線進出巡山站，那就太荒謬了。」

傑西對那個地區比我們其他人熟悉得多，他說：「我同意。而且我想艾齡說他有個搭檔，這一點應該沒錯。他獨自破壞兩架直升機當然不是不可能，但是想一想——他得在天黑的傾盆大雨中健行，還得冒險經過幾個很危險的急流。」

「派瑞許的野外健行經驗很豐富，」班說。「但是他的身體狀況不如你，傑西。你可以走得比我們任何人都快，包括安迪在內都比不上。如果我們假設派瑞許沒有搭檔，他就得熬夜在雨中走一大段距離，去破壞直升機，然後再走回來，第二天還有力氣砍倒一棵樹。」

「這提醒了我，」我說。「我們那個團隊裡，有人帶著斧頭上山嗎？」

「有，」班說，「警方帶的露營設備裡有一把。」

「啊。」

「你好像很失望。」法蘭柯說。

「那幾天我沒看過有人用斧頭，」我說。「如果那不是我們團隊的設備，那就更證明有個共犯——這個人把斧頭送去給派瑞許用。」

「誰會幫派瑞許這種人？」傑西問。

「他的律師。」班說。

「他的律師受傷了。」法蘭柯說。

「沒辦法開車嗎？」班反駁。

法蘭柯搖頭。「不，如果有必要的話，他還是可以走路。但是如果讓客戶逃走，菲爾沒有任何好處，還會失去一切。」

「派瑞許被羈押的時候，打過電話給任何人嗎？」我問。

「沒有，」法蘭柯說。「不過如果我們這個推斷是正確的，他不必打電話。他向你們這個團隊提供了目的地，所以他的搭檔會曉得他要去哪裡。而且出發日期也早就被媒體大肆報導過了。」

「連續殺人兇手通常不是單獨作案的嗎？」傑西問。

「通常是，但是也有例外，」法蘭柯說。「號稱『山腰絞殺手』的肯尼斯・畢昂齊和他的表哥安傑羅・布歐諾，就是聯手凌虐、殺害女人的。在休士頓，狄恩・柯洛爾在兩個朋友的協助下，殺害了至少二十七名年輕女子——他們故意把被害人帶去給他。」

「兇手不見得都是孤鳥，」班同意道。「而且顯然某些女人想到跟兇手在一起，就會很興奮。現在甚至有個交友配對網站，讓女人可以『認識』她們夢想中的獄中囚犯。」

「但是那不一樣，不是嗎？」我說。「一個女人跟她獄中的筆友結婚，是在他被捕之後，跟那些入獄前協助他凌虐並謀殺被害人的幫手，不見得是同類人。」

「對，」法蘭柯說，「但是有很多夫婦或男女朋友，是在被逮到前就聯手合作的例子。保羅・柏納多和卡拉・霍莫卡夫婦就聯手從事凌虐、強暴、謀殺——她的第一次，是協助丈夫強暴並殺害她自己的妹妹。在內布拉斯加，卡麗兒・富蓋特跟著男朋友進行長達一個月的大肆殺戮，頭一樁就是她的父母和她兩歲大的妹妹。」

「查爾斯・斯塔克韋瑟，對吧？」班說。「還有人拍了一部有關他們的電影。」

「對。還有其他人。柯曼與威斯特，蓋勒格夫婦，以及尼利夫婦——」

「他們為什麼要這樣做？」我問。

「老掉牙的問題了，不是嗎？性執迷、貪婪、權力，你說得出來的都是。有時這些女人被男性伴侶的暴力所控制，有時她們顯然是自願參與的。不光是只有女人——除了夫妻檔之外，連續殺人兇手的合作關係還有男性兩人檔、多人檔，甚至家人檔。」

我們全都沉默了一會兒，然後班說：「我們再回到傑西剛剛問的那個問題。誰會幫派瑞許這種人？」

我們提出各式各樣的推測：再度討論菲爾．紐立的可能性；懷疑派瑞許認識的某個人也有飛機或直升機；辯論他比較可能有男朋友還是女朋友；猜想他會不會有個親戚幫手。

推測繼續下去時，我審視著那張小比例尺的地形圖。

「以我們現有的資訊，還是沒辦法知道他的搭檔是誰，」我說。結果每個人聽了都看著我，一臉「你真是無趣」的表情。「或許聯邦調查局那邊可以派側寫師來幫我們。不曉得。但是我想，我知道那天他的搭檔是在哪裡和尼克．派瑞許會合的——在另外這條路上。」

他們都轉而注視著地圖。

「沒錯，」法蘭柯說。「要去巡山站，走這條路線並不理想，但是一旦他的搭檔把飛機弄壞，他就不會想接近巡山站了。」

「而且從那片草地走過去是下坡，」傑西說。「從飛機跑道離開是最方便的，但是他大概料到，等到他走路到那邊，執法單位的人可能也會趕到。」

「對，」班說，嘆了口氣。「真希望我們能更早想到這一點。如果那條路上和靠近直升機隊的地方，留下了任何腳印或輪胎印，當時的泥巴應該最適合取印模了。」

傑西搖搖頭。「如果警方當時沒取印模，現在應該也沒有了。消防直升機隊最忙的就是夏天那幾個月。我們的直升機主要是用來救火。那邊會有各式各樣的人去過。」

他們決定打電話給負責山區案件的主責警探。我走到後院去透透氣，平哥正在那裡跟蒂克和當克玩，擺出各式各樣滑稽的動作。

過了一會兒，班也出來了。平哥跑到他面前報到，然後又回去找另外兩隻狗。「我想平哥很想念他們，」他說。「你想讓他們再去沙灘跑　跑嗎？」

我猶豫了。我知道班可以適應很多環境，但是他還沒辦法走在軟而深的沙子上。他的義肢師跟他說過，許多截肢者發現在柔軟的沙灘上行走很困難。班還在努力中。

「是的，我想念走在沙灘上，」他說，看穿了我的心思。「我想念很多事情。但是這個想念的清單愈來愈短了，而還在清單上的項目，唔，我會學著適應沒有它們的生活。但是平哥沒有理由因為我，而必須放棄那些讓他開心的事。」

正當他說著這番話的時候，法蘭柯剛好出來，也聽到了，於是說：「這樣吧，如果你不介意當眾在木板道上走得很吃力，那我們就帶你過去。街尾那道階梯下去後，沒多遠就是木板道，而且木板道跟海岸平行，一路通到碼頭。你跟艾齡可以一路散步過去，傑西和我就負責帶著這些四條腿的小流氓。」

班想了一會兒，顯然想靠近海水的欲望壓過了可能的丟臉狀況，因為他同意這個計畫。

從峭壁通往沙灘那道長長的階梯，班完全靠自己走完。然後下了階梯，我們四個人就雙臂攬著彼此的肩膀，成一橫排往前走，這樣就沒有人會被丟下，或是被孤立。傑西開始唱起一首愚蠢的露營歌，逗得我們大笑，於是大部分人大概都以為我們正在開心聚會。班夾在法蘭柯和傑西之間，可以一路走到木板道而不會摔倒。平哥一直在我們和另外兩隻狗之間來回奔跑，但是如果蒂克和當克跟著他高速衝向班，他就會把他們趕跑，不讓他們接近班。「他不讓其他狗撲我，」班解釋。「有時候他不在身邊，我還會想念這個服務。但是最近我已經學得更能保持平衡了。」

「你的西班牙語練得怎麼樣？」

「對狗的指令有進步，」他說。「其他就還是差得遠。」

「當初大衛為什麼要用西班牙語訓練平哥？」

「兩個原因。平哥最早的主人是一個只會講西班牙語的老人，另外我們有回去南美洲進行一些地震復原工作後，回來大衛就開始學西班牙語。我們去南美洲時，一直因為語言隔閡而懊惱，而且大衛認為能講西班牙語的話，在南加州這邊的案子也會很管用。總之，這個老人很愛平哥，但他實在跟不上那隻狗。他跟大衛說『Bocazo』——這是他幫平哥取的名字——應該要有一個更有活力的主人。」

「Bocazo？」我大笑。「這個西班牙語的意思是『多嘴男』。」

班微笑。「我猜想，他很早就建立自己這方面的名聲了。」

「那第二個原因呢？」

「這樣就會出乎人們的預期。我的意思是，這麼一個歐洲裔的白人大學教授會講西班牙語。

當他做搜救工作或尋屍工作時，就常常能贏得當地人的支持。那些當地人的處境很可怕——比方說在南美洲，等著他去一棟地震中倒塌的建築物裡搜尋——即使西班牙語有很多方言，但是他們聽得懂他跟狗講什麼，於是讓他們比較不焦慮。他們兩個為我們其他人當了絕佳的大使。」

「派瑞許不懂西班牙語，也一定有幫助。」

「為什麼？」

我這才想到，當初我離開他而過溪後所發生的事情，我從來沒告訴他。

我剛從山區回家時，曾告訴法蘭柯山裡所發生過的一切，但沒再跟任何人說，而且從此我就堅定地逃避這個話題。現在我看著法蘭柯——他常勸我該跟班聊一聊——正跟傑西走在前面，我很好奇他會不會希望我藉這個機會跟班聊。

那你就努力吧，我告訴自己。現在正是把話說開來的絕佳時機。

「派瑞許不會西班牙語，所以當我叫平哥去找你、去保護你的時候，派瑞許以為我只是命令他離開。」

就這麼一句話而已，但是講完之後，我覺得自己好像無法呼吸。

「我不懂，」班說，停下來盯著我瞧。「你在報上的報導——上頭沒提到你曾跟他那麼接近。你寫得好像他被你設的陷阱絆倒，然後受傷跑掉。你寫說之後你跑掉躲起來，等著救援人員來到。」

我恐慌起來。在我心裡，派瑞許正把我的臉按到泥巴裡；有幾秒鐘，感覺上好像這樣的事情可能再度發生。

「艾齡！」班厲聲說。「艾齡，怎麼回事？」

「下次再說，好嗎？」我說，這才發現自己臉上有淚，雖然我不記得自己是什麼時候開始哭的。

到現在已經有好一陣子，我們彼此間對眼淚都輕鬆以待。他允許我、法蘭柯、傑克看到他掉淚。我不認為有太多其他人可以這樣。

之前他在我家住的時候，很多人都有機會看到「班有多麼勇敢」——雖然他完全嗤之以鼻。班對外總是一臉堅定，那不是裝的——只是並非完整的故事。

一開始，來訪的人幾乎沒停過——大學裡的好友，在「大災難罹難者遺體處理作業團隊」和其他團隊裡曾合作的同事等等。另外他還要應付吃重的恢復與復健預約時間表，有時在家裡，有時在醫師、護理師、物理治療師、義肢裝具師、喬．羅賓森等人的診間或辦公室。他得學習如何平衡與走路、如何減低殘肢的敏感，如何強化上半身力量等等。

愛倫．瑞奇帶著工作計畫和問題來訪，有時還會帶著送去他們研究室、要求他們協助鑑定身分或做其他判斷的骨頭。班好像很樂於有這些工作，可以協助他分心。

有時班會對愛倫或其他訪客很不客氣，而這些人離開時會朝我露出心照不宣的微笑，說：「他今天好像過得很不順。」但他們不知道班的不順到底是什麼樣。

一開始，幾乎每一天的某個時間點都很不順。就連愛倫都沒機會看到班的那一面。厭倦了那些似乎設計來折磨他的預約和鍛鍊，身上痛得要命，一再摔倒造成瘀青的班。易怒的、不耐的班。喪氣又悲痛的班。不曉得女人會不會厭惡他的班。害怕自己的性生活在三十二歲就告終、註定一輩子孤獨的班。看著穿衣鏡、設法要習慣自己新模樣的班。

那個夏天，只要醒著、不上班的時間，我都陪著班。而我沒辦法陪他的時間，則是由法蘭柯和傑克負責陪他。他只讓我們三個看到他最脆弱的一面，但我們也是第一個在場看到他迎接勝利的人。他是我所見過最頑固的人之一，即使有挫折，也不能阻止他。

現在，正當我試著恢復鎮定時，就在他臉上看到那種頑固的決心。

「我想，」他說，「只要能親手殺了尼克．派瑞許，就算送命我也甘心。」

「不值得，」我說。「何況，如果你死了，我……」

「你還能找誰談這件事？」他幫我說完。

我點頭。「我已經告訴法蘭柯了。所有事我都告訴過他，但是你——當時你也在山上。」

「可是你根本沒有真正跟我談過，不是嗎？為了保護可憐的瘸子？」

「去你媽的，班，」我厭倦地說。「你明知道這是屁話。」

「對不起，這剛好是你需要的，對吧？更多的虐待。你說得沒錯，我說的是屁話。老天，難怪你不肯跟我談——我應該開個公司，就叫『壞脾氣混蛋公司』。」

「我知道執行長的位子已經被搶走了，但是我能不能至少當個副董事長？我很會丟東西喔。給我一個玻璃辦公室？」

「你在說什麼？」

「啊，」我內疚地說，「我想我還沒有跟你提過我的新消息。」

「看起來你好像有很多事情都沒跟我提。這是怎麼回事，艾齡？我搬出去，你就覺得我不再關心你和法蘭柯和傑克了？」

「之前你搬走，是想自己一個人住。我為什麼要加重你的負擔——」

「加重我的負擔！你加重我的負擔！基督啊，真是太好笑了。」

我什麼都沒說。

「告訴我你工作上發生的事情吧。」他說。

我告訴他有關我把電腦螢幕砸進瑞格利辦公室的事。我講得很不安，猜想他一定會開始覺得有點擔心，自己被留在沙灘上，跟一個瘋女人在一起。但結果他的反應完全不是如此。

「老天，」他說，看著我的眼神好關切，害我又要被逼哭了。「你的日子真的很不好過，對吧？」

「一點點。」我說。

他大笑。

「是啊，很不好過。」我承認。

「我覺得自己真是個自私的混蛋！」

「不要這麼想。」我嚴厲地說。

他沒再說話，但是我看得出他很生氣。氣他自己，氣我——我不曉得他還氣誰。

此時法蘭柯和傑西又回頭加入我們了。法蘭柯看了我一眼，就伸出一隻手臂攬著我，我也攬著他。班堅決不理我，法蘭柯感覺到我們之間的緊繃氣氛，於是就讓班和傑西帶著狗走在前面。

「你還好嗎？」他問我。

我點點頭。「忙了一整天了，如此而已。」

他輕哼一聲表示不相信，但是沒逼我當場傾訴。我很慶幸。

到了木板道盡頭，我們再度協助班走過沙灘到階梯那邊，但是這回，他似乎很不好意思。我們讓狗先上去，然後是傑西和班。我們爬到階梯頂端時，傑西和班看著平哥，他正抬著頭，發出嘶啞的低吼。其他狗都跟著他。他回頭看著班，耳朵前豎，接著是吠叫。

「耶穌啊，」班說。「他在發出警示。」

「跟他講話。」我說，緊握住法蘭柯。

我有點驚訝。班用西班牙語講了一連串完美無瑕的鼓勵話。然後手比出指令，他說：「去找！」平哥專注看著班，就像我看過他專注看著大衛那樣，然後匆忙沿著街道前進，抬高頭嗅聞著，大致呈直線往前走。

離我們家只剩幾棟房子時，平哥又開始吠叫了。他等著班，低聲哼著，然後轉向走向廂型車，經過後，直奔我們家門廊。

「啊不要，」我說。「拜託不要。」

傑西說：「看起來有人送你玫瑰花了。」

「這個時間，送花也太晚了。」法蘭柯說。

但是通往門廊的階梯上，的確有個長長的金色盒子，綁著一個紅色的蝴蝶結。

「大家全都不要靠近，」法蘭柯忽然說。「班，叫狗回來！」

但是平哥已經扒著那個盒子，那盒子滾下階梯打開——十枝長莖玫瑰跌出來，還有兩根深色的長骨頭。

我們全都停留在原地不動，直到法蘭柯喊著我們家的兩隻狗——他們顯然認為平哥有了重大發現，想湊近去看看是否能分享。聽到法蘭柯嚴厲的聲音，他們立刻回到他旁邊。

班喊了平哥回來，還記得要用西班牙語誇獎他，然後不必再多接近那些骨頭，他就對我們說：「股骨。」

「大腿骨？」我輕聲問，但是已經知道答案。我忽然覺得，我沒辦法只靠自己了。

43

九月十三日，星期三，上午

拉斯皮耶納

「那兩根骨頭，就是那個診所接待員的？」喬．羅賓森在我第二天的約診時問。

「似乎很有可能，但是那些骨頭……改變過了。她的雙腿有些部分還是沒找到，而這兩根骨頭都還不是完整的股骨。有人把骨頭割過，班認識一個專家，擅長鑑定骨頭上的工具痕，他會幫忙察看，但是眼前，班認為可能是用電動鋸。他們會做DNA測試，才能確認這些骨頭是屬於那位接待員的。這些測試要花上一陣子。」

「你現在對這件事似乎相當鎮定。」

「那是裝的。」

喬．羅賓森微笑。

「我想你已經知道這點了。」我又說。

她還是微笑，但是說：「我不會讀心術。所以告訴我，你真正的反應是什麼？」

「一開始，是害怕。但現在我只是憤怒。不，這不是實話。我現在憤怒又害怕。」

「你認為他的目的是什麼？」

「要嚇我。讓我知道他曉得我住在哪裡，要告訴我他就在我附近。他成功了——我確實很害怕。更害怕了。」

我考慮要告訴她更多，但是我想回報社工作，而且我相信如果我把一切都告訴她，她絕對不會認為我適合回去。要是我能回去工作，而且保持忙碌，我就不會有那麼多時間，老是回想起草地上散落著一堆小屍塊，以及墓穴中的那些照片。

「我想，如果發現自家門廊上有個盒子，裡面裝著兩根大腿骨，大部分人都會害怕的。」她說。「你做了什麼回應？」

「回應？」

「有關你的人身安全。」

「啊，那是另一個問題了。法蘭柯已經安排好，讓我永遠不會落單。如果他沒辦法陪我，就會有另外一個人陪我。我們的朋友傑克現在就在你外頭的等候室裡。」

「在眼前的狀況下，你覺得這樣太大驚小怪了嗎？」

「對。但是我看過派瑞許在大約三分鐘之內就殺了七個人，所以我也不可能放心。」

「讓你困擾的就是這個安排嗎？」

這個問題我不必想太久。「不，困擾我的是那種被監禁的感覺。」

我必須承認她很有技巧。她讓我說出了我對狹小封閉空間的恐懼，然後反正又因此談起在帳篷裡面，接著談起那趟山中探險，以及旅程中所發生的事。

傑克在外面等了很久。

過了一會兒，她說：「你們出發之前，你對於要去山區就覺得很擔心。你有幽閉恐懼症，但是你還是同意加入這個團體，往後要睡在帳篷裡好幾天。那位警探——是姓湯普森吧？」

「對。」

「湯普森警探之前在其他一些場合都對你很不客氣，但是你還是決定要加入他所率領的這個遠征隊。」

「對。」

「為什麼？」

「對於誰率領這個團隊，輪不到我發言。」

「你為什麼答應要去參加這趟山區之旅？」

我聳聳肩。「我能說什麼？我就是吃苦耐勞啊。」

她等著。

「我是為了工作而去的，」我不耐地說。「這對報社是一個好機會。」

她繼續等著。

「我預約的時間老早結束了。」我說，拿起我的皮包。

「你為什麼要去參加？」她堅持追問。

「茱麗亞．賽爾！」我兇巴巴說。

她沒回應。

我放下皮包。「不，其實不是茱麗亞，而是她女兒，還有她丈夫和兒子。有好幾年，他們都不曉得她出了什麼事。我一直想幫他們解答有關她失蹤的種種疑問。」

「這個目標很好。」

「但是代價太高了。」

「沒錯，但是價格不是你決定的，對不對？」

「對。」

「事實上，這個代價比你預料的高太多。」

我搖搖頭。「其他人付出的代價更高，高很多。」

「那你能怎麼辦？」

「不能怎麼辦。」

「其他一起上山的人，你跟他們任何人的家屬談過嗎？」

「老天，沒有。」我感覺自己臉紅了。「沒有。我很替他們難過，但是我一想到要面對那些人……」

「會怎麼樣？」

「我不知道。他們可能會問——我剛回來時，吉莉安就跟我問起她母親。我沒辦法告訴她。

我沒辦法——我沒辦法說出我所看到的。不能對家屬，還不是時候。」

她倒了一杯水給我。等著我稍微鎮定一點。

「你在屍體發還給家屬之前，就跟吉莉安談過？」

「對。」

「但是到現在，家屬應該已經辦完葬禮了，對吧？」

我點點頭。

「我不太相信他們會有那一類問題，但是如果他們問起，」她說。「你就很客氣地告訴他們，說你寧可現在不要談那些——？」

「即使完全不提起這個話題，他們還是會很生氣。他們一定很恨我。」

「因為你倖存下來？」

「對。而且派瑞許會殺了那些人的原因之一，大概就是因為想獲得媒體的注意。而我是在場唯一的記者。」

「你上山的目的，是為了吹捧派瑞許嗎？」

「不。我想來自媒體的任何注意，都可以解釋為對他的吹捧，但那不是我的計畫。」

「所以你認為，那些家屬會生你的氣，是因為他想利用你來達到其他目的？」

「對。」

「真的？」

「人們不見得總是理性的，他們會把我看成一個記者。有時候，我覺得如果我跟別人說我是個國稅局的查稅員，可能還比較討好一點。」

「你有任何證據，可以證明這些被害者的家屬會對你不公平嗎？」

「沒有。」我承認。

「或許你該實際去看看他們的反應如何。拜訪其中一兩個。你不是有個小木雕要給杜克的孫子？」

「對。」我說，忽然覺得好內疚，因為我一直拖著沒把遺物交給杜克的遺孀。

我準備要離開喬·羅賓森的診間時，我說：「我想回去工作。」

「我想很快就可以了。」

「我的意思是，這個星期。」

「很快的，」她說。「嘗試一些全新的事物——對自己有耐心一點。」

她掌握了讓我不能回去《快報》上班的權力，想拖多久都隨她高興。這點讓我很憤怒，而她從我的表情當然看得出來。但她只是繼續冷靜地看著我。

我在想，一個曾把大型重物丟進總編輯辦公室玻璃牆內的女記者，有辦法在另一家報社找到工作嗎？我在想，我是不是應該回去找我的朋友、也是我幾年前服務過那家公關公司的前老闆，看我能不能回去工作。我知道他會雇用我的，但是想到自己餘生都要被迫寫那種歡樂的、積極向上的文稿，真的讓我很沮喪。

於是，我乖乖做我的回家功課。

兩天後，我拜訪完山區裡所有殉職警察的遺孀和家屬，覺得筋疲力盡。沒有人問起遺體。沒有人不歡迎我；所有人都謝謝我撥時間過去。每次拜訪都有很多淚水。

杜克的遺孀一再為了那個小木馬而感謝我，而且不准我為自己拖這麼久才送去而道歉。其他每個人也是如此——很多回憶，少許遺憾，但是沒有對我的指責。所有的憤怒，所有的怪罪，全都集中在尼克．派瑞許身上。

最後一個訪問的，是柏頓的父母，「閃光」柏頓是山區殉職者中最年輕的一位。他們已經把兒子公寓裡的東西搬回家，而今天，從那一個個紙箱裡，他們給我看他以往贏得的獎牌、獎盃——大部分是攝影的，但還有另外一箱是業餘冰球的。他們很驕傲地帶我進入一個當成展覽室的房間，裡頭陳列著他所拍的照片，包括一些令人驚嘆的野生動物照片，但也有城市生活的畫面，顯示他觀察敏銳，而且富有幽默感。法蘭柯曾跟我說他很喜歡閃光，也很樂於跟他合作，但是覺得他把才華浪費在警方工作上了。看到這些照片，我不得不同意法蘭柯的意見，然後發現自己真恨不得閃光從來沒跟我們上山。

我想著這一切時，他母親說：「這些當然不是他最喜歡的照片。如果他的某張照片能協助破案、或是讓一個罪犯定罪，那才是他最高興的。」

這些拜訪我一個都不後悔，但是情感上，每一次拜訪都是密集不斷的折磨：悲慟和懊悔、可怕的回憶和失去的機會。每一次都重新激起我對派瑞許的憤怒，但也讓我意識到我有多怕他。我向柏頓夫婦道別後，走向自己的廂型車，此時我腳下有點不穩，而且希望傑克不會注意到。

我發現他正在清理廂型車裡的小冰箱。

「百萬富翁的祕密生活啊。」我說。

他看了我的臉一眼，就伸出一手攬住我的肩膀。

「抱歉害你在這裡等這麼久，」我努力了一會兒才有辦法開口。「你一定希望當初沒答應要陪我。」

「這個功課很辛苦，嗯？」

我還沒準備好要談，於是改變話題。「你為什麼要清冰箱？」

他皺起鼻子。「車子裡有種奇怪的氣味。」

我睜大眼睛。「你也聞到了？」

「不是很重，而且不是一直有，但是沒錯——一種怪氣味。我不是很在意，但是……嘿，你怎麼哭了？」

於是我告訴他，從我去過地圖店後，就一直聞到骨頭的氣味。接著又告訴他，我想像自己看到派瑞許。「基督啊，我甚至還幫他想像出一輛車，讓他開著到處跑！」

他遞給我一包面紙，我全部用光了。等到我稍微冷靜一點，他說：「你跟法蘭柯談過嗎？」

我搖搖頭。「他要操心的事情已經夠多了。我不能害他還要擔心精神病院的費用是不是可以刷威士卡。」

「無論如何，我覺得你沒瘋。」

我沒回答。

「骨頭是什麼氣味？」他問。

「某種細微的、乾而甜的氣味。只有那些骨頭是班所謂的『油膩』時，我才聞得到。」

「你是在山上的那些墓穴旁，曉得骨頭的氣味？」

「不。山上那些不光是骷髏而已——還有屍蠟和其他組織，以及非常強烈的腐臭味。不過有天我去大學裡找班，他的研究室正在處理一些骨頭。」

「我一直聞到一種有點甜、像蠟的氣味。骨頭聞起來就像這樣嗎？」

「我想可以這樣形容吧。」

「那我們就來把這輛車好好搜一下。」

我猶豫了，回頭看著柏頓父母的房子。「我們把車開走，去別的地方做，好嗎？如果我們真的發現了什麼，我不想害他們心煩。」

他爬上駕駛座，臉上帶著大大的笑容。我上了乘客座後問他：「什麼事這麼好笑？」

「不是好笑——只是很高興，我終於說服你這氣味可能不是你想像出來的，否則你根本不肯走了。」

「別那麼有把握。」我警告他，看著遮陽板裡面的鏡子。這輛車上最可怕的東西應該就是我的臉——雙眼浮腫，鼻子像是聖誕老人的紅鼻子馴鹿魯道夫。我雙眼還看著鏡子，一邊打開置物匣要拿太陽眼鏡。

我的手摸到一堆小東西，緊接著聞到那氣味。

我尖叫。

傑克猛踩下煞車。

一堆小骨頭從置物匣湧出來，掉在我的裙子上、我的雙腳上，掉得到處都是。

44

九月十三日，星期三，晚間

拉斯皮耶納

「置物匣，」我說。「我早該料到的。」

此時我坐在家裡的沙發上，法蘭柯把我抱在懷裡，撫摸著我的頭髮。或許我不會回去上班了，我心想。或許我就待在家裡，成天睡覺，等著法蘭柯回家撫摸我的頭髮。我嘆氣，心知不太可能。

當時我打開廂型車的車門，跳到街上，一堆直直的小骨頭掉得我周圍到處都是。等到傑克設法把歇斯底里的我稍微安撫得冷靜一點，就用他的手機打給法蘭柯。

那輛廂型車已經被警局扣押，好採集尼克．派瑞許明目張膽留在上頭的指紋，同時也要收集那些屬於無名女子的腳趾和手指骨頭。

班趕到警察局，喬緊跟在後頭。我不知道是誰通知班的，但是他就立刻通知了喬。我的忿恨沒有持續多久。

後來我就跟喬談有關消失的派瑞許，於是得知，常常被攻擊的人就會老覺得「看見」他們的攻擊者，尤其是壓力大、或是在公開場所時。

等到我不再顫抖後，她就跟我約了次日去諮商。有史以來第一次，我非常期待。

警方查過了失竊墨綠色本田Accord車的紀錄，希望能查出無名氏女子的身分。

後來班一確定法蘭柯無法立刻離開警局，就決定送傑克和我回家。

我不知道該怎麼跟崔維斯說他的廂型車所發生的事情，於是問班為什麼警方要花那麼多時間收集十根手指和十根腳趾。「十根？每一隻腳都有十四根趾骨——提醒你一下，這還只是腳趾的部分，不是整隻腳。而每隻手，也都有十四根指骨。這樣要收集完整的話，就是五十六根骨頭了。」

為了逗我開心，班自嘲說他只有四十二根骨頭也還過得去，於是讓我不再沉迷地想著那個無名氏女子的指骨，想那些指頭做過什麼事，是否撫摸過一隻貓、或碰觸情人，或者拿過什麼脆弱的東西。

為了班和這位無名氏女子，我讓自己對尼克．派瑞許的怒火燒得更旺，壓過了對他的恐懼。但是隨著夜晚來臨，就連憤怒也被疲憊所取代。法蘭柯回家時，我已經睡著了，但是在他弄飯吃時，我又醒來跟他聊天。之後，我們就蜷縮著坐在沙發上好一會兒。

「你知道你可以跟我談的。」他說。

「我知道。」

「抱歉，我不會再責備你了。」

「我活該被責備。」

「不，」他說，「把我擁得更緊。「不。」

但在另一個層面上，他其實是承認我說得沒錯。

然後我們就去睡覺了，結實、深沉、持續不斷地睡了一整夜。

「你今天氣色不錯。」喬・羅賓森說。

「睡得好一點了。」我說，看出她的微笑中有種知情的意味。

這回諮商的結尾，她說：「你去拜訪那些罹難者家屬，似乎結果還不錯。比你預期的要好嗎？」

「好太多了。」

「你試過打電話給霍夫頓警員嗎？」

「吉姆・霍夫頓好像是我唯一找不到的。他完全放棄警察工作，搬離加州。但是我一個偵探朋友打算去查出他的下落。」

「你很努力，我希望你能成功。不過同時，或許你應該嘗試再去跟賽爾一家談一談。」

我很想反對，但是設法按捺住了。「如果我去談的話，你會讓我回去工作嗎？」

「唔，你想跟我談條件，對不對？」

「對。」

「抱歉，這招對我是行不通的。」

我看著自己的雙手。

「總之，」她說，「無論你想提出什麼條件，我要建議一個漸進式的復工方式。」

「漸進式？這什麼意思？」

「只工作一部分時間。」

「我不確定《快報》能接受。」

「這部分讓我來操心。從現在開始，到下次你來諮商之前，我要你想想帕西法爾。」

「帕西法爾？」

「對，你認為你為什麼選擇了帕西法爾的故事？」

「班要求我說這個故事。我是斷續告訴他的。」

「不，我指的是，你一開始為什麼選擇這個故事？」

「在山區裡？」

「對。」

「不曉得。我想，是因為我才剛閱讀過那個故事吧。」

她等著我繼續講，但這回是白等了。

「回去想一想吧。」她說。

「好吧。」我說著站起來。

「別這麼急，有關賽爾一家……」

首先我試著聯絡吉莉安，因為她之前曾想聯絡我。但是她跟法蘭柯講電話時沒留下號碼，而我手上原來有的那個號碼則是打不通。我打去她工作的那家精品店，也沒交上好運。

「都是媒體害的。」那個精品店老闆說。

「媒體？」

「是啊，那些人在山上被幹掉——你知道，就是去找她老媽的那些人？——之後她就沒來上班了。最後她打電話給我，說她不會再來了，曾去找個新工作，因為那些媒體啊，你知道，搞得她抓狂。他們老是搶著要訪問她之類的，你知道？」

是啊，我知道。

我打給《快報》的馬克．貝克爾，問他自從茱麗亞的屍體帶回來後，他有沒有跟賽爾一家聯絡過。

「我見過吉莉安一次，兩個星期前，」馬克說。「我拜託過她工作那家店的老闆，說如果她提前通知、要去領最後那張薪水支票，就請他跟我通風報信。結果我不是唯一在那邊等的——那個老闆一定打電話給全城一半的媒體了，我猜是想得到免費宣傳吧。她出來碰到一大堆記者，說她真希望我們找尼克．派瑞許能像找她那麼認真。就這樣。」

儘管我說最近被我開過的車下場都不太好，班還是把他的吉普車借給我，說他可以開大衛的小卡車。傑克負責駕駛，到了賽爾家那棟大宅時，我們差點開過頭——以前是灰色和白色的，現在則是漆成了粉橘色。

我回想自己上次來這裡時，吉莉安才剛跟我說過尼克．派瑞許曾住在這條街上。當時我徒勞地花了一整天訪問鄰居——他們要不是說他很親切、但不太跟別人打交道，就是說他們一直認為他很怪。但是認為他很怪的這些人也說不上來為什麼——於是我相信他們是受了報導的影響。這一帶沒有人對尼克．派瑞許有真正的了解，也沒人說得出他後來搬去哪裡，或他妹妹的下落。

茱麗亞失蹤的第一年，賽爾家和我還算常見面。我見過傑森，也見過翟爾斯的母親，她顯然應付不了吉莉安這種反叛的青少年。眼前我才驚訝地想到，雖然之後我曾跟吉莉安當面談過很多次，也見過她父親幾回，但是後來我再也沒跟她弟弟或祖母說過話了。

幾個月前，派瑞許初次提出要帶警方去找茱麗亞．賽爾的埋屍地點時，我曾去翟爾斯開的公司找他。當時他一見到我就說：「他跟警方說了茱麗亞在哪裡，對吧？」

當時在他的私人辦公室裡，我把我所知道的告訴他。他的反應很冷靜，但是說：「他有可能是撒謊嗎？有可能其實不是她嗎？」

是的，當然有可能，我說，心想以前也見過家屬這樣，不願意接受現實。他要求我隨時有消息就告訴他。

「你告訴吉莉安了？」他問。

我詫異地說：「沒有，我想應該由你跟她說。」

他僵住了。

「她告訴過我，派瑞許以前就住在你們家那條街上。」我說。

「是嗎？」他心不在焉地問。「我不曉得，我向來不太注意鄰居。警方跟我問起過，我以為這是警方對他施壓的方式。」

「派瑞許認識茱麗亞嗎？」

「應該不認識吧。」他說，皺著眉頭。

「她沒跟你抱怨過有人盯著她瞧？」

「或許有，」他含糊地說。「聽我說，吉莉安這陣子不太跟我們來往。我想她會寧可從你那邊聽到這個消息。」

我不情願地答應把消息告訴她。

但是吉莉安一如往常，完全沒向我透露她的感覺。她只是說：「你跟我爸說了嗎？」

我回答說了。

「他不喜歡處理任何不愉快的事情。是他要求你告訴我的吧？」

「對。」

她微笑，但是一點也沒有喜色，而是緊抿著嘴唇，就是那種說對了某件自己不希望成真的事情、會露出的笑容。

「你會跟他們一起去，對吧？」她問。「去看看這個墓穴裡的女人是不是我母親？」

才一分鐘，她就做到了檢察官和我的上司們都無法逼我做的事情。

我按了賽爾家的門鈴，讓我驚訝的是，現在電鈴的音樂是〈迪克西〉。我聽到有個人匆忙奔下樓梯，喊著：「我去開！」

傑森拉開門，好像嚇了一跳，然後垮下臉來。他的頭髮剪得很短，染成黑色和金色的混雜。他穿著長而寬鬆的T恤，下身是非常垮的垮褲。「啊，是你。」他變聲的嗓子說。

「傑森，蜜糖？」一個聲音從樓上喊道。那聲音太年輕了，不會是他祖母。

傑森翻了個白眼。他現在十三歲，而且長高了好多。

他好像忽然下了個決定，趕緊出來把門帶上，然後對我說：「走吧。」

「走去哪裡？」我吃驚地問。

「離開就是了！」他以半男人、半男孩的聲音堅持道，然後開始走下前門廊。「那是你的吉普車？」

「是我現在用的車，但是——」

他看到傑克坐在駕駛座，停下腳步。「那誰啊？」

「我的朋友。」

「真的？」

「真的。」

「看起來有點老，但是很酷。」他說，又走向那吉普車。

「都是相對的，」我說。「我指的是年齡的部分。聽我說，傑森——」

「傑森！」一個尖利的聲音從二樓窗內傳來。

「啊，狗屎！」他說，回頭看了屋子一眼，然後跑向吉普車。

「那是誰？」我問，也跑著跟上。

「傑森！」那聲音又尖叫。

他用力拉開後乘客座的車門，跳上車子。「大哥！」他朝傑克說。「趕快載我離開這裡！」

「不准發動車子，傑克，」我說。「他得先告訴我們那個報喪女妖是誰，否則我們哪裡都不去。」

「什麼是報喪女妖？」傑森問。

「等你告訴我剛剛走出前門的那位是誰，我再跟你解釋。」我說，指著門口那個穿得很時髦、五十來歲中段的金髮女人，她顯然很努力想打扮得年輕點，不過還是一點用都沒有。

「那一位，」傑森表情嚴肅地說，「是賽爾太太。」

45

九月十四日，星期四，下午
拉斯皮耶納

「傑森，你是想氣死你父親嗎？」那位新的賽爾太太喊道。

傑森整個人僵住了。

她沒注意，繼續喊。「要是他知道你跳上陌生人的吉普車，你知道他會怎麼說嗎？」她站在離我們一小段距離外，一臉不滿地打量著傑克那張有疤的臉，以及身上的皮衣、耳環，外加刺青。

「他們不是陌生人，」傑森反駁道。「這位是艾齡・凱利，是在報社工作的。」

「那有關跟記者講話，他是怎麼交代你的？」她問。「立刻下車！等到你爸回家，你的聰明小屁股就等著挨揍了！」

他伸手到後褲口袋，不是要護住臀部，而是要拿出一個薄薄的黑色物件。他的手腕一抖，我看到那物件是手機。十三歲的小孩有手機——在賽爾家這個高級社區裡，我想每個年紀大到會認手機按鍵的小孩都會有支手機。

「那就來看看我爸會怎麼說吧。」傑森說，按了一個鍵。

「好啊，就來看嘛！」他繼母說，堅守立場。

「嗨，我是傑森，」他對著電話說。「請問我爸在嗎？」

「你跟他的秘書講話，就變得很有禮貌了。」賽爾太太抱怨道。

「你當然知道啊。」他譏嘲道，惹得她臉紅。他用一種更和善的口氣對著電話說：「嗨，爸，我是傑森。凱利女士來找我談，然後某個人又在那邊小題大作了。」

他聽著電話時朝我們看，表情憂慮，然後他微笑，把電話遞向他繼母，對方狠狠抓過去。

「翟爾斯，如果你老是這樣破壞我對這小子的權威——」她沉默了，然後看著我。「我怎麼會知道？我看到兩個陌生人拐著你兒子上了一輛車，其中一個看起來像個飛車黨——」

她又繼續聽，沉下臉來。翟爾斯還在講話時，她就把手機從耳邊拿開，按了結束通話鍵，把手機不太謹慎地扔給傑森，傑森笨拙地接住了。

「賽爾太太——」我說，覺得這個稱呼聽起來好奇怪，但是她已經轉身大步走向門廊了。走到門邊，她回頭喊道：「要是你們真的打算綁架他，拜託就別費事寫信來要求贖金了。」

然後她甩上門。

「現在我們可以走了吧？」傑森問。

「傑克·弗里芒，介紹你認識我這位沒耐心的朋友，傑森·賽爾。」

「嗨——我們可以走了吧？」

「你那麼急，到底是要去哪裡？」傑克問。

「哪裡都行！離她遠一點就好。」他說。

傑克朝我微笑著說：「你最好上車吧，艾齡。繫上安全帶，傑森。」

我們終於駛離路邊時，傑森嘆了口氣，往後靠坐。

「去大公園好嗎？」傑克問。

「好啊，」我說，然後轉向傑森。「你可以嗎？」

「終於，」他誇張地說，「有個人肯問我想要什麼了。」

「所以呢？」

「好啊，我喜歡大公園。」

「你爸什麼時候結婚的？」我問。

「跟蘇珊？」

「你繼母叫蘇珊？」

他點頭。「她希望大家喊她迪克西，不過那太扯了——這是典型南方人的名字，但是她根本就不是南方人。吉莉安搬走之後，她就來跟我們住。之前我爸住在她那裡。」

「所以她不是你爸的太太？」

「現在是了。你們找到我母親後，他們就結婚了。」

「什麼？」

「沒錯，」他說，別開目光，低頭看著自己的手。「你來跟他說了有關那個兇手的事情之後，他就打電話給蘇珊，說看起來他們終於可以結婚了。」

我驚呆地朝傑克看一眼。他不斷朝後視鏡看，不是要看後頭的車，而是看傑森。

「如果我媽一直找不到，那他們就得等七年。」傑森繼續說，踢著雙腳，好像要伸直腿似的，但是從他臉上的表情，他顯然是恨不得能踢某個人。

「啊，」我說，這才明白。「因為法律上，你母親還沒被正式宣告死亡？」

「對。蘇珊覺得我爸可以逼法庭快一點，但我爸說那會對他生意有很不好的影響，大家會很氣他——因為你寫過那些報導等等。所以他得等著，不能這麼快娶她。警方確定那具屍體是我母親後，她希望次日就結婚。但是他堅持又等了一星期。」

「她以前是他秘書？」我問，想起他剛剛惹得她臉紅的那句話。

「是啊。」

我們在一家轉角超市停下來，買了些水果，還有一瓶汽水給傑森，瓶裝水給傑克和我。然後我們開車到拉斯皮耶納市區東緣的大公園，找到一個蔭涼處，開始一場即興野餐。傑森的手機響了，是他的朋友，他簡短講了一下就掛斷。

「我想這比用兩個罐頭加一條鐵絲要厲害。」傑克說。

我大笑，但是傑森問我們在說什麼，於是我解釋了一下我們小時候會跟朋友用兩個空罐頭、中間串上鐵絲，假裝是在講電話。

「真的有用嗎？」他問。

「稍後我們安排個示範，讓你看一下。」傑克說。

他扯著青草，然後沒抬頭說：「你們又發現有關我媽的什麼嗎？」

「啊——不，對不起。這不是我來找你的原因。」

「不是？」

「對。我只是想看你最近過得怎麼樣。」

「喔。」

我看他沒再說什麼，就又說：「我也想道歉，因為我沒有更早來。」

他聳聳肩，看著他拔起來的那片草。「你為什麼應該更早來？你根本就不認識她。」

「但是我認識你們一家人。」

他用一種直率、懷疑的眼神看著我。「是嗎？」

我想著剛剛所發現的事情。「或許不是很熟——但是足以知道，發生在你媽身上的事，讓你們家每個人都很難受。」

他笑出聲。「每個人都很難受？才不呢。我是唯一真正愛她的人。」

「我不認為真的是這樣——」

「不然還有誰？我爸？喔，拜託。他當時就已經跟蘇珊有一腿了。她大概認為我媽被謀殺是最棒的結果。」

「傑森，我看過——」

「他的眼淚？他很會裝。你知道還有誰更會裝？吉莉安，都是跟他學的，只不過她比他更厲害，她甚至還耍了你。她恨我媽，恨透了。」他搖搖頭。「她們痛恨彼此。」

「吉莉安第一次見到我的時候，承認說她跟你母親相處有問題，說她們有些爭執。」

「問題？爭執？」他憤怒地說。「你以為那只不過是青少年反叛？」

我的想法的確就是這樣，而且我為了茱麗亞．賽爾失蹤而訪談過的每個人，也都是這樣認為。

「吉莉安為什麼恨她？」傑克問。

「我怎麼知道？」他說，但是不像之前對我那麼敵意。「她很冷酷。她根本不關心任何人或任何事。」

「這四年來，」我說，「吉莉安都持續打電話給我，打聽你母親是不是有任何消息。在這段時間裡，也有其他人失蹤，但是沒有人像你姊姊花那麼多心力，去尋找她所愛的人。」

「別說『愛』，」他兇巴巴地說。「她不愛我媽。她恨她。她對她很壞。她對每個人都很壞。她只會利用人，她甚至利用了你，所以你現在把她講得這麼好。她只是想要別人的注意，而你滿足了她。」

「你上回跟她講話是什麼時候？」我問。

「好幾年前。她很久以前就搬出去了。」

「你想她嗎？」

「不想。」

「她搬走之後，沒有回來找過你嗎？」

「沒有，無所謂。她還是很怪。我每隔一陣子就會看到她——我的意思是，你知道，在不同的地方，剛好碰到她也在那裡。我在這個公園就看過她一次，」他說，模糊指著公園的另外一部分。「她連跟我打個招呼都懶。但是也好啦，」他又趕緊補充。「我不希望她接近我。」

「對不起，」我說，「我都不知道……我都不知道你這麼氣她。或是氣我。」

還氣全世界所有人，我心想。但是他說：「我沒氣你。吉莉安隨時都在耍別人，我爸也是。」他嘆氣。「我真希望我沒住在拉斯皮耶納。」

「為什麼？」

「每個人都知道我媽的事情。好比學校裡頭其他學生，對我唯一的認識就是這個。他們要嘛就是想問我相關的問題——比方說，我媽的手指是不是真的被切下來，這類狗屎——要嘛就是嚇壞了。我沒辦法當個普通人。」

「四年來，他們一直就是這樣？」傑克問。

「沒有，」他承認。「只有剛開始的時候，還有現在。」

「所以這回，他們可能也會漸漸淡忘吧？」

「是啊，我想是這樣。」

「或許他們只是害怕，擔心同樣的事情會發生在自己的媽媽身上。」傑克說。

「或許吧，」他說。「但是我還是痛恨住在這裡。」

「那你想住在哪裡？」我問。

「跟我祖母，」他說。「我很想她。真希望我能去跟她住。」

「你問過你爸嗎？」我問。

「他說那樣的話，他會很想我。我覺得他只是擔心其他人會怎麼想。」

「你還記得尼克・派瑞許曾住在你們家附近嗎？」

他搖搖頭。「他搬來時我還很小。吉莉安記得他，我想她常常過去看那位女士什麼的。」

「那位女士？他妹妹？」

「對。」他猶豫著，然後說：「我很久以前就知道是尼克・派瑞許了。比警察還要早知道。」

「什麼意思？」

「我原先不曉得他的名字，」傑森說。「但是我見過他。」

「什麼時候？」

「在我媽被殺害之前。有回吉莉安照顧我，他就瞪著我們家看。我當時也還很小，讀三年級，但是我嚇壞了。」

「你跟誰說過嗎？」

「我跟吉莉安說了。她出去要找他，但是等到她出去的時候，外頭沒人了。」

「你沒告訴警察？」

「我沒看得太清楚。」他承認。

「你看到了什麼？」

「我只是看到這麼個男人在車上。但是後來，我明白了——你知道，就是吉莉安想到他以前住在我們那條街上。那時已經太遲了。」他難過地說。「此外，誰會相信一個小孩講的話？就像吉莉安說過的，沒有人會把小孩當回事。」

他手伸進那袋水果裡，拿出一個柳橙，握在手裡審視，接著用力朝一根樹幹扔去，那水果啪地一聲擊中樹幹，又黏在上頭兩秒鐘，才落到地上。我驚訝地轉頭望向傑森時，他垂下頭，但我還來得及瞥見他扭曲的臉——很憤怒，但不光是憤怒而已。

「前幾天，我也像這樣丟了一個硬的東西。」我說。「我以為丟了之後會好過一點，但是並沒有。」

「你丟了什麼？」他問，還是低著頭。

「一個電腦螢幕。」

他抬頭，溼潤的雙眼睜大了。「不會吧！」他佩服地說。「電腦螢幕？」

「對，這樣做真的很蠢，有可能會害某個人嚴重受傷的。結果我丟了之後，感覺更糟糕了。」

「那你為什麼要丟？」

「我當時很憤怒，而且應該是為了很多出錯的事情而自責吧。」

「那些事是你的錯嗎？」

「有些是。這些事我本來可以改變，可以做得更好的。但是大部分的事情，無論我怎麼做，大概結果都一樣。」

「什麼意思？」

「唔，比方說，我覺得我事前應該猜到尼克．派瑞許在山上設了陷阱。」

「你怎麼猜得到？就連警方都猜不到。他們還有好幾個死在那裡。」

「是啊，或許那是我的錯，因為我早就懷疑尼克．派瑞許不安好心。有點像你早就懷疑那個車裡的男人不安好心。」

「但是如果我當初告訴我爸，而不是告訴吉莉安，或許……」

「當時你爸在家嗎？」

「不在。」

「那麼等到你爸回家時，或許車裡那個男人已經離開了。就算你爸當天晚上報警，警方也會說：『這個車裡的男人有做什麼嗎？』如果你爸說：『沒有。』那一切也就是這樣了。說不定那天晚上在外頭車上的根本不是尼克．派瑞許。」

「或許吧。」他說，但不太信服。

「但你還是覺得很困擾，對吧？」

「對。」

「我也一直希望那些困擾我的思緒能夠消失，結果沒有，所以我現在試著多談談這些事。很難。」

「真的很難。」他說，又低頭看著他的鞋子。

「你心煩的時候，會跟誰談？」

他拖了很久都沒回答，但最後終於說：「我祖母，有時候。」

「或許你應該更常打電話給她。或許跟你爸要求去她那裡住一陣子。」

「好。」

我們收拾了自己的垃圾，包括那個摔爛的柳橙，然後離開公園。送他回家之前，傑克在一家五金行停下來，買了一條鐵絲。接著他開車到一家顯然是他熟識的義大利餐廳。雖然下午過半，用餐室裡一片空蕩，但是裡頭的人歡迎我們進入廚房，傑克說服那位忙碌的廚師給我們做罐頭電話的其他材料。那廚師甚至洗好了空罐頭，在旁邊幫著指導傑森組合那些零件。

等到組合完畢，廚師催傑森拿著一頭進入用餐室，他自己則拿著另一頭待在廚房。他們彼此用氣音講了些話，說什麼我不知道，不過兩個人都玩得很樂。

餐廳的人一直要我們留下來用餐，我們還得一再保證很快會回來，這才得以脫身。回家的路上傑森很安靜，直到我們車子停在他家門前，他才說：「別跟吉莉安說我講了她什麼，好嗎？」

「好。」我說，鬆了口氣，因為我總算從他身上看到了一點手足之情。

傑克跟他說，他會問一下翟爾斯，看有空能不能帶傑森去那家義大利餐廳。

「那應該很好玩。」他說，但是好像提不起勁，或許是不太相信傑克會說到做到。他謝了我們，又說了再見，然後拿著罐頭電話下了車。他進屋時，我看到他對著一端講話，同時另一端湊著耳朵，沉浸在自己的對話中。

46

九月十五日，星期五，下午
拉斯皮耶納

尼克．派瑞許驕傲地打量著自己新的工坊。比上一個大有改進。再一次，他不得不讚揚他的小飛蛾。他的飛蛾看到之前的工坊很難施展，於是提出了這個新地點。這裡遠遠更加符合他的需求。工作檯比較大，附近就有個水槽，甚至還有個冷凍櫃，讓他開心極了。

這個住處本身也比上一個更舒適，但這點對他來說不重要。畢竟，他不是軟弱的人。就像所有藝術家一樣，他最關心的是創作的空間。於是他花了好幾天，把這個地方整理得令自己滿意：清掉冷凍櫃裡的東西等等，而現在，瞧瞧！或許這個工作室配不上他的大師傑作——哎呀，哪裡能配得上呢？——但他在這裡，就可以工作得很順利了。

最近事情的進展狀況，讓他不禁覺得驕傲。艾齡去做心理諮商了！顯然地，他把她逼到精神崩潰的邊緣。太棒了！當一個人的恐懼是真實的，心理醫師又有什麼用呢？她嚇壞了，沒錯！一如他之前跟她保證過的。

看看這女人對那些骨頭的反應！讓他真恨不得自己能待在附近，看看她收到那些玫瑰的模樣。

他皺眉，想到傑克・弗里芒一手攬著她。毫不誇張地說，她太隨便了。這女人真是個婊子。班・薛瑞登、傑克・弗里芒，天曉得還有誰。大概還有她自己的表弟。

他坐在那邊，思索著自己要做什麼，才能清除掉她的這些污垢。

然後他阻止自己想下去，免得那些豐富的想像畫面搞得他興奮過度。他還有很多事情要做。

他審視著自己的那些地圖，心裡想著那些他開過的路線，再度考慮著沿途各種可能的危險。

他換掉了那輛本田車的車牌，為今天的偽裝挑了一頂金髮的假髮。他已經打電話給報社，也已經去郵局填了度假期間停止送信的表格。他作品第一階段的工具，已經放在車子的後行李廂內。

他又看著飛蛾給他的那一小張紙，感覺到一股震顫。這個資訊是怎麼得到的？飛蛾正在圖謀些什麼。有關這個資訊，他不相信飛蛾告訴他的說法。

他不喜歡花力氣去想飛蛾，尤其是在眼前這個時候。他得保持專注。

他又看著地圖上的那些標記。大部分是藍色的。他的雙眼被吸引到唯一的紅色標記。

他知道那個標記的確切地址：百老匯大道八〇〇號。

瑞格利大樓。

《快報》的總部。

47

九月十七日，星期日，上午

拉斯皮耶納

我站在瑞格利大樓的前門外猶豫著。喬．羅賓森的安排，跟我當初要求「回去工作」時心中所想的，實在差太遠了。我知道法蘭柯正坐在那輛 Volvo 車上看我，等著要確認我平安走進去。大概有十分鐘，我認真考慮要回到車上，要求他載我回家，然後我會找喬．羅賓森和瑞格利跟我進行電話會議，叫他們兩個去死。

瑞格利讓我每週回去工作二十個小時。他排我星期二、四、五的大夜班，從晚上十點到凌晨兩點——在截稿時間過後。為了加上額外的懲罰，星期六和星期日上午我要從七點值班到十一點。這表示在星期五夜裡，我只能休息五個小時，次日早晨就又得去報社報到了。

約翰在不到四十八小時前通知我，說我的第一次值班是星期天早上。「我猜想瑞格利假設我週末都沒有約？」我說。「他認為我就成天坐在家裡，等著他邀請我去報社接抱怨電話？」

「你有約嗎？」約翰問。

「是啊，不過是在星期天晚一點。」我承認。

我打了一個電話去翟爾斯的辦公室，終於拿到吉莉安的新號碼——還得要他的秘書替我查——吉莉安答應星期天下午跟我碰面。現在吉莉安的工作是女侍，在一家賣早餐和午餐的小餐館。「不是全職工作，」她當時說，「我下午兩點以後就沒事了。」

「所以你可以來上班？」約翰問我。

「對，我會到的。我猜想他是決心要逼我屈服。」

「我也不喜歡這樣，艾齡，但是到目前為止，大家都在設法不要讓他開除你。董事會那邊得再施加一些壓力，才能讓他在工作時數上讓步。你知道我會盡一切力量幫你的。」

知道約翰和其他人都在替我努力，讓我在那個星期天早晨決定往前走，推開報社大樓的前門。

大樓裡幾乎是空的，我想這也不是壞事。我並不想面對每一個當初看過我失控的人。

我還沒走到樓梯頂端，就聽到電話鈴聲了。星期天早上來值班，就得乖乖挨罵。訂戶才不會管哪個電話才是發行部、哪一個是市政組。他們先看到哪個號碼，就撥哪個，坐在編輯部的人就得接抱怨電話。

可是那些電話才響兩三聲，就被接起來，很快地，我聽到講話聲。心想，所以我不是唯一來值班的。

我走進編輯部，看到馬克．貝克爾和麗迪亞．安姆斯正在接電話。我很困惑，他們兩個今天上午都不應該上班的。麗迪亞揮揮手，示意我坐在她旁邊的座位。

另一線電話響起鈴聲。我接了，是一個男人，抱怨今天早上送報生把報紙丟進泥窪裡。然後他繼續講個沒完沒了，好像不必停下來喘口氣似的；唯一讓我能夠忍受的，是看著麗迪亞和馬克各自接電話時，比出搞笑的手勢和翻白眼。

我終於設法結束跟泥窪先生的電話，此時史都華．安格特走進編輯部，拿著一盒早餐麵包捲和四杯熱咖啡。

「歡迎回來！」他說。

「謝了，不過星期天一大早，你們三個跑來這裡做什麼？」

「約翰告訴我們瑞格利耍的花招，」馬克說，「於是我們決定自己也改一下上班時間——當然，是得到約翰允許的。」

「我們可不想錯過你回來上班的第一天。」麗迪亞說。

「你們不該為我冒這種險的，」我說。「要是瑞格利忽然決定過來看一下呢？」

「他不會出現的，」馬克說。「他怕你怕得要死。」

又是一波電話湧入。到了九點，電話變少了，於是我們每回就有超過兩分鐘的時間可以彼此聊聊。我為了毀掉史都華的電腦螢幕跟他道歉。

「下回你想發射火箭的時候，盡量利用我桌上的任何設備，」他說。「我喜歡新的電腦螢幕。每個人都好嫉妒我。」

「不，我們嫉妒的是艾齡。我們都想知道朝瑞格利丟東西是什麼感覺。」麗迪亞說。

「不像你們以為的那麼棒。」我說。

這句話引來一些超級認真的「你還好吧？」的談話。我含糊其詞。他們明白我的暗示，於是就違背他們的記者本能，不再多追問了。

到了十點半，我發現自己的值班即將結束，但我根本沒有開始整理郵件。麗迪亞提出要幫我，讓史都華和馬克負責接電話。我給了麗迪亞幾封可能需要白天班立即跟進的郵件，還有一些我打算要求約翰讓我帶回家處理。不過大部分郵件都不急，或者可以寫信回覆。我決定把回覆電子郵件的工作留到下次我第一次值大夜班來處理。網際網路最美好的優點之一，就是二十四小時，全年無休。

那些信封裡頭，有一個凹凸不平的奇怪小包，上頭沒有寄件人地址。麗迪亞懷疑地打量著說：「你的怪粉絲寄了什麼給你？」

我用一把拆信刀把信封割開，動作誇張地把裡面的東西往外倒。

一件內褲落在我辦公桌上。

「我的內褲。」我茫然地說。

有那麼可怕的一刻，我唯一能看到且聽到的，就是山裡的尼克．派瑞許，恥笑我，跟我說他有我的氣味。

然後我聽到史都華放聲大笑。

有那麼短暫的瞬間，我覺得很丟臉。

然後他說：「耶穌啊，艾齡，我是聽說過有上門收送的洗衣業者，不過這個也太荒謬了。」

我忽然意識到這個狀況有多麼滑稽——史都華是對的，畢竟，那只不過是一件內褲。於是我也開始大笑。

馬克和麗迪亞似乎不太確定，但是當馬克問：「你不是應該打電話嗎？」史都華和我都笑得太厲害，於是他們也忍不住跟著笑了。

等到我們全都比較冷靜些，我說：「要命，我應該打電話報警。但是我想先打給法蘭柯。否則他從其他同事那邊會聽到些什麼，我根本不敢想像。」

結果法蘭柯認為這事情一點也不好笑。他根本不擔心自己會被同事恥笑，堅持剩下的這個白天都要陪著我。

「但是我今天下午要跟吉莉安碰面。」

「好，」他說。「我就在旁邊等你。」

我們等著警方過來時，我看著那個信封。郵戳時間就在我被停職之前。「至少我讓這個小混蛋等了很久。」我說。

「我猜想，我應該代班拆開這封信的。」馬克說，惹得史都華又大笑起來。

然後我覺得自己的怒火冒上來——不是對史都華，而是對派瑞許。「該死，」我告訴麗迪亞，「派瑞許寄到這邊來給我，希望讓我在全編輯部同事面前丟臉。他以為我會嚇死，讓你們其他人搞不懂我有什麼毛病。唔，我受夠了一直在防守，現在該輪到我上場攻擊了。」
史都華在旁邊聽到這番話，說：「她恢復本色了。各位女士先生！」
另一方面，麗迪亞和馬克則告誡我。「別做任何傻事。」馬克說。
我轉向電腦，登入系統。「老天在上，我要報導自己的內褲事件！」
「把這句話拿來當頭版標題！」史都華說。
我開始寫稿：

哪門子的窩囊廢，會以為可以用一個女人自己的內褲去嚇她？或許從過去的失敗學乖了，尼克．派瑞許這回端出他最厲害的祕密武器。這個男人（姑且算是吧）試圖用一件我沒洗的貼身衣物嚇我。

小尼克顯然不曉得，一般女人在洗衣日所碰到的是何等的恐怖。在《快報》裡，大家想像他帶著我的髒內褲長達三個月，策劃出這個偉大的計畫，惹出了各式各樣笑料。

小尼克，誰想得到你是個內褲賊？

是啊，我知道你希望自己以「邪惡化身先生」的形象在歷史上留名，而且你一定會盡力讓這個稱號跟著你。但是媒體世界一直不斷改變，小尼克，恐怕在我們編輯部裡，「邪惡化身」老早被淡忘了——你註定會被當成「內褲大盜」提起了。

麗迪亞站在我後頭看這篇稿子，搖著頭走開了。

但是我太自得其樂，根本不在乎了。想像派瑞許讀到這篇報導時的表情，感覺太棒了。他想嚇我，而如果一切能按照我的意思發展，那我就可以反過來，讓他變成笑柄。

我就要把稿子發給約翰時，莫名其妙地，我忽然想到了帕西法爾。他的行動雖然都出於好意，但是都沒能防止壞事發生。

如果派瑞許決心要證明自己該被當回事呢？如果我這篇用詞尖銳的文章沒能害他沮喪而失去活動能力，反倒是讓他氣得又去殺一打女人、好讓我們再度害怕他呢？這樣我良心能安嗎？難道我以為他會哭著去投案，說「我會自白，告訴艾齡．凱利不要對我這麼壞」嗎？

然後再回頭想，我應該忍著不要發表文章，只因為在我心底，我很怕尼克．派瑞許？

我把這篇稿子印出來，交給麗迪亞，但是跟她說我還沒打算要交出去，說我需要時間再考慮一下。我把那篇文章存進磁碟片裡，然後從電腦系統裡刪掉。要是我改變心意，反正可以把磁碟片交出去。

我打電話到約翰家，跟他說收到內褲的事情。「大概會有幾個警方的鑑識人員過來。」我說。

「啊，要命，凱利，你才回來上班不到一天，就又讓警察跑來編輯部了。」

結果警方沒在報社待太久。他們把信封和裡頭的東西收走，又問了我幾個問題（比方「這件衣物之前是什麼時候被拿走的？」）之後，就判定那個小包是郵寄、而不是有人送來的。接著他們就離開了。他們甚至提到，那輛廂型車應該很快就會還給我了。

我跟法蘭柯去吃午餐，他似乎比平常更安靜。

「怎麼回事？」我問。

「麗迪亞告訴我有關你寫的那篇評論文章了。」

我看著他的臉，卻讀不透他的心思。「很遺憾她跟你說了。你大概不會相信，但是我本來就要告訴你的。」

「我相信你。」

「那問題是出在哪裡？」

「出在你想激怒一個連續殺人兇手，出在你寫的『媒體世界一直不斷改變』，你真的忘了嗎？」

「這個問題，你認為我應該怎麼回答？」

「那你寫的時候，到底在想什麼？」

「我厭倦了老是照他的方式玩，法蘭柯。」

「有幾個刑事心理學專家正在辦這些案子，艾齡。專案小組裡就有幾個專門研究這種罪犯為業的人。你有沒有想過，在你直接向派瑞許叫陣之前，先去跟這些專家談談會比較好？」

「聽我說，在我們為這件事情吵架之前——」

「我不怪你生氣。他想控制你、操弄你，想要讓你覺得害怕。他想要掌控大局。我認為你該縮在角落哭嗎？不。但是為自己站出來是一回事，對這個傢伙發出一個徹頭徹尾的公然挑戰，就又是另外一回事了。」

「我沒交出那篇稿子。」

他往後靠坐。「什麼？」

「麗迪亞印了一份稿子給你，對吧？」

他承認了。

「唔，我稿子沒有交出去，而是存在磁碟片裡。我還沒決定，不過我想，我傾向於不要交出去。」我看他要開口，舉起一隻手阻止他。「不要——拜託不要說這樣做很聰明，因為這樣做大概也很懦弱。」

他很明智，沒再針對這個話題多說了。

吉莉安住在一個車庫樓上，是在住屋短缺的一九四〇年代晚期所蓋的一臥室木造小公寓。這個車庫位於一條長長車道的盡頭，跟佔據這塊土地前方的那棟工匠風格大宅沒連在一起——那棟大宅已經改造成一棟雙拼式房屋了。

從樓梯底部，我們聽得到她的立體聲音響；「新城之鼠」樂團（Boomtown Rats）正唱著〈我不喜歡星期一〉。老歌。我們爬上樓梯，敲了門。音樂聲停止了。吉莉安穿著牛仔褲和鮮黃色上衣迎接我們；她的頭髮現在非常短，染成黑色；塗成紫色的指甲也比上次我看到她時更短。法蘭柯以前短暫看過吉莉安一次，當時她去詢問他所偵辦的一件無名女屍案子。不過她還記得他，也記得那個案子，雖然她過去四年來一定去問過好幾打類似案子了。

他們簡短聊著那個案子時，我打量了一下這戶公寓的內部。以一個穿得這麼鮮豔的人來說，屋裡卻是空白而素淨得出奇；白色的牆壁沒貼壁紙，椅子和沙發都很樸素，而且除了她的音響喇叭和一棵棕櫚盆栽之外，屋裡沒有其他東西。那個立體聲音響一定是放在臥室裡。客廳裡沒有東西會分散客人對主人的注意力。

她客氣地請我們坐下，客氣地問我們要喝什麼，客氣地再度為了我剛從山區回來就跟她談而致謝。她很慶幸我沒被廂型車裡面的骨頭嚇壞，還問我是不是回去工作了。

在這些禮貌的舉止之下，她沒有太掩飾對我們的缺乏興趣，我都還在想，她怎麼有辦法沒當著我們的面打哈欠。

我問她近況如何。她說還好。

我說我很驚訝她父親再婚了。她說她跟蘇珊其實不算認識，但她父親要怎麼過日子是他的自由。

「傑森好像不太開心。」

「你跟傑森談過？」她問，頭一次對我所說的話流露出真正的關注。

「是的，」我說，「這個星期稍早。」

她把手在面前打開，掌心向外推，審視著自己的指甲。然後她抬頭說：「現在我跟我爸或我弟都沒什麼來往了。我喜歡這樣。他們有他們的困難，我有我的。」

我告退去洗手間，裡頭同樣樸素而沒有裝飾，跟屋裡其他部分一樣。我又回到到客廳時，很驚訝地聽到她在笑。這才想到這是我第一次聽到她笑，是一種沒有保留的、孩子氣的咯咯笑聲。她手裡拿著一張折起來的紙，微笑著交還給法蘭柯。

法蘭柯往後看了我一眼，滿臉內疚。他接過那張紙，遞給我。

「希望你不介意，」他說。「我讓她看了你寫的那篇有關派瑞許的文章。」

「一點也不介意。」我說，但是吉莉安的笑容已經收起。

之後沒多久，我們就告辭了。上了車後，法蘭柯說：「對不起，我應該先問過你的。」

「你在開玩笑吧？你太聰明了！我從來沒聽過那孩子笑。我真的很高興你讓她看我那篇文章——或許有助於紓解她心中的一些壓力——總之，至少幾分鐘吧。她通常都好嚴肅又好冷淡。」

「我還以為她的冷淡是針對我。」

「不是因為你，」我說。「她在我面前也向來是那樣的。所以聽到她的笑聲實在太棒了——通常好像沒有什麼事情能影響她。傑森說她很冷酷。我想那是她應付這一切變故的方式，退到自己的角落。而且她最近有一大堆事情要應付——過了四年，警方終於找到她母親了，但是那並不是個快樂的結局。」

「我沒有低估她所經歷的一切，但是——」他假裝打了個冷顫，「——我站在傑森那一邊。」

「我想，你也不能太怪罪她裝出一副冷酷的樣子。」

「是啊。但是你得承認，她有點怪。」

他們全家人都很怪，我心想。「你知道，我最近一直在想翟爾斯。不曉得茱麗亞被擄走之前，他是不是就已經跟他秘書有外遇。吉莉安第一次來找我的時候，我的注意力全都集中在茱麗亞是不是有外遇。」

「很可能，鮑伯．湯普森查過他。碰到有老婆失蹤的案件，我們通常會查一下那個老公是不是希望她消失。」

「要打聽查得怎麼樣，會很難嗎？」

「我想賽爾的案子是由瑞德．柯林斯接手的——鮑伯．湯普森過世後，局裡把這個案子派給他。屍體身分確認後，他就結了案。檔案大概還在他手上。追查派瑞許的專案小組還需要那些資料，而且當然，檢方以後還要用那些資料去起訴派瑞許。瑞德應該會讓我看一下。」

「我剛認識翟爾斯時，覺得他似乎很難過。現在他完全恢復正常了。我愈想他子女說過的話，就愈懷疑他當時的悲慟是不是裝的。」

「但是要把他連到派瑞許那種人身上——」

「派瑞許當過他一陣子鄰居。」

「那不表示他知道派瑞許打算做什麼。派瑞許不是職業殺手；他殺人是為了自己的樂趣。」

「或許他兩者都是。我要去找菲爾．紐立談一談，」我說，「或許他會知道派瑞許是不是還有跟其他人聯絡，或認為誰是他朋友。」

「雖然當初菲爾幫我找到了你，」他說，「不過他可不會違背律師和客戶之間的保密原則。」

我星期天下午和晚上打了幾次菲爾．紐立的電話。沒人接。我猜想他可能出城去度週末了。

接下來幾天，我擔心的事情又多了一樣：菲爾．紐立的電話一直沒人接。事後回想，我應該更擔心一點的。

48

九月十八日，星期一，上午
拉斯皮耶納

星期一上午，傑克負責當我的保姆，我們終於可以去拖吊場領回廂型車，然後我這輩子頭一次這麼徹底地洗了車。我們把吉普車開回去還給班，他正好來得及開去上他的第一堂課。他好像很驚訝車子能完整無損地交回他手上。

我打電話給喬．羅賓森，抱怨她安排的工作時間。她聽了很生氣，說沒想到瑞格利會這樣排班。但是她打電話去《快報》顯然也沒用。

我繼續打給紐立。

崔維斯打來。他一直跟我們保持聯絡，雖然就我看來，他跟「臭嘴哥」戴爾頓在一起顯然過得很愉快，並不急著回到拉斯皮耶納。他現在已經能獨自駕駛小型直升機，而且很興奮地告訴我說，臭嘴哥現在正在教他駕駛那輛大型的塞考斯基。

「那你呢，還沒回去上班嗎？」他問我。

「不，其實呢，我明天晚上要值班。」我把我獨一無二的工作時間告訴他。

「真的爛斃了。」他說，讓我想著他花太多時間跟臭嘴哥混在一起了。

「只是暫時的。」我說。

「或許我很快就會去看你。我很想念那些狗。」

「謝了。」我大笑。

「我不是那個意思！」

「我知道，我知道。看你什麼時候有空過來，我們都很想看看你。」

第一次值夜班時，我有點驚恐。正常來說，我不在乎午夜過後獨自在空蕩的街道上開車，也不在乎獨自在辦公室裡值大夜班，但是現在我的生活一點也不正常了。現在我非常相信，派瑞許會在那些街道偷偷跟蹤我，會在那些空蕩的走廊裡追獵我。

雖然懷著這樣的心態，但是後來法蘭柯說他希望我在報社值夜班時絕對不會落單，我還是斷然拒絕要帶個保姆去上班。我們爭執了兩三個小時，他開車離家，然後一個小時後回來，遞給我一支手機。

「這什麼？」

「讓我心安的。」

「你指望我隨身帶著這個——」

「而且要保持開機，沒錯。」

「我們負擔得起嗎？」

「比辦個葬禮要便宜。」

「法蘭柯！」

「好啦，好啦。你就隨身帶著，讓我心安，可以嗎？」

我讓步了。

接下來那一星期，我沒做什麼跟茱麗亞．賽爾命案相關的事情；我太忙著調整睡眠時間，處理我辦公桌上累積已久的文書工作。頭幾夜值班，我到報社時，報紙已經開印了。我會去地下室跟印刷工人打招呼，跟電腦維護人員傑瑞和麗薇聊天。

法蘭柯測試了我幾次，確定我手機都有開機，最後我終於告訴他，如果他繼續這樣製造該死的手機響聲、害我嚇一大跳，我就要把手機扔進印刷機裡碾碎。於是他沒再打了。

十一點半時，我又打了紐立的電話。還是沒人接。

編輯部空蕩而安靜。

我正被這片安靜搞得愈來愈緊張之際，我的表弟崔維斯在十一點五十五分打來。

「到屋頂去。」他說。

「什麼？」

「我們要來看你了！」他在背景裡的轟隆聲中說。

「誰要來看我？」

「臭嘴哥跟我。」

「太好了。什麼時候？」

「現在。」

「現在？這是什麼惡作劇嗎，崔維斯？」

「你到《快報》的屋頂。我們大概再過十分鐘會到那附近。」

「你瘋了嗎？」

「沒有，我跟臭嘴哥說你在報社值夜班，說你好像不太開心夜裡要一個人待在那裡。所以我們就決定去那邊給你一個驚喜。臭嘴哥說你們大樓屋頂有個停機坪。」

「的確是有，但是——」

「誰會曉得呢？」他問，等著我會反對。

「有個電腦維修人員偶爾會上去抽菸。」

「他是那種會告密的人嗎？」

「不是。」我承認。

「那快點吧！我們就要到了！」

我想著瑞格利或許有可能打電話來查勤，於是把辦公桌上的電話設定轉接到我的手機。

我爬樓梯到樓頂，順便運動，然後打開標示著「屋頂通道」的門。

這個門外其實是通往另一道階梯。我打開最後一扇門，走到屋頂上，花了一會兒欣賞四周的環境。能來到空曠的戶外真好。夜間空氣涼爽，還沒冷到需要穿外套。從海上吹來的微風趕走了各種最糟糕的氣味。城市的喧囂聲朝我湧來——悶住的車聲，屋頂的變壓器和其他機械的嗡響，鋼索敲擊著旗杆的尖銳叮叮聲，被燈光照亮的旗幟（一面美國國旗和一面加州州旗）所發出的柔和拍動聲。在這片混雜的聲音中，我也聽到一架直升機有節奏的響聲持續接近，不過還很遙遠。

我從大樓邊緣望下去，看到一些滴水嘴獸和其他裝飾物，這些東西讓我從小就對這棟大樓敬畏有加，而且深深喜愛。我還記得小時候父親第一次告訴我的情形，說這裡就是製造報紙的地方，我想到每天早上都會出現在我們家車道上的《拉斯皮耶納新聞快報》，覺得那麼了不起的印刷物，只可能出自這麼了不起的地方。

這會兒我把手伸到齊腰的護欄上，手指撫過那些黑乎乎的石砌欄杆，想起小時候自己的滿心崇敬。「看看那讓我今天來到哪裡，老妞兒。」

我往上看著隔壁那棟摩天大樓毫無特色、平直的外貌，此時是一片暗灰色的空無，只除了零星亮著燈的幾間辦公室。我有時會稱那棟大樓為「箱子大樓」。箱子大樓有其他的名稱——事實上，有太多名稱了，每隔兩三年，大樓頂部的標誌就要換一次。儘管嶄新又光鮮，但那棟大樓始終有一些空戶。瑞格利大樓現在也有一些空戶，但是建築物要老舊得多。我又撫過石砌欄杆。

我拍掉指尖的髒污，開始走路。雖然周圍有比較新、比較高的大樓，使得這棟建築物不像過往那麼壯觀，不過瑞格利大樓屋頂的視野還是令人驚嘆。

我所在的位置，並不是整棟大樓的最高點；屋頂上頭蓋了幾座結構物，其中某些還相當高，都聚集在最靠近樓梯的那端。在巨大的空調機房、各種雜物室、高高架起的碟型衛星天線以及其他結構物之間，是一連串窄窄的巷子。兩根旗杆和一根細長的避雷針立在其中最長、最高的結構物上方，下頭的空間則大部分是用來儲藏東西的。

儘管有這些障礙，你還是可以沿著屋頂的四周走一圈，而且可以看到頗遠的景物。不過今天晚上我沒有時間巡視一圈——我聽得到直升機接近了。

我匆忙趕到屋頂的另一邊，站在一塊漆著一些特殊記號的平坦區域旁——停機坪。

此時，我已經看得到那架巨大的塞考斯基了。它所發出的噪音蓋過了其他聲響，直升機底部照下一道亮光，緩緩朝停機坪降下，同時下方也升起一股激烈的煙塵。

我發現自己咧嘴笑了，很開心崔維斯的技術這麼好，同時想著我那位害羞的姨媽如果還在世，對自己兒子這麼奇特的現身方式會作何感想。我揮著手，等著他們關掉引擎，爬出駕駛艙。

「剛才是你開飛機的嗎？」我們打過招呼後，我問崔維斯，其實很清楚就是他開的沒錯。

「是啊，」他說。「我第一次夜間降落在一棟市區建築物的屋頂！」

「第一次？」我問，然後盡量不要讓他看出我有多緊張。「你做得真好。」

「抱歉有那麼多灰塵，」臭嘴哥說，跟我握手。「你們這裡很久沒有直升機降落了吧？」

「是啊。《快報》以前有自己的直升機，但是後來預算縮減就沒了。現在外包給機場那邊的一家公司。他們會飛來這裡載記者和攝影師，飛去我們要去的地方。」我說。「我想如果有自己的直升機比較好，因為可以更快趕到現場去，不必等著外包飛行員來載我們。我們現在動作比較慢了。當然了，大部分時間，瑞格利只希望我們開車趕去就好。」

「要命，」臭嘴哥說，往後指著那架塞考斯基。「這傢伙可以載你們到大部分要去的地方，比汽車要快多了——尤其是洛杉磯的高速公路。」

「可惜你得留在這裡值班，」崔維斯說。「不然我可以載你繞一圈。」

「我很願意，」我說。「我們一定要另外約時間。你們從直升機上怎麼有辦法打電話？」

「在我們飛行的時候，老爹——臭嘴哥的地面工作人員——跟我們用無線電聯絡。他會把弗里芒企業接到的電話轉到直升機上，反過來也是一樣。大部分電話都是臭嘴哥的那些女朋友打的——」

「喂，你講夠了吧，小矮子，」臭嘴哥說，儘管崔維斯比他高了足足一個頭。「我們該走了。艾齡還得回去工作。」

「但是你們才剛到！」我抗議道。

「我們可能會在拉斯皮耶納過夜，」崔維斯說。「傑克說我們可以去住他家。我們打算再練一下夜間飛行，然後就要飛到機場那邊了。」

「也可以來我們家住，」我說。「你需要那輛廂型車嗎？」

「我明天可能得借用一下。我在考慮要買下一個地方，離你們家不遠。」

我聽了很高興，又跟他聊了幾分鐘，聽他未來的計畫。等到我望向臭嘴哥時，他歪著腦袋打量我。「你下次上大夜班是什麼時候？」他問。

「星期四。」

「我們星期四會再過來，同樣的時間，同樣的地點。」

我大笑。「讓崔維斯有更多練習機會？」

「算是吧。」他說，點著頭。

「好吧，有何不可？」

「唔，既然你提到了，」他說，抓著自己的下巴，「的確是有何不可。來吧，你的手機借我一下。」

我遞給他，他輸入一個號碼，然後把手機還給我，讓我看怎麼察看他標示為「臭嘴哥@FE」的電話。

「FE是表示弗里芒企業（Fremont Enterprises）。你打這個電話，老爹就會幫你轉接給我們。要是你的老闆剛好跑來，或者有什麼狀況，不方便讓我們降落，你就打個電話給我。否則，我們就星期四見了。」

然後他們離開了。

我心情好轉太多了，轉身朝樓梯入口走去。我走得稍微比較慢，發現自己不自覺地想著，堅持待在報社、克服瑞格利三世給我的任何障礙，畢竟是值得的。否則，我心想，到頭來我可能就得待在箱子大樓那樣的建築物裡了。

我在瑞格利大樓屋頂，才剛走到可以看到整棟箱子大樓的那個角落時，我停下腳步。有一扇窗子不太對勁，幾乎就在我所在位置的同樣高度。那個辦公室裡有些光，但是沒有亮到可以工作。更怪的是，那個光在移動。

天花板的日光燈不會移動。是打開的手電筒？有人在裡頭偷東西嗎？

我沒繞過那個轉角，看到箱子大樓裡那個房間的光照了窗玻璃幾次，於是我後退到陰影裡，拿出手機。

那燈光熄滅了。我待在原地，注視著那扇窗子。沒多久。我就看到裡頭有個人影走到玻璃窗前。我只能勉強看到這個人的輪廓。是尼克．派瑞許？

或者我又在想像了？

我不能確定。但那個手電筒不是我想像出來的。

我蹲進陰影深處，開始撥電話報警。

49

九月二十日，星期三，夜間十二點十五分
瑞格利大樓屋頂

接下來我打回家。

「艾齡？你還好嗎？」

「我沒事。我吵醒你了嗎？」

「沒有，我正在等你回來。」

「你還記得你跟我說過，如果我覺得我又看到了派瑞許，就該告訴你？」

「記得。你在哪裡看到他？」

我告訴他，我剛剛報警說隔壁大樓可能有人正在行竊，然後很快解釋我為什麼會在樓頂。

「但是現在我想，我是不是該跟他們提起派瑞許，」我承認。「如果真的是他，我不希望警方完全沒有準備。」

「趕快進入室內，找到傑瑞或麗薇或任何在那邊工作的人。答應我你會照做，直到有警察趕到。另外趕緊通知大廳的警衛要小心。」

我答應照做，然後開始下樓。

走到第二道樓梯時，我聽到了腳步聲。我站住，認真傾聽。下方有一扇門關上。金屬欄杆震動著，整棟大樓都是這樣，因為印刷機正在運轉。那震動從地下室往上傳送，在這麼高的地方沒那麼吵，但是持續不斷。我覺得自己的手正以另一種節奏顫抖著，於是又掏出了手機，想打電話給警衛，覺得鍵盤發出的每個嗶聲都響亮得像是一組銅管樂隊。我等著電話接通，但是沒人接。我看著手機螢幕——沒有訊號。樓梯間的收訊不良。

我等著，覺得又聽到下方有個聲音。

是傑瑞或麗薇，我告訴自己。他們正要去另一個樓層維修電腦。我等著。

接下來的三分鐘漫長得就像是三年，我一直沒聽到任何聲音，於是就躡手躡腳走到下一層樓，來到一扇門前；我試了一下，門鎖住了。我很懊惱，但是並不意外。就算是搭電梯，要上這些頂層的辦公室也必須有特殊的鑰匙，而且樓梯間的門只能從內側打開。

我傾聽著，還是沒聽到其他聲音，於是開始往下奔跑——現在我完全慌掉了，拚命衝下樓梯。我迅速繞過最後一個轉彎，來到編輯部樓上那一層的樓梯平台，此時通往編輯部的門猛然打開。一名穿著深色衣服的男子走出來，手上的槍指著我。

我站住，舉起雙手，想說話。我覺得嘴裡好像有一大團東西，但是發不出聲音。

那名警衛先開口了。「耶穌基督啊，艾齡！」他說，手槍放低，改指著我的膝蓋。「你剛剛把我嚇死了。」

「把槍收起來，拜託，」我說，努力想著他的名字。「我才被你嚇死了。」眼前這名警衛鬍子都還沒長齊，但是他手上有槍。我想到報社白天班的警衛傑夫快要八十歲了（有些人發誓已經超過八十了），從來不帶槍。猜猜哪個人讓我覺得比較安全？

他把槍插回槍套，腰帶往上提一下。「你先生打電話來過。他說你用你的手機從屋頂打電話給他，但是他想再回電給你時，你沒接，電話轉到語音信箱。所以他又打到你辦公桌，但結果又轉到手機。」

「所以你帶著槍跑來，就是應該的？」

「啊——這個嘛，就在我接到他的電話之前，從警察無線電掃描儀聽到有人通報，他們認為派瑞許在隔壁那棟大樓裡。我推測他有可能去找你，所以就做了些準備。」

他講得輕鬆而自信，完全沒意識到他彈匣裡那些子彈有可能射到我身上。他現在正在微笑，還伸出一手，準備要幫著我下樓梯。我讓他帶著我去編輯部，一進去之後，就垮坐在最接近的一張椅子上。

他拿起無線電說：「我是第一組。」

沒有人回應，他有點驚慌地又試了一次。「第一組呼叫中央。你在嗎，傑瑞？」

「李奧納？」對方回應。「你從一樓櫃檯打來的？剛剛講什麼『第一組呼叫中央』的狗屎啊？」

李奧納。這個名字我怎麼會忘記？

「不要在保全無線電裡講髒話，傑瑞！完全違反規定。完全！」

李奧納翻了個白眼，把無線電關掉。「我最好下去櫃檯了，」他對我說。「你還好嗎？要我幫你倒杯水還是什麼的？」

我還來不及回答，他就匆忙走向飲水機。這位李奧納真是行動派啊。不過我發現自己開始喜歡他了。

「我有一瓶礦泉水，已經打開了。」我說，然後他俐落地轉身去我辦公桌上拿來。

「你應該打電話給你先生，讓他知道你沒事。」他堅定地說，把礦泉水遞給我。

「我會的。」

「他在拉斯皮耶納警局的兇殺組，對吧？」

「對。」

「嗯。有空帶他來報社吧。我很想認識他。順便提一聲——你丟螢幕那件事很酷，不過別在我值班的時候砸破任何東西，好嗎？」

「我盡量。」

警方在隔壁棟大樓徹底搜索後，發現我說的那個辦公室確實有人闖入，不過看不出來有東西失竊。

沒有派瑞許的跡象。要在箱子大樓的每個角落和每個縫隙裡找他並不容易，但是拉斯皮耶納警局的人沒有一個人因此不高興。這不表示他們不會心煩——不過他們的訓練比李奧納好，沒有威脅要射殺我。

我星期四又去值夜班時，我的電腦螢幕上貼著一張字條：

艾齡，這回值班，請試著別把警察弄來這裡了。

約翰

我把字條收好，打算下回法蘭柯要求陪我來值班時，可以給他看。

臭嘴哥說到做到。星期四夜裡，傑瑞和麗薇跟我一起在屋頂看直升機降落，兩人都佩服極了。然後他們下樓，好讓李奧納也有機會上來看一眼。

我們正在等著那位被臭嘴哥（還沒見過）取綽號為「李奧納多．達熱心」的年輕人時，我問起之前巡山站直升機被破壞的事情，要求他們指給我看。

臭嘴哥帶我去看了油箱排放塞。

「直升機上頭為什麼會有這樣的東西？」我問。

「在正常的狀況下，」他說，「潮溼的空氣會進入油箱裡。油箱是金屬做的，對吧？所以油箱冷卻後，水氣就會凝結，落入燃油中。又因為水比燃油重，所以會沉在油箱底部。」

「如果油箱裡有水，」崔維斯說，「混在你的燃油裡，就會引起問題。你發動直升機的時候，你的引擎可能會運轉不順——說不定發動不了。」

「所以你們發動之前，就會打開那個閥門，讓水排出油箱？」我問。

「對。」

「那麼，在山區的那一夜，要不是下雨的話，森林服務處的人員可能會聞到直升機的燃油都漏光了？」

「有可能，」臭嘴哥說。「但是就算聞到，又能怎麼樣？破壞那兩架直升機的人已經帶著排放塞離開了。」

「所以那些巡山員沒有替換的零件，就沒辦法給直升機重新加油了。」

「對。森林服務處和警方都帶了金屬探測器去，想找到那兩個塞子。我想是破壞直升機的人當成紀念品帶走了。」

「那些塞子要夠小，才能放在口袋裡。」我說。

「對，是很小。你要是能找到那兩個排放塞，就知道派瑞許的幫手是誰了。」

李奧納看到臭嘴哥和崔維斯時，興奮得跑來跑去。「在這裡等著，大哥，在這裡等著！」他匆忙走向屋頂的一座結構物。過了兩分鐘，直升機停機坪就被一連串裝設在屋頂的燈光照亮了。

他大步回來，又把腰帶拉高。「我會跟艾齡說開關在哪裡，」他說。「你們以後降落就更有氣勢了。」

他們謝了他，然後又待了幾分鐘。離開前，李奧納問崔維斯：「你幾歲？」

崔維斯告訴他，他雙眼睜大說：「大哥！比我沒大多少嘛。」

他們起飛後許久，李奧納還站在那邊看著直升機。「你考慮過要放棄當警察嗎？」我問。

「不可能。我要去航空巡邏隊！」他四下看著屋頂說：「他們說明天還要來。我得把這裡整理一下，讓你可以在上頭這裡放鬆。」他微笑。「傑瑞老是跑上來抽菸，所以我們要弄個非吸菸區。」

他帶我去看停機坪的燈光開關在哪裡，然後我們走向下樓的門。我逼自己抬頭看著箱子大樓。上回我看到有小偷的那扇窗子，今天是暗的。

「可惜他們沒逮到他。」李奧納說，循著我的目光看過去。

「那個小偷？」

「派瑞許。」他說。

「說不定前兩天不是他。」

「就是他，」他權威地說。「不過你別擔心——我不會讓他進入瑞格利大樓的——想都不要想。」

這話出自於一個差點朝我開槍的傢伙，很難令人放心。但是我還是謝謝他，過了一會兒，我又謝了他，因為他偷偷帶著我進入高官辦公室的高樓層，搭電梯下去。

更棒的是，星期五上樓要去屋頂時，他又帶著我搭了一趟電梯。他驕傲得簡直憋不住，帶著我去「凱利小館」，指的是從員工餐廳借來的四張塑膠椅和一張金屬桌。「別擔心，他們讓我借用的。」他說。「這些都暫時堆在廚房旁邊，他們很高興能清出那塊空間來。」他又自己花錢買了一個冷藏箱。這會兒他打開來，讓我看裡頭的六瓶裝礦泉水。

「看到沒？我甚至注意到你喝什麼牌子的。」他點點頭。「我是訓練有素的觀察者。」

「李奧納，你真是太好心了——但是你不該這麼費心的。」

「唔，我喜歡你，我喜歡幫助別人。而且或許有一天，你可以幫我說句好話，或許可以把某人介紹給我認識一下。」

我微笑。「啊，所以你是想認識法蘭柯，要賄賂我。」

他立刻強烈抗議，直到我告訴他我只是在開玩笑。

「啊。」

他好像還是覺得很不高興。我動作誇張地坐在一張椅子上，打開一瓶礦泉水，興奮地大聲說這樣佈置起來有多棒。他好像因此情緒好轉，很快就又恢復慣常的好心情。他聽到直升機的聲音，就去打開停機坪的燈光，然後站在那裡癡迷地看著直升機捲起塵沙，吹得凱利小館到處都是。降落之後，他一直問崔維斯那些燈光是不是有助於他降落「那架寶貝」，問了一定有十幾次。

他的無線電發出噪響，他急忙站起來接，撞翻了一張塑膠椅。「我是第一組。」

「第一組，這裡是中央，」傑瑞的聲音說。「什麼時候換我上去啊？我好想抽菸。」

「你應該戒掉那個壞習慣。」李奧納說，但是向我們告退離開。

我跟臭嘴哥和崔維斯聊了一會兒，得知崔維斯已經決定要買下他之前去看過的那棟房子。他還說他帶臭嘴哥去認識我八十歲的姑婆瑪麗．凱利。「她希望我們去她家住幾天。」

「我想你和瑪麗姑婆會很投緣的。」我對臭嘴哥說。

臭嘴哥咧嘴笑了。「崔維斯跟我說，她講話又臭又酸。」

「沒錯，」我贊同道。「她跟你應該是勢均力敵，戴爾頓先生。」

「她已經問過他直升機的事情了。」崔維斯說。

「她想搭？」

「對，不過我的意思是，她也想開直升機。」

「老天幫忙啊。」

傑瑞上樓來抽菸，臭嘴哥和崔維斯很快就離開了。他們在上空盤旋，一道明亮的燈光往下照著樓頂，看著我們走向通道門，就像約會後男人看著女伴安全走進屋子那樣。我朝他們揮揮手，下樓回到編輯部，想著因為他們的來訪，大夜班要可以忍受得多，儘管有人可能會認為他們的來訪方式太誇張了。

他們協助我度過瑞格利給我的這段懲罰時期，甚至讓我可以偷偷藐視他。要是崔維斯要用這種方式來探望我才能安心，那麼我也樂於接受。

事實上，我的確覺得不那麼脆弱了。沒錯，我現在來報社，都會把車停得離大樓很近，而且傑瑞會主動護送我上下車。但這些預防措施逐漸變成例行公事。而且每一晚我經過箱子大樓，就會愈來愈確定我那天夜裡看到的只是個小偷，而不是派瑞許。

值完這些大夜班後，開車回家的路上總是幾乎沒別的車，但是就像編輯部一樣，有點太黑又太安靜。今夜霧開始滾滾湧來，我沿著黑暗、空蕩、霧溼的街道往下開，發現自己想著科幻影集，裡頭的主角不知怎地成了中子彈攻擊或外星人毀滅行動後的唯一倖存者。整個城鎮都屬於他，但是沒有人跟他共享。

唔，我心想，我有一個人跟我分享——我該打電話給法蘭柯的。但是我知道光是聽到電話鈴響，都會讓他有短暫的恐懼，怕我出事了。所以我決定不打。再十分鐘就到家了。

我一直聽到廂型車後方有一個斷續的、和緩的碰撞聲，很擔心是拉斯皮耶納警局把車拖去拖吊場時不知怎地弄壞了。聲音的確切位置難以捉摸，我想不出可能是什麼原因造成的。

我打開收音機，是一個談話節目，裡頭一個所謂的心理諮商師正在嚴厲責備一個來電的聽眾，而那個聽眾的反應則是受虐狂似的卑躬屈膝。這讓我懂得欣賞喬・羅賓森。我轉到一個爵士音樂台。

駛入我家前方的車道時，我吐出一口大氣。我關掉收音機，把充電器上的手機拔起來，這才注意到手機螢幕顯示我有語音留言。

狗屎！我應該早點檢查的，我按了聽取留言鍵，想著瑞格利會不會畢竟是打電話給我查勤了。

有兩通留言，看起來狀況不妙。

「第一個留言，」電信公司的自動聲音說。「今天上午十二點十一分。」

不是瑞格利，而是約翰。其實是好消息，他留言說瑞格利答應要把我的值班調整成一整個星期的大夜班，星期一到星期五。我還是只能工作部分時間，但是星期六早上不必才睡三個小時就要爬起來。週末可以休假了。

我聽著電信公司那個愉快過頭的錄音聲音說：「要重複這個留言，請按一。要刪除這個留言，請按二。要儲存這個留言……」

我按了二。

「第二個留言。今天上午十二點二十六分。」

我以為這個留言又會是約翰，所以對自己將會聽到的完全沒有準備。

派瑞許的聲音。

「我們好久沒聊了，親愛的。我真的一直很想你，但是我們兩個都很忙，不是嗎？告訴我，你的手機是哪一款的？我還可以留話給你呢……」他輕笑一聲。

「不曉得你最近有沒有好好看一下自己？你看起來有點疲倦。睡得不夠嗎？小心啊，你快要瘦成皮包骨了。」

他又笑。我開了車門下車，踉蹌著走向屋子。

「好吧，即使你這回像個乖女生把門鎖好，我也還是得讓你知道，門鎖阻止不了我的。我已經在你的廂型車裡留了些有點容易腐壞的（perishable）東西——或者我該說，派瑞許風格（Parrishable）的東西？」

我又掉頭朝廂型車走，一邊喊著法蘭柯。

「我想班・薛瑞登會很喜歡這個的，」派瑞許繼續說。「告訴他我很樂在其中。另外告訴他，我會把你帶到他救不了的地方。」

然後一聲喀噠。暫停片刻後，語音信箱裡那個愉快的錄音聲音說：「要重複這個留言，請按一。要刪除這個留言，請按二。要儲存這個留言……」

但是此時我已經聽不到那個愉悅的聲音了。我把手機扔在草坪，像是突然發現手裡握著一條蛇；我匆忙打開廂型車側邊的拉門。

法蘭柯帶著蒂克和當克跑出屋子。「艾齡？」他著急地問。「怎麼了？」

我爬進廂型車時指著草坪上的手機，看到他過去撿起來。

「艾齡，不！」他大喊，此時我打開冰箱。

太遲了。

那個水藍色的小冰箱裡亮起一盞小燈。

裡頭是一個人類頭骨。

50

九月二十三日，星期六，凌晨二點四十五分

拉斯皮耶納

我一直在努力回想，但是直到現在，我還是想不起看到那頭骨之後的頭幾分鐘，到底發生了什麼事。我模糊記得中間法蘭柯抓著我肩膀大吼，很生氣，因為他擔心我的安全，而且深怕我對派瑞許的嘲弄這樣不加思考就回應，可能會踏入什麼陷阱。

當然，他是對的。我根本就不該碰那個頭骨的。

他告訴我，當時我對他的咆哮只是冷靜地說：「我以為他只是切下她的手指和腳趾。我不曉得她被斬首了。」

「他沒有把她斬首！所以我們才會知道她頭髮和眼睛是什麼顏色的！」

我忽然間站不住，坐在門廊的階梯上。

他關上廂型車的車門，然後坐在我旁邊，一手攬著我，同時打電話給警察局。我的貓寇迪也出來了，跳到我的膝上坐著。蒂克和當克則窩在我們腳邊。

幾個警探和鑑識人員趕到，在某種程度上把我從麻痺的狀態裡喚醒，於是等到他們離開時，我覺得比較恢復正常了。我已經盡力把所知的一切告訴他們——派瑞許大概是撥了我的辦公室電話，然後自動轉接到我的手機；我停在報社停車場的廂型車有鎖上；沒錯，停車場裡有幾台監視攝影機，不過是出了名地不可靠。

那些警探打電話去報社，得知三個星期前，李奧納就盡責地報告說停車場的攝影機被破壞了。而瑞格利的反應就是貼一張大公告寫著：「停車風險自負。本停車場業主對於車輛及車內財物的損失或破壞不承擔任何責任。」顯然地，也不對車內財物有所增加而負責。

次日早晨——嚴格來說，其實是同一天早晨，但是我已經去睡了一覺起床了——我們發現彼此都有點不好意思。法蘭柯是為了前一夜自己脾氣失控，我則是為了自己當時精神錯亂。不過我們還是不曾遠離彼此，離開對方視線每次也絕對不會超過兩分鐘。逐漸地，我覺得自己比凌晨三點時要安全一些，就逐漸放鬆，我們開始交談，等到白天結束時，我覺得似乎又找回一些生活的平衡感了。

「我真希望瑞秋在城裡。」他星期六夜裡說。

他不是渴望另一個女人，而是想雇個保鏢。瑞秋是他的搭檔彼得的太太，已經從兇殺組警探退休，必要時完全有能力修理壞蛋。不過瑞秋現在是私家偵探，那個星期剛好到別州去出差了。

雖然我們屋外停了一輛巡邏警車，但法蘭柯不光是擔心我的安危而已。「我不希望你覺得害怕，」他說。「你應該要有人陪著。」

我沒有反對，對他來說，這一點大概是那一整天最令人擔心的事情。

星期天早上，我醒來看到他穿上了西裝。「對不起，我本來想讓你多睡一會兒的。我得去局裡。不過班會帶平哥過來，這樣可以嗎？」

我說我很樂於看到班和平哥。

我以為我跟他說的是實話。結果還不到中午，我雖然很歡迎平哥留下，但是已經準備好要把班趕走了。

那是大約十點時，我試探地問他，那個頭骨的鑑定工作是否由他負責。

「是，沒錯，」他兇巴巴對我說，「還有不，我不知道那是誰的頭骨。我寧可不要亂猜，尤其不想在記者面前。」

「你回家。」我說。

「什麼？」

「你回家。我很努力不要發瘋，先生，可是你一直講一堆沒禮貌的話。光今天就講了至少兩打，而且你講得很順，我看不出你有停止的跡象。所以你快滾吧。」

他皺眉，然後說：「如果我得罪了你，對不起。」

「非常謝謝你，你講得很誠懇。再見。」

「我不會走的。」

「會，你會走的。」

「不，我不會。別再這麼幼稚了。」

「你給我滾！」

「如果只是為了你，相信我，我會走。但是我已經答應法蘭柯會陪著你。」

「如果你再不離開這裡，就不必擔心派瑞許會殺了我。今天太陽下山之前，我就會想殺了自己！」

「這樣講太差勁了！」

「你說得沒錯。我想『差勁話大師』這樣告訴我，就是最高的讚美了。請恕我失陪一下，我要把這句話記在我那本『差勁的班．薛瑞登日記』裡！這日記就放在『向班．薛瑞登致敬神龕』裡頭！我馬上回來——或許再也不回來了！」

我氣沖沖走進浴室，砰地甩上門。門鎖上之後，我轉身靠在上頭。

有一天，等到我非常有錢的時候，我要蓋一棟大房子，裡頭有個大大的浴室，可以讓人在裡頭盡情發脾氣。可惜眼前我不是有錢人。

事實上，我目光所及之處，都看到了我們之前為了班來同住而做的種種改變。我真想把那些改造的地方都給拆個精光。

我打開浴室櫥櫃，想找個什麼可以打破而不會難過的東西。結果什麼都沒有，連個電腦螢幕都沒有。我坐在浴缸邊緣，頭埋進雙手裡。

我聽到班沿著走廊快步走過來。他的步態聽起來怪怪的，好像主要靠著右腿在走。但是當我聽到他握住門柄想轉開時，就忘了他的腿了。

「不准進來！」我吼道。

「你馬上出來！」

我抓了一條毛巾，摀住嘴巴，然後對著毛巾尖叫。

「你是摀著毛巾在尖叫嗎？」

我覺得這話幾乎是好笑。幾乎。

「開門。」他說。

我沒回應。

「你沒事吧？」他問。

「不要問我是不是沒事。你這個虛偽的混蛋！」我說。「你才不在乎呢。我受夠了你那些難聽話，我受夠了一切！」

門忽然發出一聲巨響，浴室門是三片鑲板構成的，中間那片被法蘭柯的長柄手電筒給敲破了。外頭的三隻狗都吠叫起來。

班的手從門上那個破洞伸進來，把門鈕解鎖。

他打開那扇破掉的門時，我抬頭驚愕地看著他。

「老天在上，你為什麼要把門砸破？」我問。

「我想道歉。」

我先忍不住，開始大笑。他也開始笑。我坐在浴缸邊緣，差點笑得摔下來。門鈴響了，我去應門，擦掉臉上的淚。是巡邏車上的警員之一。

「哈里曼太太？」他問，目光看著我身後，然後又轉回來看著我。「我們聽到好大一聲——還有狗叫。你還好吧？」

「啊，還好。」我說，竭力保持鎮定。

那警員警戒地看著我。

「那聲音是我製造的，」班難為情地說。「我砸破門了。」

「我剛剛把自己鎖在浴室裡，出不來，」我很快說。「薛瑞登博士很好心去救我。」

「啊，」那警員說，然後很快又看了班一眼，就回到他的巡邏車上了。

我們清掉了木頭碎片，找了些褐色包裝紙貼在浴室上的那個破洞，此時我看到他皺了一下臉，揉著他的大腿。

「班，休息一下吧。」

我以為他可能會跟我爭辯，但結果他只是走向沙發。等到我進入客廳時，發現他臉色蒼白。

「我想我昨天太操勞了，」他說。「我好一陣子沒有這麼難受的幻肢痛了。」

「你帶平哥去參加了搜救犬社團的訓練？」我問。

他點點頭。「我本來沒事，不過後來一到家，警方就打電話跟我講那個頭骨的事情，於是我又去了實驗室。一整天站太久了。」

「那你為什麼還要裝著義肢？拆下來吧。」

「拆下來我就沒辦法保護你了啊。」

「你說得沒錯。何況，看著你痛得受不了，比較有娛樂性。」

他微微一笑。「你那本『差勁的班・薛瑞登日記』裡頭又有材料可以寫了。」

「要是你早點承認你痛得脾氣很壞，那扇浴室的門大概還不會破掉。把你的車鑰匙給我，我去拿你後行李廂裡的輪椅吧。」

「那對腋下拐杖你還留著嗎？」

「對。」

「我用那對拐杖就可以了。」他說。彎腰按了義肢上的解鎖鍵。班的義肢分成兩大部分：套在他殘肢末端的托座，還有飛毛腿義肢本身。托座內有個襯墊，讓他的皮膚可以吸住托座。托座底部伸出一根金屬釘，要鎖進飛毛腿義肢上方的固定鎖裡。他按了解鎖鍵，所有的一切就解下來，只除了托座和襯墊，沒辦法硬扯下來，必須慢慢轉著脫離。趁他轉著托座時，我就去拿那兩根腋下拐杖。

我又拿了一個冰敷袋給他，然後讓三隻狗進屋餵他們。

法蘭柯到家時，滿臉好笑的表情，一見面就說全警察局的人都知道他老婆因為被鎖在浴室裡，驚動了外頭監視的人員。班的表情好羞愧，於是我決定先不要告訴法蘭柯整件事，等我們私下獨處時再說。

我們邀請傑克和班跟我們共進晚餐。吃完之後，我們讓班回去坐在沙發上，他又試著冰敷。

我們安靜坐在一片友好的氣氛中。寇迪在我的膝上，蒂克和當克在法蘭柯和傑克之間移動，平哥則拒絕讓他們接近班。班閉上眼睛，撫摸著平哥的耳朵。「告訴我帕西法爾接下來怎麼樣。」

「傑克可以講得比我好。」我說。

「不，你講吧，」傑克說。「你不久前才看過那本書。」

於是我說出帕西法爾如何前往野山城堡，注意到漁夫王有某種疾病，但是他的導師警告過他不要表現得過分關心，也不要問別人太多問題，於是帕西法爾都沒問起漁夫王的健康。

我描述在野山城堡大廳的那場盛大宴會中，聖杯被拿了出來。帕西法爾發現城堡裡所有人都期待地看著他，他也對眼前所見到的一切充滿好奇，但是他想到自己導師的勸告，還是沒開口提出問題。

次日，經歷了一些令人不安的夢境後，他醒來發現只有自己一個人。覺得他的主人們真沒禮貌，丟下他一個人，連服侍他穿衣服的僕人都沒有。他自己穿好衣服，進入庭院，發現他的馬已經套上馬鞍，他的劍和長矛就放在馬旁邊，於是很憤怒。他爬上馬，匆忙騎往吊橋。但是來到橋頭時，有人用力扯了纜索，帕西法爾差點掉進護城河裡。他回頭看到一名侍從，那侍從詛咒他，罵他是笨蛋。「你為什麼不問那個問題？」那小夥子問道，朝帕西法爾揮著拳頭。

「什麼問題？」帕西法爾問道

但那少年只是關上城堡門口的鐵柵門，帕西法爾無處可去，只能離開城堡。

「那個問題是什麼？」班問。

「帕西法爾必須歷經許多艱險之後，才知道自己應該問的是什麼問題。」我說。「不過基本上是，很久以前有人預言，只有一個騎士可以找到被施了魔咒的野山城堡，他只要問一個問題，就能結束漁夫王的苦難：『你有什麼毛病？』所以帕西法爾搞砸了他的機會。」

「那他還有下一次機會嗎？」

「有的，但是沒有那麼容易得到。帕西法爾太羞愧了，對自己和上帝完全失去了信心。最後他重拾信心，而且最後，他又見到了漁夫王。他終於問：『你有什麼毛病？』那國王就痊癒了，每個人都從此過著幸福快樂的日子。」

「幸好崔維斯不在這裡。」傑克說，幾乎是憤怒起來。

「為什麼？」

「我可不希望他對這個故事的印象是這樣！你跳掉了大部分重要的情節！」他抱怨道。

班打了個哈欠。「別為難她了。我聽得很開心。而且她讓我很期待能自己讀那本書。謝了，艾齡。」

傑克跟我們告辭離開，班也帶著平哥回自己家。法蘭柯和我又拖了一會兒沒睡覺，有時說話、有時不說，但說不說都覺得很好，而且沒怎麼想到中世紀詩歌了。

他比我早睡著，我想著次日是星期一，他一早又要離家去上班了。我決定要再試著聯絡菲爾．紐立和吉姆．霍夫頓。

無論有沒有計畫，那畢竟是星期一。我開始輕聲哼起我在吉莉安的公寓聽過的那首歌——〈我不喜歡星期一〉。

次日會是我有生以來最糟糕的星期一之一。

51

九月二十五日，星期一，下午

拉斯皮耶納

飛蛾知道那隻狗的事情。因為工作的關係，那隻狗被訓練得要很友善。即使他被要求獨自看家時，飛蛾都還是花時間去跟他熟悉，也知道了班·薛瑞登的時間表。

薛瑞登已經減少他在大學裡的工作。他的授課科目還是跟以前一樣，但是他讓研究生助教愛倫·瑞奇負擔起更多責任。而瑞奇女士也很樂於提供班·薛瑞登的時間表。

知道這位教授什麼時候會在學校裡，就很容易推估出什麼時間應該過來跟這隻狗說話。主人不在的時候，這隻狗很孤單，所以喜歡有人來拜訪，一看到飛蛾出現，就猛搖著尾巴。

所以當飛蛾再度闖入車庫時，那隻狗沒叫，其實飛蛾並不意外。薛瑞登已經換掉了後門的鎖，但還是阻止不了飛蛾破解這扇門。

飛蛾再度進入屋內，再度仔細搜尋。

然後又失敗了。

飛蛾生氣又懊惱，一隻戴了手套的手揮過滿滿一架錄影帶，全都掃到地板上。這回要做些破壞。飛蛾揮動鐵撬棍，幸災樂禍地看著其他東西飛出架子——書、裱框的照片。最滿足的一刻，就是鐵撬棍砰一聲擊中電視機螢幕。聽到玻璃碎裂的聲音，那狗開始吠叫。

於是飛蛾有點清醒過來。要是狗都聽到了，那個好管閒事的鄰居也會聽到嗎？那老女人對這附近的一切總是保持警覺，已經逼得飛蛾把車子停在另一條街，而且是翻過籬笆進來的。

那狗還在叫個不停。

飛蛾害怕地躲進浴室。過了一會兒，狗安靜了。「如果你被抓了，小尼克會怎麼說？」飛蛾自言自語，但是這個想法主要是讓她心煩，而不是害怕。

小尼克一直忽視他的飛蛾。

飛蛾又生氣了，但現在比較能控制，於是打開醫藥櫃，找到班．薛瑞登的止痛藥，拿走了。在廚房裡，飛蛾又搜尋櫥櫃，很快發現了狗食。飛蛾打開一罐，把一小部分放進一個碗中，然後開始掰開止痛藥膠囊，撒在狗食上。大概弄了十二個之後，飛蛾把空膠囊套回原狀，放回藥瓶裡，正打算帶走——然後暫停。要是被逮到身上有個寫了薛瑞登名字的藥瓶，那可不妙。於是飛蛾把那些膠囊倒出來，放進口袋裡，然後把瓶子放在料理台上，出了屋子。

那狗沒意識到有敵人接近。這是一個熟人，拿著一碗食物。這會兒那狗注視著飛蛾，已經對食物充滿興趣了。

飛蛾只把狗欄的柵門打開一點，將那碗推進去。

「好乖。」

那狗抬頭看著飛蛾，歪著頭，接著又看了狗碗，舔著嘴巴，但是沒碰食物。

他是不是在等什麼指令？

飛蛾又打開柵門，伸手到碗裡抓了一把狗食，放在狗的鼻子底下。那狗看看飛蛾又看看食物，然後輕輕地、幾乎是不情願地，從那隻戴了手套的手上吃了些。

這樣要吃到什麼時候！

飛蛾聽到鄰居的狗開始吠叫，其他幾隻也跟著叫了。眼前這隻狗的耳朵往前豎起。有人接近這屋子嗎？飛蛾趕緊離開狗欄，爬過高高的後園牆，從另外一戶人的後院離開——這家人沒養狗，白天向來沒人在家。

上車後，飛蛾關上門鎖好，然後嘆了口氣，覺得比較安全了。開車離開時，飛蛾朝後視鏡看，很滿意地發現沒有人在觀察或跟著，於是微笑著用西班牙語說：「再見啦，平哥。」

52

九月二十五日，星期一，下午
拉斯皮耶納

傑克耐心地在廂型車裡等，用他的手機跟「臭嘴哥」戴爾頓談了很久。這回警方沒把廂型車拖走，但是收走了我的手機。他們要拿去複製派瑞許的留言，保證今天稍晚會把手機歸還給我。

我按了菲爾．紐立的電鈴十幾次了，又敲門敲到我指節都發痛，紐立都沒來應門。我告訴自己，我應該接受他不願意見我、或是出城的事實，但是有個什麼讓我不肯回到廂型車上。一開始，似乎只是一種普遍的毛骨悚然之感。我想縮小到比較精確的範圍。

這屋子不光是安靜，還好像是被遺棄了。門廊裡有幾張廣告單和一本房地產仲介商的記事本。而儘管有自動灑水設施的草坪和花壇都還是綠色，但是門廊上的盆栽植物看起來都快乾死了。

我走向前窗，但是遮光簾緊閉。我回想上次來訪時的情形。他沒有養狗，我打開通往後院的柵門，喊著菲爾的名字，什麼回應都沒有。

屋子的背面有其他窗子，遮光簾也緊閉，但是其中一扇沒有完全拉緊。我發現那是菲爾打發大部分時間的房間，於是湊近那扇窗戶，窺看窗內。

「你他媽的在做什麼？」我身後傳來一個聲音。

我猛地往後驚跳，手摀著心口。「該死，傑克，別這樣嚇我！」

「不要趁你偷偷打探的時候，偷偷從後頭接近你嗎？」

「對。」我回頭看著屋子，然後又看著傑克。「這裡有點不對勁。」

「什麼不對勁？」他問。

「看看這裡頭。你看到了什麼？」

他看了說：「沒看到什麼啊。兩張椅子、書架，還有一張小茶几。」

「幾天前，茶几上有一疊書，他當時還在看一堆地圖。」

「什麼時候？」

我想了一下。「大概兩星期前吧。」

「艾齡……」

「他當時簡直就是住在這個房間裡。現在看起來太整齊乾淨了，我甚至看得到地板上吸塵器留下的痕跡。」

傑克搖頭。「你才進去過一次，你就那麼確定他從來不會打掃這個房間？你不認為過去兩星期，可能有一個清潔婦之類的推著吸塵器進去打掃過？」

「不曉得，傑克，你說的大概沒錯。但是你不覺得這個屋子好像有點空蕩嗎？」

「或許他又去他妹妹家了。」

「或許吧，」我說。「或許我是反應過度了。」

但是我愈想，就愈覺得自己擔憂紐立的下落是有道理的，畢竟現在派瑞許還在逃。回到家之後，我更確信應該要有人去查查這位律師人在哪裡。

「你是在擔心什麼？」傑克問。「擔心他被殺害了？要真的是這樣的話，那為什麼他家沒有堆積一大堆郵件，還有報紙？」

「報紙！」我走向電話，打給發行部。他們的規定是不能透露訂報人資訊，所以我決定演一下戲。

「嗨，我是紐立太太，」我說，報上地址。「我只是想知道，我們的報紙怎麼都沒送來。」

那位服務人員問我的電話。我恐慌了兩秒鐘，手忙腳亂找出來，講了菲爾家的電話。她用電話號碼查了紀錄。

「紐立太太，你先生取消訂閱了。」

「他真的這麼做！」我裝得很憤怒。「他什麼時候取消的？」

她講了日期——就是我去拜訪過菲爾．紐立的次日。

「你想要恢復訂閱嗎，紐立太太？」那位服務人員問。

「我很願意，」我說。「但是我最好先跟菲爾談一下，看他先前取消是怎麼回事。」

接著我打給法蘭柯。「菲爾．紐立的狀況很可疑，」我說，告訴他我所查到的。「他給過你他妹妹家的電話嗎？」

「我很確定我們這裡有，」他說。「你是擔心他，還是懷疑他？」

「都有。我想——像這樣一棟刑事辯護律師的房子，警方要拿到搜查令，恐怕有點困難吧？」

「有點。」他大笑。「不過我會想辦法打給他妹妹，看能查到什麼。」

大約下午三點，我接到一通意外的電話。

「艾齡．凱利？」一個男性聲音說。很耳熟，但不是最近聽到過的。然後我想到了。

「吉姆．霍夫頓？」

「聽我說，我現在是老百姓了，不必接受任何記者採訪。所以他媽的別再盯著我不放了，好嗎？你和你的私家偵探朋友都是。」

「瑞秋跟你聯絡了？」

「對。她說如果我打電話給你，你以後大概就不會煩我了。所以我現在打給你。」

「慢著——我打電話找你，不是為了要採訪。」

他暫停了好一會兒，然後說：「哦？那是為了什麼？」

「我只是必須跟其他山區倖存的人談一談。」

「我不必。事發時不在場，就不能算是倖存，好嗎？我當時根本離那邊遠得很，已經跟紐立離開了，記得嗎？所以我安然無恙，你也安然無恙，派瑞許也是。再見，凱利女士。另外請幫我轉告哈里曼，如果他希望你活著，就該把你關在家裡。」

然後他掛斷電話。

傑克看到我搖頭。「怎麼回事？」

「那通電話。我不曉得該怎麼想。」我告訴他吉姆．霍夫頓說的話。

他打給法蘭柯，跟他說一名前任拉斯皮耶納警局的警員威脅我。我搶走他的電話。

「不是那麼回事，法蘭柯。」我又逐字引述那通電話，以為這樣可以讓法蘭柯冷靜下來，但他跟傑克一樣對霍夫頓很不滿。

「我要用顯微鏡去仔細徹查這個傢伙的背景，」他說。「另外我要去問瑞秋是在哪裡找到他的。我要他給我小心一點。」

「但是他加入警隊時，你們局裡一定查過他的背景了，不是嗎？」

「非常詳盡，」他承認。「但是五年前，霍夫頓加入拉斯皮耶納警察局時，尼克．派瑞許這個名字對我們還沒有任何意義，所以他們可能有什麼關聯，只是當時沒人發現而已。」

班下班回家的路上，先彎過來我們家一趟。

「你還記得平哥跟搜尋隊一起進行訓練課程的那些錄影帶嗎？」他問。

「記得，就是我當初送去醫院給你的那些。你出院後搬來我家，就留在這裡了。你要我去拿嗎？」

「是的，拜託了。我家裡那幾捲常常在看，看得我閉上眼睛都可以敘述了。」

我去車庫拿了那箱錄影帶。「你狀況還好吧？」我拿著錄影帶出來時問。

「很好——事實上，你應該過去我那裡看看。我做了幾個改變。你和傑克今天下午就一起過來吧？」

傑克也贊同，我們就開車跟著他回家。我覺得有點好笑的是，他到家沒有從前門進屋，而是直奔後院，去看平哥。

我們跟著他穿過通往後院的柵門，他忽然停下。我差點撞上他。

「平哥？」他說。

那狗搖搖晃晃站起來，突然前傾趴在地上，接著又起身，搖晃不穩地站著，一副眩暈糊塗狀。他輕輕發出哀鳴。

「嘿，」傑克說。「看起來又有人闖入你的車庫了。」

班沒理他。他奔向狗欄，匆忙打開柵門進去。

「啊老天，平哥，平哥！」班說，雙手撫摸著平哥，同時平哥又垮在地上。「你還好嗎？你還好嗎，平哥？狗屎，這個用西班牙語要怎麼說？」

此時，傑克和我都擠入狗欄。我猜想平哥的西班牙語程度完全可以理解任何指令，但是其他對話大概都沒辦法。不過我明白班的恐慌，於是用西班牙語告訴他：「你還好嗎，平哥？」

班照著問一遍，但平哥只是趴在那裡。班焦慮地看著我。

我四下看了一圈，看到了平哥的狗食碗，裡頭還有一點食物——幾乎是溼的。我拿起那個狗碗。「平常他吃過之後，你不是會把這個碗收走嗎？」

「耶穌啊——我沒把碗放在這裡！我今天下午還沒餵過他。我——我想有人給他下毒了。」

「我們送他到獸醫那邊吧，」我說。「那碗狗食也應該一起帶去。」

我盡可能開到最快。班抱著平哥坐在後座，跟他講話，拍他。到獸醫院後，平哥很快就被送入檢查室。

傑克用他的手機通知法蘭柯發生的事情，也提到有人闖入班的車庫。「不，我們還沒時間進屋看。」他朝我看，然後說：「這個主意大概不錯。」

他結束通話後說：「法蘭柯會立刻找一組人過去，只是先在外頭監視，不讓其他人進出，他們會等到班回家再進行搜查。法蘭柯要先回家一趟，確定蒂克和當克沒事——只是以防萬一……」

「以防萬一這是派瑞許下手的。當然是他。」我站起來踱步。「不過，我認為派瑞許是討厭平哥。他在山上的時候，威脅過要朝平哥開槍。」

班陪著平哥和獸醫在檢查室裡待了很久；我們等到一半時，法蘭柯趕到了。

「蒂克和當克都沒事，」他說。「我讓他們進屋跟寇迪待在一起，又跟監視小組的人說了班那邊發生的事情，要他們注意。」

班出來了，走路的姿態像個喪屍。他在我旁邊坐下，朝法蘭柯說了哈囉，然後跟我們說獸醫已經幫平哥洗胃。「他們說他好像沒吃很多，但是……」他垂下頭，埋在雙手裡。「要看他到底被餵了什麼。」

「有辦法查出來嗎？」我問。

「大概來不及。他檢查了那些剩下的狗食，看起來好像裡頭有某種粉末；大部分都溶化在狗食裡了，像是臨時起意隨便放進去的。現在只知道沒有腐蝕性。他們想讓他在這裡住一晚，以便密切觀察。」

法蘭柯說：「你介意我跟獸醫談一下嗎？」

「完全不介意。我得回家一趟，看有沒有留下任何毒藥的痕跡。」

「那邊有一組人在等你，」法蘭柯說。「給他們看你的身分證件就行。」

「一組人？」

之前傑克提到有人闖入時，顯然班完全沒聽進去。這會兒我們跟他說了他車庫門被撬開的事情。

「如果你願意等我，」法蘭柯說，「我希望你進屋時，我能在場。我進去一下就好。」

他從檢驗室出來時拿著一個袋子，裡頭裝著狗食碗。

班的房子外頭有一組鑑識人員，打招呼時還喊得出我名字，而且到場的警力比一般竊案要多很多，但這個案子理當得到特殊待遇。闖空門的有可能是尼克．派瑞許或他的共犯。警方對這裡徹底搜索，尋找微物跡證，希望能找到線索，有助於查出那個共犯的身分，或者引導他們找到派瑞許。班麻木地走過他被破壞的客廳，進入廚房，在料理台上發現那個空藥瓶時，他整個人像是醒了過來。

「可待因！」他大喊，勉強忍住沒去碰那藥瓶，不需要法蘭柯出聲警告。「可待因！我要趕緊打電話給獸醫！」他要伸手去拿電話，然後又想到最好不要，於是一時間表情茫然。

傑克掏出他的手機，搜尋最近撥過的幾筆號碼，找到他要的，然後把電話遞給班。

班告訴獸醫他剛剛得知的事，然後看著藥瓶，沒去碰。他唸出藥瓶上標示的劑量，然後說：「這藥瓶可以裝三十顆膠囊，我週末才又補滿，但是一顆都沒吃過。現在全都沒了。」他看著料理台上的狗食罐頭。「我想只有大約半罐……將近十三盎司，等於三百六十一克。看起來他沒吃多少。以那個劑量……是的，我明白了。是的，一隻大狗，但不是成人的體重。」他聽了一會兒，然後說：「是的，謝謝你。」他寫下一個號碼。

他掛斷電話說：「一口氣三十顆是很高的劑量——足以害死他。」他聲音哽咽，但是繼續說下去。「他們無法判斷平哥吸收了多少，因為藥在狗食裡混合得並不均勻。不過獸醫認為大概沒有吸收那麼多，因為平哥似乎好一些了。」

稍後，法蘭柯問他：「這些錄影帶裡有什麼，就是那兩捲被摔爛得很嚴重的？」

「是訓練錄影帶。拉斯皮耶納搜救犬團體——包括尋屍犬——聚會的時候，我們會把訓練過程拍下來。」

「所以這些是平哥的錄影帶？」

「平哥和其他狗，還有他們的領犬員。到目前為止，我只去參加過一次訓練。其他領犬員跟我說，那是一種雙向學習的過程，當我試著理解平哥時，平哥也在試著跟我合作、試著理解我。」

「這些都是母帶？」

「對，不過大衛有複製拷貝給團隊裡的其他成員。」

「你有這個搜救犬團體的名單嗎？」

「有。」

「很好。我們會看看這些錄影帶裡有什麼人。」

「這個我可以告訴你，」他說。「這些錄影帶我看過好多次了。」

法蘭柯看了一下狼藉的屋內。「你今天晚上就住我們家吧？離獸醫院比較近。」

「我今天夜裡要值班，」我說。「但是明天上午都沒事，到時候可以過來幫你打掃。」

「我們會把你的後門用木板封住，」法蘭柯說。「另外從現在開始，我們會監視這個地方。」

「好了，好了。」他大笑。「我答應就是了。老實說，沒了平哥，今天晚上我也不想住在這裡。」

班收了一袋換洗衣物，放在他車子的後座，準備開車跟著我們回家。他正要爬上他的吉普車，然後又匆忙走向廂型車。「慢著，」他說，「還有些錄影帶沒被摔壞——從你們家拿來那些——應該還放在廂型車的後座。」

「艾齡，你今天晚上去值班前，我們有事做了，」傑克說，看著箱子裡的大約二十捲錄影帶。「要我準備爆玉米花嗎？」

53

九月二十五日，星期一，夜間

拉斯皮耶納

他被激怒了，但是沒有表現出來。

「可憐的飛蛾，」他對著電話說，「當然，你一開始就該來找我的。」

他很高興車庫裡的電話線很長，於是他就可以一邊踱步，一邊聽著一個又一個爛藉口。真的，這回實在太過分了。

他停在冷凍櫃前，手指撫摸著櫃蓋，讓自己冷靜下來。

「是的，親愛的飛蛾，但是你第一次去大衛．奈爾斯家的事情，我已經知道了……你也應該猜得到吧？」

事實上，尼克完全不知道這件事，但是讓飛蛾更相信他無所不知，也沒有壞處。飛蛾上次闖空門時，他已經逃到奧勒岡州那個窮鄉僻壤養傷。他早該懷疑飛蛾怎麼會知道薛瑞登的某些事。

「我得掛電話了，」他對著話筒說。「我們稍後得碰個面。要是讓你自己處理，這事情一定會搞得一團糟。你運氣好，有我在這裡照顧你，親愛的飛蛾。等我的電話——我是說真的，小飛蛾。你一定要耐心等。你不會想惹我不高興的，對吧？」

他滿意地聽著飛蛾懇求的聲音。「我想也是。」

他把話筒放回話座上，回到冷凍櫃前。他解鎖，掀開櫃蓋，享受著撲面而來的冷空氣。

他往下看著那冰凍的裸屍說：「我知道在這個狀況下，你很難回答問題，親愛的，但是你願意陪我跳舞嗎？」

他微笑。

「我就知道我該留下你的頭，以防像這樣的問題出現。我還有其他問題，大部分是有關你很熟的那個人。不過你知道，反正那些問題我都有答案了。你真是個冰霜美人啊。」

他把蓋子用力甩上，放聲大笑。

他花了好一會兒，才重拾鎮定。

然後他戴上手套，再度打開冷凍櫃。他往下注視她一會兒，伸出一根戴著手套的手指，沿著她大腿內側一個胎記的輪廓撫摸一圈。

「你曾經是他的妓女，所以他一定看過這個。他喜歡它還是討厭它？這是你的缺點之一，還是你的魅力之一？」

他抬高她，她身子底下的塑膠布皺起。一時之間，他將她擁向自己，說：「我很遺憾我們沒有更多相處的時間，親愛的。但是像我這樣的男人，你不能怪我想要出人頭地！」

他控制住自己的輕浮後，就立刻告誡自己——他不能再繼續開玩笑下去了，否則這個可憐的小女人在被他們找到之前，就會解凍了。

他抓著她，踩著華爾滋的步伐，舞向他的汽車。

然後他有點分心，想到艾齡．凱利，於是又憤怒起來。「我們會證明給他們看，對吧，甜心？」他對著自己的舞伴說，然後把她輕輕放進車子的後行李廂。

54

九月二十五日，星期一，夜間

拉斯皮耶納

我們很快就發現，看那些平哥和大衛的錄影帶不是太好的主意。第一捲的兩分鐘之後，班就關掉，打電話去獸醫院；對方說平哥睡著了，心跳很正常。

好消息，但是班一臉悲慘模樣。他很自責，想著自己是不是該留著布爾，這樣平哥才不會孤單待在家裡。「為什麼派瑞許不衝著我來就好？」他問。「不要把狗扯進來嘛。」

稍後，他說：「平哥不習慣夜裡被關起來。要是他醒來，以為我不要他了呢？」

法蘭柯打電話來，說霍夫頓目前住在德州的厄文市，就在達拉斯附近。「看起來，他好幾個月都沒離開那一帶了，不過我們還要查證。」

那一夜，傑克陪我去上班，事前約翰算是同意了。「如果這樣能讓制服警員不進入編輯部，那好吧。」他說。「別告訴瑞格利就是了。他看到這棟大樓外頭有那麼多警察在監視，緊張得就像感恩節前的火雞似的。他今天下午還打電話給警察局長抱怨。」

「他寧可讓尼克．派瑞許進入他的編輯部？」

「他好像不太相信派瑞許會來我們這棟人樓，也或許是不願意相信。」

那天夜裡，我帶傑克到頂樓的凱利小館。臭嘴哥、崔維斯、李奧納得知平哥被下毒的事，都很氣憤，我覺得臭嘴哥好像想帶著李奧納和崔維斯，在城裡挨家挨戶搜索，獵殺尼克．派瑞許。

我問他有關瑪麗姑婆的事，他的心情立刻改變了。「要是我年輕二十歲，我會跟她求婚，」他咧嘴笑著說。

我到家時，發面寇迪已經趴在法蘭柯的胸口，但是沒看到兩隻狗。「他們跟班在一起，」法蘭柯睏兮兮地說。

我不知道自己是被惡夢驚醒，還是聽到班開門出去而被吵醒。無論如何，凌晨大約四點時，我知道自己再也睡不著了。於是我換了衣服，走到屋後的露台上。班坐在那裡，已經穿好衣服，正在喝咖啡，一邊拍著蒂克和當克。

「我打過電話去獸醫院了，」他說。「他們說平哥醒了，正在吠叫。他們認為他應該是沒事了。」

「真是好消息，」我說。「如果他會吠叫，那一定是好多了。」

「我教他們西班牙語的『安靜』怎麼說。他們說我八點可以去接他。」

「所以你只要再等四小時就好。」

他微笑。「對。一開始我擔心得睡不著，現在我是放鬆得睡不著。真荒謬，不是嗎？」

「不。你知道我非常喜歡平哥的。如果這幾隻狗的其中之一，或是寇迪出了什麼事，我可能會崩潰。你明天有課嗎？可以找機會補眠？」

「我睡覺的部分沒問題的。剛剛我睡了一下——已經睡夠了。我明天應該要當你的……」

「保鏢？」

「同伴怎麼樣？你明天有什麼計畫？」

「我下午跟喬．羅賓森有約，夜裡要從十點值班到兩點，不過我想法蘭柯已經計畫好，讓你不必陪我了。」

我們沉默坐在那裡一會兒。我想著喬．羅賓森給我的回家功課，覺得自己做得還不差，不過還有這個帕西法爾的事情。

「班？」

「嗯？」

「在派瑞許逃掉之前——」

「在其他人遇害之前。」他堅持地說，他很氣我老是想避免那樣講。

「在其他人遇害之前，」我讓步。「甚至在我們發現茱麗亞．賽爾之前，就有件事情困擾著你。」

「什麼意思？」

「我的意思是，班——我引述帕西法爾的話吧——『你有什麼毛病？』」

他別開目光。

「我想是跟記者有關的事情。」

他沒回答。

「或者你就是對我第一印象很差，針對我個人的？」

「當然不是。」

「那麼困擾你的是什麼？是什麼讓你那麼憤怒？你夜裡為什麼睡不著？」

「很多事情。」他輕聲回答。

我等著。他列舉了他這兩年處理過的那些大型災難事件，想要搪塞我。

「大衛跟我說過這些事情，」我說。「我不敢說我有勇氣去參與其中一件，更別說像你處理了那麼多，但是大衛跟我暗示過，你還有別的心事。」

「是嗎？」他說。「我很驚訝。大衛平常嘴巴很緊的。」

「別想把重點扯到大衛身上。除非你在這些災難裡，曾經跟某個記者有過特別糟糕的經驗，否則我不認為那是你從一開始就對我那麼兇的原因。」

他猶豫了，然後說：「我一直想彌補，那樣會比告訴你實話要容易。」他說。「但是你為我做了這麼多，我至少可以做的，就是對你誠實。」

「你不欠我什麼。如果你認為我們是朋友，就告訴我，否則就什麼都別說。」

他朝外看著花園。然後低聲說：「這事情恐怕有個很齷齪的開始，是一段感情的結束。你記得卡蜜兒吧。」

「記得，那個去醫院探望你的金髮美女。」

他點頭。「卡蜜兒聰明又有趣，喜歡戶外，而且沒錯，我們交往時，我知道每個看到她跟我在一起的男人都嫉妒我。」

「那麼哪裡出錯了？」

「我想是我吧。她最後明白，我不會以她所希望的方式改變。」

「她希望改變什麼？」

「主要是我的工作。她不介意跟一個人類學家交往，但是她痛恨刑事鑑識相關工作的一切——佔用那麼多時間、想到我在做那些事情、我回家時衣服上的氣味。她一直希望我會厭倦這一切，然後改去博物館工作。最後我終於跟她表明，這方面的工作對我很重要，我永遠不會放棄的。她問我比她更重要嗎，我的回答恐怕就是我一貫的那樣，很不夠圓融。」

「所以後來你就搬出來了。」

「對。一開始我很想念她，但是整體來說，我知道我們分手比較好。我跟大衛和布爾住在一起很開心，而且我才剛分手，需要大衛的支持。」

接著他沉默了好久，我都開始以為他改變心意，不想告訴我了。不過最後他還是繼續說下去。

「我搬出來幾個星期後，卡蜜兒約我碰面吃午餐。她說她有東西要給我，是我留在她家沒拿走的幾張音樂光碟和一個舊鬧鐘。所以我們碰面，她把東西給了我，跟我說她交了新男友。我聽了很難受──我想，主要是傷到我的自尊吧──但是我撒謊，說我很替她高興。

「然後她問我最近在忙什麼。我根本不應該告訴她任何事情的，但是我正在辦一個很受矚目的案子。五年前，兩個年輕高中生去沙漠裡健行，然後失蹤了。最近有一部分的骸骨被人發現，看起來可能是其中一個男孩的。我被找去研究這個案子，就快要鑑定出死者身分了。

「我告訴她鑑定困難的原因──過了那麼久的時間，暴露在不同的天氣中，動物對骨骸造成破壞等等。我說我打算帶著一組人，回到那些骨頭當初被發現的地方，去看我們能不能找到更多遺骸。」

他搖著頭。「然後她問：『你認為是哪個男孩？』而我──我不曉得為什麼，但是我猜了一個。我又說我一點都不確定，說了不止一次。但是沒差。這種事我根本從一開始就不該說的。」

「她告訴了某個人。」

「啊，她告訴了某個人，沒錯。我那天太白戀了，居然沒問卡蜜兒的新男友是誰、做什麼工作。我相信那位先生在第一次電視新聞播報時──就站在其中一家人的前院草坪上──所講的句子是：『消息來源與處理本案的法醫人類學家關係密切……』當時他跟消息來源的關係，要比我密切得多。」

「她這樣對你太差勁了，但是女人的怒火很可怕。而且他只從你前女友那邊得到資訊，沒有再找別人確認，這也太馬虎了。我可以跟你保證，班，你不會是第一個被女朋友或配偶洩漏消息給媒體的男人。想想水門案的司法部長約翰・米契爾（John Mitchell）吧。」

他看著我嘆氣。「如果一切就只是這樣，艾齡，我會感謝上帝，覺得自己就只是學到了一課。」

「我不明白。」

「結果不是那個男孩。」

「你的意思是——」

「對，我的意思是，一對夫妻和他們兩個更小的小孩，一家人等了五年，想知道他們的兒子、他們的哥哥怎麼了。有個記者跑到他們的前院草坪上，在鏡頭前問他們有沒有得到警方的通知，說他們兒子的遺骸一個多星期前在沙漠裡被發現了，而且即將要宣布死者身分。」

「啊，老天。」

「他還提到了遺骸的狀況，幾乎是把我跟她講過的話一字不漏說出來。」

「讓你感覺更差。」

「不會比那家人會有的感受更差。」

「你怎麼知道？」

「驗屍官打電話來，說有人打電話去問他，死者身分是不是就快確定了。卡洛斯．賀南德茲，你認識他吧？」

「對。」

「他看到了傍晚五點的直播新聞，然後叫我看六點的。」他搖頭。「我看到記者告訴那家人時，他們臉上的表情！耶穌啊！我到死都忘不了。到了六點，那家人就把那個記者請進他們的客廳，把失蹤男孩的照片給他看。最糟糕的是，我知道他們經過多年的擔心和不解之後，也同時覺得鬆了口氣，因為終於有個了斷。然後我還得去告訴他們其實搞錯了，被發現的骨骸根本不是他們的兒子。」

「你認為折磨他們的是你，而不是那個男記者？」

「責任在我身上！驗屍官把那些遺骸託付給我，信賴我可以閉上嘴巴。你知道那些信賴是從哪裡來的嗎？是來自像那個男孩的家屬。他們信賴卡洛斯，而卡洛斯又信賴我，結果我辜負了這份信賴——為了什麼？為了在一個前女友面前吹噓？太可悲了！」

「那是人性。而且卡洛斯為人很公道。他一定——」

「啊，他對我不光是公道而已。我跟他說了事情的經過，以為他以後再也不會給我案子了。結果他還想幫我——幫我！他建議我怎麼應付往後無可避免的媒體瘋狂包圍。他沒有料錯，於是我說『無可奉告』大概說了有一百萬次。校警必須把記者擋在我的實驗室外頭。實驗室本身沒有窗子，但是自從有個攝影記者闖進去想拍那些骨頭之後，我們得有個人守在實驗室門口。最後，媒體就放棄了。」

「班，有時候——」

「不，事情還沒完。媒體放棄了，但是對那家人來說沒有任何改變。他們當然非常生氣。他們要求見卡洛斯和我。媒體跟他們說他們的兒子找到了，但是我們不肯證實也不肯否認。他們認為我們是在折磨他們。但是我們唯一能說的，就是我們還沒有辦法確認身分，然後跟他們保證，等到我們有任何消息，第一個就會告訴他們。」

「他們自然會覺得，你們根本沒把他們當回事。」

「跟他們見面時，我從頭到尾都感覺糟糕透頂，但是卡洛斯事先要我保證不會多說其他的。卡洛斯很誠實地跟他們說，他和我都沒有跟那個記者講過話，我們兩個人的工作同仁也沒跟他提過這個案子。他們不完全滿意，提到要找個律師，但是幸好最後沒有鬧到那樣。這一切都要歸功於卡洛斯。」

「那你還做了什麼？」

「什麼？」

「我跟你認識不久，班，但是我夠了解你，所以我知道你不會只是說『無可奉告』，然後等著事情平息下來。」

「如果不是大衛，我本來想這樣的。他找了愛倫和其他研究生一起，半夜硬把我拖下床，說：『布爾跟平哥想去那個沙漠找骨頭。』我們連續找了六個週末，找到了更多第一個男孩的遺骸。最後差不多要放棄的時候，平哥終於找到第二個男孩的脛骨——離第一個男孩有段距離。之後，我們就更密集地搜尋，找到了更多。」

「這樣沒有讓你覺得好過些嗎？」

「其實沒有。那一家人好過些了，但我還是對自己做過的事情覺得很羞愧。結果如何不是重點。我們找到了第二個男孩沒錯，但是我違反保密規範這件事，並不因此就比較有正當性。無論我們有沒有找到第二個男孩的遺骸，都沒有影響的。」

我們沉默地坐在那兒一會兒，他才又開口。「雖然一切都該歸咎於我，因為我做出了不符合專業道德的事情——」

「班，你對自己太嚴苛了吧？」

「讓我講完。我想說——我對媒體的態度的確很負面，這樣對你不公平。我要道歉。」

「我接受你的道歉。並不是所有記者都像那個白痴那麼差勁的。」

「我知道，我知道。但是像那樣的人，只要一個，就足以讓你提防一輩子。不過還是有點小小的正義，他現在沒當電視記者了。」

「我不意外。而且我相信，卡蜜兒也從他身上得到了應有的回報。」

「但是沒持續多久。她後來跟大衛說，我拒絕讓那個傢伙『報導』我們的搜尋後，那傢伙就跟她分手了。我真的很替她覺得遺憾。」

「你有跟她談過這件事嗎？」

「沒有。後來我只又見過她一次，就是在醫院，當時你也在場。我能說什麼？『你出賣了我』？對她來說，那就像是說，『恭喜』。何況，是我出賣了我自己。」

「那麼，現在就只剩一個問題了，」我說。「你什麼時候才會原諒你自己？」

他沒有回答。

55

九月二十六日，星期二，上午

拉斯皮耶納

我又回床上睡了大約一小時，然後電話鈴聲響起。我看了時鐘，快六點了。

法蘭柯接了電話。「嗨，彼得。」他說，然後聽了一會兒，坐起身來，開始記了些字。「好的，我會盡快趕過去。已經通知驗屍官了？很好……對，我們稍後見。」

他掛斷電話，伸了個懶腰，然後開始換衣服。

「怎麼了？」我問。

他猶豫一下，然後說：「冰箱裡的那個頭骨？看起來他決定把剩下的屍體也給我們了。」

我打了個寒噤。「在哪裡？」

「顯然他一直保存在冰上。一群花式滑冰選手今天早上去當地滑冰場要練習時，被狠狠嚇了一跳。」

「他夜裡闖進了滑冰場？」

「對。趕到現場的第一位警察說，看起來屍體被凍硬了，沒有頭。」他要戴上槍套時，忽然暫停下來。「希望那個身體屬於我們發現的頭骨。他大概認為，有不止一個死者可以混合配對很好玩吧。」

「你應該告訴班一聲。他一直想查出那個頭骨的身分，或許可以幫上忙。」

法蘭柯不想留我一個人在家，所以他遲疑著，不願意找班跟他一起出門。於是我保證不會幫《快報》寫有關滑冰場的新聞（反正此時我對報社總編輯沒有什麼寬容之心），法蘭柯就決定我可以跟他們一起去，等在犯罪現場外圍，那裡現在有全拉斯皮耶納最嚴密的警力，可以保護他老婆不會被尼克・派瑞許傷害。

要不是滑冰場離獸醫院相當近，我不確定那天早上班會跟著法蘭柯和我出門。事後回顧，我有時真希望那兩個地方離得很遠。

滑冰場外已經停了幾輛黑白警車；法蘭柯先進去，我跟班則留在停車場上聊天。幾分鐘之後，法蘭柯帶著我到一個他判定很安全的地方等——對我來說很安全，對他們的調查來說也很安全。

結果這個地方是個玻璃圍住的、太暖的等候區，裡頭有瓦斯壁爐和一家小吃店，讓年輕的滑冰選手父母和冰上曲棍球寡婦可以打發時間。以我個人來說，這一天或任何一天，我都寧可去冰冷、堅硬、離警方行動比較近的觀眾看台。從我此時等待的地方，看不到太多東西。法蘭柯派來駐守在門邊的那位大塊頭警察，也對我的視野毫無幫助。

我看得到幾條短毛地毯——通常用於頒獎場合的，讓沒滑冰的顯貴名流可以走在冰上——通往一群圍在一起的男人，包括法蘭柯、彼得、卡洛斯．賀南德茲，和其他人。我看不到屍體。

班被一個制服警員帶進來，他看到我站在等候區，就揮手朝我微微一笑。

他順利走向那群圍在一起的人，他們讓出一點空隙，他走過去，單膝跪下，好更仔細察看屍體，接著他忽然大叫起來。

他喊著一些字句，但是我不確定是什麼，因為光是那些聲音就觸發了一波記憶的浪潮，讓我想到他在山區大叫著奔入草原，也讓我徒勞地想衝過去，但是被等候區門邊那個穿藍色制服的龐大警員給攔住了。

班喊了什麼字句不重要，我只是想趕到他身邊。沒多久，我就如願了，因為法蘭柯把他帶進等候區。他已經停止叫喊；臉上毫無血色。法蘭柯讓班坐在我旁邊的位子，跟我要喬．羅賓森的電話號碼。

法蘭柯打了電話，然後留了話。我抓緊了班，他似乎處於震驚的狀態。

「怎麼回事？」我問他。「出了什麼狀況？」

「卡蜜兒，」他木然地說。「那是卡蜜兒。就在冰上那裡。」

「誰是卡蜜兒？」彼得問，此時他正走進等候區，剛好聽到。

班沒回答，於是我告訴他們，卡蜜兒是班的前女友。「他們之前住在一起，直到一月。」

「她的頭骨，」班淒慘地說，低頭看著自己的雙手，好像那是什麼陌生的物件。「我一直在處理的是她的頭骨！」

法蘭柯和彼得交換一個眼色。

「你怎麼知道那是卡蜜兒？」我問。

我不認為他會回答；他看起來好像快昏倒了。不過他低聲說：「她的胎記。她有一個很特別的胎記，在大腿上半部。」

我看得出來，法蘭柯和彼得並不完全信賴班對那具屍體的指認，不過他們還是安慰他，請他跟我在這邊等就是了，然後拿了一杯咖啡過來給他。我了解他們的疑慮；班歷經了一次又一次的失去，前一夜又幾乎沒睡，或許他對那具屍體的反應，是最近這些壓力所造成的。

法蘭柯翻了一下自己的筆記本，找到他上次拜訪卡蜜兒家的地址，然後派一組警察去她家察看。

過了一會兒，一個制服警員頭探進門內說：「他們要你過去，哈里曼警探。」

法蘭柯看了彼得一眼，然後他們一起離開了。

過了幾分鐘，法蘭柯回來，把我叫到一旁低聲說：「打電話給約翰，跟他說你今天要請假。」

「什麼？」

「跟他說你不去上班了。」

「為什麼？你知道我為了要爭取上這幾小時班，花了多大的工夫嗎？」

「告訴她吧，」彼得說，走向我們。「她對自己的事情太頑固了。」

法蘭柯看了班一眼，然後說：「派瑞許留了一張字條給你。」

我覺得自己的胃裡發緊，心臟開始狂跳，好像就要衝出我的胸口。但是我看著彼得那張得意的臉，忽然心跳減緩了。「真的？」我說，「字條上說什麼？」

法蘭柯緊蹙著眉頭。「艾齡——」

「字條上說什麼？」

他遞出一個塑膠袋。裡頭還有另一層塑膠袋；內層的塑膠袋上，用黑色氈毛筆整齊地寫著我的名字。裡頭裝著一張黃色橫格記事本上撕下來的紙，寫著簡短的訊息，用非常工整的印刷體寫著：

不再有禮物，不再有逃避。
你躲不開我，艾齡。
你逃不出我的手掌心。
下回，被冰起來的會是你，要比親愛的卡蜜兒慢得多。
卡蜜兒可是死得出了名地緩慢啊——
哈！哈！哈！
請告訴班・薛瑞登，我極其享受她的陪伴。

下頭是花俏的草寫簽名。

「這回他完全不匿名了，對吧？」我說，聲音不像之前那麼平穩了。

「他把這個壓在屍體底下，」彼得說。「別那麼白痴了，艾齡。待在家裡吧。」

我抬頭看了他一眼。

法蘭柯看出我被這話激到了，只是有點太遲。

「艾齡——」他開口。

「這改變不了什麼。我要去上班，法蘭柯。」

他想跟我爭執，但是我朝班示意，低聲說：「老天在上，我們還有時間，可以在今天晚上十點之前搞定這件事。先不要在這邊吵，免得讓班更難受。」

「好吧，」他說，「好吧。但是稍後我們一定要好好談這件事！」

然後我們又被打斷，法蘭柯和彼得又被找出去。我看得出他們走出去的路上，法蘭柯臭罵了彼得。

即使派瑞許的字條還讓警方有些疑慮，沒多久之後，就再也沒有人質疑這具屍體的身分了。警方去了卡蜜兒家，發現靠屋後那間臥室的窗子有被強行進入的痕跡；從那扇窗子，警察看到了翻倒的家具和其他打鬥的跡象。進去之後，也發現一張卡蜜兒穿著泳裝的照片；照片拍到了她大腿上的那塊胎記。

這一切發生時，我們幾個人就設法安慰班，但是他幾乎沒注意到我們的存在。剛過八點，他的手錶發出鬧鈴聲。「平哥，」他忽然說，「我不能讓他待在那個籠子裡！我們得去接他。」

「我陪你一起去，」我說。「你現在這樣不適合開車。」我刻意讓自己的聲音沒有任何挑戰的意味，然後轉向法蘭柯說：「這樣可以嗎？我會陪著他一起回我們家等。要是喬．羅賓森打電話來，可以請她打過去那邊。」

法蘭柯皺眉，但是或許想證明他也很理智，於是讓步了。「好吧，但是我會派一組人跟著你們——答應我你不會把他們甩掉。派瑞許現在的焦點顯然是對準你們兩個，我想你們單獨去任何地方都不聰明。」

我沒回嘴。畢竟，發生了這些事情，由不得我任性了。

平哥再度看到主人的興高采烈，有助於打破班身上那種可怕的魔咒。班謝了獸醫，付清帳單，然後我們就上路。除了偶爾平哥想趴在班的膝上之外，這趟回家的車程一路順利。

喬．羅賓森在我們家答錄機留了話，班回電，花了很多時間跟她談。我則帶著三隻狗和寇迪到後院的露台。寇迪懶洋洋賴在我的大腿上，常克和當克顯然對平哥從獸醫院沾染到的氣味非常著迷，黏著平哥從頭嗅到尾。

等到法蘭柯下午回家時，班已經有辦法頗為冷靜的回答問題了。班自己也有幾個問題要問。

「有人通知她父母了嗎？」他問。

「局裡有個人在負責處理了。」

「為什麼都沒人報案說她失蹤？」

「她最近好像都閒著沒事，」法蘭柯說。「而且事實上，好像沒有人跟她經常聯繫。」

「但是她在一家會計師事務所工作——」班說。

「她六月時離職了；顯然一直在找新工作，因為她書桌上有幾封求職信的回函。她一直在寫求職申請表格，桌上還有她的履歷表。」

「六月就辭職了？」班問。

「對，當時我們去找她談過。」

班別開眼睛，皺起眉頭。「我都忘了——當時你還很荒謬，懷疑她可能是闖進我屋子和辦公室的人。」

法蘭柯沒有被激怒。

過了一會兒，班說：「對不起。你當然必須去找她問話。而且或許我畢竟不是那麼了解她。我從不覺得她很喜歡自己的工作，但是聽到她離開那家會計師事務所，我還是很驚訝。」

我想起她去醫院探病那次，班最後生氣地建議她才應該考慮改行。我想著那回見面對她的影響，會不會超過我們任何人的預期。但是我不想害班更難過，於是沒說出來。

「她以前辦公室的人說，她當初辭職時，大家都很意外。」法蘭柯說。「但是她可能已經考慮一陣子了。她好像準備要先休息。她的存款帳戶裡還有不少錢。」

「她對錢很精明，」班說。「不光是節儉，也很擅長投資。」

「但是她的郵件和報紙——」我問。

「那棟房子的門上有個信箱孔，」班說。「郵件只會堆積在門內。我們很喜歡這個設計，因為以前我們常常出去露營或旅行，就不必跟郵局申請暫時停止送信了。」

「其實呢，我們認為派瑞許有申請停止送信，」法蘭柯說。「他好像假冒她的名字去辦了。」

「但是還有報紙啊，」我說。「或者她沒訂報？」

「她本來有訂，」法蘭柯說。「但是她停掉了。」

「慢著——你確定？」我問。

「確定，我們跟《快報》確認過了。她是大概一個星期前取消訂閱的。」

「我的意思是，你確定停掉的人是她嗎？」

「你的意思是什麼？」班問。

「有哪個在找工作的人，會把訂閱的報紙停掉？」我問。「他們會想閱讀分類廣告上的徵才消息才對。」

「她說得有道理。」班告訴法蘭柯。

「兩個可能，」我說，「一個是她打電話去停止訂閱的時間，跟她被殺害時間差不多，這種不可思議的巧合，會讓你覺得她可能是被迫打那通電話的。」

「另一個可能呢？」

「派瑞許打電話去停掉報紙，就可以控制屍體被發現的時間，確保在此之前不會有人去找她。」

「沒錯，我想有可能是這樣，」他說。「但是即使確定這一點，我們也並沒有因此更能抓到派瑞許。」

「說不定可以。我想到了另一個最近取消報紙的訂戶。」

「菲爾・紐立。」法蘭柯說。

「沒錯。尼克・派瑞許顯然研究過警方辦案和法醫鑑定的流程。他知道什麼事有可能促使警方開始調查失蹤案。車道上的一堆報紙，有可能引起一個鄰居的注意，即使這個鄰居根本不知道被害人的名字。」

「我會再試試看能不能去察看紐立的房子。不過就像我以前說過的，一般狀況下，法官不喜歡讓警察去刑事辯護律師的家中搜查。」

我們提早來到喬・羅賓森的診間。她安排班在我前面進行諮商。「我們兩人同行，應該叫她幫我們打五折。」我打趣，但是不必說，班沒有什麼開玩笑的心情。

結果他的諮商進行得很久，佔用到我的一部分時間，但是我不介意。我覺得這表示我可能就不必諮商那麼久，但結果沒那麼好。

「他還好嗎？」輪到我諮商時，我一開始就問。

喬．羅賓森微笑說：「你不會以為我會回答吧？這是你的時間。你還好嗎？」

「我的上班時間還是很爛。」我說。

「應該有點改善了。」

「沒錯。」我承認。

我最大的不滿解決了，於是我就無話可說，只是坐在那裡，看著自己的腳發呆。

「除了上班時間之外，其他事情進行得怎麼樣？」她問。

我跟她說，我找賽爾一家人談過了。

「太好了。你有進一步思考帕西法爾嗎？」

「一點點。」我提到昨天晚上我跟班說了帕西法爾去野山城堡的故事，因而導致了凌晨跟班暢談一番。我大致提了我們的談話內容。

「嗯。」

「嗯？」我學著她重複一次。要讓這麼一個音節表現出諷刺意味並不容易。我盡可能讓自己的口氣充滿嘲諷。

她又嘆氣。「你知道，我覺得你的朋友傑克說得沒錯。你忘了說出這個故事最棒的部分了。」

「什麼意思？」

「什麼意思？」她也學我說，但是沒有嘲諷意味——頂多只有一點點。

「那些不是最棒的部分，而是最慘的部分。帕西法爾很不光彩地離開；他失去了信仰。他告訴其他人他拒絕侍奉這樣的上帝，祂明明有能力永遠仁慈，結果卻……他是怎麼說來著？『我所有麻煩的教父。』」

「為什麼一個好上帝要讓這麼多麻煩發生？」她問。

「對，或者為什麼要讓某個用意良善的人，造成這麼大的傷害？」

「在故事中，當帕西法爾騎馬離開去追尋聖杯的時候，他有什麼感覺？」

「憤怒。」

「嗯。」

這回我懶得再學她講了。

「提醒我一下，」她說，「在他能夠再找到野山城堡之前，他必須做什麼？」

「恢復他的信仰。」

「就這樣嗎？」

「不，還有其他的，」我說，努力不要失去耐性。「這個故事是有關同情的，但不光是對其他人。這也是我稍早跟你講過的——有關我今天凌晨跟班談的那些。帕西法爾也必須同情自己。他必須原諒自己。」

「啊，」她說。

我沒吭聲。

「那麼，你繼續再想想吧。接下來，儘管值班時間很糟糕，你回去工作的狀況怎麼樣？」

我告訴她有關朋友的支持，崔維斯和臭嘴哥來探望我，還有李奧納和凱利小館。

「另外，自從廂型車的那個麻煩之後——」

「你是指手指和腳趾和那個頭骨？」我問，毫不留情。

「派瑞許還有跟你聯繫嗎？你曾經再看過他嗎？」

我只稍微猶豫了一會兒，就全部告訴她了。「啊，我差點忘了，還有那個內褲事件。」

「內褲事件？」

於是我把第一天回去工作時所發生的事情告訴她。

「你寫了報導，但是沒有交出去？」她問。

「對。」

「派瑞許寄這個東西給你，你很生氣？」

「對。」

「你一定很想報復他，但是你還是忍住了。」

「我考慮到可能的後果，去報復他似乎不值得。」

「你第一次來我這裡的時候，跟我說過你覺得失去控制，還記得嗎？」

「記得。我現在不太常有那種感覺了，」我承認，然後又說：「這表示我好了嗎？」

她大笑。「繼續思考帕西法爾。至於你這麼希望永遠不要再看到我，我們下次再來看看要怎麼處理吧。」

法蘭柯跟我們吃了晚餐，一直忍著沒跟我爭執有關去上班的問題。但是吃到一半，他接到一通電話。他離桌去講，回來時朝我微笑，說有個人曾在凌晨大約三點，看到一輛汽車停在那個滑冰場附近，還可以描述那輛車；而且菲爾．紐立的一個鄰居也曾在奇怪的時間看過一輛車進出紐立的車庫，對於車的描述相同。

「一輛墨綠色的本田Accord。」他說，一手放在我肩膀上，所以他一定感覺到我聽了全身放鬆。

「在滑冰場是誰看到的？」我問道。

「一輛《快報》的送報卡車，」他說。「當時正要送去滑冰場旁邊一家咖啡店外的報攤。」

「那個鄰居或卡車司機，有看到開車的人嗎？」班問。

「沒有。而且他們也都沒有記車牌號碼。不過我們會在這裡和你們家附近查問一下，看最近是不是有人看過那輛車。在某個地方、某個人一定看過那個駕駛人。最棒的是，彼得認為我們應該可以拿到紐立家的搜索令了。」

稍後，法蘭柯離家去找彼得——他們有另一個關於那輛車的線索。他離開之前說：「我不會要求你待在家裡，或許你在報社會比在這裡安全，不曉得。啊，還有，我把這個拿回來了。」他把手機遞給我。「電池已經充飽了。你一上車，就保持開機，好嗎？外頭會有一輛巡邏車跟著你去報社，但瑞格利對於警察進入他的產業有點大驚小怪——即使如此，不要落單，好嗎？轉告李奧納，只要他值班時一直守在你身邊，我會想辦法把他弄進警察學院的。另外我打電話給崔維斯和臭嘴哥了，他們會過去看你。必要的話，你值班的四小時都跟他們待在屋頂上。不要離開——」

「法蘭柯，你再交代下去，彼得會開始擔心你是不是出事了。」

「我只是不希望你落單。」他說。

「我會去陪她。」班說。

「班——」我們同時抗議。

「我沒辦法一個人整夜坐在這裡。我會瘋掉。」

那天晚上讓他去編輯部，我不確定對他會是好事，尤其因為卡蜜兒命案是當天的大新聞。但是他要我別忘了他是對付媒體的專家——然後勉強擠出微笑，讓我看看他的幽默感逐漸恢復一點了。

傑克過來，提出要由他陪我去報社，但此時班已經下定決心，要履行他對法蘭柯的承諾，一整天都會盯著我。

「你們兩個都搞得我好煩。」我說。但是他們兩個都不肯退讓。

「好吧，我就留在這裡，盯著寇迪和這些狗。」傑克說，讓班鬆了口氣。「要是你去了報社改變心意，班，就打電話來這裡，我們可以換班。」

我們離開沒多久，手機鈴聲就響起，讓我驚跳起來。我有點手忙腳亂，結果不小心掛斷了對方的電話。

「要命。」

「說不定是派瑞許。」班說，那種沒有高低起伏的音調讓我很擔心他。

手機又響了。是傑克。

「你剛剛幹嘛掛我電話？」他說。

「不小心的。」

他大笑。「法蘭柯要我通知你，他拿到紐立家的搜索令了。真是個意外啊，對吧？」

這將是充滿意外的一夜。

56

九月二十六日，星期二，夜間

拉斯皮耶納

唉，我的飛蛾，他難過地想，看著又一輛警察巡邏車轉過這個彎，朝向他最近的巢穴駛去，我會想念你給我過的那些獨特撫慰。

飛蛾盡責地跟他回報說，街上有一些奇怪的汽車。的確，沒多久之前，他自己也看到了那個戴綠帽警探法蘭柯．哈里曼——這個蠢蛋現在把他老婆託付給哪個情人了？——開的Volvo轉過這個彎。要是飛蛾沒警告他，他可能就會沒看到。唔，好吧，他願意承認自己可能會被逮到，但是就算他們逮到他，他也會再度逃掉的。不過碰到殺警兇手，警方可能會很火大。他們都這樣團結起來，對彼此這麼珍惜，真是奇怪。他咧嘴微笑一下，想像著這個可能意味著什麼。

但是很快地，他就又回頭想著飛蛾了。

到目前為止，飛蛾在很多方面都很管用。

接下來還有一兩件事情，飛蛾可能幫得上忙，但是這個地方的一切都劃下休止符了，而當他結束這裡的工作時，飛蛾就必須加入其他摯愛者的行列。這樣才正確，也是他起碼能做的。

或許有一天，他會回到那棵郊狼樹，掛上一個獨特的祭品，紀念飛蛾。另外也要給冰上舞者一個特別的祭品，他不得不承認，冰上舞者是他最了不起的成就之一。班．薛瑞登的崩潰真是太美了。啊沒錯，一定也要特別紀念冰上舞者才行。

計畫，總是有計畫要擬定。他喜歡計畫，計畫能讓他超人的腦子保持忙碌。

他沒料到這個巢穴會在此時被發現，不過他已經準備好應付各種狀況——即使是沒料到的事情。

比方說，他原先沒料掉艾齡．凱利能在遠處引起他這種激情融合著憤怒的感覺。通常他要離得很近，身體才會有像現在這樣的反應。她的身體呼喚著他的——呼喚，呼喚，持續不停地呼喚，他能感覺到那種呼喚，就像一個聾子可以感覺到低音鼓的節拍，一種搏動的、低沉的、持續的震動。

她就是不肯讓他清靜。

當然，只要他願意，他可以繼續鬥智贏過警方，但是他決定，再等下去實在是不健康，她顯然那麼渴望達到那種他才能提供的滿足感，他得迅速地大方提供。就是今夜了。

截稿期限，他心想，然後大膽地噗哧一笑。

57

九月二十六日，星期二，夜間

拉斯皮耶納

我稍微提早來到報社，想先花點時間回覆信件和電子郵件，但是我只來得及找個位子讓班坐下，就沒機會做別的了。此時是明天早報版做任何重大變動的最後機會了，因為人手不足，又處於迫在眉睫的截稿時間，整個編輯部裡一片忙亂。約翰．沃特斯希望馬克．貝克爾負責的一條新聞能補上最新的後續消息——警方正在調查菲爾．紐立的家。整棟大樓已經隨著印刷機開動而隆隆震動著，第一疊的頭版不能再拖了。

菲爾．紐立的一個鄰居已經跟報社爆料，說警方正在逐戶查訪，問他們最近是否看過那位律師，又是否注意到任何其他車子停在那棟房子附近、他的車道，或是車庫裡。

其他人也陸續打電話進來，包括一通是馬克打的。接過馬克的電話後，約翰走向其他人，大聲喊著命令——頭版大部分得重做了。

在菲爾．紐立的車庫裡，警方有一些駭人的發現，包括一張血跡斑斑的工作檯、一把電動圓鋸、骨頭碎片，還有其他組織。在車庫的一個大冷凍櫃裡，他們發現了一張滿是冷凍血跡的塑膠布。

但是沒有菲爾·紐立的蹤影。

法蘭柯的分隊長在現場負責面對媒體，他表示警方想找紐立先生問話。記者問警方是否懷疑這位律師是尼克·派瑞許的共犯，分隊長說：「目前還沒有。」記者又追問紐立先生是否可能是被害人之一，分隊長說：「我們在這裡的調查還處於初步的階段。我們不曉得被害人是誰，也不曉得可能有多少被害人；我們不排除紐立先生是其中之一的可能。」他描述了這位律師的外型特徵，還有他失蹤的車——一輛銀色BMW。

馬克在警察局裡的熟人透露了其他資訊。兩個鄰居看過一輛深色本田車進出紐立家，不過他們沒有機會看清駕駛人。那輛車是用遙控門鎖打開車庫門而進入的。

除了車庫之外，屋子裡沒有血，也沒有任何打鬥的痕跡。

種種跡象顯示，紐立先生是自願離家的——他的牙刷、刮鬍刀、其他個人財物都不見了。另外也有一些痕跡，顯示有另一個人——金髮，或許是漂染的——住在一樓的一間客房裡。

我們把這些細節盡可能塞進報紙裡，直到印刷機實在沒辦法再等下去。終於降版之後，編輯部的人就走光了。約翰只多待了一下，讓我跟他正式介紹班，然後他說他還在努力要調整我的值班時間。

「啊，還有，凱利——我聽到有傳言說這個直升機的事情？要是你恢復到正常的白天班，可就不准了。瑞格利已經夠怕你了，可不能讓他覺得你會像電影《現代啟示錄》裡面那樣，搭著直升機跑來這裡。」

然後他就離開報社，趕著回家睡幾個小時。

報紙的本質就是這樣，無論我們今天晚上做得有多好，明天早上，把一份報紙編印出來的過程又會從頭開始。

不過，這比我原先預期的值夜班狀況要刺激多了。

編輯部空下來沒多久，班就跟我一起爬樓梯到屋頂。「我試過打給李奧納，希望他來帶我們搭電梯，」我說。「但是他一定在大樓裡別的地方巡邏了。」

我解釋了電梯鎖的事情。「不用說，一個因為朝老闆丟重物而被下令要去做心理諮商的員工，報社是不可能給你這個電梯鑰匙的。」

「我可以爬樓梯，」他說。「對我是很好的鍛鍊。」不過要鍛鍊很多就是了。

我們來到最後一道門，班說：「沒那麼糟嘛。」

這是另一個天氣宜人的夜晚。我逼自己抬起頭看著箱子大樓，什麼都沒有。沒有燈光，沒有動靜，連被監視的感覺都沒有。

「這裡亂糟糟的，直升機怎麼有辦法降落？」班問，看著那些屋頂的結構物。

「停機坪在另外一邊，」我說。「走吧，我帶你去看。」

我帶他沿著屋頂邊緣，來到停機坪。

等待崔維斯和臭嘴哥到達的空檔，我就帶著班在屋頂逛了一圈。我指出屋頂可以看到的幾個本市地標，然後帶他去看我最喜歡的那些滴水嘴獸。但是他不喜歡從欄杆探出身子去看，所以我只是指出一個雙足飛龍、一個以瑞格利三世的祖母為模特兒的美人魚，然後我就跟他說，其他的他可以日後再從地面看。

「本來也是設計要從地面看上來的。」我說。然後來到凱利小館坐下。「雖然我不得不承認，我從來沒想過你有懼高症——我以前看過你在山區的陡峭小徑健行啊。」

「我不在乎山區的高度，」他說。「我想，我不喜歡的是市區那種完全垂直的、平坦的表面。但是你不喜歡待在山區，對吧？」

我想了一會兒，然後說：「我喜歡山區。是我以前在上頭碰到的人，讓我覺得不太想再去。」

「派瑞許？」

「他是其中之一。」

「告訴我那天早上發生了什麼事，就在我們獲救之前。」

「要不要一瓶礦泉水？或者可以給你白開水。在我們這個精緻的凱利小館裡，任君選擇。」

「真是滿嘴屁話。我懂了，你不想回答我的問題。」

「暫時不想，」我承認。「你聽，直升機快來了，你聽到了嗎？」

「聽到了。」他嘆氣說。

我站起來，去打開停機坪的燈。李奧納現在都不把那扇開關的門上鎖了。崔維斯和臭嘴哥的來訪很愉快，他們最近沒什麼機會看到班。不過一如往常，他們沒待多久。我們彼此保證一定很快要再相約聚會，然後他們離開了。「崔維斯學得很快。」班說。

「是啊。」我說，開始朝離開屋頂的門走去。

「等一下，」班說。「我可沒忘記你剛剛的承諾。」

「我也沒忘，」我說。「我只是希望能提防李奧納，還有一位常常上來抽菸的傑瑞。我可不希望自己傾吐的心事傳得全報社都知道，得先找個可以看到門的位置。」

我看得出他很不耐煩，但還是配合我。沒多久，他就緊跟在我後面。我承認自己走得很慢，並不急著展開這場對話。

「耶穌啊，艾齡，」班說著經過我旁邊。「我左腿下半截都沒了，可是我會比你先走到門那邊。」

「少跟我講那些，」我說。「你一直在鍛鍊身體。而且我看過你那份有關帕運的資料——有個人戴上那種飛毛腿義肢，只比卡爾．劉易士的世界紀錄慢了三秒多。」

「我的上半身力量的確比截肢前要好很多，」他承認。「但是我不像你每天都慢跑。何況，雖然你希望我只要往上一跳、就能跳上高高的建築物，但你知道，我們不是每個人都能成為義肢超人。」

「不管是不是義肢超人，你的潛力絕大部分都還沒發揮出來，而且你心裡明白，」我說。「你開刀到現在並不是很久，你知道。」

「我知道，」他說，停下腳步。我趕上他時，他很紳士地微微欠身說：「女士先請。你盡量拖吧，沒有用的。」

我來到一個角落停下。「好吧。我從這裡看得到門了。」

「你不過去把門打開？」班問。「或許那個老菸槍正拿著竊聽麥克風躲在門後。」

「聽我說，」我開口，「你想聽最坦白的真相嗎？我一點也不想回顧跟派瑞許在一起的那個早上。有時我覺得，如果讓我再看到他的臉……」

我沒講完這句話，因為通往屋頂的門打開了。

「狗屎，」班說。「我想你講的菸癮沒有錯。」

但即使是金髮，即使是隔了一段距離，即使是在黑暗中，我都知道走上屋頂的那個人是誰。

那不是傑瑞或李奧納。

我把班拉回轉角，差點害他失去平衡。

「你在搞——」

我一手掩住他的嘴。「派瑞許！」我用氣音說。「快跑！」

他恐慌地看著我說：「跑去哪裡？」
好問題。

58

九月二十七日，星期三，上午一點三十五分
瑞格利大樓屋頂

「往這邊退回去！」我低聲說，帶著他迅速奔入那片屋頂結構物形成的黑暗狹窄迷宮中，繞過另一個轉角，又一個，然後躲在冷氣機後頭。

我希望派瑞許會冒險走到屋頂比較開闊的一邊，這樣我們就可以回到那扇門。

我們聽到聲音，但很難判斷是從哪裡發出來的。

「我們應該分開，」班說。「他只有一個人，沒辦法同時追我們兩個。」

「除非他帶了幫手來。」我看到附近一面牆上架著一把梯子，是用來爬上旗杆的。「你在這裡等。」我說，急忙奔向那把梯子，盡可能爬高，然後小心翼翼地往下望著我們剛剛走過的那條小巷。過了我們的那條小巷，離巷口不遠處，我看到一個奇特的景象，一時之間無法理解：一盞燈浮在地面上幾呎處，緩緩移動著。然後我明白那是什麼了——派瑞許戴著露營的頭燈，讓他可以空出兩手來做——做一些我不願意去想的事情。

我只看了一會兒，足以判定一件事，就趕緊又爬下來找班。

「據我所能看到的，只有他一個人。他隨時可能來到這條巷子，但是除非沒辦法，否則我不認為我們應該分開。」

「好。」他悄聲說。

然後手機發出鈴聲，刺耳又響亮。我就像是遭到電擊似的。

我詛咒著，笨手笨腳想接聽。才響到第二聲，班就又跑掉了。我不怪他想離我遠一點，我等於是戴著一個自動導引裝置，讓派瑞許可以找到我。

「不管你是誰，」我邊跑向反方向、邊對著電話說，「打電話報警！」

「艾齡？」一個男性的聲音。很熟悉，但是我想不起來是誰。

我轉彎，聽到腳步聲，又鑽進另一條窄巷拚命跑。「該死，不管你是誰，掛斷電話，然後報警。跟他們說尼克．派瑞許在《快報》的樓頂。」

「我是菲爾．紐立，我是——」

「狗屎！」我說，掛斷電話。

好極了，我本來就懷疑菲爾是派瑞許的幫手，這下子他知道該到哪裡找他的主子了。

派瑞許的頭燈出現在巷子另一頭。

我又轉彎進入另一條巷子。

死巷。

好吧，我心想，利用手機打給九一一，就算我死了，或許他們還來得及趕來救班。

我打了，不知道會轉到哪個警局，結果是拉斯皮耶納警局。

「尼克．派瑞許在瑞格利大樓的樓頂——」

「嘿，小尼克，你老媽的兒子！」班喊道。「來抓我呀。」

「耶穌啊，」我輕聲說。「在《快報》樓頂，派人來救我們！」

我又掛斷，往前走，不確定會碰上什麼。沒有派瑞許的蹤跡，沒有班的蹤跡。

我又打開手機，按了臭嘴哥的代碼。

我一面打這通電話，一面往後退出死巷。「弗里芒企業。」一個睏倦的聲音接了電話。

「老爹？」我低聲說。

「請說。」他說。

「叫崔維斯和臭嘴哥回到樓頂。」我說完就掛斷，因為我剛剛看到班跑過巷口，派瑞許跟在後頭不遠處。

我跑到巷口，轉向他們剛剛去的方向，然後極盡全力大喊：「尼克．派瑞許，你這個小黃鼠狼，我不敢相信你居然中了這個計！」

我聽到一個小小的砰聲，然後一盞燈出現在我後方。我轉身，看到他離我不到三呎，咧嘴笑著，看起來剛跳下另一把梯子。一把槍插在他的肩背式槍套裡，但顯然不是他的首選武器——他右手握著一把刀，刀身長而薄。

「我才沒中什麼計呢，」他說，那把刀子緩緩在空中劃著8字形。「反倒是你，居然蠢到在我眼前跑過去，卻沒有抬頭看。」

我後退幾步。

「你想跑？」他說，舉起刀子。「你當然想跑了。尤其我已經殺了你那位跛腳朋友。」

「你才沒殺他呢。」我說，希望自己說得沒錯。

「你怎麼知道？」

「沒有槍聲，你的刀子上沒有血。你還是老樣子，老是滿嘴屁話。」

「你其實不確定他還活著。喊他的名字嘛，看他會不會回答。」

「你休想拐我幫你找到他。」

「我會找到他的，他跑得沒有你快。」

「顯然你很無知，我不認為你抓得到他。」

「啊，我抓得到的。就像我抓到了他的女朋友，她為了我而失去腦袋。她很可愛，我很遺憾他今天早上看到冰上舞者時，我沒能在現場看到他的眼淚。」

「又搞錯了，小尼克。他一點也不難過。別忘了，他們分手了。他其實一點也不在乎。」

「或許是因為他一直背著你丈夫在搞你。」

別讓他激怒你，我告訴自己。讓他繼續分心，讓班脫身。

「這是你的幻想嗎，小尼克？或者你只是想氣我？這招不夠看啦。當然了，你根本不了解什麼叫真誠的友誼或愛情吧？你非得拿著刀，才會有人跟你上床，對不對？有哪個腦袋正常的女人，會願意跟你交往啊？」

他大笑，舉起刀子。「要不是我太喜歡你的尖叫，我會先割掉你的舌頭。不過或許我還是該割掉才對。」

他朝前衝，我往後跳，本能地把雙手舉在前方，這才發現自己還抓著手機。

「怎麼？」他大笑。「你要打電話報警？他們絕對無法及時趕到。而且你放心，沒有人會這麼快爬完那些樓梯，來到屋頂的。我已經堵上那扇通往樓梯的門了，就算他們能推開，屋頂的那道門也已經從外頭鎖上，是一個相當結實的鎖桿。你常旅行嗎？」

這個問題完全意想不到，我沒回答。

「每家飛機雜誌都有這些小鎖桿的廣告，」他說。「你住在旅館房間時，這玩意兒可以保障你的安全。我這個是工業用的，我發現在別的狀況下也很實用。」

我思索著有沒有其他管道可以進出樓頂。這棟大樓只有一側跟其他建築物連接，是一排三層樓高的商店。

「唯一的鑰匙在我手上，」派瑞許說。「你和薛瑞登博士是我的囚犯，你知道。那個鎖桿當然不是破壞不了，但是足以給我需要的時間。」

「你的時間不像你以為的那麼多。」我說。

「那我們就好好利用吧。還記得我們在山區的那個小遊戲嗎？開始跑吧，艾齡。」

我跑了兩步，忽然朝他轉身，使盡全力把手機擲出去。那個手機並不重，但是我擊中目標，就在我面前不到十呎之處發亮——他的頭燈。他大叫一聲，好像愣住了，這當然對我有利。我沒等著看是否還造成其他損傷，就又掉頭開始跑。

在山區裡，我可能做得不夠好，我告訴自己，但是這裡不一樣。沒有海拔高度、疲倦、脫水拖慢我的速度。我現在穿著跑鞋，而不是健行靴。這裡的地面平坦且比較沒有障礙物。至於缺點，則是區域很小，我等於是在籠子裡奔跑。

我考慮要鑽進那個控制停機坪燈光的小房間，但是判定：如果我知道他在哪裡、同時自己可以自由移動，這樣會比較好。一排黑暗的屋頂結構通往另一個，每回我轉彎，就很怕會碰上他。

班在哪裡？

我聽到一架直升機接近，然後是警笛的鳴聲。

忽然間我想到，現在如果崔維斯和臭嘴哥降落，就可能會被派瑞許開槍擊中，甚至直升機有被擊落的危險。現在我真的必須知道派瑞許人在哪裡，而且要警告崔維斯他們離開。可是我要去哪裡才能讓他們看到我，而且不會害自己成為派瑞許的靶子呢？

我朝旗杆跑去。

我謹慎而迅速地爬上梯子，擔心自己爬到梯頂會碰到派瑞許，或者他會從下面爬上來。到了結構物的頂部平台，幸好沒有其他人，我鬆了口氣。此時我大概在樓頂上方的二、三十呎處，聽到下方一個聲音傳來，看到班正朝這邊接近。

我看到直升機接近時，就把目光從班的身上轉開。我不知道讓直升機離開的正式手勢是什麼，於是雙臂舉到頭上方，比出舉世通用的開槍動作，搖著頭表示反對，然後兩個大拇指往下指。我甚至試著朝他們比出開槍的啞劇。這些表演雖然很爛，但某些部分一定是讓他們看懂了，因為他們又離開，飛得更高，在大樓一側的上空盤旋。不過他們沒有完全離開這個區域，我很擔心派瑞許還是有可能朝他們開槍。

我看到班的腦袋出現在梯子頂部，於是匆忙趕過去。「走開！」他忽然大叫，然後好像腳滑了一下。他抓住梯子頂端，朝平台邊緣彎腰，顯然竭力要把自己拉上來。

我沒理會他的警告，朝他更接近。我往平台外的下方看，看到派瑞許跟在他後頭爬上來，已經把班的右腿拽離梯子，正想把他拉下去。

派瑞許離我不遠，但是現在他右手臂抱著班的雙腿，左手則緊抓著梯子的側邊。他開始想把班扭離梯子。我探出平台邊緣，抓住梯子側邊，自己的大部分重量仍撐在平台邊緣，然後抓住班的腰帶，想要抵銷派瑞許扭轉的力量。我全身血液往頭部衝，但是在我和班的聯合抵抗下，派瑞許沒有任何進展。

派瑞許又往上爬一級，於是他的臉離我只有幾吋了。

「現在我抓到你們兩個了。只要用力一拉，你們就都完蛋了。對一個內褲小賊來說，很不錯吧？」他身子忽然往上一撐，舔我的臉。

我放開班的腰帶，狠狠朝尼克．派瑞許的鼻子打了一拳。他的鼻子開始流血流得好厲害，一時之間，他抓住班的手臂鬆開了。趁著派瑞許朝我憤怒大叫，班的右腿踩住一級梯槓。我希望派瑞許這一刻近乎目盲，於是趁機去拿他肩背式槍套裡的槍。現在他右手放開班了，但是不夠快。我從他槍套裡順利拔出槍，但是他狠狠抓住我的手腕，我手一鬆，槍掉到下頭的屋頂了。

他開始想把我拉下去。班已經爬得稍微比較高，此時他的飛毛腿義肢往後朝派瑞許的胯下踢；這一下顯然沒踢到要害，但是也夠嚴重，因為派瑞許悶哼一聲，放開我的手腕，只不過沒摔下去。派瑞許很快又去抓班的雙腿，但只能抓到剛剛踢過的那根義肢。我抓住義肢的托座那一端，想把班拉上來，同時班死命抓住最頂端的那級橫槓，朝派瑞許的左手臂踢。

我們上方出現一道明亮的光，還有噪音和風；直升機就在我們上頭。我看不到他們，但是知道他們不能太靠近——這一帶的屋頂有太多柱子和纜線和其他東西。旗子翻拍得好大聲，鋼索敲出警示的鈴聲。

「往左！」我朝班大喊，不知道他是否能聽見——無論有沒有聽見，他下一次踢得更準了，狠狠踢中派瑞許的左手臂。

派瑞許鬆手，差點摔下去，但是仍抓著那根飛毛腿義肢，兩腿在空中亂扒，雙腳勉強回到梯子中段的一級梯槓。班的右腿已經抬得更高，不會被抓到，同時設法把自己的身體往上拉，但是派瑞許兩手都還使勁緊抓著他的左腿義肢。然後派瑞許咧嘴一笑，忽然放開右手，但是沒伸手去抓梯子，而是握住他的刀子。

「我就讓他雙腿都被截肢吧，」派瑞許說，血淋淋的鼻子讓他的聲音聽起來好怪。「但是或許我會先切斷你的手指。」

我不由自主地伸展一下手指，摸到了一個金屬鈕，是用來將金屬釘鎖住義肢的。我按下去。

我聽到喀啦一聲，看到派瑞許血淋淋的臉露出一絲驚恐，同時托座和飛毛腿義肢分離。

他往後墜下時，還徒勞地對著空中亂揮刀子，然後隨著一個破裂的重擊聲，他摔到樓頂。

之後他就沒再動了。

59

九月二十七日，星期三，上午一點五十五分

拉斯皮耶納

班把自己拉上平台頂部。我坐起身，因為剛剛倒掛著而覺得暈眩。我們兩個都氣喘吁吁。

「你還好嗎？」我問。

他點頭。「你呢？」

「還好。抱歉把你那隻腳弄掉了。」

「大概沒事。不過我花了那麼多工夫才爬上來這裡，休想要我爬下去看它是不是摔壞了。」

「我想會有人幫你拿上來的。」我說，指著直升機正在降落的地方。

同時，我們聽到一個砰然巨響，兩個人都驚跳起來——特種警察部隊撞開門來到屋頂了。緊接著，派瑞許就被團團包圍。他們發現他沒動，於是緩緩朝他逼近。

「艾齡！」

我視線離開正下方的場景，轉向我此生摯愛的聲音。法蘭柯已經下了直升機，朝我們跑來。

我朝他揮手大叫：「我們沒事！」

他臉上露出燦爛的微笑，跑更快了。

三名特種警察搶在法蘭柯之前爬上梯子。

「我們沒事，」班告訴他們。「派瑞許死了嗎？」

「沒有，」一個人說，「但是快要了，看起來摔斷了脖子。我們要送他去聖安妮醫院，就在這條路往下不遠。」

法蘭柯爬上梯子，拿著班的飛毛腿義肢。

「我想你大概需要這個。」他說，遞給他。

「謝了，」班說。「我正在想，沒了它我要怎麼下去。」他檢查一下，判定雖然有一些刮傷，但是並未嚴重損壞。

「我的手機恐怕就沒這麼好運了，」我說，然後告訴法蘭柯我怎麼使用那個手機，法蘭柯大笑著擁住我。「派瑞許根本不了解他的對手，不是嗎？」但是他把我抱緊了，好像需要這樣才能確認我沒事。我也抱著他。我感覺很好，很久以來沒覺得這麼安全過了。

「啊！」我說，從那種舒適的魔力中醒來。「我剛剛才想起一件事！菲爾・紐立打電話給我了，是從我辦公桌上的電話轉接到手機的。從手機紀錄裡可以查到號碼吧？」

「不必了，」法蘭柯說。「紐立打給我們了。」

「打去警察局？」

「對。所以我才知道你在這裡。紐立說他想要聯絡你，你跟他說你跟尼克・派瑞許都在這裡，說你很害怕，要求報警。」

「他人在哪裡？」

「他說他一直躲著。他很怕派瑞許。他說你收到那些骨頭和玫瑰之後，他就知道派瑞許回到城裡了，於是趕緊溜掉。他在南邊海岸邊租了一棟海灘屋，連他妹妹都不知道該怎麼聯繫他。他今天晚上聽到了新聞報導，就決定回家了。」

「那他為什麼要打給我？」

「他預料警方會對他非常敵意，他覺得你可能願意安排他先跟我碰面，免得狀況失控。我沒告訴他，是你一直堅持我們該去查他的下落。他已經雇了一個辯護律師，不過他們同意明天跟我們見面。」

「慢著，」我說，「你們在他的屋子裡發現了一把沾了血的電動圓鋸和其他的，對吧？」

「對。」

「跟著那些玫瑰送來的腿骨，可能是用圓鋸鋸下來的，對吧，班？」

「對。」

「那天我去菲爾家跟他談，當天晚上那些骨頭就出現在我們家門前。他如果是在聽說那些骨頭的事情之後離開的，那麼那些骨頭就是之前在他的車庫裡鋸下來的。要是他真是無辜的，那他一定耳朵聾了，否則怎麼會沒聽到他車庫裡有那麼可怕的聲音。更別說他去把車子開出車庫時，居然會沒看到沾了血的工作檯。」

「不見得，」班說。「你仰賴的這些新聞報導，消息來源都是二手的。」

「班．薛瑞登——」

「不，我才不要為了媒體跟你吵架。法蘭柯，你去過紐立的車庫，你自己親眼看過。那個工作檯沾了血嗎？」

「對。」

「如果有任何血，那就大概是來自卡蜜兒。」他別開目光一會兒，然後說：「或者也可能是垃圾桶裡那位無名女屍。無論是哪個，那些血不會是來自奧勒岡女子的大腿骨。」

「等一下——」我反對道。

「他說得沒錯，」法蘭柯說。「一般來說，死屍是不會流血的，因為心臟已經不會搏動。剛死時，還會流出血來，但是奧勒岡的那兩名女子是好幾個星期之前被殺害的。派瑞許在奧勒岡棄屍，但是帶走了那個診所接待員的雙腿——離菲爾．紐立的房子很遠。」

「我檢查過那些大腿骨，」班說，「是死後許久鋸開的。」

「所以你認為紐立是無辜的？」我問。

「我沒說他無辜還是有罪，」法蘭柯說。「到目前為止，我們在紐立的房子裡還沒有發現任何骨頭碎片，是明顯出自那些大腿骨的。但是打從我們進入那棟屋子搜索，到現在還不滿十二個小時。紐立的罪嫌還沒有完全洗清。一棟房子裡發現了這類證據，當然會對屋主生出很多問題。紐立還有很多要解釋的。」

我們下了梯子後，我看到一個熟悉的人影站在一段距離外，一臉沮喪。我走向他。

「李奧納？你怎麼了？」

「我讓你失望了。」他說，緊張地看了法蘭柯一眼，然後低頭看著自己亮晶晶的黑皮鞋。「他對我耍了最老套的把戲，我居然就落入陷阱了。」

「你在說什麼？」

他重重嘆了一口氣說：「派瑞許。他在卸貨口的一個垃圾桶裡放火。等到我去察看時，他一定就趁機溜上樓了。」

「那把火有造成任何損失嗎？」

他搖頭。

「唔，那麼，這是好事，不是嗎？」

「我跟你說過，我不會讓他進來這裡的，結果我沒做到。」

「好幾個月以來，我們全警局的人都沒能抓到他，」法蘭柯說，於是李奧納抬起眼睛看著他。「沒有人會指望一個孤零零的警察，就能阻止他的。」

我正式介紹他們認識，法蘭柯接著又謝謝李奧納。「知道有你在留意，我對她夜裡來值班就放心多了。」

「真的？」李奧納問，然後又趕緊說：「我盡力而為，先生。」

「任何人也只能要求這麼多了。」法蘭柯說。

後來等到李奧納大步離去，聽不到我們講話時，我開口問了：「一個孤零零的警察？」

「我怕他會跳樓啊。」

約翰．沃特斯對我們截稿過後在屋頂上的追逐發過脾氣之後，就要我為早報特別版寫一篇稿子。雖然我那些保護者都在抗議，但我還是答應了，因為我想向瑞格利證明，我不會因為在截稿後的時間值班，就沒機會負責頭版頭條的報導。

法蘭柯、班、崔維斯、臭嘴哥不肯讓我獨自待在編輯部。傑克帶了一瓶香檳過來，儘管李奧納警告我們，說報社裡是明確規定不能在大樓裡喝酒的（「我不在這裡，我沒看到這個。」他說），我們還是舉杯，敬眼前和懷念的好友們，約翰也加入我們。

我們後來察看監視錄影帶，才知道派瑞許是從運報車的裝貨台那邊進入大樓的，他戴著棒球帽，提著工具箱，刻意經過那些正忙著要把太晚才印好的報紙送上車的相關人員。他在另一台攝影機附近的垃圾桶裡點了火，這樣李奧納就一定會看到。

我也得知，接著他花了點時間，好讓後來的人很難上到屋頂。他將通往屋頂那道樓梯的門用東西擋住了，然後又在屋頂的那扇門上加了個沉重的鎖桿。

我打到醫院查詢最新消息。尼克．派瑞許還沒脫離險境，因為身上有多處重傷，尤其是頭部和頸部。要是他死了，我想除了他的幫手之外，恐怕沒有人會感到哀傷的。

「班，」崔維斯問，「他整個人重量都掛在你的義肢上，為什麼那個托座之前都沒脫落？」

「托座是靠吸力吸住的，」他解釋。「除非我轉下來，否則是不會脫落的。原因很明顯，這個托座的設計，本來就是要黏在我的腿上，除非我想拿下來。所以呢，老實說，我很想盡快黏回去。」

我交稿後，大家一起離開了。臭嘴哥去傑克家住一晚，崔維斯睡在我們家沙發上，班則跟平哥睡客房。

一開始我和法蘭柯都沒睡，但不是因為作惡夢。我和法蘭柯都有一種強烈的慾望，喬．羅賓森醫師大概會稱之為什麼症候群之類的，但是我們不需要這些名稱。我們只需要比平常安靜一點，因為家裡有客人，但是也沒什麼大不了的——我們從以前的一次經驗知道，每當平哥聽到臥室門後傳來某種聲音時，就很容易會發出警戒的吠叫。

「不曉得他當初被取名叫『多嘴男』，是不是因為這樣？」我問法蘭柯。

「誰曉得？」法蘭柯說，專注在別的事情。

之後我們睡得很好。

但是次日早晨我醒來時，腦袋裡頭有個不必要的主意，是一個我很厭惡的猜疑，但是無論我多麼努力，都沒辦法擺脫那個想法。

「法蘭柯，」最後我終於說，「我要拜託你幫個大忙。」

60

九月二十七日，星期三，傍晚

拉斯皮耶納

聖安妮醫院的人一開始對我很提防，畢竟，這個病人當初就是被我害得送入醫院的。但是他們在新聞裡看過這個病人的消息好幾個月了，很清楚他是誰，於是，兩個小時後，他們發現我沒有企圖悶死他，都覺得有點驚訝，我還不小心聽到有人私下議論說，我原諒人的能力太了不起了。

其實他們搞錯了。

我拿著一本帕西瓦爾的故事，但是沒有閱讀。我一直在想著今天早上的搜索。

我花了很多時間先說服自己相信這個念頭，接著要說服法蘭柯就不必那麼久了。趁著法蘭柯去打幾通電話、崔維斯在忙著做早餐時，我就瀏覽平哥和大衛參與搜救團體活動的錄影帶。我找到我要的片段，讓法蘭柯看，於是他又打了幾通電話。我自己也打了一通。

班醒來後，跟我們一起吃早餐；我問他今天的第一堂課是幾點。

「我下午兩點有一堂實驗室的課，但是如果你需要我幫忙，愛倫或許可以幫我代課。有什麼事？」

「法蘭柯接到一個通報，說有一棟房子可能藏著一些遺骸。你可以帶平哥去嗎？」

「當然可以。但是我們應該不能只靠一隻狗去確認。」

「那你可以請布爾的新主人也一起來嗎？」

「我試試看。」

「如果他可以的話，會合的地址在這裡。」

「你不跟我們一起去？」

「對，我今天早上要去另一個地方。」

我看得出他想問更多問題，但好像感覺到我的心情，於是他忍住了。他打給愛倫．瑞奇，還有布爾的主人。第二通電話講了好一會兒，不過掛上電話後，他露出微笑。

「怎麼了？」我問。

「他說他本來就想打給我。他覺得他之前的判斷可能錯了，說布爾畢竟是很想念『那隻難以駕馭的牧羊犬』。他現在對於收留布爾的想法改變了。」

「我有個感覺，你也很想念布爾。」

「沒錯，」他說。「從很多方面來說，他只是一隻大笨狗，但是他充滿深情，而且是很棒的追蹤犬。大衛以前老是說：『如果東西真的在這裡，那麼布爾就一定會找出來。』那個領犬員說，如果我願意讓布爾回來，他會教我怎麼跟他合作。」

法蘭柯打電話到醫院給我，說帶著兩隻狗去初步搜尋的結果很成功，還說他們下午大概會更詳細搜尋一次。

「另外一件事，」他說，「一等到班安頓好兩隻狗，他也會去那邊找你。」

「他很心煩嗎？」

「對。我跟他說，由你決定要不要跟他說是怎麼回事。」

「多謝了。」

他大笑。「我會盡快過去的。」

「你在這裡做什麼？」班進入那個加護病房的隔間，看到我坐在派瑞許床邊，對著我半吼道。

「聲音別那麼大，班，」我說。「他們會以為你想傷害可憐的小尼克。」

「我是啊！我想拔掉那個混蛋的插管！」

我嘆了口氣，闔上書。「你，班，你比我要仁慈得多。」

「仁慈?!」

「你想想看。他困在最終極的監獄裡了。」

班的憤怒表情瞬間改變。他看著派瑞許說：「他會活下去？」

「沒錯，看起來是這樣。他以後沒辦法動、沒辦法講話了。他們認為他可以聽到我們講話，也能理解，而且他有辦法睜開眼睛。他偶爾會發出咕嚕聲。我樂意想成他是想說話。」

「你樂意……」

「沒錯。我真殘忍，不是嗎？我自己都有點驚訝。或許有一天，我不會再為他所做過的事情生氣，然後跟你一樣，我會希望他死掉。」

他坐下來審視著我。「我不相信你來這裡，是為了幸災樂禍。」

「我不是，」我說。「但是既然我非得坐在他旁邊，我發現自己不介意對他說一些非常刻薄的話。」

派瑞許又發出咕嚕聲。班聽到了，於是扮了個鬼臉。

「很差勁。」我承認。

「你為什麼待在這裡？」班又問。

「我在等一個人。」

「誰？」

「我晚一點再告訴你。」

「艾齡——」

他被派瑞許發出的一個聲音搞得分心了，那聲音有點不一樣，是某種低哼。

「你認為他是想說什麼？」班問，提防地看著他。

我放下書，站起來，凝視著派瑞許的雙眼。「什麼事，小尼克？」

「麻——」

「或許他是喊著要找他媽咪。」我說，又坐下。

班瞪著我，然後說：「你有想過要打電話給喬・羅賓森嗎？」

我大笑。「我之後大概得跟她好好長談一次。但是別擔心，我來這裡不是要傷害小尼克，也不是要傷害其他人的。」

「我可以在這裡陪你一起等嗎？」他問。

「不行，至少——唔，不，完全不行。尼克先生的會話能力很有限。」

班看了他一眼，然後說：「我希望能進行那場一再拖延的談話，但是我不想在他面前談。」

「他聽了能怎麼樣？」我不耐地說。「幻想？隨他去吧。他現在總算落到這麼個狀況，讓他幻想也很安全了。」

「艾齡——」

「抱歉，班，」我說。「我今天有點憤世嫉俗。讓我問你一個截然不同的問題吧——如果你不介意在尼克面前、在這裡談的話。」

「什麼問題？」

「你說過大衛有時會談起——」我看了派瑞許一眼，修正我要說的話。「你說過，他很少談起他童年某些方面的事情。」

「沒錯。」他說，口氣有點生硬。

「但是對其他可能有相同經驗的人，則是例外。」

「對。」他朝派瑞許看了一眼。

「大衛談過的人，他跟你講過名字嗎？」

「沒有。他會跟我講大致的狀況，或是跟我提起某個人的事情，但是不提名字。他覺得儘管……儘管這樣的背景不該引以為恥，但是他很努力才得到他們的信賴，所以他不會辜負他們的。他有一種奇特的能力，看得出誰可能經歷過類似的事情，但是大衛會溫和地、緩慢地接近他們。他不會逼他們告訴他什麼。他會先贏得他們的信賴。」

他暫停，然後問：「你為什麼想知道他跟誰談過？」

「我是想要了解我認識的一個人，」我說。「但是或許我永遠都無法了解吧。」

「你的心情的確很憤世嫉俗。」

「抱歉，的確是。從我早上醒來時，想著一首『新城之鼠』樂團的歌：〈我不喜歡星期一〉。你知道這首歌嗎？」

「知道。」他唱了兩句副歌。

「一點也沒錯，它勾起了一段回憶。這首歌的靈感來源，是聖地牙哥市李聖卡羅斯區的一宗槍擊案。一個十六歲的少女布蘭達·史賓賽決定用步槍指著一個校園，開始她的狙擊馬拉松。這件事發生在一九七九年，當時在小學校園裡開槍還沒有那麼常見。」

「你鐵定是憤世嫉俗沒錯。不過我還記得這個新聞。她從她家朝學校開槍，持續好幾個小時，對吧？」

「對。在這段時間裡，她槍殺了兩個人，還有九個人受傷。後來警方問她為什麼，她說：『我不喜歡星期一。』」

「耶穌啊。」

「她說：『我不喜歡星期一。這樣會讓星期一比較有趣。』」

「這首歌讓你想到另外一件事？」

「對，」我說。「我喜歡這首歌，很多人都喜歡。但是這首歌是在槍擊案那一年寫的，離現在二十幾年了。所以我好久沒聽到這首歌，直到最近。」

他正要說什麼，門外的警員忽然走進來說：「凱利女士？你準備好了嗎？」

「老早就準備好了，謝謝。」我說。「班，我得請你去另一個房間，跟法蘭柯一起在那邊等。」

「法蘭柯在這裡？」他問，四下看看。

「是的。別擔心。你會聽到我們所說的一切。」我說，伸手到我背後。

「你身上裝了竊聽器？」他不敢置信地說。「我不確定我——」

「拜託，班，」我說，「法蘭柯可以跟你說明一切的。」

他雙手交抱在胸前。

那警員的無線電發出噪響。

「再不走就來不及了，哈里曼太太。」那警員說。

班不肯動。

「班，如果你對我還有一絲信任，就馬上出去。」

他不情願地跟著那名警員離開了。

我打開一個開關，說了我的姓名、日期、時間、地點，說尼克．派瑞許也在場。

派瑞許又發出他的「麻——」聲音。

我看著玻璃牆外的護理站。一個穿著完全像護理師、但沒有在照顧任何病人的女子向我點了個頭。在另一個房間，盤式錄音機正在轉動。在我心裡，那些已經轉動了一整天的輪子仍繼續旋轉。

電梯門打開了。

61

九月二十七日，星期三，傍晚
拉斯皮耶納

我擦了擦雙手。

她謹慎而躊躇地走過來，一身正式套裝，我沒看過她穿長度這麼保守的裙子。她手裡拿著一個款式別緻的皮革手提包。我甩不掉這個念頭：她看起來像個假扮成大人的小孩。

她看到我時，臉上有微微一絲驚訝，但還是走進房間。「哈囉，艾齡。」

「哈囉，吉莉安。」

「我——看到你在這裡，我鬆了口氣，艾齡。我有點害怕單獨跟他在一起。」

「那又為什麼要來？」

「我非來不可。」她目光回到我身上。「你進來這裡的時候，他們搜過你的皮包嗎？」

「搜過了。」我說。「每個人都要搜的。」

「為什麼？」

「有人可能會想傷害他。眼前，只有上帝才能報復他了。」

「不光是上帝，你也報復了他。我聽說你所做的事情了。」

我盡量不要讓這句話影響我。

「或許你會覺得我這樣講很變態。」她繼續說。「但是我必須來看他。我必須看到對我母親做出那些事情的男人。這四年來，我一直在等。」

「但是你以前見過他。」我說。

她雙眼稍微睜大。

「他以前是你的鄰居，對吧？」

「對，」她說，悄悄走近病床。「但那是很久以前了。」她彎腰湊近，直視著他的雙眼。

「麻——」派瑞許說。她臉色轉白，身子往後瑟縮，退離床邊。

「來，」我說，一隻手攬著她的雙肩。「坐吧。一旦你習慣了，就不會覺得他那麼可怕了——雖然我想像，他的樣子跟你上次見到他時很不一樣。」

「是的。」

「大約四年前嗎？」我冒險說。

「不——是的。我的意思是，還要更久。」

「怪了。傑森認為他出現去跟蹤你媽時，你看過他的。」

「什麼？」

「你知道，你待在家裡照顧他那一晚，派瑞許的車停在你們家外頭？」

「傑森這麼說？那小鬼說的任何話你都不能信。」她搖頭。「太糟糕了。」

我覺得真正糟糕的，是我以前沒相信傑森說他姊姊的每一個字。但是這會兒我說：「啊，等一下，現在我想起來了——他說當時有一輛車，但是你去外頭，結果沒找到。」

她聳聳肩。「我不記得了。」

「你知道，總之我一直想再跟你聯絡的，」我說，走到她和病房門之間。「我以為你或許可以協助班．薛瑞登和他的狗。」

「你是說，失去一腿的那個男人？」

「拜託，吉莉安，你對他的所知不光是這樣而已。你曾為了你母親的案子，跟他聯絡過。」

「是嗎？我聯絡過太多人，都不記得了。你說要幫他跟他的狗？」她不安地問：「什麼狗？」

「啊，這隻狗你很熟的——平哥，本來是大衛．奈爾斯的狗。」

她什麼都沒說。

「我今天早上看到一些很有趣的錄影帶。你去參加過他那個搜救犬團體的活動，對吧？我在錄影帶裡看到你，跟大衛講話，學習怎麼跟平哥合作。」

「是的，」她說，「我想如果我能學會跟尋屍犬合作，或許就可以去搜尋我母親。」

「你為了要尋找她而付出了這麼多，真是了不起，」我說，然後試著稍微胡亂瞎掰。「你學習有關法醫人類學、尋屍犬的知識，甚至還去找安迪．史杜瓦，問他植物學家要怎麼找出沒有標記的埋屍處。」

「就像你剛剛說的，我想找到她。」

「麻——」派瑞許又說。

「你想他在說什麼？」我問。

她默默搖頭，但那雙大眼睛睜大了，很驚恐。

「他們認為他再過兩天就能講話了。」我騙她。

「是嗎？」

「是的。」瞎掰得更厲害了。「一位神經科醫師剛剛來過，說他每個小時都有進步。所以我才會來這裡等。等到他能說話的時候，我有個問題要問他。」

「是嗎？」吉莉安問。

「是的，就是在他摔下去之前不久，跟我講的一件事。我今天一整個早上都在想這事情，所以等不及要過來，當面問他。」

「什麼事？」

「你還記得我去你公寓的時候，法蘭柯給你看的那篇文章？」

「記得。」

「你的公寓很棒，就在車庫樓上。就在——那條路叫什麼來著？」

「婁瑪路，靠近第十街。」她說，又注視著派瑞許。

「我想班今天稍早就是去了那一帶——帶著平哥去搜索。總之，有關那篇內褲的文章——」

「寫得好好笑。」她說，咯咯笑了一下。

派瑞許發出一個咕嚕聲。

「你記得那麼清楚？」我問。

「當然了，那篇文章並不長。」她幾乎逐句背了出來。

「好厲害。你知道，那篇稿子從來沒登在《快報》上。」

「是嗎？」

「是的。這就是為什麼，尼克昨天晚上引用其中的字句時，我會那麼驚訝。如果他根本沒在報上看過那篇稿子，他怎麼會曉得裡頭寫了什麼？」

吉莉安的目光終於轉離派瑞許。「一定是另一個人——他們正在找的那位律師——」

我搖頭。「你，吉莉安。就是你。」

「太荒謬了，」她立刻說。「我為什麼會想跟尼克．派瑞許扯上任何關係？」

「這個問題我不知道答案。但是話說回來，或許我知道。或許我該把傑森所說的話聽進去。他說你很冷酷，說你真心恨你母親。」

她雙手在胸前交抱，往後靠著椅子。她眼中有一種純粹的惡意。「尼克．派瑞許說這個，傑森說那個。你說你從來沒把那篇文章給其他人看過，但是我不相信你。」

「他們去搜過你公寓樓下的車庫了，吉莉安。法蘭柯拿到了搜索令。你今天上午去上班的時候，他們就帶著幾隻狗過去那裡了。平哥和布爾和另外一隻叫波的尋血獵犬，他們都還沒進門，就發出聞到遺骸的警示吠叫。」

她又回復到一副害怕的表情。

「當然了，那些狗沒猜錯，」我說。「車庫裡的確有遺骸。有一些碎片，符合奧勒岡那個女人的股骨。」

「股骨？」

「就是大腿骨。」

「你的意思是，尼克．派瑞許居然這麼大膽，利用我的車庫——」

「你沒辦法用撒謊矇混過關的，」我說。「他們找到了你的工具箱。」

「什麼工具箱？」

「一開始那些狗得到的指令是要搜索尼克．派瑞許的氣味，所以他們都沒理會那個工具箱。你去參加過搜救犬的訓練課程，所以你知道他們是怎麼進行搜索的。領犬員給兩隻尋血獵犬聞了尼克的髒襪子，然後要他們去找他。他們在你的車庫一直發出警示的吠叫，甚至還跑上你的公寓。但是他們對那個工具箱沒興趣，裡頭放了兩個直升機油箱的排放塞，上頭都是你的指紋。」

她開始哭。

「如果我認為那些眼淚是為了其他任何人，我可能還會感動。你自己的母親啊，吉莉安！」

「你不懂！」她說。

「天曉得我想要懂！」我說。「你有理由嗎？那就告訴我。」

「你不會相信的。」

「說出來讓我聽聽看。」

「我自己的父親就從來不相信我，你憑什麼應該要相信我？」

我吐出一口氣——我原先都不曉得自己憋著。

「你父親，」我說，盡量小心挑選我的用詞。「他不喜歡不愉快的事情，對吧？」

「不愉快？」她譏嘲道。「沒錯，他不喜歡知道任何不愉快的事。而且我母親控制了他。她想控制每一個人。傑森、我爸，但是休想控制我，你懂嗎？休想！她試過了，試了一次又一次，但是我贏了！我真的贏了。」

「她是怎麼試的？」

「你以為呢？」她不屑地問。

我沒回答。

「你以為這是我第一次來這裡嗎？」她問。「你應該去問問我爸，看傑森出生之前，我有多容易『出意外』。」

「但是我以為醫院會——」

她憐憫地看著我。「或許是因為我母親花了很多時間，當拉斯皮耶納綜合醫院志工會的主席——你認為呢？我們不常來聖安妮醫院，但是我五歲之前就知道修女是什麼，而我們家根本不是信奉天主教的。」

「所以不見得是同一個醫師幫你治療？」

她嘴唇彎出一抹冷酷的微笑。「你會很驚訝，有時候我們得開多遠的車到醫院去。」

「傑森都不知道？」

「我跟我弟弟並不親，你知道？我的意思是，我們的童年過得不一樣——懂吧？當我被滾水燙傷、從樓梯上跌下來這些的，他都還沒出生。我不記得全部了。我那時候很小。傑森出生後，她就學會拿捏，讓我不必去看醫生——不會留下傷痕。傑森只是聽信她說的——『吉莉安很壞。吉莉安不聽話。吉莉安不受控制。』不受她控制，沒錯。」

「如果你曾經——」

「如果。看到沒？你幹嘛要相信我，對吧？」

「我本來是要說，如果你曾經是大衛的朋友——」

「我不是，好嗎？我只是想學習有關狗的知識，跟他有什麼關係？」

「沒事。很抱歉說這些。所以你父親從來沒看到她虐待你？」我問。

「啊沒錯。她這方面很小心的。」

「而且他不會相信你的說法？」

「對。」她又露出微笑。「他說過他不相信的。」

「麻——」病床又傳來一個聲音。

「尼克．派瑞許相信你，對吧？」我問。

她點頭，又望著他。「他小時候，他們家也發生過同樣的事情。只不過他老媽對付的是他，放過他的妹妹。」

「所以你去派瑞許先生的屋子，跟他說你家發生的事情？」

她搖頭。

「沒有？」

「對。當時我其實不認識他。是直到後來，我看到他觀察我們家。他記得我媽，因為她長得就像他母親，只不過年輕很多。等幾年後她老了些，他又回來看她。」

「麻——！」他說。

「他對我非常好。而且他那麼……那麼有力量！他了解我。從第一次看到他在觀察我們家，我就知道了——在傑森跟你講的那一夜之前。我看到他，我是他碰到過唯一夠聰明、能在他發現之前就暗自觀察他的人。沒有人能偷偷走近他不被發現的。他覺得我很厲害。」

「麻——」他又說。

「他準備好要一舉成名了。我協助他。真是太刺激了。」

一整個白天，我腦子裡想著她，一直努力以她的真面目去看她，而不是以我希望的那個她。我告訴自己，不要把她當成多年來我心目中的那個被害人，而是要當成兇手的幫手。「你怎麼可能去幫他？」我曾一再問我自己，想著派瑞許的那些被害人，他們哀慟的家人和朋友——不光是她自己的母親而已，還包括她的弟弟。我想著她童年被淩虐，或許可以解釋她對茱麗亞的憤怒和其他許多事，但隨著她講「真是太刺激了」，她又再度成了我不認識的陌生人。無論我對童年的她有多麼同情，眼前的這名年輕小姐我完全無法理解。

我往後退離她一步。

「你是怎麼幫他的？」我問。

「我跟他說她那天下午要去哪裡。」

「他殺害她的時候，你在場嗎？」

她搖頭。「他不肯讓我看。但是後來，他覺得我值得之後，就讓我看了照片。」

「值得？」她好像沒聽出我的嫌惡，或是不在乎。

「他從來沒有門徒，」她驕傲地說。「我是第一個。我跟他說我會確保全世界都知道他。」

「在我不知情的協助之下。」我恨恨地說。

「規劃都是他，那是當然的，不過如果沒有我的話，誰會曉得他的事情？是我讓大家都怕他，讓警方想去山區。」

「好讓我們看看他殺人的戰利品。」

「要不是我們計畫好，讓你寫有關我媽的死，你永遠不會曉得他的存在，不是嗎？」

「或許吧。」我說，忽然好疲倦。

「這就是為什麼他把她單獨埋在一個地方。我去看過。」

「你到底是怎麼會被這種人吸引？你明知道他有能力做出什麼樣的事——」

「一點也沒錯！我知道他有能力做出什麼樣的事。我看得出他的力量。即使現在——你還不明白嗎？他會變得更強壯。他會恢復的。他就是想告訴我這個。他想告訴我：我是他的飛蛾，他的火焰依舊熾熱。」[8]

「你是飛蛾？我想是吧。飛蛾被自己的迷戀弄得盲目了，對吧？牠們飛得離火焰太近，對吧？你現在已經被火燒到了，卻沒聞到自己翅膀的煙味。」

「有一天你會後悔這樣說過的。」她說。

「他不會好轉了，吉莉安。我剛剛是騙你的。他的餘生都會是這個狀態了。」

「不！你現在才是騙人的！」

「我想你知道我沒騙你。看看他。他只剩一具空殼了。」我說。「就像你一樣。」

她驚駭地注視著他。

「你對任何人都沒辦法有同理心，對吧？你母親毀掉了你心中那麼多——」

「誰在乎啊？」她說。「我可以照顧我自己。」

---

[8] 飛蛾（moth），起首音近似派瑞許一再發出的「麻——」

「這四年來，我一直以為你是堅忍——結果並不是，你是無情。」

「隨便啦。」她垂頭埋進雙手裡。「你搞得我頭好痛。」

「你沒辦法同情任何人，對不對？連對他都沒辦法。」

她彎腰，我還以為她可能真的不舒服。但接著她冷靜地伸手到裙子裡面，非常不淑女地拿出一把輪轉手槍。她站起來，那把槍直指著我。病房外一片騷動，忽然間，一把槍接一把槍都瞄準了她，但她完全像是沒聽到似的。

「誤導你的人是我嗎？」我問。「或者是無所不能的小尼克？」

「麻——！」

她轉向派瑞許。我從後頭撲倒她。我們撞到椅子，一起摔到地上。槍走火了，一個震耳欲聾的聲音讓我一時之間什麼都聽不見。

有好幾秒鐘，我們在地上纏鬥成一團，然後一名制服警員硬把槍從她手裡搶走。

空氣中充滿火藥味，我感覺到一雙強壯的手扶著我站起身。

「你沒事吧？」法蘭柯問。

「沒事。」

我聽到某個人唸了她的權利給她聽。於是轉頭看。他們押著她出去、進入電梯時，她回頭看著我。那個懇求的眼神，就跟過去四年縈繞在我腦海裡的一模一樣。

那個眼神愚弄了我四年。

「別這樣對你自己。」班說著走向我們。

「怎樣？」我問。

「不要怪你自己。」

我沒回答，此時一位女警員進入房間，幫我拆掉身上的竊聽器。她開始告訴我說我表現得有多好，法蘭柯看到我臉上的表情，於是很禮貌地請她快點收走設備，別再煩我了。

「你確定你沒事？」她離開後，他又問我一次。

我點點頭。

「那你呢，班？」他問。

「眼前不太好。」他說。

「我們其中之一在撒謊，」我說。「我想是我。」

派瑞許發出咕嚕聲。

我走過去，往下看著他的臉。他的雙眼明亮，像是在笑。

「別太高興，小尼克。我會克服那些困擾的。」

他的臉抽動一下。

「十年後，當你還瞪著天花板，希望自己死掉——也或許只是希望有人能進來幫你鼻子抓癢——我希望你記得我代表你的被害人所做的事。我救了你的命。」

「麻——！麻——！！」

「再見，小尼克。我希望你活到一百歲。」

62

十月十八日，星期三，午夜
瑞格利大樓屋頂

三個星期後，我又在午夜爬到《快報》的屋頂，眺望著城市夜景。我還是非全職工作，還是值夜班。我取消了跟喬．羅賓森的幾次諮商，又叫約翰不要去找瑞格利鬧著要改我的工作時間了。

我喜歡在很閒的時段值班，我告訴他。其實並不真的很閒：我有很多要補做的工作。我跟他講的是實話，但是我好像老是抽不出時間去補做那些工作。

我心中一直躁動不安。我會不自覺地一直看旅遊版，而不是去閱讀我的信件。我也開始去看房地產廣告，想著是不是能說服法蘭柯搬到別的地方，改行做別的。

法蘭柯會認真聽我的建議，然後說：「可以考慮，但或許現在不是下這種決定的好時機。」

我不願意去想，如果我不是嫁給法蘭柯．哈里曼，那幾個星期我會變成什麼樣。他不催我也不嘮叨；他把我慣壞了。我猜想我的確需要一點寵愛。對他，我覺得好像沒有什麼祕密是說不出口的，沒有什麼害怕是不能談的。那些向他吐露心事的夜晚，讓我不至於失去僅有的最後一點平衡。

那些日子我都如常地逃避。我知道我不能繼續這樣維持正常的表面，我知道我必須回頭往下挖。說得容易。

那一夜在屋頂，秋天的微風溫暖。「輕微的聖塔安娜焚風，」氣象播報員如此稱呼。這表示城市煙霧被沙漠吹來的熱風一掃而空，白天有點太熱，但大部分人不會覺得像真正的焚風那麼熱。這表示視野比平常清晰。我看得到近海的聖卡塔利娜島，以及島上阿瓦隆市那些遙遠的燈光。

我應該下樓去工作了，我心想，又從我的水瓶裡喝了一大口水。但是進去就意味著要待在室內。我不想待在室內，暫時還不想。

我聽到樓頂的那扇門打開，全身繃緊了。大概只是傑瑞或麗薇，也說不定是李奧納。傑瑞和李奧納見到我老是開同樣的玩笑——說他們只是來確定我沒有跳樓。麗薇從來不會這麼說，不過我想，她只是很確定我不會掉在這棟大樓前面的人行道上。不是我的作風。那樣會害別人得用水管清洗我留下的痕跡。

今夜的訪客繞過轉角——我很驚訝，是班．薛瑞登。

「熬夜到這麼晚，教授？」

「還跑到這麼高的地方。你不介意我離屋頂邊緣遠一點吧？」

「一點也不介意。過來凱利小館坐吧。我們現在沒有直升機降落秀了，不過我們的瓶裝水還是很好。」

「聽起來不錯。」

我們坐下來，雙腳抬高放在別張椅子上，他的義肢也不例外。

「你還欠我。」他說，喝了一口水。

「我沒忘。如果你真想聽，我會講。」

「對，我想聽。」他說。

於是我把那天早上山區所發生的事情告訴他，敘述當時派瑞許威脅要射殺平哥，把我的臉按進泥巴裡，還追著我跑過樹林間。

「老天，」我講完後他說，「耶穌啊，我真希望當時我能幫你。我覺得好難受。你要不是想把他引開、免得他發現我，你根本就不會接近他的。而且我知道你當時已經筋疲力盡，因為——」

「別說了！如果你想知道真相，那個就是我始終不告訴你這件事的原因。我就知道你會有這種荒謬的內疚，好像你可以做什麼似的，好像發生那些事都是你的錯，而不是派瑞許的錯。」

「哦？」他說，「你的意思是，就像你對我必須截肢的感覺？」

我驚呆了。「我沒有那樣的感覺。」最後我終於說。

「狗屁。你現在隱藏得比剛開始要好，但你還是在怪自己。」

我本來想否認，然後又改變心意，慌忙地開始爭辯。「事實上，我的確怪自己！你自己才隱瞞呢！你明知道那是我的錯！」

「什麼？我知道沒有這回事。我知道派瑞許朝我開槍。根據我記得的，是我自己要當活靶的——事實上，我清楚記得，當時你還朝我喊，想阻止我跑進那片草地。」

「是啦，是啦，」我不耐煩地說。「但是誰拖了那麼久才發現你躺在那裡？誰不曉得要好好照顧你的傷口？誰沒給你足夠的凱復力？」

他不敢置信地看著我說：「凱復力？」

「別想騙我！在醫院裡，他們說他們給你防止發炎的藥，就是凱復力。只不過已經太遲了。而從頭到尾，我明明有厄爾的藥，要是我能給你更多——」

「慢著！你的意思是……你以為……別告訴我你這幾個月來都相信是這樣！」

「這是事實啊。」我說。

「艾齡，那顆子彈毀掉了動脈，所以我才必須截肢。不是因為發炎。」

「但是他們給你——」

「沒錯，他們給了我一些抗發炎的藥物，但是拜託你去問一下萊里醫師，他們給我的靜脈注射高劑量是高到什麼程度。一般口服藥的低劑量，根本就沒法對付那種發炎。就算把厄爾的整瓶藥都給我，也沒有用的。」

「那你當初為什麼還要吃？」

他刻意看著自己的左腿說：「你只能就眼前的條件，盡力去做而已。」

我說不出話來。

「至於你沒能更早來救我，我們都知道你等到派瑞許離開後才來，那是安全、聰明的做法。」

「但是或許我本來可以——」

「艾齡！你這個白痴！聽聽你自己說的什麼話！」

我閉嘴了。

「這樣好了，」他說，「如果你現在跟我說，你有醫學學位，說你背包裡有手術工具，而且山上那附近就有個消過毒的手術室，那我就會怪你沒挽救我的腿。否則，你就別再自責了。你是讓我保住性命的人，不是害我失去半條腿的人。」

我覺得淚水滑下臉頰。「該死，」我說，擦掉淚。「我從來不是這個作風。我真的好恨這樣。」

「你的意思是，所以我應該要曉得，你比我還有男子氣概？」

「什麼？」

「你看過我哭。」

「你受了很多罪啊。」

他大笑。「只有我受罪，而且都沒人幫我，對吧？」

「不是，但——」

他雙手比出一個暫停的手勢。

「怎麼？」

「我們陪審團判定被告艾齡．凱利無罪。關於她相信吉莉安．賽爾告訴她實話，無罪。關於她朋友和同伴的死，無罪。關於班．薛瑞登失去一條腿，無罪。關於其他出錯的事情，無罪。因為她是人，對整個宇宙和所有生物不是無所不知。」

我破涕為笑。

「謝了，法官大人，」他說。「審判結束。你現在可以原諒自己了。」

我回去找喬．羅賓森諮商，我跟她說我知道自己有什麼毛病了。我開始願意好好檢討我對事情的想法，沒多久，正當我開始享受去找她諮商時，她就判定我可以恢復正常上班，不必再去找她了。

吉莉安．賽爾還在等待審判。菲爾．紐立洗清了所有嫌疑，一度還考慮要幫她辯護，但是最後決定還是堅守他的退休計畫。最近他大概每星期寄一次電子郵件給我，跟我談他的新生活。他說他可能會接一些免費服務的案子，不過還是享受清閒的步調。

傑森．賽爾也會不時寄電子郵件給我。他現在跟他祖母一起住。他喜歡寫信給我，他說，因為傑克和我是僅有兩個願意跟他談這些事情的人。傑克這個什麼都有的人，居然還想要收養他，常常去探望；他們還是會用空罐頭電話講話。

翟爾斯．賽爾賣掉他的公司，跟新太太搬到離傑森不遠的一個小鎮，但是很少去探望兒子。吉姆．霍夫頓回到拉斯皮耶納。他之前花時間去找一個退休的飛機技工談，這位技工教過尼克．派瑞許駕駛、修理小飛機。這位老技工告訴他尼克．派瑞許最喜歡飛去哪些地方，霍夫頓利用這些資訊，找到了尼克．派瑞許把他妹妹埋在哪裡，就離一條沙漠的飛機跑道不遠。那具屍體並不孤單。因為顧慮到工作人員的安全，尋找和鑑定其他遺骸的工作進行得很緩慢。在派瑞許居住過的幾個城鎮，很多停滯已久的失蹤人口案又重新被翻了出來。

霍夫頓把那些埋屍處的資訊告訴警方後，就來我家向我道歉。我跟他說沒有必要，說我也曾像他那樣審判自己，我們兩個的罪名都撤銷了。我們談了很久，我給了他喬．羅賓森的名片。我不知道他後來有沒有打電話給她。

尼克．派瑞許還是在聖安妮醫院，雖然檢察官查了原先的認罪協商條件，判定認罪和終身監禁可能畢竟還是不錯的，於是希望能夠由法官裁決，把派瑞許移到州立監獄的醫院。如果不成，而且如果要進行庭審，我知道有些人很樂意出席，作證說出對被告不利的證詞。

班決定大衛的小卡車比較適合他的需求，於是法蘭柯和我買下了班的吉普車。這輛吉普車夠大，可以讓我們兩個人乘坐，外加兩隻狗和露營用具。

有時只有我們夫妻兩個單獨去露營；有時同行的有彼得和瑞秋，或者湯姆．卡西迪和其他朋友。傑西、安迪、傑克、臭嘴哥、崔維斯也常常跟我們在山區會合。班也常跟我們去，帶著他的新女友安娜，是他在那個搜救犬團體認識的。我們都從一開始就很喜歡她；她毫無困難就融入我們混亂的露營風格。她自己也有兩隻狗。跟「臭嘴哥」戴爾頓和六隻很吵的大狗一起露營，總是一片混亂。

平哥還是這群狗裡面的領袖。

他還是很愛叫。

我睡覺時，還是堅持要把帳篷門簾打開。

但我們全都可以一覺睡到天亮。

作者附註與致謝

儘管南內華達山脈裡有許多草原、山脊，以及其他特徵可能類似本書中所提到的，但是本書中所提到的地景純屬虛構，巡山站和其他環境也都是虛構的。

對帕西法爾故事有興趣的人，可以參考凱瑟琳・派特森改寫得很優美的《帕西法爾：聖杯騎士的追尋》一書，或者可以閱讀A. T. Hatto教授附有學術介紹專文、翻譯自沃夫蘭・馮・埃申巴赫的全譯本《帕西法爾》。

幾位法醫人類學家從他們忙碌的日程表裡撥出時間回答我的問題，並針對我的書稿提出建議。我尤其要感謝國防病理中心（Armed Forces Institute of Pathology）國家衛生與醫學博物館解剖學收藏的館長Paul Sledzik；任職於史密森尼學會（Smithsonian Institution）管理的國立自然史博物館人類學部門、以及羅德島州法醫處的法醫人類學顧問Marilyn London；科羅拉多州大學人類鑑定室內主任Diane France；以及華盛頓州西雅圖國王郡法醫處前任鑑識主任、聯合國刑事法庭資深鑑識顧問、人權醫師刑事鑑識計畫主任William Haglund。

平哥和布爾的特質是受到幾隻真實巡屍犬的啟發，他們的訓練師和領犬員都大方撥出他們的時間，給我協助。多謝緬因州法醫處副主任、也是緬因州兩隻尋屍／犯罪現場搜尋犬Wraith

與Shadow的領犬員Dr. Ed David；搜救／尋屍犬Sirius、Czar、Jadzia的訓練師與領犬員Beth Barkley；Search Services America的領犬員與搜救犬：Mike與Kelly、Eileen與Reilly、Ross與Maverick、George與Smoky、Blair與Thor；科羅拉多州Jefferson郡警局郡警Al Nelson，他同時也是NecroSearcht會員、尋血獵犬領犬員與訓練員；另外感謝Angeles Chapter of the Sierra Club警犬隊主席Linda McDermott和Orbin Pratt獸醫所提供其餘的犬類資訊。

我要謝謝有三十餘年飛行員經驗的塞考斯基直升機公司技術經理Vaughn Askue；洛杉磯郡警局空中組的飛行員David Kitchings；Kernville Helitack的助理隊長Dave Nalle；美國森林服務處Kernville巡山站的騎警Judy Schutza；TNG直升機公司的Nick Agosta；以及專業直升機飛行員協會的Noelani Mars。另外在艾齡跑過山區的部分，要感謝*Runners World*雜誌的資深作者Hal Higdon，以及奧運馬拉松選手Benji Durden針對海拔高度、地形、其他因素所做出的協助和建議。

另外也要謝謝整型外科醫師Dr. Ed Dohring和Dr. Michael Strauss，還有Dr. Marvin Zamost；Joan Dilley；Wayne Reynardson；Todd Cignetti；飛毛腿義肢公司（Flex-Foot, Inc.），尤其是Jeff Gerber；David Barnhart；Michael Pavelski；校園心理學家Mary Kay Razo；洛杉磯加州州立大學西班牙語名譽教授Dale Carter；Steve Burr；Debbie Arrington；Sharon Weissman；Tonya Pearsley；Sandra Cvar；以及Center for Cognitive Therapy的Dr. Christine Padesky和Dr. Kathleen Mooney——當我告訴他們艾齡需要諮商時，這些朋友都迅速且熱心地回答我。

我的家人和朋友一如往常支持我，同時要再度謝謝我的經紀人和出版社辛苦的業務人員。我的編輯Laurie Bernstein和Marysue Rucci敏銳的批評以及耗時的處理，令我深深感激。Carolyn Reidy，謝謝你好心的鼓勵。至於我的丈夫Tim Burke，你是我的聖人。

Storytella 210

骸骨殺手

Bones

骸骨殺手/珍.柏克作；尤傳莉譯. -- 初版. -- 臺北市：
春天出版國際文化有限公司, 2024.07
面； 公分. -- (Storytella ; 210)
譯自：Bones.
ISBN 978-957-741-883-8(平裝)

874.57 113007632

ISBN 978-957-741-883-8
Printed in Taiwan

作　者　珍・柏克
譯　者　尤傳莉
總編輯　莊宜勳
主　編　鍾靈

出版者　春天出版國際文化有限公司
地　址　台北市大安區忠孝東路四段303號4樓之1
電　話　02-7733-4070
傳　眞　02-7733-4069
E－mail　bookspring@bookspring.com.tw
網　址　http://www.bookspring.com.tw
部落格　http://blog.pixnet.net/bookspring
郵政帳號　19705538
戶　名　春天出版國際文化有限公司
法律顧問　蕭顯忠律師事務所
出版日期　二〇二四年七月初版

定　價　650元

總經銷　楨德圖書事業有限公司
地　址　新北市新店區中興路二段196號8樓
電　話　02-8919-3186
傳　眞　02-8914-5524
香港總代理　一代匯集
地　址　九龍旺角塘尾道64號 龍駒企業大廈10 B&D室
電　話　852-2783-8102
傳　眞　852-2396-0050